CONTANDO MILAGRES

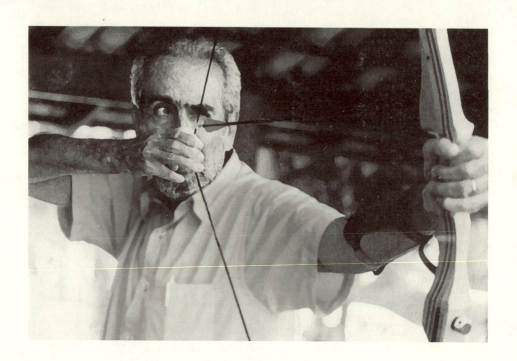

O Arqueiro

GERALDO JORDÃO PEREIRA (1938-2008) começou sua carreira aos 17 anos, quando foi trabalhar com seu pai, o célebre editor José Olympio, publicando obras marcantes como *O menino do dedo verde*, de Maurice Druon, e *Minha vida*, de Charles Chaplin.

Em 1976, fundou a Editora Salamandra com o propósito de formar uma nova geração de leitores e acabou criando um dos catálogos infantis mais premiados do Brasil. Em 1992, fugindo de sua linha editorial, lançou *Muitas vidas, muitos mestres*, de Brian Weiss, livro que deu origem à Editora Sextante.

Fã de histórias de suspense, Geraldo descobriu *O Código Da Vinci* antes mesmo de ele ser lançado nos Estados Unidos. A aposta em ficção, que não era o foco da Sextante, foi certeira: o título se transformou em um dos maiores fenômenos editoriais de todos os tempos.

Mas não foi só aos livros que se dedicou. Com seu desejo de ajudar o próximo, Geraldo desenvolveu diversos projetos sociais que se tornaram sua grande paixão.

Com a missão de publicar histórias empolgantes, tornar os livros cada vez mais acessíveis e despertar o amor pela leitura, a Editora Arqueiro é uma homenagem a esta figura extraordinária, capaz de enxergar mais além, mirar nas coisas verdadeiramente importantes e não perder o idealismo e a esperança diante dos desafios e contratempos da vida.

NICHOLAS SPARKS

CONTANDO MILAGRES

Traduzido por Simone Lemberg Reisner

Título original: *Counting Miracles*

Copyright © 2024 por Willow Holdings, Inc.
Copyright da tradução © 2024 por Editora Arqueiro Ltda.

Todos os direitos reservados. Nenhuma parte deste livro pode ser utilizada ou reproduzida sob quaisquer meios existentes sem autorização por escrito dos editores.

As passagens bíblicas deste livro foram retiradas da Nova Versão Internacional.

coordenação editorial: Gabriel Machado
produção editorial: Guilherme Bernardo
preparo de originais: Melissa Lopes Leite
revisão: André Marinho e Suelen Lopes
diagramação: Gustavo Cardozo
capa: Flamur Tonuzi
imagens de capa: Getty Images; iStock
adaptação de capa: Natali Nabekura
impressão e acabamento: Bartira Gráfica

CIP-BRASIL. CATALOGAÇÃO NA PUBLICAÇÃO
SINDICATO NACIONAL DOS EDITORES DE LIVROS, RJ

S726c

Sparks, Nicholas, 1965-
Contando milagres / Nicholas Sparks ; tradução Simone Lemberg Reisner. - 1. ed. - São Paulo : Arqueiro, 2024.
320 p. ; 23 cm.

Tradução de: Counting miracles
ISBN 978-65-5565-693-0

1. Ficção americana. I. Reisner, Simone Lemberg. II. Título.

24-92840   CDD: 813
                    CDU: 82-3(73)

Gabriela Faray Ferreira Lopes - Bibliotecária - CRB-7/6643

Todos os direitos reservados, no Brasil, por
Editora Arqueiro Ltda.
Rua Artur de Azevedo, 1.767 – Conj. 177 – Pinheiros
05404-014 – São Paulo – SP
Tel.: (11) 2894-4987
E-mail: atendimento@editoraarqueiro.com.br
www.editoraarqueiro.com.br

Para o Dr. Eric Collins.
Ele sabe o motivo.

"Ele realiza maravilhas que não se
podem perscrutar, milagres incontáveis."
– Jó 9:10

Um

I

Março de 2023

Tanner Hughes foi até a varanda da casa que pertencera a seus avós e trancou a porta. Em uma das mãos, segurava uma bolsa de viagem feita de lona; na outra, um porta-terno protegendo a roupa que havia usado no funeral da avó, cinco semanas antes.

Ele ergueu o olhar, observando uma única nuvem branca reluzindo ao sol da manhã. Seria mais um dia perfeito na Flórida, daqueles típicos de cartão-postal, e ele pensou novamente que seus avós tinham escolhido um bom lugar para morar no final da vida. Pensacola sempre fora uma cidade militar, e muitos veteranos se mudavam para a região após se aposentarem; ele suspeitava que seus avós, especialmente seu avô, ex-mecânico do Exército, tinham se sentido em casa ali logo de cara.

Deixou a chave embaixo de um vaso para o corretor imobiliário, que pretendia passar na casa mais tarde. Os móveis já haviam sido retirados, o serviço de pintura, agendado, e o corretor dera a entender que a casa seria vendida depressa. Tanner dedicara grande parte do último mês a separar os pertences de seus avós, refletindo sobre os meses que vivera com a avó havia tão pouco tempo.

Ele olhou para trás uma última vez, lembrando-se com saudade dela e do avô. Seus avós foram os únicos pais que ele tivera, já que sua mãe, solteira na época, morrera minutos depois de dar à luz. Era estranho saber que eles não estavam mais por perto, e a palavra *órfão* lhe pareceu bastante apropriada. Afinal, a mãe existira para ele apenas em fotografias e, até recentemente, ele não sabia nada sobre o pai biológico. Do jeito reservado deles, os avós tinham insinuado desconhecer a identidade de seu pai, e Tanner havia muito tempo se convencera de que isso não era tão relevante. Claro, às vezes desejava ter conhecido os pais, mas havia sido criado em um lar amoroso, e isso era tudo o que importava.

Deixando os pensamentos de lado, seguiu em direção ao carro, pensando que parecia *veloz* mesmo estacionado. Uma reprodução de um Shelby 1968 GT500KR feito pela Revology Cars, o veículo tinha aquele tom de "vermelho maçã do amor" com listras brancas; embora fosse novo em folha, parecia idêntico aos que tinham saído de linha mais de meio século antes. Era o item mais extravagante que Tanner já havia comprado para si mesmo e, no dia em que o carro chegou, desejou que o avô estivesse vivo para vê-lo. Ambos adoravam os carros americanos esportivos e potentes daquela época e, embora aquele exemplar não fosse original, fora idealizado para ser dirigido, não guardado em uma garagem de colecionador, o que fazia bem mais o seu estilo.

Se bem que, no verão, o automóvel inevitavelmente acabaria em uma garagem de qualquer maneira.

Tanner colocou as bolsas no porta-malas ao lado de uma caixa com alguns objetos de valor sentimental da casa. Sua mochila já estava no banco do passageiro. Ao dar a partida, o motor produziu um rugido gutural, e ele seguiu pela cidade rumo à estrada interestadual, passando por lojas de grandes redes e restaurantes de fast-food, pensando que, a não ser pela praia, Pensacola não parecia tão diferente dos lugares em outros estados que ele havia visitado recentemente. Ainda estava se acostumando com a mesmice em grande parte dos Estados Unidos e se perguntava se algum dia deixaria de se sentir um estrangeiro no próprio país.

Enquanto dirigia, sua mente vagou pelos pontos altos da vida: a juventude em uma dezena de bases militares diferentes na Alemanha e na Itália, o treinamento básico em Fort Benning, no estado americano da Geórgia, quase uma década e meia no Exército. As inúmeras missões no Oriente Médio e, depois que ele deixou o serviço, seu trabalho na área de segurança com a USAID – a Agência dos Estados Unidos para o Desenvolvimento Internacional –, tudo isso no exterior.

E o que acontecera desde então?

Quase sempre estava em movimento, porque era a única coisa que sabia fazer. Passara a maior parte dos últimos dois anos na estrada, viajando de um lado a outro do país. O celular foi ficando cheio de fotos de parques nacionais e monumentos à medida que visitava os amigos e, o mais importante, quando visitava as famílias de outros amigos que conhecera no Exército e que haviam falecido. Ao todo, ele conseguia listar 23 amigos que morreram ou que se mataram após deixarem o serviço militar. Conversar com as viúvas ou os pais parecia a coisa certa a se fazer, como se ele estivesse se aproximando da resposta de que precisava, mesmo que no fundo ainda não tivesse certeza de qual era a pergunta.

Embora ainda houvesse mais algumas famílias que pretendia visitar em sua lista, a viagem fora interrompida em outubro do ano anterior, quando soube que a avó tinha pouco tempo de vida. De alguma forma, apesar das ligações e mensagens que trocavam com regularidade, ela havia deixado de mencionar que fora diagnosticada com uma condição pulmonar terminal alguns meses antes. Ele correu para Pensacola, onde a encontrou prostrada na cama, auxiliada por uma cuidadora. Seu primeiro pensamento foi que ela parecia menor do que ele se lembrava, e sua respiração era difícil, mesmo com o tanque de oxigênio, tornando a fala lenta e abreviada.

A visível gravidade de sua condição lhe causou um aperto no estômago e, nos meses seguintes, ele raramente saiu do seu lado. Assumiu grande parte de sua alimentação e asseio, e muitas vezes dormia em uma cama de armar no quarto dela. Preparava milk-shakes calóricos e amassava a comida dela até que ficasse mole o suficiente para ser engolida por um bebê; escovava carinhosamente seus cabelos ralos e aplicava protetor nos lábios rachados. À tarde, quando a avó não estava dormindo, costumava ler para ela algumas poesias de uma coletânea de Emily Dickinson, enquanto a idosa se concentrava na vista do lado de fora de sua janela.

Como a fala da avó foi ficando mais difícil com o passar das semanas, ele falava pelos dois. Contou sobre o Grand Canyon, Graceland, um hotel de gelo no norte de Wisconsin e uma dezena de outros lugares, esperando que ela compartilhasse de seu entusiasmo, mas, em vez disso, a preocupação em sua expressão falava mais alto. *Estou preocupada em deixá-lo sozinho*, ela parecia querer dizer. *Sua vida é muito instável.* Quando ele tentou explicar mais uma vez que as viagens recentes tinham sido uma forma de homenagear os amigos que havia perdido, ela balançou a cabeça.

– Você precisa de um... lar – disse com a voz áspera, antes de sucumbir a um espasmo prolongado de tosse.

Quando se recuperou, ela pediu que ele lhe entregasse o bloco de anotações e a caneta que estavam na mesinha de cabeceira. *Encontre o seu lugar e faça dele o seu lar*, ela rabiscou.

Sabendo que ela ficaria decepcionada por ele não se sentir nem perto de ter uma residência fixa, Tanner não revelou que Vince Thomas, um velho amigo da USAID, havia entrado em contato com ele em janeiro. Vince estava partindo para uma nova missão na África. Eles já tinham trabalhado juntos em Camarões, e Vince dissera a Tanner que precisava de um chefe adjunto de segurança que estivesse familiarizado com o país e suas políticas. Tanner se lembrava de aceitar a oferta, pensando, na época, que parecia um próximo passo tão bom quanto qualquer outro.

Agora, de volta à rodovia interestadual pela primeira vez em meses, a paisagem plana do norte da Flórida passava por ele em um lento borrão. Depois de uma rápida visita a seu melhor amigo, Glen Edwards, e sua família, Tanner planejava viajar para Asheboro, na Carolina do Norte, imaginando o que encontraria por lá, se é que encontraria alguma coisa.

Asheboro.

Sua avó havia escrito o nome daquela pequena cidade no papel, pouco antes de entrar em coma.

II

Assim como Pensacola, a parte leste da Carolina do Norte era um destino muito procurado por veteranos aposentados. Depois de deixar a Delta – as forças especiais do Exército –, Glen se mudara para lá. Ele comandava uma equipe tática que treinava policiais e equipes da SWAT de todo o país, era proprietário de uma casa com a esposa, Molly, em Pine Knoll Shores, com vista para Bogue Sound, e criava dois filhos, ambos menores de 10 anos. Ao sair do carro, Tanner não se surpreendeu por Glen recebê-lo na varanda da frente com uma garrafa de cerveja; os dois haviam passado por tanta coisa juntos no Exército que quase podiam ler a mente um do outro.

A casa ostentava um pé-direito alto e vistas deslumbrantes; tinha o aspecto bagunçado de um lar habitado por uma família, com mochilas amontoadas nos cantos e equipamentos esportivos empilhados perto da porta. Quando as crianças paravam de demandar a atenção de Glen, se concentravam em Tanner, mostrando-lhe videogames ou perguntando se ele assistiria a um filme com elas. Ele adorava – sempre gostara de crianças –, e Molly, de sorriso fácil e jeito paciente, era o tipo de mulher que despertava o melhor em Glen.

Tanner passou três dias com eles, compartilhando refeições e desfrutando da vida em família. Foram à praia, ao aquário da Carolina do Norte e, quando a noite chegava, conversavam na varanda dos fundos sob um manto de estrelas. Molly geralmente ia para a cama primeiro, deixando Tanner e Glen a sós para longas conversas.

Na primeira noite, Tanner contou a Glen sobre suas viagens e as paisagens que vira, então descrevera suas visitas às famílias dos amigos que havia perdido. Glen ouviu essa parte em silêncio – ele também conhecia muitos deles – e depois admitiu que não seria capaz de fazer algo semelhante.

– Não sei nem o que eu iria falar.

Tanner sabia o que o amigo queria dizer – nem sempre tinha sido fácil para ele, especialmente nos casos envolvendo suicídio –, e a conversa acabou mudando para assuntos mais leves. Ele contou a Glen sobre seu próximo trabalho em Camarões e, por último, falou sobre os últimos meses em Pensacola, incluindo a revelação surpreendente que sua avó lhe fizera no final e que explicava sua futura viagem a Asheboro.

– Espere – disse Glen, quando pareceu assimilar completamente a informação. – Ela só foi compartilhar isso com você agora?

– No começo, achei que estivesse confusa, mas, quando ela escreveu no papel, percebi que estava falando sério.

– Como você se sentiu?

– Chocado, eu acho. Talvez até um pouco irritado. Ao mesmo tempo, eu sabia que ela acreditava que tinha feito a coisa certa ao esconder isso de mim. Como se imaginasse estar me protegendo de alguma forma. E... eu a amo ainda assim. Para mim, eles eram meus pais.

Glen comprimiu os lábios e não disse nada. Porém, mais tarde, na última noite juntos, ele voltou ao assunto:

– Estive pensando no que você me disse na outra noite e tenho que admitir que estou um pouco preocupado, Tan.

– Você acha que estou cometendo um erro ao ir para Asheboro?

– Não – respondeu Glen. – Sua curiosidade sobre o passado faz todo o sentido para mim. Sério, se alguém jogasse uma bomba dessas na minha cabeça, eu provavelmente faria a mesma coisa. Mas estou preocupado com a forma como tem vivido desde que saiu do último emprego. Quer dizer, eu entendo querer tirar um tempo para viajar e visitar os amigos, ou qualquer outra coisa, e entendo que teve que cuidar de sua avó quando ela estava doente. Mas voltar a Camarões? Essa parte eu não entendo. Me parece que você está adiando a sua vida em vez de realmente vivê-la. Ou até mesmo andando para trás. Tipo, você nunca teve uma casa, certo? Ainda não se cansou dessa vida errante?

Parece a minha avó falando, Tanner pensou, mas guardou o comentário para si. Em vez disso, deu de ombros.

– Eu gostei de lá.

– Eu entendo. – Glen suspirou. – Só quero que saiba que, se algum dia decidir se estabelecer num lugar, tem um emprego esperando por você na minha empresa. Pode morar onde quiser, definir seu próprio horário e abraçar a oportunidade de trabalhar com alguns dos caras da Delta novamente. Aliás, a irmã de Molly está solteira.

Ele levantou e baixou as sobrancelhas sugestivamente e Tanner riu.

– Obrigado – respondeu ele, tomando um gole de cerveja.

– E sobre a sua busca...

– Você acabou de dizer que entendia a minha curiosidade.

– Sim. Estava só me perguntando se você tentou usar um desses sites de DNA.

– Já tentei todos, mas, além de alguns parentes muito distantes em Ohio e na Califórnia, com muitas gerações de diferença, não apareceu ninguém. Devia ser uma família pequena. Mas, se você tiver alguma sugestão que possa facilitar o processo, estou aberto a ideias.

– Não tenho – disse ele –, e seu plano é bem antiquado, mas, quem sabe? É a forma como as pessoas costumavam pesquisar, certo? Pode ser que tenha sorte.

Tanner assentiu, mas se perguntou de novo qual era a probabilidade de localizar alguém após mais de quarenta anos, especialmente quando o nome e sobrenome eram tão comuns que não ajudavam em quase nada. Só nos Estados Unidos, havia quase dois milhões de pessoas com o mesmo sobrenome – ele tinha pesquisado no Google –, e mais de cem delas moravam em Asheboro.

Partindo do princípio, é lógico, de que a memória da avó fosse confiável a esse ponto. Em seu rabisco trêmulo, quase ilegível, tudo o que ela conseguiu escrever foi:

Seu pai
Dave Johnson
Asheboro NC
Perdão

III

A viagem de Pine Knoll Shores até Asheboro levou quatro horas e, depois de entrar na cidade, Tanner parou em um Walmart para comprar um mapa, um caderno e canetas antes de achar o caminho da biblioteca. Embora a biblioteca não tivesse listas telefônicas que datavam das décadas de 1970 ou 1980, uma simpática senhora no balcão conseguiu encontrar uma de 1992. Tinha que servir.

Próximo passo: encontrar seu pai, um homem que ele jamais conhecera.

Em uma das mesas da biblioteca, Tanner desdobrou o mapa e dividiu a cidade em quadrantes. Então, usando a lista telefônica antiga, anotou o nome e o endereço de todos os Johnsons e identificou de forma aproximada suas localizações no mapa. Usando seu celular, cruzou os Johnsons da lista telefônica on-line atual com os da lista antiga, circulando no mapa aqueles que se repetiam nas duas. Imaginou que, se fosse começar a bater nas portas, deveria tentar fazer isso da forma mais eficiente possível.

Tanner não conseguiu terminar a pesquisa antes do fechamento da biblioteca, portanto teria que retornar na segunda-feira. Ele também considerou visitar os cartórios do condado, pois os registros de propriedade poderiam ajudar em sua busca, mas isso também teria que ficar para depois do final de semana.

Deixou suas coisas no hotel e sentiu a necessidade de esticar as pernas, então foi explorar o centro da cidade. Passou por uma loja de antiguidades, uma floricultura e várias butiques que ocupavam o térreo de edifícios construídos no início do século passado. Havia um lindo parque e, apesar das nuvens densas no céu, as calçadas fervilhavam de pessoas passeando com os cachorros e empurrando carrinhos de bebês. A cena o remetia a outra época, e Tanner tentou imaginar como teria sido crescer ali. Será que o pai tinha conhecido sua mãe ali?, ele se perguntou. Pelo que sabia, seus avós nunca haviam morado naquele lugar, então como o caminho dos pais teria se cruzado? Ele sabia que eram mais perguntas que sua avó nunca poderia responder e desejou ter tido apenas um pouquinho mais de tempo com ela.

Retornou ao hotel pouco antes das primeiras gotas de chuva começarem a cair. Leu até a hora do jantar, mergulhando em um livro sobre o Teatro de Operações do Pacífico durante a Segunda Guerra Mundial, pensando nas maneiras como a guerra moderna evoluíra desde então, mesmo que alguns dos efeitos devastadores sobre os combatentes permanecessem os mesmos.

Quando seu estômago começou a roncar, ele encontrou um bar de tema esportivo com a ajuda do celular, e pensou que poderia jantar ali. Chegou ao Coach's e foi surpreendido ao encontrar o estacionamento cheio. Teve que dar a volta duas vezes antes de achar uma vaga. O bar estava tomado pelo som de várias telas de TV transmitindo, em alto volume, um jogo de basquete universitário diante de torcedores animados. Lembrou-se vagamente de Glen mencionar alguma coisa sobre o March Madness, o torneio de basquete masculino da NCAA, a liga universitária.

Tanner abriu caminho pela multidão, analisando os rostos e a linguagem corporal ao redor, buscando qualquer um que estivesse bêbado ou pudesse estar querendo briga. Ele reparou em três homens que provavelmente portavam armas, não muito longe do balcão, aglomerados em torno de uma mesa alta. Cada um deles tinha uma protuberância reveladora na base das costas, mas, a julgar por seus cortes de cabelo e posturas, imaginou que fossem policiais de folga ou auxiliares do xerife relaxando após um dia de trabalho. Mesmo assim, optou por um lugar no balcão de onde pudesse ficar de olho neles, assim como na maioria dos outros clientes. Força do hábito.

Quando o barman finalmente o notou, ele pediu um hambúrguer e uma cerveja artesanal local, e gostou de ambos. Depois que o barman passou para recolher seu prato vazio, ele ficou assistindo ao jogo enquanto terminava a bebida. De repente, a multidão rugiu, fazendo Tanner congelar instintivamente. As televisões mostraram o replay de um armador fazendo um arremesso de três pontos. Ele suspirou, então captou outro som, que parecia não pertencer àquele cenário.

Uma voz feminina.

– Eu disse para me SOLTAR!

Tanner se virou e viu uma jovem de cabelos castanho-escuros. Ela estava de pé, perto de um reservado, lutando para libertar o braço das garras de um jovem que usava um boné para trás. Tanner contou o que pareciam ser cinco adolescentes – três rapazes e duas moças, incluindo a de cabelos escuros – e a viu finalmente soltar o braço. Embora não estivesse ansioso para se envolver, sabia que muitos homens usavam a força física para intimidar as mulheres. Decidiu que, se o sujeito a agarrasse de novo, seria obrigado a tomar alguma atitude.

Felizmente, a garota andou apressada em direção à porta. Sua amiga loura logo saiu da mesa e a seguiu, enquanto os rapazes na mesa começaram a rir e gritar para as duas.

Idiotas.

Tanner voltou sua atenção para a televisão e, quando restavam apenas alguns goles da cerveja, ele a pôs de lado, pronto para ir embora. Ao pegar o casaco, seu olhar se dirigiu à área reservada que observara mais cedo e percebeu que o rapaz com o boné para trás – aquele que havia agarrado a garota – não estava mais na mesa, embora os dois amigos tivessem continuado ali.

Droga.

Ele atravessou a multidão em direção à porta. Ao sair do bar, esquadrinhou o estacionamento e avistou o garoto de boné e as duas jovens perto de um SUV preto. Mesmo à distância, era evidente que acontecia outra discussão. Boné havia agarrado o braço da garota novamente, mas, dessa vez, os esforços da moça para se libertar eram inúteis. Tanner foi andando até eles.

– Algum problema? – perguntou.

Todos os olhos se voltaram para ele.

– Quem diabos é você? – grunhiu Boné, sem soltar a garota.

Tanner se aproximou até ficar a poucos metros de distância.

– Solte a moça.

Como Boné não reagiu, Tanner se aproximou ainda mais. Ele sentiu seu treinamento Delta entrar em ação, cada terminação nervosa em alerta máximo.

– Não estou pedindo – disse ele, mantendo a voz firme e equilibrada.

O jovem hesitou por um segundo antes de enfim obedecer.

– Eu estava só tentando falar com a minha namorada.

– Eu NÃO sou sua namorada! – gritou a moça de cabelos escuros. – A gente só saiu uma vez! Nem sei por que você está aqui!

Tanner se virou para ela, notando que a garota esfregava o braço como se ainda doesse.

– Você quer conversar com ele?

– Não – respondeu ela, baixinho. – Só quero ir para casa.

Tanner encarou o jovem novamente.

– Me parece bem claro – disse ele. – Por que não volta lá para dentro antes de arrumar algum problema?

Boné abriu a boca para dizer algo, mas pensou melhor. Deu um passo para trás e finalmente se virou para sair. Tanner observou o sujeito se afastar. Quando viu que o rapaz já estava dentro do bar, Tanner voltou sua atenção para a jovem.

– Você está bem?

– Acho que sim – murmurou ela, sem encará-lo.

– Ela vai ficar bem – interveio a amiga. – Mas você não precisava assustá-lo.

Talvez, pensou Tanner. *Ou não*. Ele havia aprendido que ferir um ego era infinitamente melhor do que a alternativa. Mas já estava feito.

– Boa noite, então. – Ele assentiu. – Dirijam com segurança.

Ele foi até o final do estacionamento e encontrou seu carro. Uma vez ao volante, manobrou por um trajeto estreito até a saída. Quando passou pelo local onde havia encontrado os três adolescentes, as garotas já tinham ido embora.

Percebendo que precisava do celular para traçar o caminho de volta, parou o carro e se inclinou para o lado, a fim de retirá-lo do bolso de trás da calça. Nesse exato momento, inesperadamente o SUV grande e preto apareceu à direita do carro, dando ré a toda a velocidade. Antes que Tanner conseguisse reagir, sentiu a traseira do seu veículo sacolejar, sua cabeça chicoteou e ele ouviu um som de metal sendo amassado. E então, de repente, houve silêncio.

Incorporando seu treinamento, ele automaticamente inspecionou o próprio corpo à procura de alguma lesão; seus braços e pernas estavam bem, ele não estava sangrando e, embora o pescoço e as costas talvez fossem ficar doloridos na manhã seguinte, ele não havia se machucado com gravidade.

O carro, porém...

Tanner respirou fundo ao abrir a porta, esperando que não tivesse sido tão ruim quanto parecia, mas já suspeitando do pior. Contornou o veículo e viu que a carroceria entre a porta traseira e o porta-malas do Shelby havia sido esmagada a ponto de pressionar o pneu. A lanterna traseira estava estilhaçada, e o impacto também tinha aberto o porta-malas. Quando tentou fechá-lo, a trava não funcionou.

Meu carro, lamentou. *Meu carro novo...*

Dominado por uma onda de raiva crescente, Tanner precisou de um momento para perceber que o outro motorista ainda não havia saído do SUV. Era um daqueles grandes – um Suburban –, e ele buscou se acalmar respirando fundo algumas vezes. Quando finalmente achou que poderia lidar com o sujeito sem perder a paciência, andou até o lado do motorista, que parecia ileso. Ao alcançar a porta, ela se abriu e um par de pernas finas e trêmulas emergiu. Tanner se aproximou, percebendo que estava cara a cara com a garota de cabelos escuros. Ela estava pálida, com os olhos arregalados, e emitiu um som estrangulado antes de levar as mãos ao rosto e começar a chorar.

Ai, meu Deus, murmurou Tanner. *É isso que eu ganho por tentar ser um cara legal.*

Ele deu à jovem um minuto, depois outro. Sua idade e a reação o levaram a suspeitar que era o primeiro acidente dela, uma experiência sempre traumática. Por fim, quando as lágrimas começaram a diminuir, ela limpou o nariz na manga da blusa. Tanner comprimiu os lábios. Imaginou que levantar a voz poderia provocar outro acesso de choro, a última coisa que ele queria.

– Ei, preste atenção – disse ele, usando o mesmo tom pragmático que havia usado antes com Boné. – Antes de mais nada, pode me dizer o seu nome?

As palavras demoraram um pouco para serem registradas. Ela ergueu o olhar, como se tentasse se concentrar.

– Minha mãe vai me matar – comentou.

Que Deus me ajude, pensou Tanner. Embora ela não tivesse respondido à pergunta, ele tomou sua declaração como um sinal de que ela estava raciocinando direito.

– Preciso ter certeza de que você não está machucada. Consegue virar a cabeça de um lado para o outro, assim? E, depois, veja se consegue mover a cabeça para cima e para baixo.

Tanner demonstrou e, depois de uma breve pausa, a garota lentamente o imitou.

– Sua cabeça ou seu pescoço doem? – indagou Tanner. – Mesmo que só um pouquinho?

– Não – disse ela, fungando.

– E os braços e as pernas? E as costas? Sente algum formigamento, ardência, dor ou dormência de qualquer tipo? Consegue virar o tronco para o lado?

Ela franziu a testa brevemente antes de girar os ombros e inclinar o tronco.

– Parece que está tudo bem.

– Já tive experiência com primeiros socorros, mas não sou médico. Você parece não ter se machucado, mas talvez devesse ser examinada, só por precaução.

– Minha mãe é médica – declarou ela, parecendo distraída.

Percebendo que as mãos da garota ainda tremiam, ele manteve a voz controlada:

– O estacionamento é propriedade privada, então duvido que a gente precise chamar a polícia, mas você pode pegar sua habilitação, o documento do carro e o cartão do seguro?

– Polícia? – repetiu ela, elevando a voz, em pânico.

– Acabei de dizer que não teremos que chamar...

– Depois dessa ela nunca vai me dar um carro – interrompeu a garota.

Tanner ergueu os olhos para o céu antes de tentar novamente:

– Você pode, por favor, pegar as coisas de que precisamos? Documento do carro, habilitação e seguro.

Ela pestanejou.

– O carro é da minha mãe – disse ela, quase num sussurro. – Não sei onde está o documento. Ou as coisas do seguro.

– Você pode procurar no porta-luvas ou no console central.

A garota lhe deu as costas, parecendo meio desnorteada, e lentamente se inclinou para dentro do SUV. Enquanto isso, Tanner usou seu celular para tirar fotos do acidente de vários ângulos. Quando ela finalmente ressurgiu, entregou o documento do carro e a habilitação dela.

– Não achei o cartão do seguro, mas minha mãe deve saber onde está.

Tanner abriu a capinha do documento do carro; na parte de trás, havia o nome da seguradora, juntamente com o número da apólice.

– Está bem aqui.

Ele tirou fotos antes de devolver a habilitação e o documento. Como a moça obviamente não tinha ideia do que fazer, ele pegou os próprios documentos.

– Está com o celular?

Ela estava observando os danos nos veículos.

– O quê?

– Use o seu celular para tirar fotos da minha habilitação, do documento do carro e do cartão do seguro.

– A bateria morreu.

É claro. Usando o próprio celular, ele tirou fotos dos documentos.

– Você disse que o SUV é da sua mãe, certo? Vou mandar as fotos das minhas informações para você e para ela. Pode me passar os números?

– Não pode mandar só para mim? Assim eu posso explicar o que aconteceu antes de ela começar a receber fotos de um número desconhecido.

Ele refletiu sobre isso.

– Certo – concordou –, vou mandar para você, mas pode me dar o número dela também? Só por precaução?

Ela passou primeiro o número do próprio celular, depois o da mãe. Ele salvou os contatos e lhe mandou as fotos. Quando encarou a garota novamente, ela estava apreensiva.

– Você devia ligar para sua mãe pedindo para buscá-la – sugeriu ele, oferecendo o celular. – Suas mãos estão tremendo, você está em choque e não tem condições de dirigir.

Ela olhou para o telefone sem pegá-lo.

– É o nosso único carro.

– E a sua amiga? Ainda está aqui?

– Já foi embora.

– Alguma outra pessoa, então? Pode ligar para outra amiga?

– Não sei os números delas.

– Como pode não saber os números?

Ela o encarou como se ele fosse um idiota.

– Eles estão no meu celular e acabei de dizer que a bateria morreu.

Tanner fechou os olhos e tentou se imaginar como um Buda.

– Tudo bem... Você mora longe? Posso levar você para casa no seu carro?

Ela o encarou como se tentasse avaliar se ele era confiável.

– Acho que sim – concordou ela, finalmente. – Não é muito longe.

– Consegue voltar para a sua vaga? Para separar os carros?

– Eu?

– Deixe que eu faço isso. As chaves estão lá dentro?

Fungando, ela fez um sinal com a mão para o carro, o que Tanner interpretou como um sim. Por sorte, o motor ligou sem problemas e ele voltou para a vaga. Em seguida, verificou o para-choque traseiro do Suburban, mas, além de alguns arranhões, parecia tudo bem.

– A boa notícia é que o seu carro está praticamente intacto – disse ele, apontando. – Espere aqui, tá? Vou estacionar o meu carro e já volto.

Tanner entrou no veículo e encontrou uma vaga na fileira ao lado, dirigindo devagar e se retraindo ao som horrível do metal raspando no pneu. No retrovisor, o porta-malas fora do lugar bloqueava parte de sua visão.

Ele se perguntou se teria que enviar o carro de volta para a Flórida ou se o conserto poderia ser feito ali, mas imaginou que descobriria em breve. Por enquanto, levaria a garota para casa e daria um jeito de não ficar tão irritado a ponto de não conseguir pegar no sono mais tarde.

Voltando ao SUV, encontrou a garota encostada na lateral, mal-humorada mas sem chorar. Ela caminhou até o lado do passageiro, deixando Tanner se acomodar no banco do motorista. Assim que se sentou ao volante, Tanner buscou a foto da habilitação dela em seu celular.

– Ainda mora em Dogwood Lane?

Ela fez que sim com a cabeça.

– Com seus pais?

– Só minha mãe – murmurou ela. – Eles são divorciados.

Tanner digitou o endereço no aplicativo de GPS, que mostrou que a casa dela ficava a apenas oito minutos de distância.

– Coloque o cinto – disse ele, antes de manobrar o Suburban em direção à saída.

Assim que chegaram à avenida principal, ele olhou para ela. A garota parecia um prisioneiro sendo levado para a execução.

– Seu nome é Casey, certo? Casey Cooper? – indagou. – Vi na sua habilitação. – Quando ela assentiu, Tanner continuou: – Meu nome é Tanner Hughes.

– Oi – ela conseguiu dizer, piscando. – Desculpa por ter que me levar para casa.

– Não tem problema.

– E lamento muito, *muito* mesmo por ter batido no seu carro.

E eu mais ainda. Ele tentou falar como a avó.

– Acidentes acontecem.

– Por que você está sendo tão legal?

Ele pensou.

– Acho que lembrei que um dia também já fui jovem.

Ela ficou quieta por um instante antes de encará-lo de novo.

– Minha amiga disse que você tem olhos interessantes. A Camille. A garota que estava comigo.

Já haviam dito a ele que seus olhos tinham uma cor incomum – de avelã, com um toque de verde ou dourado, dependendo da luz.

– Obrigado – agradeceu ele.

– Ela disse que suas tatuagens também eram iradas.

Ao ouvir isso, ele apenas sorriu.

Ela ficou quieta, olhando para a noite. Depois, balançando a cabeça, falou em voz baixa:

– Minha mãe vai ficar muito brava. Tipo, *surtada*.

– Pode levar um tempinho, mas ela vai superar – disse Tanner. – E vai ficar feliz por você não ter se machucado.

Casey parecia refletir sobre isso quando eles chegaram a uma área arborizada e ela explicou o caminho. A maioria das casas tinha dois andares, com fachadas de tijolos e painéis vinílicos, além de cercas vivas bem aparadas na frente.

– É aquela – indicou Casey depois de algum tempo, apontando para uma das casas iluminadas.

O imóvel tinha uma pequena varanda frontal com um par de cadeiras de balanço e, ao subir pela entrada para carros, ele viu um lampejo de movimento na janela da cozinha.

Tanner desligou o motor, mas Casey não parecia ter pressa alguma para sair.

– Quer que eu espere aqui? Enquanto você conta para sua mãe o que aconteceu?

– Você faria isso? – perguntou ela. – Para o caso de ela precisar falar com você?

– Com certeza.

Assim, ela finalmente pareceu reunir coragem. Quando Casey entrou pela porta da frente, Tanner saiu do SUV e se recostou na lateral para esperar.

Cerca de cinco minutos depois, uma mulher saiu da casa, seguida por Casey. *Sua mãe*, pensou Tanner, mas, quando ela hesitou por um momento sob o brilho da luz da varanda, ele se viu olhando com mais atenção.

Ela usava uma calça jeans desbotada e uma bata branca simples, com os cabelos castanhos compridos presos em um rabo de cavalo bagunçado; à primeira vista, pareceu jovem demais para ser a mãe de Casey. Suas roupas largas não conseguiam esconder as curvas generosas do corpo, mas, quando ela levantou a mão para domar uma mecha dos cabelos escuros, ele pensou ter visto uma incerteza, uma hesitação que sugeria alguma decepção do passado ou talvez um arrependimento. *De quê?*, ele se perguntou.

Foi apenas uma sensação, um vislumbre instintivo, mas, ao vê-la se recompor e sair da varanda, os pés descalços com unhas vermelhas aparecendo sob a barra da calça, ele se viu pensando: *Essa mulher tem uma história para contar e eu quero saber qual é.*

Dois

I

Sem conseguir falar com a filha mais uma vez, Kaitlyn Cooper colocou o celular no balcão e olhou pela janela acima da pia da cozinha. Uma meia-lua aparecia entre as nuvens, lançando um brilho prateado sobre o gramado da frente, e ela se perguntou se a tempestade havia passado ou se estava só dando um tempo.

Na verdade, não fazia diferença. Sem o carro, ela estava presa em casa, não importava o clima. Ao examinar a cozinha, sentiu a repulsa habitual de ter que lavar a louça do jantar. Em vez de mergulhar na tarefa, pegou sua taça de vinho. Ainda sobrara um pouco, então ela tomou um gole.

Kaitlyn pensou em pedir ajuda a Mitch – aos 9 anos, ele já tinha idade para isso. Mas o viu na sala montando o Lego Star Wars X-Wing Starfighter que ela havia comprado mais cedo e decidiu não interrompê-lo. Fora uma compra por impulso – a última coisa de que ele precisava era de mais Legos, porém, como comprar coisas para as crianças parecia funcionar com o ex-marido, imaginou que poderia muito bem ganhar alguns pontinhos em vez de sempre ter que bancar a vilã.

Além disso, Mitch merecia um agrado de vez em quando. Ele ia bem na escola e estava sempre alegre em casa e, nossa, como ela precisava disso, até porque duvidava que essa calmaria fosse durar. Sua filha mais velha, Casey, também tinha sido um amor – embora voluntariosa – quando era mais nova. E, ainda que continuasse sendo uma boa menina, a adolescência havia transformado a garotinha brilhante e agradável em uma jovem que Kaitlyn às vezes achava insuportável. De qualquer forma, obviamente a amava.

Mas aquelas mudanças de *humor*... aquele *tom*...

Kaitlyn sabia que não era a única com o desafio de criar uma adolescente, porém isso não facilitava sua vida com Casey. Nos últimos dois anos, quanto mais tentava ser uma mãe compreensiva, mais a filha parecia desafiá-la. Como naquela noite, por exemplo.

Era tão difícil assim jantar em família uma vez por semana? Entre a escola, o dever de casa e os ensaios de líder de torcida de Casey – e as horas de Kaitlyn no consultório –, ter uma refeição regular juntos durante a semana era praticamente impossível. Como Kaitlyn também atendia pacientes nas noites de domingo, o sábado era a única opção que lhes restava. Kaitlyn entendia que nem sempre era conveniente, mas não esperava que Casey ficasse em casa depois de comerem. Tudo o que ela queria era uma hora, das seis às sete, ou até das cinco às seis, e então Casey poderia seguir com sua vida.

Mas o que a filha fez?

Pegou o velho Suburban sem pedir e, em seguida, passou as horas seguintes ignorando telefonemas e mensagens da própria mãe. Muito provavelmente, estava com a amiga Camille, mas sempre havia a possibilidade de ter saído escondida para ver Josh Littleton, um jovem que havia disparado alarmes na mente de Kaitlyn. Quando ele apareceu em sua casa para buscar Casey algumas semanas antes, ela detectou algo *errado* no rapaz, por falta de uma palavra melhor, e respirou aliviada quando mais tarde a filha afirmou que não estava interessada nele. No entanto, na semana seguinte, percebeu que Josh havia continuado a mandar mensagens para Casey, e, sabendo que a filha poderia reagir à desaprovação materna provocando-a ainda mais, Kaitlyn teve o cuidado de não fazer nenhum comentário.

Observar Mitch lendo as instruções do Lego, com as lentes dos óculos tão perto da folha de papel, fez seu coração se apertar um pouco. Ela sabia que ele havia se chateado com a ausência da irmã. O menino tivera um dia ótimo, passando parte da tarde com Jasper – um idoso gentil que estava lhe ensinando a esculpir em madeira –, e parecia animado para ir ao zoológico no dia seguinte. Porém, adorava a irmã mais velha e perguntou mais de uma vez se eles deveriam esperar Casey chegar para comerem. Depois que percebeu que ela não viria, ele mal abriu a boca. Kaitlyn tentou amenizar a decepção brincando que também não gostava de ficar com a mãe quando era adolescente, mas, como Mitch simplesmente deu de ombros, ela percebeu que ele se sentira rejeitado.

Às vezes, se perguntava se o comportamento de Casey havia sido afetado pelo divórcio. Ela tinha 12 anos quando os pais se separaram, e os anos seguintes não foram fáceis para ninguém. Casey sentia falta do pai, e Mitch via George como um super-herói. Um dia, Kaitlyn também já havia se considerado sortuda por tê-lo escolhido como marido. George era inteligente e trabalhador e, como cardiologista intervencionista, tinha a capacidade de manter a calma nas situações mais instáveis. Ele salvava vidas diariamente e era bem-sucedido o bastante para permitir que Kaitlyn trabalhasse meio período quando as crianças eram pequenas, algo pelo que ela sempre seria grata.

Além disso, ele se encaixara com perfeição no plano de vida de Kaitlyn, aquele que ela havia idealizado antes mesmo de começar o ensino médio e que agora parecia dolorosamente ingênuo: *tirar boas notas, entrar na faculdade de medicina. Namorar, mas não assumir compromissos até pouco antes dos 30 anos; depois, conhecer um homem inteligente e estável, apaixonar-se e casar-se aos 30. Ter dois filhos, comprar uma boa casa, manter um consultório particular lucrativo enquanto também atendia comunidades carentes e viver feliz para sempre.*

E lá se fora o sonho, especialmente a última parte. Embora ela estivesse aliviada porque as emoções fortes e muitas vezes avassaladoras associadas ao divórcio haviam se dissipado – e por ter superado George de uma vez por todas –, em alguns momentos sentia falta da intimidade e dos momentos tranquilos da vida de casal. Agora, tudo girava em torno do trabalho e dos filhos, sem tempo para mais nada – esta noite era um excelente exemplo disso.

Ela pegou o celular de novo e tentou falar com Casey. Ouviu a ligação ir direto para a caixa postal, sentindo-se frustrada. Tomou um último gole de vinho e despejou o restante na pia antes de começar a limpar a cozinha. Tinha acabado de lavar a louça quando notou o brilho dos faróis pela janela; um instante depois, o carro apareceu na entrada. Ela ouviu o barulho familiar do motor do Suburban e respirou fundo, pensando: *Finalmente!*

Ao sair da cozinha, refletiu sobre como lidar com a transgressão de Casey. Sua filha era a rainha das desculpas, mas Kaitlyn sabia que berrar, ou

29

mesmo levantar a voz, geralmente fazia a filha responder na mesma moeda, o que agravaria a situação até o ponto de Casey gritar *"Odeio esta casa!"*, sair pisando forte e se trancar no quarto. Por outro lado, regras eram regras e, para Kaitlyn, a jovem tinha muito o que explicar.

– Casey chegou! – gritou Mitch. Ele estava parado diante da janela da frente, olhando através das cortinas. – Mas não é ela quem está dirigindo. Tem alguém com ela.

– Como é?

Casey não deveria deixar ninguém dirigir o carro. Essa talvez fosse a única regra que ela jamais havia quebrado; a garota adorava dirigir e jamais emprestava as chaves, a menos que...

Kaitlyn sentiu uma onda de raiva atravessar o corpo.

A menos, é claro, que ela tivesse bebido.

Estava marchando em direção à porta da frente quando ela se abriu de repente. Casey entrou, e bastou um olhar para seu rosto borrado e seu olhar assustado para saber que a filha estava seriamente abalada.

Antes que Kaitlyn pudesse proferir uma única palavra, Casey fechou a porta da frente e irrompeu em lágrimas, seus ombros se agitando. A mãe a envolveu em um abraço e sua raiva se dissipou enquanto a garota soluçava e seu corpo tremia. De alguma forma, em meio àquela torrente de emoções, Kaitlyn percebeu que Casey, na verdade, não cheirava a álcool. Isso era bom, ponderou, embora fosse óbvio que outra coisa estivesse muito, muito errada.

II

Depois de alguns minutos, Casey parou de chorar e revelou o essencial do que havia acontecido: batera no carro de um homem no estacionamento, estava arrependida e não sabia como isso acontecera. Kaitlyn a levou para o sofá e a forçou a respirar fundo. Com olhos vermelhos e o rímel escorrendo pelo rosto, Casey estava péssima. Kaitlyn se obrigou a conter a irritação que sentia.

– Deixe-me ter certeza de que entendi direito – disse ela, finalmente. – Você estava no Coach's com Camille e, quando estava saindo do estacionamento, bateu no carro de um homem.

Casey assentiu.

– Eu não vi que ele estava atrás de mim. Não sei por quê.

– Você está machucada? Consegue mexer a cabeça?

– Já fiz tudo isso com ele.

– Fez o quê?

– Essa coisa médica. Ele me avaliou.

– Ele te avaliou?

– Você entendeu. – Casey acenou com a mão, impaciente. – Pelo amor de Deus, mãe. Ele não me tocou nem nada disso. E eu estou *bem*. Ele disse que o Suburban nem foi danificado.

– Tem certeza?

– Eu olhei, mãe. Mas você pode ir olhar também, se não acredita em mim.

– Não é que eu não acredite em você. Ainda estou tentando entender o que aconteceu, tá bem?

– Eu já falei. – Casey fungou. – Não estava me ouvindo?

Foi um pouco difícil entender você, querida, e ainda não tenho a história completa. Mas ela não disse nada. Em vez disso, perguntou:

– Quem veio com você? A Camille?

– Não, o outro motorista. O cara em quem eu bati. Que tem umas tatuagens. Ele me disse o nome, mas esqueci.

Tatuagens? Kaitlyn só piscou.

– Você deixou um homem tatuado desconhecido te trazer em casa?

– Nada de ruim aconteceu – disse Casey, passando a mão no cabelo e procurando um elástico em um dos bolsos para prendê-lo.

– Por que ele está aqui?

– Ele achou que eu não devia dirigir porque estava nervosa.

Depois de fazer um rabo de cavalo, ela apertou os olhos, encarando a mãe.

– Você entende que não deveria ter feito isso? – indagou Kaitlyn. – Estou me referindo a entrar no carro com ele.

– Qual é o problema?

Entrar em um veículo com um homem desconhecido? Ah, claro, o que poderia dar errado?

– É perigoso. Você não conhece o sujeito.

Casey deu de ombros.

– Ele parecia legal.

Legal?

– Acho que é melhor eu ir falar com ele, então.

Quando Kaitlyn fez menção de ir até a porta da frente, Mitch falou de repente:

– Quero ir também.

– Fique aí dentro com a sua irmã por enquanto, tá?

– Ah, não – reclamou Casey com firmeza. – Eu vou lá fora com você.

– Por quê?

– Para garantir que você não vai surtar.

Deus me ajude, Kaitlyn pensou, e foi tudo o que pôde fazer para não revirar os olhos.

Ela acendeu a luz da varanda, depois as outras sobre a garagem, em seguida saiu pela porta, seguida por Casey. Então hesitou, levando alguns segundos para se recompor antes de avistar um homem encostado no carro, com os braços cobertos de tatuagens coloridas. Ele devia ter ouvido a aproximação delas e, quando se empertigou, seus olhos se encontraram. Pelo que pareceu um longo instante, ele simplesmente a encarou, como se tentasse ler sua expressão. Mas, quando o homem abriu um sorriso breve, Kaitlyn sentiu algo se agitar dentro dela. Não tinha certeza do que estava esperando, mas a aparência dele, por algum motivo, a surpreendeu.

Era um pouco mais alto que a média e estava visivelmente em forma, com os ombros largos evidentes na camiseta preta simples. Mesmo sob o brilho das luzes da garagem, ela reparou na cor incomum de seus olhos. As maçãs do rosto altas e a mandíbula definida criavam sombras dramáticas. As mechas densas de seu cabelo escuro eram curtas, cortadas em estilo quase militar, e ela notou fios prateados perto das orelhas. Sua calça jeans desbotada e os mocassins pareciam caros aos olhos dela e seu sorriso irradiava uma confiança natural. Mesmo com as tatuagens, ele poderia ser um cara da área de tecnologia, um consultor, até mesmo um médico como ela, e isso não a teria surpreendido. Mesmo assim...

Ela sabia que ele não era nada disso. Havia uma *prontidão* em sua postura, uma intensidade contida. Não, não era um homem que se sentava atrás de uma mesa no trabalho, ou que fazia cálculos, ou que montava apresentações em PowerPoint; a pura fisicalidade de sua presença contava uma história diferente.

– Mãe! – disse Casey. – O que está fazendo aí parada?

O som da voz da filha quebrou o encanto e Kaitlyn finalmente saiu da varanda. Quando se aproximou dele, os olhos do homem permaneceram fixos nos dela.

– Boa noite – disse ele, estendendo a mão. – Meu nome é Tanner Hughes.

Ela o encarou por um segundo antes de decidir que deveria tratá-lo com a mesma educação.

– Kaitlyn Cooper – disse ela, mantendo a voz fria. – Casey disse que vocês dois se envolveram em um acidente.

– Ela bateu de ré no meu carro, no estacionamento.

– E você achou que era uma boa ideia levá-la para casa? Sozinha? Mesmo que ela fosse menor de idade?

– Mãe! – gemeu Casey, e Kaitlyn viu o olhar dele se dirigir a Casey antes de voltar para ela.

– Eu entendo – disse ele em um tom compreensivo, mas não de quem se desculpa. – E, se eu estivesse no seu lugar, provavelmente me preocuparia também. Mas eu não quis fazer mal algum. Apenas não achei seguro que ela dirigisse, e a amiga dela já tinha ido embora. Viemos direto para cá.

– Eu já te falei tudo isso! – reclamou Casey, a vergonha nítida em sua voz.

– Então... obrigada – disse Kaitlyn.

– De nada. E a boa notícia para você, além de Casey não ter se ferido, é que quase não houve danos. Venha dar uma olhada.

Ele caminhou até a traseira do Suburban e, quando ela chegou perto, Tanner já estava usando a lanterna do celular para iluminar o para-choque.

– Tirando alguns arranhões, está ótimo. Também não senti problemas para dirigir.

Ela teve que espiar bem de perto para ver os arranhões, embora imaginasse que poderia haver danos invisíveis. Se notasse algo errado, deixaria o veículo no mecânico.

– Como ficou seu carro? – indagou ela.

– Isso é outra história – admitiu ele, entregando o celular a ela. – Tem algumas fotos, então pode ir passando e dando uma olhada.

Kaitlyn sentiu seus dedos roçarem os dele quando pegou o celular. Ela deslizou o dedo para o lado errado e se viu olhando para uma foto de Tanner sentado com um casal bem-vestido mais ou menos da mesma idade, no que parecia ser a varanda dos fundos de uma casa com vista para um lago ou algo do tipo. Ela se pegou pensando: *Ele tem amigos bonitos com sorrisos gentis, então provavelmente é normal.*

Repreendendo-se pela intromissão, deslizou o dedo na outra direção e seus olhos de repente se arregalaram. O carro dele parecia ser um esportivo clássico muito caro dos anos 1960, e o conserto provavelmente iria custar uma pequena fortuna. Quando ela devolveu o telefone, teve a estranha sensação de que ele a estava estudando com interesse.

– Vou avisar a minha seguradora. Você pegou todas as informações de que precisa?

– Sim – confirmou ele. – Sua filha me ajudou muito.

– Ah... bem... que bom – disse ela, surpresa que Casey tivesse sabido o que fazer.

– Lamento muito pelo seu carro. Sei que Casey também lamenta.

Ele enfiou o celular no bolso de trás da calça.

– Obrigado. – Novamente, seus olhos se encontraram e ficaram assim por um longo momento antes que ela desviasse o olhar, quebrando a conexão. – Acho que é isso, então. Foi um prazer conhecê-la. Você também, Casey.

– Obrigada por me trazer em casa – disse a garota com um aceno.

– Sem problemas.

Ele se virou e foi em direção à calçada.

– Espere! – gritou Kaitlyn, pega de surpresa com o fim repentino da conversa. – Para onde está indo?

Ele se virou para encará-la, embora continuasse andando.

– Para o meu hotel. Vou chamar um Uber. Se não tiver nenhum por perto, volto a pé.

Casey de repente a cutucou nas costelas. Ao se virar, Kaitlyn viu a filha olhando feio para ela, como se perguntasse: *Vai mesmo fazer o cara esperar aqui fora por Deus sabe quanto tempo? Ou deixá-lo ir a pé?* Demorou um segundo para Kaitlyn entender a mensagem, mas, por fim, reconheceu que Casey estava certa.

– Onde você está hospedado? – gritou.

– No Hampton Inn.

– Posso lhe dar uma carona? – ofereceu ela, levantando a voz para garantir que ele a ouvisse.

Ele fez uma pausa antes de responder:

– Tem certeza de que não é nenhum incômodo?

– É o mínimo que posso fazer. – Embora fosse sincera, ela percebeu que a ideia de ficar sozinha com ele a deixava um pouco nervosa. – Só me dê um minuto para me calçar e pegar as chaves.

– As chaves ainda estão no porta-copos – informou Tanner.

Claro, pensou ela, *faz sentido*.

– Casey, querida, pegue meus chinelos atrás da porta, por favor.

Enquanto Casey voltava para dentro de casa, Kaitlyn viu Tanner andar até o lado do passageiro do carro.

Quando a filha retornou, Kaitlyn enfiou os chinelos nos pés e murmurou:

– Volto em alguns minutos. Pode tomar conta do Mitch por mim?

– Ele vai ficar bem – respondeu Casey.

Kaitlyn resistiu ao impulso de repetir o pedido. Em vez disso, perguntou a si mesma quando estivera pela última vez em um carro com um cara bonito que mal conhecia. Na faculdade, talvez? No ensino médio? Nunca?

Kaitlyn tentou esvaziar a mente quando se acomodou ao volante. Após dar a partida, tentou ouvir algum barulho de metal batendo ou raspando enquanto dava marcha a ré, mas não escutou nada. Tanner olhava pela janela do lado do passageiro.

– Está na cidade a negócios? – perguntou ela depois de algum tempo.

– Negócios pessoais – respondeu ele, olhando-a. Quando ele sorriu, ela notou que seus dentes eram brancos e alinhados. – Você por acaso conhece alguém chamado Dave Johnson? Deve ter uns 60 anos.

Ela pensou.

– Acho que não. Sinto muito.

– Tudo bem. Eu não achava mesmo que ia ser tão fácil encontrá-lo.

– Não sabe onde ele está?

– Ainda não.

Ela deu uma olhada rápida nele.

– Ele está com algum problema? Quero dizer, você é um caçador de recompensas ou algo do tipo? Ou ele lhe deve dinheiro?

Ele riu.

– Não, não é nada disso. Não sou caçador de recompensas, não trabalho na polícia e ele não me deve nada. Caso eu consiga encontrá-lo, só quero falar com ele sobre algo que aconteceu há muito tempo e que envolve a minha família. Só isso.

O mistério de sua resposta era tentador, mas ela sabia que não era da sua conta.

– Boa sorte, então.

– Obrigado. – Ele se virou um pouco de lado em seu assento. – Casey mencionou que você é médica.

– Sou clínica aqui em Asheboro.

– Você gosta?

– Do quê? De ser médica? – Quando ele assentiu, ela inclinou a cabeça para o lado por um segundo, como se refletisse com sinceridade sobre a pergunta. – Eu gosto. Desde pequena eu quero ser médica. – Ela ergueu uma sobrancelha. – E você? O que faz?

– Pouca coisa hoje em dia. Eu meio que me afastei de tudo há três anos.

– Certo – disse ela, sem saber como responder a uma declaração como aquela. – O que fazia antes?

– Estive no Exército durante catorze anos, a última década com as forças especiais Delta. Então, depois que deixei o serviço militar, trabalhei para a USAID por pouco mais de seis anos.

– Ah – disse ela, a linha do tempo da vida dele rapidamente se formando em sua mente. O Exército explicava as tatuagens e a forma como ele se portava, mas ela desconfiou que ele não entraria em mais detalhes sobre seu tempo de serviço. Não com uma estranha, pelo menos não tão cedo, então perguntou o óbvio: – O que é a USAID?

– É a agência do governo federal que presta assistência humanitária e de desenvolvimento a outros países. Ela oferece apoio a agricultura, educação, infraestrutura, saúde pública e um monte de outras coisas.

– Então você trabalhou em Washington, D.C.?

– Não. A sede fica lá, mas a agência tem missões no mundo inteiro. Trabalhei no exterior, com o Gabinete de Segurança.

Ela digeriu a informação.

– Posso perguntar onde ou é confidencial?

– Não é confidencial. Existem sucursais em uma centena de países, mas, no meu caso, trabalhei em Camarões, na Costa do Marfim e, por último, no Haiti.

– Como é que uma pessoa consegue esse tipo de emprego? Você se formou em relações internacionais ou...?

– Não, nada disso. Depois do meu desligamento do Exército, trabalhei

36

com o meu conselheiro do TAP para descobrir o que queria fazer em seguida. Eu não queria trabalhar para empresas militares privadas, então ele sugeriu a USAID.

– O que é o TAP?

– Desculpe. É o Programa de Assistência à Transição. É para os veteranos que voltam à vida civil. Os militares adoram uma sigla.

Ela assentiu, ainda pensando no que ele tinha dito anteriormente.

– Você não é meio jovem para poder ficar sem trabalhar por três anos?

– Talvez – concordou ele. – Na época, pareceu a coisa certa a fazer.

– E agora?

– Não deu certo. Vou partir para Camarões novamente em junho.

– Com a USAID?

– Não. Com o IRC desta vez. – Em seguida, como que antecipando a próxima pergunta, ele acrescentou: – O Comitê Internacional de Resgate.

Ela achou que fazia sentido; ele ainda era jovem, e os boletos nunca param de chegar, então toda folga tem seu fim.

– Posso perguntar quanto tempo está planejando ficar em Asheboro?

– Eu estava achando que ficaria ou até encontrar o homem que estou procurando, ou até perceber que não consigo encontrá-lo. Agora, como meu carro precisa ser consertado, minha agenda está em aberto.

Kaitlyn ficou envergonhada.

– Eu realmente lamento muito pelo seu carro. Pelas fotos, parece até que faz parte do acervo de um museu. Ou pelo menos parecia antes desta noite.

– Não é um clássico original – explicou ele. – É uma réplica e tem só alguns meses.

Ele contou a ela sobre a Revology Cars, a empresa oficialmente licenciada para fazer réplicas de alguns automóveis clássicos.

– Não sei o que é pior: minha filha ter amassado um carro clássico ou um novo.

– Posso lhe garantir que a segunda opção não é muito divertida.

A maneira descontraída como ele disse isso a fez sorrir, e ela sentiu, pela primeira vez, que começava a relaxar.

– Você é casado? – perguntou ela.

– Não. Nunca me casei.

– Filhos?

– Nenhum que eu saiba.

Ela deu uma risada meio abobada por algum motivo.

– Então, de onde você é?

– Da Europa, eu acho.

Ela olhou para ele, curiosa.

– Filho de militar – disse ele, antes de oferecer um breve panorama de sua juventude.

– E onde mora hoje?

Ele deu de ombros, quase pedindo desculpas.

– Não sei muito bem como responder a essa pergunta.

– Você não tem um apartamento em algum lugar? Ou uma casa?

– Nunca tive. Nos tempos do Exército, ou morava no quartel, na base, ou era destacado para o exterior. Com a USAID, morei num alojamento oficial, ainda que temporário. Meus amigos provavelmente diriam que não fui feito para me fixar num lugar só.

Ela sorriu, lembrando-se da foto do casal que ela tinha visto em seu celular, o que levou a outro pensamento.

– Antes de eu deixar você no hotel, acha que poderia me mostrar seu carro para que eu tire mais fotos? Caso a minha seguradora precise?

– Claro – disse ele imediatamente. – Estávamos no Coach's. Sabe onde fica?

– Sei – afirmou ela, mudando o trajeto.

Alguns minutos depois, eles estavam procurando vaga em um estacionamento abarrotado. Kaitlyn se perguntava por que todos em Asheboro tinham decidido ir ao mesmo local.

– O torneio de basquete – explicou Tanner, como se lesse sua mente.

Eles chegaram ao Shelby e, uma vez que ela viu o tamanho do prejuízo, deu-se conta de repente do que havia esquecido.

– Você não vai acreditar, mas acabei de perceber que não trouxe meu celular – disse Kaitlyn, aflita.

Os olhos de Tanner brilharam, achando graça.

– Nem a sua bolsa, logo provavelmente esqueceu sua habilitação também, não é?

A boca de Kaitlyn formou um pequeno "O" de surpresa quando ela percebeu que ele estava certo.

– Hum... eu normalmente não sou tão esquecida.

-- Não tenho a menor dúvida.

A certeza em seu tom – e a franqueza de seu olhar quando disse essas palavras – a fez ruborizar, e ela se virou em direção ao carro, esperando que ele não percebesse.

– Parece pior de perto do que nas fotos.

– Foi um baita estrago, com certeza.

Ela viu Tanner pegar o celular do bolso e tirar uma série de fotos de um ângulo, depois de outro. Logo depois ouviu o bipe familiar indicando que as fotos haviam sido enviadas.

– Mandou para quem?

– Para você – respondeu ele, segurando o celular. – Este é o seu número, certo? – Ela assentiu, surpresa. – Casey me deu. As fotos já devem estar no seu telefone. Mandei as que tirei mais cedo também.

– Obrigada – disse ela. – Estou um pouco surpresa com a Casey. Ela costuma dirigir muito bem.

– Acho que ela estava aborrecida antes de entrar no carro.

– Como assim?

– Eu a vi discutindo com um rapaz, e ele segurou com força o braço dela. Não ouvi o nome dele, mas tinha cabelos castanhos e era um pouco alto.

Kaitlyn comprimiu os lábios quando entendeu que devia ter sido Josh.

– Obrigada por me informar – afirmou ela, então se livrou do pensamento. Não era hora nem lugar para isso, e ela forçou um sorriso. – Acho que agora devo deixar você no hotel.

Eles fizeram o percurso praticamente em silêncio, mas, quando se aproximaram do hotel, ela ouviu a voz dele outra vez.

– Na verdade, poderia me deixar aqui? – pediu ele, apontando o polegar para a janela do passageiro. Os olhos dela pousaram no espelho retrovisor enquanto ele continuava: – Acho que vi um bar, e uma cerveja cairia bem depois de tudo isso.

Ela assentiu e parou.

Ele abriu a porta e então olhou para ela.

– Sei que pode soar estranho, levando em conta como nossos caminhos se cruzaram esta noite, mas tem alguma chance de você querer se juntar a mim?

Ela abriu a boca, surpresa, sem saber o que dizer.

– Ah – disse ela, finalmente. – Eu não estou vestida para...

– Você está linda – afirmou ele –, e é por isso que eu não me perdoaria se não a convidasse.

Ela o encarou, um pouco perplexa por ele a ter elogiado assim do nada.

– As crianças provavelmente estão me esperando em casa...

– Eu entendo – disse ele. – Obrigado pela carona, Kaitlyn. Foi um prazer conhecê-la.

Quando ele desceu do carro, ela pensou novamente no que ele tinha dito, e as palavras seguintes saíram antes mesmo que tivesse consciência de que havia mudado de ideia:

– Espere. Acho que uma cerveja não faz mal a ninguém.

Ela estacionou na rua antes de caminhar ao lado dele, estranhamente consciente de sua proximidade. Lá dentro, o pub estava apenas parcialmente cheio, e eles pediram suas cervejas no balcão. Kaitlyn não conseguia acreditar que estava fazendo aquilo, mesmo quando encontraram uma mesa desocupada e se sentaram. Olhando para ele do outro lado da mesa, ela tomou um gole e pensou em algo que ele tinha contado.

– Você mencionou que se afastou de tudo há três anos, mas não tenho certeza do que quis dizer com isso.

– Ah – disse ele, recostando-se no assento. – A covid me deixou ilhado no Havaí por um tempo e, depois disso, eu meio que vivi na estrada, numa longa viagem de carro.

Ele prosseguiu, contando a ela sobre essa parte.

– E você veio a Asheboro para procurar uma pessoa? – perguntou ela.

– Sim.

Como ele não acrescentou nada, ela conteve sua curiosidade de novo, optando por algo mais fácil para ele responder:

– E está vindo de onde?

– Cheguei de Pine Knoll Shores esta manhã. Acabei de passar alguns dias com um amigo lá. Antes disso, estive alguns meses em Pensacola.

– O que tinha em Pensacola?

– Minha avó. Ela estava doente.

– E como está agora?

– Ela faleceu há cinco semanas.

– Ai, meu Deus! – exclamou ela. – Sinto muito.

– Eu também – concordou ele. – Ela era uma mulher maravilhosa. Minha mãe morreu quando eu nasci, então meus avós me criaram.

– E seu avô? Ele estava com você enquanto você cuidava da sua avó?

– Ele morreu há oito anos. Ataque cardíaco.

Ela absorveu a informação, observando-o empilhar os descansos de copo na mesa antes de espalhá-los feito cartas de baralho. Ele a encarou e prosseguiu:

– Já falamos muito sobre mim, então agora é a sua vez. Você cresceu aqui em Asheboro?

– Não. Me mudei para cá aos 30 e poucos anos. Sou nascida e criada em Lexington, no Kentucky. Fiz faculdade de medicina na Universidade do Kentucky.

– O que trouxe você até aqui?

– George – respondeu ela. – Meu ex. É cardiologista intervencionista e nos mudamos para cá depois que ele terminou suas especializações. Ele trabalha em Greensboro.

– Vocês foram casados por quanto tempo?

– Treze anos. Estamos divorciados há quatro.

Enquanto ela respondia, torcia para que ele não estendesse o assunto – a última coisa que queria fazer era falar sobre George – e Tanner pareceu captar a mensagem.

– Sua família ainda está em Lexington?

– Meus pais, sim. Mas meu irmão mais velho mora perto de Chicago e minha irmã mais nova se mudou para Louisville há seis anos. Ainda tentamos reunir a família na casa dos meus pais algumas vezes por ano, só que, agora que as crianças estão mais velhas, é mais difícil. Quer dizer, mais difícil para Casey. Mitch ainda gosta de ir.

– Mitch?

Ela assentiu.

– Meu filho. Ele tem 9 anos.

– É uma grande diferença de idade – observou ele.

– Casey não foi planejada – confessou ela. – Quando estávamos prontos para ter outro filho, demorei um pouco a engravidar. Talvez tenha sido estresse, não sei. Eu tinha uma vida corrida naquela época.

– Imagino que ainda tenha.

Ela valorizou o fato de ele entender como era ser uma mãe solo que trabalha fora.

– Então você não tem filhos. Se arrepende?

41

– Às vezes – admitiu ele. – Como são seus filhos? Fale sobre eles.

Kaitlyn ficou levemente mexida com o interesse, até porque pareceu genuíno.

– Você já conheceu Casey, então deve saber que ela tem 17 anos mas acha que tem 25. Sempre foi teimosa e muito inteligente, mas sua adolescência tem sido penosa. Mitch ainda está na fase fácil.

– E...?

Ela tomou um gole de cerveja antes de compartilhar mais detalhes sobre cada um dos filhos. Casey era uma excelente aluna – com expectativa de entrar para as universidades Duke ou Wake Forest –, era popular, tinha muitos amigos e adorava o irmão mais novo. Ela falou sobre o amor de Mitch pelo futebol, mesmo que não fosse um jogador muito talentoso, e que ele estava aprendendo a esculpir em madeira. Descreveu a obsessão do menino por Legos e animais de todos os tipos, mas especialmente aqueles que podiam ser vistos no zoológico.

Tanner inclinou seu copo em direção a ela, em sinal de reconhecimento.

– Eles parecem ser crianças maravilhosas – comentou. – E você parece ser uma ótima mãe.

– Eu tive sorte – disse ela. Então, de repente, se lembrou de algo que ele dissera antes. – Você falou que viu um rapaz agarrando o braço de Casey.

Tanner contou o que viu com mais detalhes.

– Não me admira que ela não estivesse prestando atenção quando começou a dar ré – refletiu Kaitlyn.

– Sabe quem é o rapaz?

– Posso adivinhar – disse ela, franzindo a testa. – Provavelmente Josh. Não gosto dele.

– Percebi.

Ela riu e balançou a cabeça.

– Às vezes eu só queria poder pegar tudo o que aprendi, toda a minha sabedoria acumulada, e simplesmente enfiar na cabeça dela. Em vez disso, ela está sempre tendo que aprender com os próprios erros, e é difícil para uma mãe ficar parada só assistindo.

Ele sorriu, demonstrando empatia.

– Imagino que, juntando o trabalho e seus filhos, não sobre muito tempo para sair e tomar uma cerveja. Mas não tenho palavras para dizer como estou feliz por você ter aceitado vir.

Kaitlyn sentiu que estava prestes a ficar vermelha outra vez. *Ele está flertando comigo*, percebeu. Ela não tinha nem penteado o cabelo antes de sair de casa, pensou, admirada. No entanto, enquanto ele lhe fazia perguntas sobre sua educação e formação médica, seus hobbies e interesses, ela se via respondendo espontaneamente, compartilhando histórias em que não pensava havia anos. A sensação era confortável e acolhedora, como se ela relaxasse em uma varanda iluminada pelo sol.

Um pouco mais tarde, porém, com o caneco ainda meio cheio, ela soube que era hora de ir embora. Casey e Mitch estavam, sem dúvida, se perguntando onde a mãe tinha ido parar, mas ela estaria mentindo se dissesse que não queria ficar pelo menos um pouco mais.

Talvez fosse sua imaginação, mas teve a impressão de que ele também não queria que a noite terminasse, mesmo quando eles se levantaram da mesa e voltaram para o Suburban. Na curta viagem até o Hampton Inn, Tanner ficou estranhamente quieto e, quando ela parou na frente do hotel, hesitou antes de sair do carro.

– Gostei muito – afirmou ele, soando sincero. – Obrigado por me fazer companhia.

– Eu me diverti.

Tanner parecia estar lutando com algo antes de perguntar:

– Posso ver você de novo? Já que vou ter que ficar em Asheboro pelo menos até arrumar meu carro.

Kaitlyn titubeou. Era o momento de acabar com aquilo – fosse lá o que fosse – e o lado racional dela sabia que era a coisa certa a fazer. Sua vida já era atribulada o bastante, e ela estava ciente de que ele iria embora em breve, então por que arriscarem criar uma conexão? Pela lógica, sabia exatamente o que fazer, mas não conseguiu se obrigar a dizer não.

– Claro. Por que não?

Se ele tinha percebido a hesitação dela, não demonstrou.

– O que vai fazer amanhã? Se não estiver ocupada, talvez a gente pudesse almoçar juntos.

– Ah, bem, eu prometi levar Mitch ao zoológico – respondeu ela, tropeçando nas próprias palavras. – E, amanhã à noite, tenho visitas domiciliares...

Ele arqueou uma sobrancelha.

– Você faz visitas domiciliares? Eu não sabia que os médicos ainda faziam isso.

– Não é comum, mas é importante para mim e me ajuda a evitar internações. Tem gente que simplesmente não vai ao médico. Pode ser que estejam no país ilegalmente, ou não tenham transporte, ou sofram de agorafobia, ou tenham medo do custo, ou sei lá. Então, eu vou até eles.

– Quantos são?

– Uns trinta ou quarenta. Eu não os vejo todos os domingos, é claro. Faço um rodízio, mas, ainda assim, levo duas ou três horas.

– Estou impressionado. Mais do que já estava, e isso quer dizer muito. E entendo que amanhã à noite fica inviável, mas que tal nós três almoçarmos no zoológico?

– Você quer ir ao zoológico?

– Por que não? Melhor que ficar preso no hotel o dia todo.

Mais uma vez, ela se lembrou de que havia inúmeras razões para simplesmente dizer não e, no entanto, ao retribuir seu olhar caloroso, percebeu que algo dentro dela – aquela parte tão relutante em correr riscos – havia mudado na última hora.

– Tudo bem – disse ela. – Te busco às onze e meia, pode ser?

III

No caminho para casa, Kaitlyn ficou pensando em Tanner e tentando processar as últimas horas. Se alguém tivesse dito a ela naquela manhã como seria sua noite de sábado, ela teria gargalhado e respondido que a ideia era ridícula. Beber com um homem que ela acabara de conhecer? Flertar? Concordar em encontrá-lo de novo no dia seguinte? Na vida real, coisas assim simplesmente não aconteciam, e ela respirou fundo, sentindo-se um pouco atordoada.

Ela dirigiu para casa no piloto automático. Quando entrou em sua rua, demorou um segundo para distinguir uma picape preta novinha saindo devagar da entrada da garagem. Confusa, ela diminuiu a velocidade, observando o veículo dar ré e parar em frente à sua casa, depois começar a avançar, os faróis fazendo o asfalto brilhar.

Sem entender nada, franziu a testa, dando-se conta de que alguém estivera em sua casa. Quando a picape começou a acelerar e passou por ela, Kaitlyn reconheceu o carro e o motorista.

Josh, percebeu, e de repente os pensamentos sobre Tanner pareceram muito distantes.

Tentando conter a irritação, estacionou na garagem e abriu com força a porta da frente, surpresa ao ver que a sala estava vazia e a televisão já havia sido desligada. A cozinha também parecia deserta e, após subir as escadas, ela espiou o quarto de Mitch. Ele já tinha tomado banho e estava vestindo o pijama, com os cabelos ainda molhados, espetados em todas as direções.

– Oi, mãe – disse ele, enfiando os braços pelas mangas da blusa.

Ela sorriu.

– Estou surpresa que já esteja se preparando para dormir.

– É porque a gente vai ao zoológico amanhã e eu quero estar descansado.

– Falando nisso, você se importa se a gente tiver companhia amanhã?

– Quem?

Por um instante, ela ficou sem saber como descrever Tanner. *Um homem que acabei de conhecer? Um estranho? O cara do carro em que Casey bateu?*

– Um amigo – respondeu ela, por fim, sabendo que, embora não fosse exatamente verdade, era melhor que as alternativas.

– Por mim tudo bem – concordou ele, dando de ombros. Então, depois de um momento, ele ergueu o olhar. – Você vai gritar com a Casey agora? Por destruir o carro daquele moço?

– Eu não vou gritar com a Casey. Só preciso conversar com ela.

– Vocês duas sempre gritam quando você diz que vai conversar.

Não querendo discutir com o filho, ela lhe deu um beijo rápido na cabeça.

– Até amanhã. Te amo.

Depois de apagar a luz, deixou a porta ligeiramente aberta – Mitch gostava assim – e foi para o quarto de Casey. Bateu algumas vezes sem ouvir resposta. Então abriu a porta e enfiou a cabeça pela fresta, vendo Casey deitada de bruços na cama, com um livro didático aberto diante dela. De onde estava, Kaitlyn podia ouvir os leves acordes da música que vinha dos fones de ouvido da filha, o que explicava por que ela não havia respondido. Os olhos de Casey se ergueram e encontraram os da mãe enquanto ela tirava os fones do ouvido.

– Você demorou – disse ela, já desconfiada.

Kaitlyn ficava boba com o talento de Casey para colocá-la imediatamente na defensiva.

– Tanner e eu paramos para tomar uma cerveja antes de eu deixá-lo no hotel e acabamos conversando por mais tempo do que eu tinha previsto.

– Vocês dois saíram para beber?

– Uma cerveja, e eu deixei a minha pela metade – respondeu Kaitlyn, mudando de assunto. – Vim perguntar se podemos conversar um minutinho.

– Pode ser – respondeu Casey, fechando teatralmente o livro.

Kaitlyn se aproximou e se sentou na cama. Achando que era melhor ir direto ao ponto, perguntou:

– Josh esteve aqui em casa há alguns minutos? Pensei tê-lo visto saindo da garagem.

– Ele veio pedir desculpas – respondeu Casey.

– Casey...

A garota revirou os olhos.

– Já sei o que está pensando, mãe. Não, eu não o convidei. Não, eu não sabia que ele vinha. Não, eu não queria ele aqui, e não, eu não deixei que entrasse. Sei que não gosta dele, tá? E já falei que também não gosto.

– Mas você o viu mais cedo, quando estava no Coach's, não foi?

Casey pestanejou.

– Eu não planejei me encontrar com ele! Me encontrei com a Camille lá, tá? Ela queria conversar comigo sobre Steven porque eles tinham acabado de ter uma briga horrível, e então Josh, o irmão dele e Carl apareceram de repente e se sentaram na nossa mesa. O que eu podia fazer?

Steven era o namorado de Camille, e o relacionamento deles – até onde Kaitlyn podia deduzir – incluía dramas intermináveis e uma crise atrás da outra. Isso provavelmente explicava por que Casey pegara o carro sem pedir.

– Você também perdeu o jantar e, quando eu tentei ligar para você...

– Desculpa por não estar aqui na hora do jantar, mas Camille estava soluçando de chorar e eu já expliquei que meu celular ficou sem bateria – rebateu Casey. – Expliquei assim que cheguei em casa, lembra?

Kaitlyn não se lembrava direito dessa parte, mas, por outro lado, Casey tinha sido bastante confusa.

– Sobre o acidente...

Casey revirou os olhos.

– Pela milionésima vez, eu sinto muito, muito, *muito* pelo acidente. Foi um erro idiota, eu não tive a intenção, gostaria que nunca tivesse acontecido e nunca mais vou fazer isso. Você pode me colocar de castigo ou o que quer que esteja planejando fazer.

Kaitlyn ignorou o tom dramático e tentou manter a voz firme:

– Como eu disse, eu queria falar com você sobre Josh.

– Nós já falamos.

– Ele foi agressivo com você mais cedo? No estacionamento? Foi por isso que você não prestou atenção quando estava dando ré?

Os olhos dela se estreitaram.

– Pelo jeito aquele cara te contou que o Josh agarrou o meu braço, né? Foi sobre isso que vocês conversaram esse tempo todo? Quando saíram para beber?

Kaitlyn ignorou tanto as perguntas quanto o tom acusatório.

– Você entende que ninguém deve segurar você à força, não entende?

– Acha que eu não sei disso? – retrucou Casey. – Foi por isso que fiquei com raiva. Eu não sou idiota, mãe.

– Eu sei que você não é idiota...

– Então pare de agir como se eu fosse! – berrou Casey, interrompendo-a. – Eu nem sei mais o que você quer de mim. Eu vivo pedindo desculpas por tudo, o tempo todo, e, ah, aliás, enquanto isso, tiro notas boas em tudo, tomo conta do Mitch quando você precisa e sempre volto para casa na hora que você determina. É sábado à noite e, em vez de ir para uma festa, estou estudando para as provas. Eu não bebo nem uso drogas, mas você parece agir como se eu fosse uma pessoa horrível.

– Eu não acho isso – disse Kaitlyn, surpresa, perguntando a si mesma de onde tudo aquilo tinha vindo. – Não sei de onde tirou essa ideia.

– Você está sempre tentando me dizer o que fazer, como se eu não estivesse correspondendo às expectativas! Eu sei que nunca serei perfeita como você, mas pelo menos não me esqueci de como ser feliz.

Kaitlyn apenas piscou ao ouvir aquele comentário, sentindo-se magoada a ponto de não saber o que responder. Ela disse um rápido boa-noite e, então, desorientada, desceu as escadas.

Sentou-se no sofá, sua mente girando com tudo o que havia acontecido naquela noite – desde o acidente, passando pelo encontro com Tanner até concordar em vê-lo novamente no dia seguinte. Em qualquer outra circunstância, ela sabia que estaria pensando apenas nisso naquele momento, mas agora...

Será que Casey realmente achava que ela havia se esquecido de como ser feliz?

E o mais importante: será que ela havia mesmo se esquecido?

Três

I

Mais cedo naquele dia, o velho e o menino haviam se sentado em um gazebo. Começara a chover depois que eles chegaram, e a água escorria do telhado por todos os lados, formando poças sob o balanço e o escorregador próximos. Era uma chuva suave e constante, que caiu depois de mais de uma semana de primavera mais quente que o normal, e Jasper sorriu para si mesmo, sabendo exatamente o que aquele tempo prometia.

Eles estavam entalhando madeira com canivetes, como faziam todos os sábados à tarde. O gazebo e o playground gramado ficavam a uns 400 metros da pequena cabana de madeira de Jasper, mas à vista da casa de Mitch. Isso permitia que a mãe do menino ficasse de olho neles, o que não incomodava o idoso nem um pouco. Ele continuava a trabalhar com o canivete, dando os toques finais em um leão com uma juba esvoaçante. O menino, ele sabia, adorava animais de zoológico e estava trabalhando em algo que lembrava uma tartaruga, embora, em uma inspeção mais detalhada, Jasper tivesse concluído que poderia ser uma aranha. Uma pequena pilha de lascas se acumulava aos pés deles, algumas às vezes pousando sobre Arlo.

O cachorro era uma mistura de labrador com vira-lata e havia entrado, tremendo, na casa do velho durante uma tempestade havia mais de doze anos, quando Jasper abrira a porta para espiar o céu. Na época, Arlo não tinha passado muito da fase de filhote, e o velho lhe deu pão com ovo e um pouco de água, esperando a tempestade passar. No dia seguinte, afixou cartazes e visitou as clínicas veterinárias da cidade para encontrar o dono, mas ninguém jamais reivindicou o cachorro. Jasper imaginou que Arlo, morrendo de medo, havia pulado da traseira de uma caminhonete e seus donos originais só foram perceber quando chegaram ao seu destino distante, onde quer que fosse.

O cão o lembrava do cantor Arlo Guthrie quando era jovem, com suas longas madeixas desgrenhadas e o olhar sério; Jasper tinha sido um grande fã de Guthrie nos velhos tempos. Agora que o focinho preto do cachorro havia ficado quase todo branco e suas bochechas pareciam o bigode caído do cantor, o nome parecia ainda mais apropriado. Ultimamente, Arlo se contentava em passar a maior parte do tempo roncando aos pés de Jasper ou vagando para sua tigela de comida na esperança de que algo tivesse sido adicionado.

Por mais de dez anos, foram apenas os dois; nas décadas anteriores, Jasper morara sozinho. Mas o menino era uma boa companhia, e o velho gostava da mãe dele também. Como amiga, é claro. Jasper havia amado sua esposa, Audrey e, embora tivessem se passado tantos anos de sua morte que já até ultrapassavam o tempo de casamento, sua ausência ainda lhe deixava vazios que ele sabia que nunca mais conseguiria preencher.

No entanto, Jasper passara a confiar na mãe do menino em todos os assuntos relacionados à sua saúde, que provavelmente poderiam encher as páginas de uma pequena enciclopédia médica. Seu sistema imunológico era instável; seu coração, propenso a arritmias; e sua pressão arterial e seu colesterol eram altos. Protrusões discais na lombar muitas vezes causavam espasmos dolorosos e dormência nos pés. Acrescente um zumbido leve no ouvido, um câncer de próstata em lento avanço e articulações tão artríticas que estalavam e doíam sempre que ele se mexia, e ficava claro que seu corpo estava aos poucos deixando de funcionar. Entretanto, era a pele dele o que mais preocupava a médica. Era um verdadeiro show de horrores e, embora ela não tivesse conseguido resolver os problemas, impedira, em grande parte, que piorasse – realmente uma bênção.

Era o seu jeito de ser, porém, o que ele mais estimava. Ela não o amolava por conta de sua alimentação, que consistia basicamente em sopa enlatada, feijão com chili enlatado ou sanduíches, nem lhe dava sermões sobre a importância de comer mesmo quando ele não estava com fome, já que vinha perdendo peso nos últimos dois anos. Ela nunca reclamou de Jasper levar Arlo às consultas. E, principalmente, não desviou o olhar quando ele se deitou pela primeira vez em sua mesa de exames, três anos antes. O Dr. Jenkins havia se aposentado, seus pacientes foram designados para outros médicos e Jasper esperava que a médica olhasse para outro lado. Afinal, a maioria das pessoas fazia isso, e Jasper entendia. Queimaduras e cicatrizes de enxertos cobriam mais da metade de seu corpo e lhe haviam roubado os cabelos; outras áreas da pele, incluindo as partes do pescoço e rosto que não tinham sido queimadas, eram acometidas pela psoríase crônica. Naquela primeira consulta com ela, ele brincou que, no Halloween, era capaz de assustar todas as crianças sem nem sequer usar máscara. Respondendo com uma voz suave porém firme, a doutora disse que duvidava disso, já que seus olhos eram tão gentis. Uma mentira, obviamente, que ele aceitou porque os olhos dela também eram gentis.

Conversa vai, conversa vem, descobriram que não moravam muito longe um do outro. A casa da médica ficava em um loteamento próximo à propriedade de Jasper. O terreno dele fazia fronteira em três lados com a Floresta Nacional de Uwharrie e a maneira mais rápida de chegar à floresta a partir do loteamento dela era cortando caminho pela propriedade do velho. Jasper havia afixado placas de "Entrada proibida" e pintado meia dúzia de troncos de árvores de roxo; mesmo assim, algumas pessoas não se sentiam constrangidas em atravessar seu terreno. Inclusive o menino.

Ele o tinha visto pela primeira vez no verão passado; estava sentado na varanda, e o menino cruzou sozinho seu quintal. Era magro e usava óculos de armação preta e lentes grossas e um macacão, e carregava um estilingue e um punhado de alvos de papel. Ele fez Jasper se lembrar de seus filhos quando partiam em sua busca de aventuras infantis, então o homem ficou calado e simplesmente continuou a esculpir.

Alguns dias depois, quando o menino passou pelo terreno pela segunda vez, Jasper o reconheceu como o da foto na mesa de sua médica. Ele havia colocado algumas das esculturas de animais que fizera ao longo dos anos sobre o velho corrimão da varanda e, quando o menino passou, saindo da floresta, diminuiu a velocidade e depois parou para ver mais de perto. Ele perguntou o que Jasper estava fazendo.

– Estou esculpindo uma coruja – explicou o homem, com a cabeça baixa.

Sabia, por experiência, como o menino reagiria assim que revelasse seu rosto.

– Esculpir é a mesma coisa que entalhar?

– É – disse Jasper, então finalmente levantou a cabeça.

O menino deu um passo involuntário para trás. As lentes dos óculos eram tão grossas quanto potes de geleia, ampliando o tamanho de seus olhos.

– O senhor é ele – gaguejou o menino. – O homem da cabana.

– Devo ser – rosnou Jasper, já antecipando o que viria a seguir.

O menino engoliu em seco.

– É verdade que come criancinhas?

Jasper já tinha ouvido o boato antes, mas não sabia de onde uma ideia dessas poderia ter surgido. De adolescentes, provavelmente, querendo pôr medo nos irmãos mais novos, ou talvez de pessoas maldosas.

– Não – disse ele. – Prefiro tomar sopa de tomate ou comer feijão com chili.

– Foi o que pensei. Minha mãe me disse que era mentira e que o senhor era, na verdade, um homem muito legal.

– Sua mãe é uma moça gentil. E ótima médica também.

– O que aconteceu com a sua cara? – arriscou o menino.

– A vida – respondeu Jasper, como sempre fazia.

Depois, quando terminou a estatueta que estava fazendo, a jogou na direção do menino. O menino a pegou do chão e a virou várias vezes, inspecionando-a de perto.

– O senhor fez isso? Com um pedaço de madeira?

– Fiz.

– O senhor fez todas elas? – perguntou em seguida, apontando para o corrimão.

– Sim.

O menino finalmente se aproximou, examinando as peças.

– Parecem que vieram de uma loja!

Jasper sabia que era para ser um elogio e sorriu, mas, como seus sorrisos muitas vezes se assemelhavam a caretas assustadoras, rapidamente baixou a cabeça de novo. Pigarreou e disse:

– Pode ficar com a coruja se quiser. Tenho muitos animais, como pode ver.

Mais tarde naquele dia, o menino voltou com a mãe, a médica. Ela carregava um prato coberto e, como de costume, olhou diretamente para Jasper. Além de contar que havia deixado o filho de castigo por entrar na floresta sem permissão (*Porque a irmã dele disse que podia, mesmo que sua obrigação fosse ficar de olho nele, então ela também ficou de castigo!*), a mulher fez o menino pedir desculpas pela invasão. E pelas perguntas grosseiras que havia feito.

Jasper aceitou as desculpas e disse que o menino poderia atravessar seu terreno quando quisesse. Ela então instruiu o filho a devolver a escultura, mas Jasper insistiu que a tinha dado de presente e afirmou, de novo, que o menino poderia ficar com ela. Foi quando ela descobriu o prato e o ofereceu a ele, revelando uma montanha de cookies caseiros. Depois de morder um, ele se surpreendeu ao ouvir o menino perguntar, com uma voz tímida, se o velho poderia ensiná-lo a esculpir. Jasper mastigou silenciosamente enquanto pensava no assunto. Estava sem prática em conversar com as pessoas e não passava tempo com crianças havia décadas, mas, no final, talvez por gostar da médica, ele concordou. E, então, passou a se encontrar com o menino no gazebo.

Com o tempo, percebeu que tinha sido uma excelente ideia. Ele gostava de observar o jeito como o menino se enchia de orgulho sempre que o velho lhe entregava um canivete. Gostava de ser chamado por ele de Sr. Jasper – usando seu primeiro nome em vez do sobrenome –, como muitos sulistas faziam. O melhor de tudo era que o menino já não se recusava a fixar os olhos no velho nem parecia perturbado por sua aparência; não importava nem um pouco que ele ainda não conseguisse esculpir algo que prestasse.

II

– Uau! – exclamou o menino naquele dia. – É um leão?

– É.

Jasper assentiu, fazendo pequenos sulcos para destacar a juba e dar os toques finais. Em sua mente, ele ainda gostava de pensar em Mitch como *o menino* em vez de usar seu nome.

– Como estou indo? – perguntou o menino, segurando a tartaruga, ou a aranha, ou o que quer que fosse.

– Hum... – começou Jasper, sem saber o que dizer.

– Vai ser o Arlo quando eu terminar.

– Hum.

– Fiz exatamente o que o senhor falou – disse o menino. – Primeiro, eu imaginei, mas acho que posso ter me atrapalhado nas patas. Consegue consertar?

Jasper pôs o leão de lado e pegou a escultura.

– Deixe-me ver o que posso fazer. – Ele olhou mais de perto para a obra antes de perguntar: – Como está a escola?

– Tudo tranquilo. – O menino deu de ombros. – Mas meio chato.

– Como vai a sua mãe?

– Está bem. Ela trabalha muito.

– E a sua irmã?

A irmã do menino era oito anos mais velha, e Mitch era louco por ela.

– Bem, eu acho. Ela faz pipoca e assiste a um filme comigo quando a mamãe tem que trabalhar, mas, geralmente, sai com as amigas. Minha mãe diz que é porque ela é adolescente.

– Hum.

– O que mais o senhor esculpiu esta semana?

– Nada. Minhas mãos estavam doendo demais.

– O senhor tomou um Tylenol?

Era a mesma pergunta que ele sempre fazia quando Jasper mencionava a dor.

– Com certeza.

– Muito bem – aprovou o menino, soando autoritário, como a mãe.

Ele até se parecia com ela, agora que Jasper pensava nisso; algo no jeito leve de falar, na maneira como seu sorriso lento se espalhava pelo rosto. Eram iguaizinhos, aqueles dois. Almas sensíveis.

Por um bom tempo, nenhum dos dois disse mais nada, mas isso não era incomum. Jasper começou a trabalhar com o canivete e, alguns minutos depois, as pernas de Arlo desapareceram e o corpo do cachorro foi se arredondando, como se estivesse todo encolhido para dormir. Era tudo o que Jasper podia fazer para evitar que Arlo parecesse ter sido atropelado por um rolo compressor.

– O senhor ficou sabendo do cervo branco? – perguntou o menino.

– Cervo branco?

Jasper fez uma pausa nos entalhes.

– Passou no jornal. Minha mãe me mostrou. Tem um cervo branco enorme bem na floresta de Uwharrie. Mostraram até uma imagem desfocada dele. O senhor viu?

– Não – respondeu Jasper, uma lembrança de infância surgindo sem sua permissão, como o fantasma de alguma coisa de outra vida. Sua mão começou a se mover novamente, continuando a esculpir a madeira. – Já vi muitos cervos, mas nunca um branco.

– Eu não acho que seja de verdade. Quer dizer, existem mesmo cervos brancos?

– Existem. São albinos, o que significa que não têm o pigmento normal na pelagem nem no focinho. Mas eles são raros. A maioria morre cedo.

– Por quê? Eles nascem doentes?

– Eles não se camuflam como os outros cervos, então não conseguem se esconder também. Tendem a ser mortos.

– Por ursos?

Por caçadores, pensou Jasper. Do tipo que deseja matar algo raro e belo simplesmente por ser raro e belo.

– Talvez por ursos – disse ele.

– Eita! – exclamou o menino, pulando para outro assunto, como costumava fazer. – O Arlo parece estar dormindo!

Ele estava se referindo à escultura, mas poderia facilmente estar falando sobre o cachorro, que tinha começado a roncar aos pés deles. A pata traseira de Arlo se contraía de leve; ele estava sem dúvida mergulhado em sonhos, correndo pelos campos ou fugindo do som do trovão.

– Mesmo que não haja um cervo branco – declarou Jasper –, existe um outro segredo na floresta.

As crianças adoravam segredos; os filhos dele tinham agido da mesma forma quando eram pequenos.

– Que segredo?

– Morilles – respondeu Jasper. – É um tipo de cogumelo. O tempo tem cooperado ultimamente, e eles estarão maduros para colher amanhã.

O menino torceu o nariz e olhou para o velho como se ele tivesse sugerido que comessem vermes.

– Cogumelos?

– Não é qualquer cogumelo. *Morilles*. Por isso é importante manter isso em segredo.

– Por que é segredo?

– Assim como os cervos brancos, eles são especiais, os cogumelos mais saborosos do mundo. Se a notícia vazar, as pessoas virão de todo o estado para catá-los.

– Como sabe onde eles estão?

– Isso também é um segredo. Mas vou dar um jeito de conseguir o suficiente para a sua mãe. Vou até limpar para ela, para tirar a sujeira e os insetos.

O menino se mostrou ainda mais desconfiado.

– Insetos?

– Como eu disse, tem que limpar primeiro. Depois, é só cozinhar na manteiga com um pouco de sal, e não tem nada melhor neste mundo.

O menino ficou matutando.

– Acho que pizza provavelmente é melhor – declarou ele, por fim.

– Hum.

Quando Jasper finalmente terminou, entregou a escultura de volta para o menino, que alternou o olhar entre ela e Arlo.

– Uau! – exclamou. – Vou guardar esta com as outras no meu quarto.

Jasper assentiu, espantado com a saudade grande que ainda sentia de seus filhos. *Se ao menos eu pudesse fazer tudo de novo. Dar um jeito de consertar as coisas.*

– Vamos varrer as lascas e depois vou levá-lo para casa, está bem? – Jasper suspirou, entregando ao menino seu casaco. – Sua mãe deve estar preparando o jantar.

III

Depois de pegar seu guarda-chuva, Jasper tirou uma bandana do bolso traseiro da calça e a amarrou em torno do rosto, como uma máscara. Fazia isso mais pelas outras pessoas, sobretudo crianças pequenas. Por alguns anos, quando o mundo estava enlouquecendo com o medo da covid-19 e todos usavam máscaras na cidade, ele pôde sair para comprar mantimentos se sentindo quase normal. Embora não admitisse isso para ninguém, às vezes sentia falta daqueles tempos.

Eles partiram em direção à casa do menino, com Arlo ao lado deles. Jasper se lembrou de, anos antes, haver tentado impedir a incorporadora de construir no loteamento em que a família do menino morava. A cidade de Asheboro vinha crescendo para o sul, chegando cada vez mais perto de sua casa, e ele havia reclamado com o comissário municipal em uma reunião pública sobre a revisão das leis de zoneamento. Mas negócios tinham sido fechados e bolsos tinham sido forrados, e agora havia extensões de casas idênticas onde antes não havia nada além de mata virgem e plantações.

Em sua juventude, havia árvores para escalar, cavernas para explorar, fortes para construir e riachos onde pescar por quilômetros em todas as direções fora dos limites da cidade. Ele era grato pela Floresta Nacional de Uwharrie, mas mesmo ela havia mudado ao longo dos anos. Hoje em dia, ele sabia, a floresta estava *organizada*, possuindo desde estacionamentos oficiais e áreas de acampamento até trilhas demarcadas, informando às pessoas exatamente por onde caminhar, além de rotas específicas onde os jipes eram autorizados a passar sobre as pedras. Como se as pessoas não fossem capazes de descobrir por conta própria o que fazer, por onde caminhar ou onde armar uma barraca. Era apenas mais um exemplo de como o mundo o havia deixado para trás. Agora, tudo se resumia a computadores, telefones que tiravam fotos e telas que hipnotizavam adultos e crianças. Na semana anterior, ele havia passado por um restaurante e visto quatro pessoas almoçando sem se falar, todas perdidas em seus celulares.

Jasper sabia que a médica tinha medo de que levar o menino para casa pudesse ser muito extenuante para ele, com sua artrite e todo o resto, mas caminhar era praticamente o único exercício que ele ainda podia fazer. No inverno anterior, não tinha nem conseguido cortar lenha para o fogão, e precisou comprá-la já cortada, o que fora bastante desanimador. De qualquer forma, o menino parecia entender que Jasper não podia andar muito depressa.

Na casa do menino, a luz da varanda já estava acesa. Jasper fechou o guarda-chuva, permanecendo na varanda enquanto o menino abria a porta da frente. Ele retirou a bandana do rosto – a médica sempre insistia que ele a tirasse –, mas lembrou a si mesmo de recolocá-la assim que saísse.

– Mãe! Cheguei! – gritou Mitch. – Olha o que eu esculpi!

Um minuto depois, a médica caminhava em sua direção, enxugando as mãos em um pano de prato.

– Oi, Jasper – disse ela.

– Oi, Dra. Cooper.

Um sorriso lento surgiu no rosto dela.

– Quantas vezes eu tenho que pedir para me chamar de Kaitlyn? Quer entrar? Posso fazer um café, se quiser.

– Não, obrigado, mas agradeço o convite – respondeu ele.

– Posso convencê-lo a ficar para o jantar? – perguntou ela. – Você é bem-vindo para se juntar a nós.

– Mais uma vez, agradeço a gentileza, mas vou ter que recusar.

Ela já o convidara várias vezes, e ele sempre declinava. A essa altura, ele tinha certeza de que ambos estavam só cumprindo formalidades. Na maioria das noites, ele não conseguia comer muito sem sentir algum problema no estômago.

– Eu tenho uma pergunta, no entanto, se não se importar – prosseguiu ele.

A expressão da médica ganhou ares profissionais, e ele percebeu que ela imaginou que fosse algo sobre a sua saúde.

– Pois não?

– Mitch ouviu notícias sobre um cervo branco. E disse que existe uma foto...

Ela piscou os olhos, parecendo momentaneamente confusa.

– Ah... sim. Passou no noticiário há algumas noites, e ontem um dos meus pacientes mencionou o caso. Acho que faz muito tempo que não se vê um por aqui.

Então é verdade, pensou o velho consigo mesmo, sentindo uma pontada de espanto.

– Sabe em que parte da floresta? Quero dizer, a foto foi tirada nas proximidades, ou foi perto de Candor ou do monte Gileade...

A floresta de Uwharrie, afinal, abrangia mais de vinte mil hectares.

– Foi bem na saída da estrada panorâmica, para aqueles lados – respondeu ela, apontando vagamente na direção. – Uma mulher tirou a foto de dentro do carro dela, por isso ficou tão desfocada.

– Bem, já estou indo – murmurou ele, observando que não tinha sido tão longe de sua cabana.

Na verdade, não muito longe de onde ele planejara começar sua busca pelos morilles.

<h1 style="text-align:center">IV</h1>

Na manhã seguinte, antes do nascer do sol, Jasper sentou-se à mesa de madeira na pequena cozinha de sua cabana para terminar sua segunda xícara de café. Como esperava, a chuva tinha diminuído depois da meia-noite e o céu, clareado. Com a temperatura já subindo, ele sabia que o sol da manhã faria sua mágica.

Estava colocando a xícara vazia na pia quando ouviu um tiro, um som distante porém inconfundível. Ele foi para a varanda, mas ainda estava muito escuro para se enxergar alguma coisa. Sabia que a Uwharrie era repleta de animais de caça; caçadores ocupavam a floresta de outubro até o final de dezembro em busca de cervos, depois retornavam no início de abril para caçar perus selvagens. Os jovens podiam caçar com seus pais por uma semana antes da abertura da temporada oficial, mas ele tinha essas datas marcadas no calendário havia meses e sabia que a temporada juvenil só começaria dali a seis dias.

E por que um rifle, e não uma espingarda? Apesar do zumbido no ouvido, ele ainda conseguia notar a diferença. Os sons dos dois eram tão diferentes quanto o inverno e a primavera, e um rifle não fazia sentido. Se alguém estava começando a temporada de perus cedo, ainda que ilegalmente, ele deveria ter ouvido uma espingarda.

Os rifles, por outro lado, eram perfeitos para caçar cervos.

De pé na varanda, ele pensou outra vez no cervo branco e sentiu um nó no estômago. Em um passado distante, ele provavelmente teria feito uma oração pela segurança do cervo, mas Jasper não era mais aquele homem. Ainda assim, ele ficou em dúvida se deveria ir para a floresta como planejado. Não estava a fim de se deparar com nenhum caçador clandestino.

Decidido a não se arriscar, ele se sentou na cadeira de balanço. Procurou as luzes na floresta – os caçadores ilegais frequentemente usavam holofotes para paralisar os cervos – e ficou esperando um segundo tiro. Mas não ouviu nada, enquanto o céu lentamente começava a clarear, trazendo detalhes para as sombras. Ele ouviu um pica-pau-carolino bicando uma árvore e um coelho-da-flórida no canto do barracão. Uma camada baixa de névoa pairava sobre o terreno e começou a reluzir quando a luz do sol da manhã se enfiou por entre as árvores.

Os caçadores ilegais geralmente evitavam a luz do dia, mas não havia razão para correr riscos desnecessários. Levantando-se, ele entrou na cabana, tomando cuidado para não deixar a porta de tela bater. Caminhou pela sala, com a antiga TV, as paredes de tábuas e um sofá desbotado, chegando à varanda dos fundos, onde guardava equipamentos. Depois de pegar um colete laranja berrante para usar por cima do casaco, ele pegou um para Arlo também. Chamou o cachorro e prendeu o colete ao redor do corpo envelhecido e do peito estufado de Arlo.

De volta à cozinha, ele guardou uma garrafa térmica com mais café na mochila, além de duas garrafas de água, um sanduíche de manteiga de amendoim com mel e uma tigela para Arlo. Buscou uma bandana e por fim colocou alguns petiscos de cachorro no bolso. Arlo amava essas coisas. Teve o cuidado de pegar seus comprimidos de nitroglicerina, caso seu coração começasse a se comportar mal. Então, carregando um balde plástico de dezoito litros, ele refez seus passos pela casa e saiu pela porta da frente, com Arlo ao seu lado.

Havia uma alegria especial em procurar morilles, que Audrey lhe havia apresentado na primeira vez em que ele a levara ali. Naquele dia, ela descreveu a atividade como uma caça ao tesouro, mas Jasper sempre se lembraria da data por outro motivo, pois mudou sua vida para sempre. Haviam se passado poucos dias após o funeral de seu pai, e Jasper estava tão mergulhado em sua dor que mal conseguia pensar direito. Tinha 17 anos e estava dirigindo no centro de Asheboro quando parou em um sinal vermelho perto da loja de roupas da mãe de Audrey. A garota estava lá, colocando uma tabuleta de "Liquidação", e o avistou ao volante. Como muitas pessoas, ela sabia o que tinha acontecido com o pai dele, e, ao ver Jasper, decidiu entrar na caminhonete, para consternação de sua mãe e espanto do próprio Jasper.

Ele a levou até sua cabana, com a visão às vezes borrada pelas lágrimas. A dor da morte do pai ainda era forte demais para ser mencionada, algo que ela parecia intuir. Em vez de pressioná-lo a falar, ela pegou sua mão e simplesmente traçou o contorno de seu polegar com o dela. A inesperada delicadeza de seu toque foi como um bálsamo para sua alma sofrida.

Ele lhe mostrou a cabana que ele e o pai tinham construído, antes de passear com ela lentamente pelo resto da propriedade. Perto da extremidade norte, a poucos passos da floresta de Uwharrie, na base de um olmo rachado e tombado, ela encontrou os morilles. Havia mais alguns pequeninos a menos de trinta metros de distância, e, depois de levá-los para a cabana em seu vestido, Audrey os limpou cuidadosamente antes de cozinhá-los no fogão a lenha com manteiga e algumas pitadas de sal. Foi a primeira refeição que eles fizeram juntos, e então Jasper finalmente conseguiu falar sobre o homem que o havia criado.

Quanto aos morilles, eles eram diferentes de tudo o que ele já havia provado, e levou algum tempo para que apreciasse plenamente seu sabor terroso, lembrando nozes. Mas ela adorava, e, quando se casaram, Jasper fez a promessa de sempre procurá-los para a esposa. No entanto, a tarefa se revelou difícil na prática – os morilles pareciam ter desaparecido –, então ele se pôs a aprender tudo o que podia sobre eles. Chegou a dirigir até Raleigh para se encontrar com um professor na Universidade Estadual da Carolina do Norte, saindo de lá com um método que supostamente ajudava a cultivar os esporos. Tratava-se de fazer uma infusão de água destilada, melaço e sal, junto com pedaços de morilles, e, depois de alguns dias, coar com um pano. Jasper espalhou a mistura nos lugares onde havia encontrado os morilles, depois espalhou mais um pouco por outras árvores próximas que estavam mortas e em decomposição. Em poucos anos, os morilles estavam de volta, dessa vez em abundância. Desde então, até cerca de uma década atrás, ele espalhava a mistura uma vez por ano.

No início, não havia árvores apodrecidas suficientes em sua propriedade. Os morilles só cresciam onde uma árvore em decomposição adicionava nutrientes ao solo, então ele acabou se embrenhando cada vez mais na Uwharrie, onde qualquer um que tropeçasse nos morilles poderia ter colhidos alguns. Com a graça de Deus – e porque a parte da Uwharrie perto de sua cabana não era facilmente acessível ao público –, o segredo se manteve, e, por anos, ele e Audrey se banquetearam regularmente na primavera. Mesmo depois que ela se foi, ele manteve essas tradições, em homenagem não apenas àquele primeiro jantar na cabana, mas a todos os outros jantares também. Era uma lembrança dos bons tempos, antes dos maus.

Mas muita coisa mudara desde então, e ele não era mais o homem que um dia fora. Décadas atrás, ele era jovem e forte, e costumava se olhar no espelho, preocupado em pentear o cabelo certinho. Andava sem medo de cair de repente. Possuía uma casa de verdade, a cabana e um negócio de sucesso. Era vizinho, amigo, pai e marido. Ele lia a Bíblia todas as manhãs e todas as noites, ia à igreja aos domingos e, às vezes, orava por mais de uma hora seguida.

Agora, ele era velho, e tudo era diferente. E suas orações – raríssimas – sempre vinham na forma de uma única pergunta.

Por quê?

V

Na floresta de Uwharrie, Jasper e Arlo estavam em sua caçada. Ou melhor, Jasper estava procurando cogumelos e Arlo perambulando por aqui e por ali, demarcando seu território, depois retornando para perto de Jasper e olhando para o bolso do tutor. Jasper não conseguia entender como Arlo conseguia sentir o cheiro dos petiscos em meio a todos os outros aromas da floresta e da mochila.

Ele tirou do bolso um biscoito e quebrou um pedaço, jogando-o para Arlo, que nem tentou pegá-lo no ar. Em vez disso, ele o comeu do chão e ergueu o olhar para Jasper como se dissesse: *Só isso? Eu sei que tem mais aí dentro.*

– Mais tarde – prometeu Jasper.

Eles estavam na floresta há algumas horas e, embora Jasper tivesse tido alguma sorte – conseguira alguns cogumelos, que cortara com muito cuidado –, havia bem menos do que ele esperava. Anos atrás, ele se perguntara se Arlo poderia ser adestrado para caçar morilles, como aqueles cães que caçam trufas na Itália. Quando era criança, seu pai lhe disse que, se uma coisa tivesse cheiro, um cão poderia ser treinado para rastreá-la. Com isso em mente, ele pegara morilles e fizera Arlo cheirá-los; tinha até passado alguns cogumelos triturados em um lenço limpo e feito Arlo farejá-los também. Em casa, escondera o lenço várias vezes e recompensava Arlo com um petisco sempre que o cachorro o encontrava. Depois disso, ele e Arlo entravam na floresta, mas o cão prontamente se esquecia de tudo o que havia aprendido e parecia satisfeito em apenas olhar para o bolso de Jasper. Agora, Jasper tinha certeza de que Arlo era velho demais para se preocupar em tentar aprender algo novo.

Assim, Jasper tinha que usar seus olhos que, apesar de precisarem de óculos, estavam entre as poucas partes de seu corpo que resistiram bem ao tempo. Ele caminhava observando a vegetação, procurando olmos, carvalhos e álamos, de olho em árvores em decomposição e trechos de luz solar em meio à sombra. Remexia perto das raízes, às vezes agachando-se para afastar os detritos. Era um processo lento e puxado para suas costas – os morilles sabiam se *esconder* –, e ele era cuidadoso: jamais cortava um falso morille, que era tóxico. Enquanto procurava, seus pensamentos retornavam para Audrey.

A maioria das pessoas, inclusive o próprio Jasper, tinha ficado intrigada com o súbito interesse de Audrey por ele, que persistiu após a primeira visita à cabana. Seus sentimentos por Audrey, por outro lado, haviam se enraizado muito antes daquele dia, quando ele a vira praticamente saltitando para a sala de aula em seu primeiro dia no jardim de infância. Com o cabelo louro-avermelhado e sardas salpicadas nas bochechas, ela parecia um anjo de olhos azuis, e ele observou maravilhado enquanto ela se sentava na mesa ao lado dele. Ela o cumprimentou, mas tudo o que ele conseguiu fazer foi acenar com a cabeça, dando início a um padrão que definiria aquele relacionamento de uma série escolar para a próxima. Mesmo compartilhando a mesma sala de aula ano após ano, Jasper era tímido demais para puxar conversa. Em vez disso, ele se contentava em roubar um olhar ocasional do outro lado do parquinho, ou se maravilhar de longe com a elegância de seus pulsos e mãos. Seus dedos, ao contrário dos dele, eram compridos. Ela segurava o lápis com tanta delicadeza que Jasper não conseguia entender como ele nunca escorregava. Quando virava a página do livro que estava lendo, ela encostava o dedo na língua, hábito que ele achava irresistivelmente sedutor. Quase todos os meninos da escola se apaixonaram por ela em um momento ou outro, embora Jasper fizesse o possível para disfarçar completamente seus próprios sentimentos.

Afinal, eles não eram nada parecidos. Ao contrário dele, ela era uma excelente aluna; ao contrário dele, ela era popular, com uma risada que atraía os outros para sua órbita. Ela também era rica, especialmente em comparação com Jasper. Seu pai trabalhava no banco e sua mãe era dona de uma loja de roupas bem-sucedida; eles moravam em uma casa de dois andares, com colunas brancas enfeitando a varanda da frente. Ao longo dos anos, ela foi vista de mãos dadas com vários garotos no caminho para a escola, mas, no final, todos presumiram que ela se casaria com Spencer, cujo pai era dono do banco e havia sido um dos membros fundadores do country club. No entanto, alguns dias depois de Jasper ter enterrado seu pai, ela inexplicavelmente subiu em sua caminhonete e, naquele momento, alterou o curso esperado das vidas de ambos.

Depois que eles se casaram, Jasper passou a vida não desejando mais nada além de fazê-la feliz. Por ela gostar de ler, Jasper construiu paredes inteiras de estantes; porque ela queria que a cabana se tornasse o lar deles, Jasper a ajudou a redecorar, mudando os móveis de lugar e acrescentando tapetes coloridos e almofadas até que ela estivesse satisfeita. À noite, ela se sentava ao lado dele no sofá, com um livro no colo, e Jasper se perguntava novamente por que ela o escolhera quando poderia ter ficado com alguém como Spencer e passar as tardes de sábado jogando tênis, em vez de morar em uma cabana decrépita nos arredores da cidade.

– Não seja bobo – respondia ela, revirando os olhos, sempre que ele lhe dizia isso. – Eu sabia exatamente o tipo de homem com quem estava me casando.

Ele tentava entender como ela podia soar tão confiante sobre essa escolha, até porque nem ele mesmo tinha certeza de saber quem realmente era naquela época. Ele tinha poucas lembranças da infância, ou da mãe, que havia morrido quando ele era criança. Quando lhe perguntavam, dizia que sua educação tinha sido comum; ele não tinha sido particularmente bom ou mau aluno, nem particularmente bom ou ruim nos esportes, nem particularmente bom ou ruim em qualquer outra coisa. Morava em uma pequena casa em Asheboro que se assemelhava tanto às casas dos vizinhos que não era raro os proprietários entrarem sem querer na casa errada depois de passarem algumas horas no bar. Ele se divertia com os amigos, mas, como muitas crianças no final dos anos 1940 e início dos anos 1950, esperava-se que ele ajudasse a família, o que significava trabalhar depois da escola e nos verões no pomar de pêssegos do qual o pai era capataz.

Seu pai, Jasper às vezes pensava, amava apenas cinco coisas na vida: seu país, pêssegos, seu único filho, esculpir em madeira e Nosso Senhor e Salvador Jesus Cristo. Na varanda, havia uma bandeira americana, que ele hasteava pela manhã e recolhia à noite. Mesmo antes de começar a frequentar a escola, Jasper passava dias caminhando com o pai pelas fileiras de árvores, assimilando tudo o que ele lhe dizia. Quando se tratava de pêssegos, seu pai era um dos maiores especialistas do Sul. Jasper aprendeu que havia cerca de 370 pessegueiros em um hectare, cada um deles precisando de um espaço que media cerca de quatro por sete metros. Aprendeu que os pêssegos cresciam melhor quando o solo escoava bem. Aprendeu a importância da irrigação, da aplicação regular de pesticidas e os efeitos da temperatura nas lavouras. Ouvia atentamente as lições do pai sobre o tratamento de infestações e doenças. Aos 10 anos, trabalhava com seriedade no pomar, onde limpava ervas daninhas, desbastava a plantação ou colhia pêssegos, carregando cesta após cesta até os caminhões para entregar aos fabricantes de conservas.

Em casa, seu pai costumava ler a Bíblia para ele. No inverno, eles iam caçar, enchendo o freezer com carne de cervo; às vezes, iam pescar. Seu pai o ensinou a esculpir, e seus esforços acabaram preenchendo todas as superfícies da casa e da cabana.

Seu pai não praguejava nem bebia, e Jasper não se lembrava de tê-lo visto com raiva sequer uma vez. Ele frequentemente esclarecia citações da Bíblia, rabiscando seu significado em suas próprias palavras nas margens, e, quando Jasper tinha perguntas ou compartilhava algo sobre sua vida, seu pai muitas vezes olhava para ele por cima dos óculos de leitura e dizia algo como: "Dê uma olhada em Lucas capítulo 16, versículo 10." Jasper então abria a Bíblia e lia: *"Quem é fiel no pouco, também é fiel no muito, e quem é desonesto no pouco, também é desonesto no muito."* Mesmo com as ocasionais anotações nas margens, quase sempre ele não entendia como os versos apontados pelo pai se relacionavam às suas perguntas.

Entretanto, com o tempo, ele passou a decifrar as referências do pai com mais facilidade. As Escrituras faziam parte de sua herança; afinal, o avô de Jasper tinha sido um dos pregadores mais proeminentes da Carolina do Norte e, segundo se dizia, havia sido mentor do famoso evangelista Billy Graham. Jasper suspeitava que, por mais que seu pai quisesse que ele encontrasse sentido em sua vida, o que ele mais queria é que o filho permanecesse focado no eterno. Se Jasper mencionava que não tinha ido bem em um teste na escola, seu pai dizia: "Segunda Carta aos Coríntios capítulo 4, versículo 18." (*"Assim, fixamos os olhos não naquilo que se vê, mas no que não se vê, pois o que se vê é transitório, mas o que não se vê é eterno."*) Ou, se Jasper se gabasse de ter feito um *home run* para vencer um jogo de beisebol, seu pai respondia: "Romanos capítulo 11, versículo 36." (*"Pois d'Ele, por Ele e para Ele são todas as coisas. A Ele seja a glória pelos séculos!"*)

Aos domingos, eles frequentavam a igreja que o avô de Jasper havia fundado. Oravam juntos pela manhã, antes das refeições e novamente antes de dormir. Oravam pelos vizinhos e amigos que estavam sofrendo, e, quando caçavam, seu pai fazia uma oração pelo cervo ou peru que havia matado. *"Orem continuamente"* (1 Tessalonicenses 5:17). Muitas vezes, seu pai doava parte da carne, junto com pêssegos, para pessoas em situação pior que a deles. *"Quem trata bem os pobres empresta ao Senhor, e ele o recompensará"* (Provérbios 19:17). Ele era bondoso com todos. *"Sejam bondosos e compassivos uns para com os outros, perdoando-se mutuamente"* (Efésios 4:32). Embora o pai de Jasper estivesse longe de ser rico, sua fé era radiante, e Jasper sentia que ele tinha o respeito de praticamente todos os moradores da cidade. Jasper o amava, não apenas por sua sabedoria, mas por suas atitudes e paciência. Ao contrário de muitos dos outros meninos da escola, Jasper nunca aparecia com hematomas ou vergões infligidos por um pai após uma noite de bebedeira.

O único sonho de seu pai – além de zelar pela alma do filho – era um dia construir uma cabana na mata, onde os dois pudessem passar os finais de semana cercados pela beleza da natureza, em vez de ficarem presos na cidade. Quando Jasper completou 14 anos, seu pai começou a vasculhar o jornal em busca de anúncios de imóveis. Jasper perguntou a ele sobre isso enquanto eles carregavam caixas de pêssegos na carroceria de uma picape.

– Mas você nunca vai conseguir pagar...

– Mateus capítulo 19, versículo 26.

"Para Deus todas as coisas são possíveis."

– Mas...

– Marcos capítulo 9, versículo 23.

"Tudo é possível àquele que crê."

– Eu não acredito que milagres aconteçam para pessoas como nós –

desabafou Jasper, com um toque de rebeldia adolescente. – Pelo menos não os verdadeiros milagres.

O pai baixou o caixote no chão e fez um gesto para que Jasper o imitasse.

– Já lhe contei a história de como seu avô se tornou pastor?

Jasper balançou a cabeça enquanto colocava seu caixote no chão.

– Você precisa saber que meu pai nem sempre foi um homem religioso ou virtuoso. Na juventude, ele nem era um homem particularmente bom. Antes de conhecer sua avó, ele gostava de apostas, e chegou a passar um tempo na prisão. – Ele fez uma pausa, examinando o céu como se procurasse as palavras certas. – Acho que se pode dizer que, por muito tempo, ele não aprendeu as lições adequadas. Em vez disso, insistia nas coisas ruins que estava fazendo, e, embora fosse muito bom no pôquer, acabou contraindo dívidas com as pessoas erradas. Por sinal, isso foi no Texas. – Ele tirou o chapéu e enxugou a testa, depois fixou os olhos em Jasper com uma expressão séria. – Enfiaram uma faca nele e o deixaram para morrer.

Jasper lembrou-se de ter ficado em silêncio enquanto esperava que o pai prosseguisse.

– Enfim, ele não morreu. Em vez disso, conheceu uma enfermeira no hospital. Ela leu para eles histórias do Novo Testamento que descreviam os milagres de Jesus. Meu pai não se importava nem um pouco com as histórias nem com Jesus, mas passou a se importar muito com a enfermeira que as lia. Ele se apaixonou por ela, mas ela não era cega aos defeitos do meu pai. Depois que teve alta, pela primeira vez na vida ele se viu questionando as escolhas que havia feito. Começou a orar a Deus, mesmo não sendo um crente, e pediu a Deus para testemunhar um milagre. Ele queria um sinal do céu e prometeu que, se Deus lhe desse um, ele mudaria de vida.

O pai fez uma pausa, mas Jasper sabia que havia mais.

– Pouco tempo depois, meu pai estava caminhando de manhã, tentando soltar o tecido cicatricial onde havia sido esfaqueado. Ele jurou que o tempo estava perfeito, com céu limpo até onde os olhos podiam ver, e, quando chegou ao topo de uma colina com vista para a cidade, decidiu descansar. Estava sentado em uma pedra quando uma nuvem negra gigantesca surgiu soprada do leste, a maior nuvem que ele já tinha visto. Num minuto, o céu estava azul; no minuto seguinte, era como se uma cortina caísse sobre o mundo. E, de repente, começou a chover, mas não era chuva o que caía daquelas nuvens. O que caía eram peixes.

Jasper achou que não escutara direito.

– Peixes?

– Peixes – enfatizou o pai. – A maioria deles ainda estava viva e caiu no chão, se contorcendo e se debatendo. Centenas deles, milhares talvez. E, de repente, ele se viu pensando em uma das histórias da Bíblia que a enfermeira havia lido para ele, aquela em que Jesus alimentou toda a multidão com pão e peixe, embora não houvesse muito de início. E, naquele momento, com peixes ainda chovendo do céu, ele deu graças a Deus por permitir que testemunhasse um milagre e se comprometeu a mudar de vida. Ele se tornou um pregador itinerante, depois pastor, e acabou convencendo a enfermeira a se tornar sua esposa. No final, mudou-se para Asheboro e fundou a igreja aonde vamos aos domingos.

– Você acha que é verdade? – Jasper estreitou os olhos para o pai, cético. – A parte dos peixes?

O pai assentiu, e Jasper não perguntou mais sobre milagres. Pouco tempo depois, seu pai viu um comunicado sobre um terreno perto da floresta de Uwharrie que havia sido penhorado pelo banco e estava prestes a ser leiloado para o público. O leilão seria realizado no local, e quis o destino que o dia amanhecesse com uma tempestade forte o suficiente para alagar algumas das estradas que levavam ao imóvel. O pai de Jasper acabou sendo o único licitante presente no leilão e conseguiu arrematar o terreno a um preço surpreendentemente baixo, o que significava que ele teria dinheiro suficiente para a construção. É certo que esse milagre pode não ter sido tão espetacular quanto peixes caindo do céu, mas, para o pai dele, era a prova de que o Senhor ouvira suas preces. E, pouco depois, quando Jasper tinha 15 anos, ele e o pai construíram a cabana que Jasper agora chamava de lar.

VI

Foi Arlo quem encontrou o cervo morto.

Jasper estava procurando cogumelos em uma moita quando ouviu Arlo latir. Não era algo que Arlo costumava fazer, pelo menos não nos últimos anos, provavelmente porque exigia um pouco mais de esforço que comer ou dormir. Curioso, Jasper virou-se e viu Arlo trotar em sua direção e, de repente, dar meia-volta.

Enquanto Arlo continuava farejando de um lado para outro, Jasper o seguiu, já nervoso com a perspectiva de encontrar a carcaça do cervo branco. Entretanto, acabou se vendo diante de um filhote, com pouco mais de um ano, de cor comum. Era bem pequeno, provavelmente pesando uns vinte quilos, e um olhar rápido bastou para revelar a má pontaria. Em vez de estar diretamente atrás do ombro dianteiro, a ferida estava cerca de 15 centímetros para trás, mais perto da barriga. Um rastro de sangue levava ao cervo, e Jasper fez uma careta. O cervo havia sido ferido e, com dor, correra e se arrastara até finalmente sucumbir ali.

O corpo do animal estava frio, o que significava que havia morrido algumas horas antes. *O tiro que ouvi hoje de manhã*, ele concluiu. Como estava escuro, o caçador ilegal devia ter usado um holofote para paralisar o cervo.

Jasper ficou tenso, a raiva aumentando. Independentemente da opinião de uma pessoa sobre a caça, havia *regras*: holofotes eram ilegais, caçar no escuro era ilegal, caçar na floresta de Uwharrie fora da temporada era ilegal. Ainda assim, quem quer que tivesse dado o tiro deveria fazer o possível para rastrear o cervo em seguida e acabar com seu sofrimento. O cervo – subnutrido e perdendo sangue – não poderia ter percorrido mais que algumas centenas de metros depois de ter sido baleado. Seria fácil rastreá-lo. Não se tratava apenas de caça ilegal: era prática de tiro ao alvo. Alguém estava matando simplesmente por matar, e, embora já tivessem se passado anos desde que Jasper abrira uma Bíblia, sua mente de repente se lembrou de Provérbios 12:10:

"O justo cuida bem dos seus animais, mas até os atos mais bondosos dos ímpios são cruéis."

Sua mente se fixou nas palavras *ímpios* e *cruéis*, e, enquanto ele continuava a olhar para o animal, a raiva deu lugar a um cansaço súbito. Ele já desistira havia muito tempo de tentar entender por que um Deus amoroso permitia tanto sofrimento no mundo, e isso o lembrou do sofrimento que ele mesmo havia suportado.

Arlo estava cheirando o cervo, e Jasper o empurrou para afastá-lo. Ia ter que denunciar a caça ilegal. Para marcar o local, retirou a bandana do bolso de trás da calça e a amarrou em um galho da árvore mais próxima.

Sem mais nada a ser feito, ele deixou o cervo no lugar.

Embora seu desejo de encontrar morilles tivesse diminuído, ele havia prometido a Mitch que levaria algumas para a mãe do menino, então era isso que ele ia fazer.

VII

Jasper continuou a procurar por mais duas horas, finalmente tendo sorte quando chegou perto de um olmo caído. Àquela altura, o sol havia subido alto o suficiente para iluminar grande parte da floresta, e ele havia enchido um quarto do balde, o que era mais que suficiente. Era hora de voltar, mas ele precisava descansar primeiro. Estava em uma área de colinas ondulantes, e, ao avistar uma rocha de bom tamanho perto de um dos cumes, foi em direção a ela.

Ele se sentou, sabendo que a rigidez em suas costas estava perto do espasmo; seus quadris e joelhos o estavam matando. Tentou ao máximo ignorar a dor e concentrou-se na visão de um falcão circulando no alto. Arlo andou um pouco ao redor e se jogou a seus pés, ofegante. Da mochila, Jasper retirou a tigela e a encheu de água. Quando Arlo começou a beber, Jasper se serviu de um pouco de café de sua garrafa térmica e pegou o sanduíche que havia embalado mais cedo.

Desembrulhou-o, enfiando o plástico na mochila. Estava dando sua primeira mordida quando Arlo se afastou de sua tigela e começou a olhar para o bolso de sua calça. Ele jogou um petisco para o cachorro e retomou o almoço.

Como na maioria dos dias, Jasper não estava nem um pouco com fome e se perguntou para onde tinha ido aquela sensação. Lembrou-se de que, na juventude, vivia faminto; quando Audrey fazia o jantar, ele muitas vezes devorava dois pratos cheios. Porém, depois de comer metade do sanduíche, sentiu que não conseguia se forçar a engolir mais nada e jogou o restante para Arlo.

Na brisa suave, Jasper sentiu um cheiro estranho, algo metálico, industrial. Demorou alguns segundos para ele identificar o odor de óleo lubrificante de armas e, nesse momento, ouviu vozes e uma risada antes de três silhuetas finalmente surgirem em seu campo de visão.

Eram rapazes nos últimos anos da adolescência, ele supôs, vestidos com casacos e calças camufladas. Eles calçavam tênis em vez de botas e não haviam se dado ao trabalho de usar equipamentos refletivos cor de laranja. O mais baixo, que também parecia ser o mais novo, tinha uma covinha no queixo e acne, e o garoto ao seu lado usava uma camiseta que dizia ESCOLA DE ENSINO MÉDIO ASHEBORO – LUTA LIVRE por baixo do casaco. O mais alto, que andava na frente, era obviamente o líder, e Jasper notou que ele carregava um rifle sobre o ombro, além de uma mochila grande.

Grande o suficiente para esconder um holofote?

Sem dúvida.

Arlo levantou a cabeça enquanto Jasper continuava a estudá-los. Mesmo à distância, ele podia ver que eram jovens de boa aparência, com cabelos curtos e bem aparados e dentes alinhados e brancos, como se tivessem passado muito tempo no consultório do ortodontista. Jasper imaginava que seus tênis extravagantes custavam centenas de dólares cada par. Quando finalmente o avistaram, Jasper pôde ler a perplexidade dos rapazes com sua presença naquela parte isolada da floresta, mas a perplexidade logo deu lugar a uma postura arrogante após se aproximarem, quase como se sentissem que ali estava uma criatura mais fraca que eles.

Arlo rosnou baixo, surpreendendo Jasper. Fazia anos que ele não ouvia Arlo rosnar; o cão parecia amar incondicionalmente todas as pessoas que conhecia. Jasper chegou mais perto para acariciá-lo e sentiu a tensão nos músculos do cachorro, o rosnado abaixando para um grunhido constante.

Os adolescentes pararam a poucos metros de distância.

– Caraca! – gritou o mais novo. – Tá tudo bem? O que diabos aconteceu com o senhor?

Jasper sabia que sua aparência havia sido notada.

– Ah, espere aí, eu te conheço – declarou o rapaz com a camiseta de luta livre. – Já ouvi falar desse cara.

– Sim. Ele esteve num incêndio – disse o altão. – Cresçam.

Ele dirigiu um sorriso respeitoso para Jasper, mas Jasper sentiu apenas um vazio por trás dele. Arlo deve ter sentido o mesmo; embora tivesse parado de grunhir, os músculos do cão permaneciam tensos, o pelo na parte de trás do pescoço estava eriçado.

– O que está fazendo aqui no meio da floresta? – continuou o altão. – Está perdido?

– Eu sei onde eu estou – respondeu Jasper.

– Saiu para passear? Observar pássaros?

Jasper não respondeu, e o olhar do altão se voltou para os amigos.

– O que tem aí nesse balde?

– Cogumelos – respondeu Jasper.

– Da floresta? Tem que ter cuidado com isso. Cogumelos podem matar se não souber o que está fazendo.

– Eu sei.

– Se importa se eu der uma olhada?

– Fique à vontade – disse Jasper, assentindo.

O altão se aproximou e Arlo começou a rosnar de novo, dessa vez alto o suficiente para que todos ouvissem. Os lábios de Arlo se levantaram, expondo os dentes, e o adolescente parou onde estava.

– Qual é a desse seu cachorro?

– Ele está bem.

O adolescente, no entanto, permaneceu cauteloso e não se aproximou. Em vez disso, apenas se inclinou para a frente, tendo um vislumbre dos morilles.

– São muitos cogumelos. Há quanto tempo está na floresta?

– Algumas horas.

– O senhor não teria visto aquele cervo branco de que as pessoas têm falado, né?

Não, mas eu encontrei o que você baleou mais cedo.

– Não. Nem perus.

– Nós vamos caçá-los quando a temporada começar.

O garoto alto sorriu aquele sorriso vazio outra vez, assustador e nada convincente.

– Espero que não tente caçá-los com esse seu rifle. O que é? Um 30-30?

– Na verdade, é um 30-06. Acabei de comprar.

– É bom limpar o cano – avisou Jasper. – Para se livrar de quaisquer solventes ou conservantes. Estou sentindo o cheiro do óleo da arma.

– Eu sei cuidar de um rifle – retrucou o adolescente, estreitando os olhos. – Tenho armas desde criança.

Talvez sim, mas ainda não aprendeu a atirar.

– Você não estaria procurando aquele cervo branco, não é? Com esse rifle? – indagou Jasper, apontando com a cabeça para a arma.

– Claro que não. Isso seria ilegal – respondeu o rapaz. – Mas nunca se sabe quando algum urso furioso pode aparecer. É melhor estar seguro.

Havia poucos ursos na Uwharrie – se é que havia algum –, e o tom do garoto deixava claro que ele sabia disso. Estava mentindo; sua insolência era evidente. Ao redor deles, a floresta parecia ter subitamente silenciado.

– Vamos embora – falou o mais novo, tentando amenizar a tensão. Jasper percebeu um gemido anasalado em seu tom de voz. – Estou ficando com fome.

– Eu também – disse o que vestia a camiseta de luta livre. – Estou faminto.

Quando eles se viraram para sair, Jasper limpou a garganta.

– Eu ouvi um tiro hoje de manhã – comentou ele. – Por volta das seis, talvez alguns minutos depois. Parecia ter vindo de um rifle como esse que você está carregando.

Eles pararam onde estavam. O que estava com a camiseta de luta livre olhou para o garoto que havia falado com um gemido. O altão encarou Jasper nos olhos.

– Não fomos nós – disse ele. – Acabamos de chegar aqui.

Jasper o encarou de volta.

– Também encontrei um cervo morto mais adiante. Jovem ainda. Pouco mais velho que um filhote. Tiro na barriga.

Ao ouvirem isso, os três ficaram em silêncio. Quando o garoto alto se aproximou, Arlo começou a rosnar, seu corpo vibrando com o som.

– Está acusando a gente de alguma coisa, velho?

– Eles não – disparou Jasper. – Só você.

Os olhos do rapaz alto faiscaram, e ele deu mais um passo à frente. Embora Jasper pudesse ter sido capaz de deter Arlo em seus anos de juventude, aqueles dias estavam no passado. Antes que ele pudesse reagir, Arlo rosnou e, de repente, avançou sobre o garoto, movendo-se mais rápido do que havia feito em anos e mirando a perna. O altão mal teve tempo de reagir quando Arlo mordeu sua calça, fazendo com que o adolescente cambaleasse para trás antes de cair, pousando com força no chão. Ele chutou Arlo furiosamente com as duas pernas, de alguma forma conseguindo liberar o rifle no processo. Agarrando-o pelo cano, ele começou a bater com a coronha em Arlo, acertando-o com força algumas vezes. Arlo soltou um ganido e recuou, antes de trotar em direção a um matagal próximo.

Ainda bem, Jasper pensou de repente. Ele não sabia o que o garoto teria feito se o cachorro tivesse corrido de volta para cima dele. Raiva e armas eram uma mistura explosiva, e, quando o altão finalmente se colocou de pé, Jasper assistiu horrorizado enquanto ele rapidamente ergueu o rifle e mirou em Arlo enquanto este fugia. Jasper se lançou para a frente e mal conseguiu empurrar o cano para cima quando um tiro saiu.

O som estridente fez os ouvidos de Jasper tinirem, exacerbando o problema do zumbido, e o garoto de repente girou o cano em sua direção. Jasper sentiu seu intestino dar um nó.

Abrir a boca, pensou, *não tinha sido uma boa ideia*.

Jasper levantou as mãos e deu um passo imediato para trás.

– Seu cachorro me atacou! – gritou o adolescente, a saliva voando no rosto de Jasper.

Lentamente, Jasper recuou mais um passo, ciente de que dizer qualquer coisa poderia lhe trazer problemas ainda maiores.

– Qual o problema do seu cachorro? – gritou o rapaz novamente.

Jasper não disse nada, esperando, torcendo para que a súbita enxurrada de adrenalina que o adolescente estava sentindo diminuísse depressa. A questão era se isso aconteceria.

– Não vai falar nada?

Jasper permaneceu em silêncio, e o altão continuou a encará-lo. O rapaz não estava machucado, provavelmente nem se contundira com a queda, mas seus olhos faiscavam de raiva. Seu ego estava ferido, e, com os amigos olhando, ele precisava mostrar a Jasper quem é que mandava ali.

Jasper ergueu as mãos ainda mais para o alto. O cano da arma continuava apontado em sua direção. A visão da arma não o deixava ver qualquer outra coisa.

– Você precisa sacrificar esse seu cachorro.

Jasper ficou quieto, recuando imperceptivelmente.

– Vamos embora! Chega! Pare de apontar a arma para ele!

Era a voz do mais baixo. Talvez tivesse sido o pânico em sua voz, mas, fosse o que fosse, o altão finalmente baixou o cano da arma. Jasper desviou o olhar para o mais baixo, notando pela primeira vez uma semelhança entre os dois. Ele se perguntou se seriam irmãos.

– Vamos embora! – implorou o outro, soando igualmente em pânico.

O garoto alto, porém, continuou a encarar Jasper. Depois, com um passo rápido, chutou o balde, derrubando-o. Então, começou a esmagar os morilles sob seus tênis, moendo-os na terra. Quando terminou, cuspiu nos restos.

– Da próxima vez, guarde suas acusações para si mesmo. E faça com que o seu cachorro psicopata esteja na coleira. – Seu tom de voz estranhamente não denotava qualquer emoção, mas Jasper podia sentir a fúria sob suas palavras. – Vai que eu o encontro de novo, dou uma surtada e ele acaba morto?

– Por favor! – choramingou novamente o mais baixo. – Precisamos ir embora!

– Tem algum dinheiro? Pela calça que seu cachorro rasgou?

– Não.

– Então como vai me compensar?

– Pelo amor de Deus! – gritou o que estava com a camiseta de luta. – Pare de criar problemas. Deixe o cara em paz. Quem se importa com a sua calça? Fala sério! Vamos *embora*.

Depois de alguns instantes, o altão sorriu com escárnio, percebendo o medo de Jasper. Finalmente, ele deu um passo para trás e se virou antes de se juntar aos outros.

– Vamos cair fora daqui.

Jasper os viu partir, seu coração dando pulos desencontrados no peito. Quando os rapazes ficaram fora de seu campo de visão, ele se virou, cambaleando, de volta para a rocha. Pegou um comprimido de nitroglicerina e o colocou sob a língua, permitindo que se dissolvesse. Suas mãos e pernas tremiam.

Preocupado com Arlo, tentou ouvir o som de algum outro tiro. Sabia que o adolescente mataria seu cachorro se pudesse; Jasper não tinha a menor dúvida disso. Para seu alívio, não ouviu nada. Somente quando seus batimentos cardíacos recuperaram alguma aparência de normalidade e teve certeza de que os garotos haviam deixado a área, ele se permitiu ficar de pé. Sentia-se frágil e oco; a pele, um tambor esticado. Usando os dedos, assobiou. Como Arlo não apareceu, assobiou mais uma vez e, depois de mais um minuto, Arlo finalmente emergiu, sua cabeça vasculhando alguns arbustos. Enquanto se aproximava, parecendo tão esgotado quanto seu tutor, Jasper viu uma ferida no focinho e outra no topo da cabeça do cachorro. Ambas tinham começado a coagular, então provavelmente não eram muito profundas. Mas ele as limparia assim que voltassem para casa.

Do bolso, ele tirou dois petiscos, observando Arlo devorá-los. Pegou o balde vazio, olhando para os morilles pisoteados. Audrey teria ficado com o coração partido.

Quatro

I

De manhã, pouco depois de abrir os olhos, Kaitlyn se pegou pensando: *Eu não me esqueci de como ser feliz. Casey não sabe do que está falando.*

Sim, sua vida era agitada, e, sim, criar uma filha adolescente podia ser desgastante de vez em quando, mas ela amava seus filhos e seu trabalho. Prestava serviços comunitários – algo que sempre fora importante para ela – e fazia visitas domiciliares. Além do mais, tinha uma quantia confortável na poupança, sua saúde era boa, ela era próxima dos pais e dos irmãos e, no geral, não havia do que reclamar. Casey estava simplesmente tentando provocar a mãe. Certo?

Certo.

Olhando para o relógio, ela ficou surpresa por ter dormido até mais tarde que o habitual. Então vestiu um roupão e atravessou o corredor devagar. Dando uma espiada nos quartos, viu que tanto Mitch quanto Casey ainda estavam dormindo. No andar de baixo, desfrutou do silêncio enquanto tomava café e comia umas frutas como desjejum.

Mitch apareceu na sala no instante em que ela estava terminando. Ele ainda estava de pijama e sentou-se em frente à sua criação de Legos.

– Bom dia, querido! Quer um pouco de cereal? – gritou ela.

– Eu pego daqui a pouco – respondeu o menino.

Ela caminhou até ele e beijou seus cabelos bagunçados.

– Pode me avisar quando Casey se levantar? Provavelmente sairemos por volta das 11h15.

Ao subir as escadas, ela sentiu uma agitação nervosa no estômago, sabendo que, em pouco tempo, veria Tanner outra vez.

II

Depois do banho, Kaitlyn ficou se olhando no espelho do banheiro da suíte, tentando se convencer de que, tecnicamente, não era um encontro. Um encontro *de verdade* implicaria deixar Mitch em casa. Hoje, disse a si mesma, era apenas um *passeio*. E, com certeza, Tanner também não via aquilo como um encontro, pensou ela. O que ele tinha dito? Que era melhor que ficar preso no hotel o dia todo.

Estava resolvido, então. Definitivamente não era um encontro, mas, se esse era o caso, por que ela tinha levado vinte minutos para escolher o que vestir? Por fim, decidiu-se por uma calça jeans quase nova e uma blusa que ganhara da irmã no Natal e que ainda não havia usado.

– Mãe?

Kaitlyn demorou um momento para registrar a voz de Mitch. Ele estava parado na porta do banheiro, com os cabelos despenteados e a camiseta amassada.

– Sim, querido?

– A gente vai sair que horas mesmo?

Ela olhou para o relógio.

– Ainda temos meia hora. Venha aqui. Deixe eu arrumar seu cabelo para não ficar tão bagunçado.

Abrindo a torneira, ela molhou o cabelo do menino.

– Acho melhor você trocar a camiseta também.

– Eu gosto desta camiseta.

– Eu sei, mas você a usou ontem. Precisa colocar uma limpa.

– Por quê?

– Faça isso por mim, está bem? – pediu ela, curvando-se para beijar sua testa. – Sabe se Casey já acordou?

– Aham – respondeu ele. – Mas ela saiu. Camille acabou de pegá-la.

– E você não me contou? Eu não tinha pedido para me avisar quando ela se levantasse?

– Eu avisei. Foi por isso que subi as escadas para falar com você.

Casey conseguia estar sempre um passo à frente da mãe. Kaitlyn terminou de pentear o cabelo de Mitch com os dedos e mostrou seu reflexo no espelho.

– Assim está melhor, não acha?

Mitch deu de ombros.

– Acho que sim.

– Ei, escute – começou ela, agachada para ficar com os olhos na altura dos dele. – Eu sei que perguntei a você ontem à noite, mas quero ter certeza de que não se incomoda que o Sr. Hughes vá com a gente ao zoológico.

– Quem é o Sr. Hughes?

– Foi o homem que trouxe Casey para casa ontem à noite. Depois que ela bateu no carro dele.

– Achei que tivesse dito que a gente ia com um amigo.

– Ele é um novo amigo – explicou ela, pensando que Mitch ainda era novinho o suficiente para aceitar isso como uma resposta. – Agora, me faça um favor e troque de camiseta, tá?

– Beleza. – Olhando para a mãe, ele apertou os olhos. – Por que está tão arrumada?

– Eu não estou arrumada. Eu sempre me visto assim.

– Não nos finais de semana.

– Bem, não é todo dia que vamos ao zoológico, né? Por que não tornar este dia especial?

III

Meia hora depois, com Mitch sentado no banco atrás dela jogando no Switch, Kaitlyn parou em frente ao Hampton Inn e viu Tanner de pé perto da entrada. Quando ele levantou a mão e foi em direção ao carro com a mesma confiança fácil que havia demonstrado na noite anterior, ela se deu conta de como ele se destacava numa cidade como aquela. Os corpos da maioria dos homens locais eram testemunhas do amor que tinham pelo molho de linguiça em seus pãezinhos no café da manhã.

– Bom dia – disse ele ao se sentar no banco do passageiro.

– Oi – respondeu ela. Ele a encarou por um momento, antes de se virar para o menino. – E você deve ser o Mitch. Meu nome é Tanner. Obrigado por me deixar passear com você e sua mãe hoje.

Kaitlyn observou Mitch pelo retrovisor.

– De nada – respondeu Mitch, estudando Tanner. – Você já foi ao zoológico antes?

– A esse não – respondeu Tanner. – Que animais você gosta de ver?

– Eu gosto dos leões. E das girafas.

– Eu também gosto das girafas.

– Você sabia que elas têm o mesmo número de ossos no pescoço que as pessoas?

– Não sabia – comentou Tanner, mostrando-se intrigado. – Isso aí é legal. O que você está jogando?

– Mario Kart Tour.

– Adoro Mario. Eu jogava o tempo todo.

– Quer tentar?

– Talvez mais tarde – disse Tanner, assentindo.

Tanner virou-se para afivelar o cinto de segurança e Kaitlyn sorriu para si mesma, gostando de como ele parecia relaxado com Mitch. Soltando o freio, ela partiu em direção à avenida.

– Por alguma razão, você não me pareceu do tipo que gosta de videogame.

– Fiquei meses baseado no Afeganistão e no Iraque. A única coisa para fazer no tempo livre é malhar e assistir ao mesmo filme várias vezes, e isso vai ficando chato. Todo mundo joga videogame.

– Você era bom?

– Depende do jogo. Eu era bom no Mario, acima da média em Madden e Fifa, mas, se me perguntar sobre Call of Duty, eu diria que sou um especialista.

– Bom saber.

Ele baixou a voz.

– Como Casey estava esta manhã? – Ele deu uma olhada rápida para Mitch atrás deles. – Estava me perguntando...

Mitch se meteu na conversa:

– Elas tiveram uma briga no quarto de Casey ontem à noite.

Os olhos de Kaitlyn voaram para o retrovisor.

– A gente não brigou, querido. Tivemos uma discussão.

– Para mim, parecia briga. E aí Casey saiu de manhã cedo.

Kaitlyn lançou a Tanner um olhar sofrido.

– Camille a buscou antes mesmo de eu saber que ela estava acordada. Aposto que fez isso para não ter que falar comigo de novo.

– Menina esperta – comentou ele, parecendo achar graça. – Quando meus avós estavam chateados comigo, eu passava o dia todo na casa do meu amigo.

– Mudando de assunto, como foi a sua manhã?

– Ótima. Fui correr, explorei um pouco a cidade e agora vou ao zoológico.

– Tenho que admitir que estou impressionada com sua energia e seu entusiasmo.

– Por quê? Eu gosto de animais.

– Sei lá. Achei que, com todos os lugares exóticos que já visitou pelo mundo, nosso pequeno zoológico não ia ter muito apelo para você.

– Não se esqueça de que eu não cresci nos Estados Unidos, então praticamente todos os lugares que visito são novos para mim – argumentou ele. – Eu estava pretendendo ir ao zoológico de qualquer maneira enquanto estivesse aqui, então se encaixou perfeitamente.

– É sério?

Kaitlyn parecia cética.

– Segundo o Tripadvisor, o zoológico é a atração número um de Asheboro. Eu me tornei um grande fã do Tripadvisor nos últimos anos.

Ela riu, balançando a cabeça.

IV

Assim que chegaram ao zoológico, Mitch pulou do carro, correndo na frente deles para a entrada.

Tanner fez um aceno em sua direção.

– Parece que ele sabe o caminho.

– É o lugar favorito dele. Junto com a seção de Lego no Walmart. E a lanchonete Chick-fil-A. E o gazebo, onde nosso vizinho Jasper o ensina a esculpir em madeira.

Ela captou o sorriso fugaz de Tanner enquanto ele acompanhava o progresso de Mitch em direção à entrada.

– Que tal deixar os ingressos e o almoço por minha conta? – ofereceu Tanner.

– Você só precisa comprar o seu ingresso. Temos um passaporte anual, então Mitch e eu entramos sem pagar.

Enquanto Tanner pagava, Kaitlyn passou a mão pelo cabelo de Mitch.

– Já está com fome? – perguntou ela. – Quer comer?

– Ainda não. – Ele ajeitou os óculos. – Quero ver os animais primeiro.

Assim que entraram, ele virou à esquerda, em direção a uma área do zoológico chamada Pântano dos Ciprestes. Tanner e Kaitlyn o seguiram em um ritmo inconstante, rápido o suficiente apenas para ficar de olho em Mitch, e, enquanto ela caminhava ao lado dele, ficou maravilhada ao sentir como aquele passeio parecia trivial.

– Fale mais de Camarões – sugeriu ela. – Eu sei que fica na África, mas só isso.

– O país em si é deslumbrante. Fica na costa oeste e perto da linha do equador, então costuma ser quente o ano todo, mas a paisagem é extremamente variada: tem desertos, florestas tropicais e montanhas.

– Onde era o seu posto?

– Em Yaoundé.

– Isso é um vilarejo ou uma cidade?

– É a capital. Tem quase três milhões de habitantes.

– Nossa – disse ela, sentindo-se ignorante.

– Não se sinta mal – declarou ele, captando a reação dela. – Até saber que estava sendo mandado para lá, eu também nunca tinha ouvido falar.

– Qual é a sua lembrança mais marcante de lá?

– As pessoas. Mesmo sendo um país pobre comparado aos Estados Unidos e à Europa, existe muita alegria. O povo parece ter um talento especial para encontrar prazer nas coisas do dia a dia, apesar das dificuldades. O país vive uma crise de refugiados por causa das guerras que estão acontecendo nos países vizinhos, e há pobreza e sofrimento, mas eu sempre ficava impressionado com o quanto a maioria das pessoas era bem mais resiliente, e até feliz, em comparação com as que vivem nos Estados Unidos. – Com isso, ele abriu um largo sorriso. – Ah, e eu me lembro de jogar futebol. Joguei muito futebol.

– É mesmo?

– No meu primeiro dia lá, conheci um cara chamado Vince Thomas, que estava na USAID em Camarões fazia alguns anos. Ele me ajudou a me instalar e acabamos nos tornando muito amigos. Conseguiu me convencer a participar de umas peladas depois do trabalho. Vince tinha uma capacidade maluca de localizar um jogo em que poderíamos entrar a qualquer momento: jogos em terrenos baldios, até mesmo nas ruas. Algumas das minhas melhores lembranças são de correr atrás da bola, suar feito um louco e me divertir horrores.

– Você jogava bem?

– Acho que eu poderia ser qualificado como... um jogador um pouco abaixo da média. Mas, em minha defesa, as pessoas são absolutamente obcecadas por futebol em Camarões. Eles têm uma das melhores seleções da África, e *todo mundo* joga desde criança.

– Que desculpinha...

Ele riu.

– Você perguntou.

– Qual era o seu trabalho lá? Ontem você mencionou alguma coisa sobre o Gabinete de Segurança.

Ele assentiu.

– A USAID tinha muitos projetos diferentes, com pessoas trabalhando por todo o país. Meu trabalho era ajudar a manter seguros os colegas e moradores locais com quem estávamos trabalhando, às vezes estabelecendo procedimentos, como viajar em caravanas com suprimentos de emergência; outras vezes protegendo o perímetro de nossos acampamentos. No extremo norte e no sudoeste, existe uma violência contínua por causa de insurgências e instabilidade política, como consequência do Boko Haram. Meninas e mulheres correm mais risco, então ter uma presença armada era fundamental, mesmo quando tudo o que estávamos fazendo era dar vacinas.

Ela olhou para ele.

– Parece que você conseguia mudar a vida das pessoas para melhor.

– Espero que sim – disse ele, assentindo –, e quanto mais tempo eu ficava lá, mais me apaixonava por Camarões. Mal posso esperar para visitar alguns dos lugares que não cheguei a ver na última vez.

– Quais, por exemplo?

– O Parque Nacional Nki é um deles. É um dos poucos lugares na África onde se pode ver enormes grupos de elefantes e chimpanzés juntos em seu habitat natural. Normalmente, eles vivem em lugares diferentes.

– E você vai jogar futebol de novo.

– Conhecendo Vince, tenho certeza de que o futebol terá um lugar de destaque.

Àquela altura, eles haviam chegado ao Pântano dos Ciprestes. Lá na frente, Mitch olhava para um dos recintos, procurando a onça-parda.

– Se gostava tanto de Camarões, por que foi embora?

– A culpa foi do Vince. Ele me promoveu e depois me recomendou para o que era basicamente o posto dele na Costa do Marfim.

Ela sorriu.

– E você fazia a mesma coisa na Costa do Marfim?

– Mais ou menos. Por ter sido promovido, tinha gente trabalhando sob meu comando, o que significava mais tempo no escritório e menos tempo em campo. E, ao contrário de Camarões, o país está crescendo rapidamente em termos econômicos. A Costa do Marfim produz grande parte do cacau do mundo, então parte do nosso trabalho lá era ajudar com a governança ou organizar outras iniciativas de negócios. Como, por exemplo, auxiliar a cooperativa do caju a conseguir financiamento comercial, coisas assim.

Eles alcançaram Mitch. Ela colocou a mão no ombro do filho, inclinando-se para perto de seu ouvido.

– Está vendo o puma?

– Ele está deitado nas pedras, bem ali – disse Mitch, apontando para uma onça-parda. – Na sombra. Dá para ver uma parte da cabeça, mas acho que ele está tirando um cochilo. Não se mexeu nem um pouquinho.

– Eles não dormem durante o dia? – perguntou Tanner.

– Dormem – respondeu Mitch com autoridade. – Venham, vamos ver os jacarés.

Ele se virou e saiu correndo, deixando os adultos para trás.

Ela apontou com a cabeça na direção do menino.

– Vai ser isso o dia inteiro. Ele corre na frente e chega primeiro. Então, assim que eu o alcanço, ele sai para ver o próximo animal. Em geral terminamos o zoológico inteiro em cerca de uma hora e meia.

Quando partiram para o próximo recinto, Kaitlyn indagou:

– E depois você foi para o Haiti?

Ele arqueou uma sobrancelha.

– Estou impressionado por se lembrar. Sim, acabou sendo o último lugar em que trabalhei.

– Como foi?

– Mais uma vez, um povo incrível. Mas a agência lá é enorme, então era muito mais burocrático. E depois havia o trabalho em si. Parece que o país é atingido por furacões e terremotos quase todo ano. Quando você finalmente acha que está progredindo em infraestrutura, combate ao cólera ou montando seções eleitorais ou o que quer que seja, acontece outro desastre e volta tudo à estaca zero. Havia uma sensação constante de estarmos sobrecarregados, sem tempo ou dinheiro suficientes para fazer uma diferença duradoura.

– E imagino que isso tornasse seus esforços ainda mais essenciais, não?

– Acho que sim. Foi por isso que eu fui para lá. Mas me sentia um pouco esgotado no final.

– Daí você fez uma pausa?

– Com isso e a covid impossibilitando a volta para lá, sim.

– Ei, mãe!

Kaitlyn viu Mitch espremido entre uma família e uma mulher tirando fotos.

– Estou indo.

– Ele está de boca aberta!

Enquanto eles se apressavam para se juntar a Mitch, Kaitlyn refletiu sobre o fato de que não tinha tido uma conversa tão interessante em anos, talvez nunca. Em seu mundo, as pessoas não falavam sobre jogos de futebol em Camarões, ou negócios de caju na Costa do Marfim.

Como esperado, um dos jacarés estava deitado ao sol com a boca escancarada.

– Ele está regulando sua temperatura – disse Mitch. – Fico pensando se ele conseguiria me engolir inteiro.

– Hum... – considerou Kaitlyn. – Ele tem a boca bem grande, mas você cresceu desde a última vez que esteve aqui.

– Eles te agarram, te arrastam para a água e te giram em círculos até você se afogar. Chamam de giro da morte.

– É bom saber.

– Vem. Vamos ver os ursos-polares – anunciou Mitch.

Um momento depois, eles estavam refazendo seus passos anteriores.

– Desculpa – disse ela a Tanner. – Eu avisei.

– Não se desculpe. Estou me divertindo muito, mas sinto que estou falando demais.

– Minha vida não é tão interessante assim.

– Duvido. Você é uma médica que também faz visitas domiciliares e uma mãe que criou dois filhos incríveis.

Ela estreitou os olhos para ele, desconfiada.

– Isso não está no mesmo nível que vacinar crianças em uma zona de guerra.

Tanner pegou um copo que havia sido descartado no chão e o jogou em uma lata de lixo próxima, antes de voltar para perto dela.

– Não fui eu que vacinei as crianças. Também não montei o programa, nem paguei por ele.

– Ainda acho incrível que tenha escolhido fazer esse tipo de trabalho, em primeiro lugar. Tento fazer minha parte também, mas obviamente em uma escala muito menor. – A expressão dele a encorajou a continuar. – Além das minhas visitas domiciliares, sou voluntária uma vez por semana em um local que distribui refeições gratuitas para quem precisa.

– Isso é maravilhoso. É uma igreja ou...?

– Não, é uma organização sem fins lucrativos chamada Pão Nosso de Cada Dia – explicou ela. – Eles só abrem no almoço, mas sou voluntária lá às segundas-feiras desde que me mudei para Asheboro. A ONG existe há muito tempo, e acho que serve umas vinte mil refeições por ano.

– O que te levou a fazer algo assim?

– Meu pai – respondeu ela, simplesmente. – Ele sempre teve essa coisa com as segundas-feiras. Quando éramos pequenos, na hora do café da manhã, ele entrava na cozinha para tomar um café e dizia: *Acho que segunda-feira é o dia perfeito para começar a ser a melhor versão de nós mesmos, já que temos mais seis dias para praticar*. Ou *Toda semana deve começar com generosidade, não acham? O mundo não seria um lugar melhor?* Meu irmão, minha irmã e eu revirávamos os olhos uns para os outros. Mas, com o tempo, acho que a atitude dele foi me influenciando. Ele sempre fazia o que pregava. É dentista, e, a primeira coisa que fez quando montou seu consultório, foi reservar as manhãs de segunda-feira para pacientes que não tinham condições de pagar. A culpa é toda dele.

– É uma coisa boa.

– Eu sei que é, e eu o amo por isso. E acho que faz sentido, porque ele entende melhor que a maioria das pessoas o que significa precisar de ajuda. Ele nasceu nas montanhas do Kentucky, que é muito rural e muito pobre, filho de mãe solo, adolescente, que só tinha estudado até o sexto ano. Cresceu em um trailer caindo aos pedaços. Eles viviam com o que a mãe conseguia caçar ou com doações de alimentos da igreja e, no inverno, às vezes não tinham aquecimento. Não que meu pai fale sobre sua juventude dessa maneira. Ele é o tipo de pessoa que compartilha somente as boas histórias da vida, como o quanto ele costumava se divertir pegando lagartos ou nadando na lagoa, ou o que quer que fosse. Foi minha mãe que me contou essas coisas. Ela é um pouco mais objetiva quando se trata do passado do meu pai.

– Por que acha que isso acontece?

– Meu pai é um otimista nato, mas também acho que era importante para ele que seus filhos amassem e respeitassem a mãe dele. E nós respeitávamos. Quero dizer, minha avó era uma pessoa diferente, sem dúvida. Ela mascava tabaco, era viciada em novelas, e passar o tempo com ela era como visitar outro planeta. Quando eu era pequena, um dia chegamos à casa dela e a encontramos no quintal atirando em esquilos com uma arma de pressão. É claro que minha irmã e eu começamos a chorar quando vimos os bichinhos mortos dispostos na mesa de piquenique, mas ela estava animada com o ensopado de esquilo que pretendia preparar para nós. Acho que eu e minha irmã quase vomitamos na hora.

Tanner sorriu.

– Como estava o ensopado?

– Graças a Deus minha mãe chegou a tempo de nos salvar de ter que comer aquilo. Mas, por mais excêntrica que minha avó nos parecesse, ela tinha muito amor no coração. Quero dizer, olhe como meu pai chegou longe. Ele trabalhou duro e teve alguns professores que o ajudaram, mas era óbvio que sua vida em casa era de alguma forma sólida o suficiente para que ele ganhasse uma bolsa de estudos integral para a Universidade Eastern Kentucky. E, assim que pôde, antes mesmo de comprar uma casa para ele e minha mãe, ele levou minha avó para uma pequena casa nos subúrbios de Lexington. Ela contou que era a primeira vez que morava em um lugar que tinha água já quente, que você mesmo não precisava esquentar.

– Uma excelente criação.

– Com certeza. Aliás, meu pai ainda trabalha, embora este ano tenha finalmente começado a reduzir seus horários. Ele *ama* o que faz. No entanto, sempre fez com que sentíssemos que éramos a verdadeira paixão de sua vida. Assistia a todos os nossos jogos e recitais de dança, e nunca perdia uma reunião de pais e professores.

– E a sua mãe?

– Ela provavelmente é ainda mais inteligente que o meu pai.

– Jura?

– Ela frequentou escolas particulares chiques, e sua família era sócia do country club. Ela se formou em matemática e filosofia, e foi oradora e primeira da classe no ensino médio e na Universidade do Kentucky. Começou a dar aulas, mas, depois que ela e meu pai se casaram e tiveram filhos, ela optou por ser dona de casa. Estava sempre disponível quando um dos filhos precisava dela, mesmo depois que saímos de casa. Quando eu estava grávida de Mitch e tive que ficar de repouso, ela largou tudo e passou meses comigo.

– Eles parecem ser um casal perfeito.

– E são – disse Kaitlyn.

A essa altura, eles haviam chegado aos ursos-polares. Como um dos animais estava chapinhando na água, Mitch se demorou mais neste recinto. Ali perto ficavam focas e leões-marinhos, bem como raposas-do-ártico, que também chamaram sua atenção. Quando Kaitlyn perguntou novamente se estava com fome, ele balançou a cabeça, anunciou que era hora de ver os animais africanos e, mais uma vez, foi na frente.

– O que você faz nas visitas domiciliares? – indagou Tanner.

– As mesmas coisas que faço no consultório. Verifico os sinais vitais, colho amostras de sangue e asseguro que as pessoas recebam os remédios prescritos. Se tiver criança, eu vacino. Ou limpo feridas e dou pontos. Depende de quem estou atendendo. Oficialmente, são pacientes do consultório, embora nunca tenham pisado lá.

– E se eles precisarem de um raio X ou algo assim?

– Nesse caso, tento convencê-los a ir para o hospital.

– Parece que sua semana de trabalho é bem longa, já que você provavelmente dá plantão também, certo?

– Na verdade, não. Estar de plantão é diferente do que era quando comecei a atender. O hospital daqui tem seus próprios clínicos agora, então não é esperado que você faça plantões. Em vez disso, pode atender um paciente que não recebeu seus medicamentos ou que precisa repetir uma receita. Se eles estão com algum problema, você pede que passem no consultório pela manhã ou os direciona para a emergência. Se está com o celular à mão, nem precisa sair de casa.

Ao chegarem à área do zoológico dedicada a elefantes, girafas, leões, rinocerontes e chimpanzés, a conversa voltou ao tempo de Tanner no exterior. Ele descreveu o *puff-puff* com feijão, que comia sempre que ia ao mercado, e mencionou o tal *ndolé*, um saboroso ensopado de espinafre que Vince lhe apresentara em sua primeira noite em Camarões. Ele contou que assistiu à Copa Africana de Nações em 2016 em um bar tão lotado que a multidão se espalhava pelas ruas; Camarões venceu a República Democrática do Congo por três a um, e as comemorações entraram madrugada adentro. Ele contou sobre os chimpanzés e macacos que viu no Parque Nacional de Mefou, e, em algum momento, ela se pegou pensando: *Eu também gostaria de ir lá um dia.*

No caminho de volta – enquanto viam os animais exóticos pela segunda vez –, Mitch perguntou se Tanner estava sabendo sobre o cervo branco que teria sido visto na floresta.

– Não estou – respondeu ele. – Eu nem sabia que existia cervo branco.

– Existe – afirmou Mitch, solenemente. – Está nos noticiários.

Quando Tanner olhou para Kaitlyn, ela assentiu.

– É verdade.

– Talvez eles consigam pegá-lo e trazê-lo para o jardim zoológico – especulou Mitch.

– Espero que não – interveio Kaitlyn. – Prefiro que permaneça livre na natureza.

– Eu bem queria ver – disse Mitch, antes de se adiantar de novo.

Durante o almoço no Junction Springs Cafe, Mitch ficou fascinado pela descrição de Tanner da vida selvagem em Camarões. Por sua vez, Mitch compartilhou uma série de curiosidades sobre animais que aprendera em um livro – que um elefante tem quarenta mil músculos na tromba, ou que os leões podem obter hidratação através dos vegetais. Enquanto eles conversavam, Kaitlyn olhava de Mitch para Tanner, aliviada por Mitch parecer perfeitamente à vontade. Quando eles estavam indo embora, por algum motivo começaram a falar sobre frisbees. No final, Mitch a convenceu a passar por um Walmart próximo, onde Tanner desceu do carro e desapareceu na loja, reaparecendo com um frisbee alguns minutos depois.

Eles seguiram de carro até o Parque Bicentenário e, por meia hora, Kaitlyn, Tanner e Mitch jogaram o disco uns para os outros. Eles começaram bem próximos, mas foram gradualmente se afastando, até que Tanner e Kaitlyn se viram correndo atrás de péssimos lançamentos, enquanto Mitch ria e gritava:

– Foi mal!

Depois de vinte minutos, uma fina camada de suor revestia as testas dos dois adultos.

Kaitlyn tentou se lembrar da última vez, se é que acontecera, que George tinha feito algo parecido com Mitch, mas nada lhe veio à mente. Sentiu seu coração aquecido, mas estava ficando tarde.

Tanner fez uma última investida para recuperar o lançamento mal direcionado de Mitch. Ao se aproximar de Kaitlyn, com o disco na mão, ele sorriu.

– Sei que vai trabalhar esta noite – disse ele, ainda recuperando o fôlego –, mas não pude resistir à ideia do frisbee quando Mitch disse que queria experimentar.

Mitch correu para se juntar a eles.

– A gente tem mesmo que ir? – disse ele.

– Está na hora. Mas você se divertiu, né?

– Foi muito legal! – Então, com sua mente trabalhando de maneira acelerada, ele franziu a testa. – A Casey vai estar em casa esta noite?

– Deveria. Ela conhece as regras.

– Tudo bem – respondeu ele. – Podemos comer cachorro-quente no jantar?

– Eu estava pensando em macarrão com atum ao forno.

– Com batata chips por cima?

– Claro – disse ela. Satisfeito, Mitch foi andando para o Suburban. Enquanto eles o seguiam, Kaitlyn olhou para Tanner. – Imagino que vá querer que eu deixe você no hotel.

– Se não se importar. Depois de toda essa correria, acho que preciso de um banho e de dar uma descansada antes de jantar.

O trajeto até o hotel levou apenas alguns minutos. Depois que saltou, Tanner ficou um tempo parado com a porta aberta.

– Eu me diverti muito, Mitch – comentou ele, fazendo uma continência de brincadeira. – E obrigado por me ensinar tanto sobre os animais.

– De nada – respondeu Mitch, soando distraído; o barulho de motor do Mario Kart Tour vinha do banco de trás.

– Obrigado novamente por hoje, Kaitlyn – declarou Tanner. – E quero que saiba que vou pensar no seu pai e nas ideias dele sobre as segundas-feiras. Acho que é uma boa meta para mim.

– Obrigada por nos fazer companhia.

E, assim, ele seguiu em direção à entrada do hotel. Uma parte dela esperava que ele se virasse e olhasse para ela, mas ele não o fez. Em vez disso, abriu a porta de vidro e entrou, desaparecendo rapidamente de vista.

Soltando o freio, ela tentou não se sentir desanimada por ele não haver sugerido que se encontrassem de novo; ao mesmo tempo, provavelmente era melhor assim. Já não tinha sido o bastante passarem um dia tão agradável?

É claro que sim, ela decidiu. Ela não tinha um dia como aquele havia séculos – nem se lembrava de quando se sentira apenas uma mulher, não simplesmente uma mãe ou uma médica –, e Tanner a fez perceber como ela sentira falta daquela sensação.

V

– Onde vocês estavam? – perguntou Casey, assim que Kaitlyn entrou em casa.

Mitch já havia entrado correndo, indo direto para a cozinha.

– Fomos ao zoológico – explicou ela. – Você sabia disso. – Ao ver o filho procurando o pote de biscoitos, ela gritou: – Mitch! O que acha que está fazendo?

– Vou pegar uns biscoitos.

– Pegue só um...

– Mãe – interrompeu Casey –, estou tentando falar com você. Por que não respondeu minhas mensagens de texto?

– Desculpa. Não olhei o celular.

– Ela estava conversando com o Sr. Tanner – explicou Mitch. – Ele é muito legal.

– Quem é esse Sr. Tanner? – indagou Casey.

– Tanner Hughes – respondeu Kaitlyn. – O cara em quem você bateu ontem à noite.

– Por que vocês foram ao jardim zoológico com *ele*?

– Quando ele soube que íamos, perguntou se poderia ir junto – disse ela, como se fosse a coisa mais natural do mundo. Então logo desviou o assunto. – Por que você me mandou mensagens?

Casey a encarou, mas, milagrosamente, deixou passar.

– Eu queria saber quando vocês chegariam em casa, porque preciso do carro para pegar uns materiais. Vamos decorar os armários da escola esta noite, lembra? Antes do jogo de beisebol? Eu disse a você na semana passada.

Kaitlyn se lembrava vagamente de Casey ter mencionado algo, embora não tivesse registrado que seria em um domingo.

– Não pode ir à escola esta noite. Eu vou trabalhar e você tem que cuidar do Mitch.

– Vai ser só por uma ou duas horas. Ele vai ficar bem sozinho. Ou podemos pedir à Sra. Simpson que fique com ele.

– Casey...

– Tudo bem – disse ela, interrompendo a mãe. – E se eu levar Mitch comigo?

– Para a escola? Com seus amigos?

– Por que não? Ele vai se divertir.

– E se ele não quiser ir?

Casey se virou para a cozinha.

– Ei, Mitch! Quer ir comigo e meus amigos à escola hoje à noite? Para decorar alguns armários com flâmulas e outras coisas?

– Quero! – respondeu ele, animado. – Parece divertido! Eu posso ajudar?

– Claro que pode. – Casey lançou um olhar triunfante para Kaitlyn. – Viu? Sem problema. Ele quer ir.

Kaitlyn se sentiu encurralada.

– Está bem. Mas vocês precisam estar em casa às oito.

– Se a Camille nos der uma carona para a escola mais tarde, posso usar o carro para comprar o material agora?

– Não sei se é uma boa ideia – respondeu Kaitlyn.

– Por causa do acidente?

– Você fala como se tivesse sido uma coisa à toa.

– Eu sei que foi sério! Mas, só para constar, a culpa foi um pouco *sua* também. Eu não deveria ter precisado dirigir o Suburban ontem à noite, para começo de conversa.

Kaitlyn precisou de alguns instantes para entender.

– Está falando em ter seu próprio carro? Nós já conversamos sobre isso e decidimos que, assim que você se formar...

– Não, *você* decidiu. E, se eu morasse com o papai, eu já teria o meu próprio carro.

– Tem certeza?

– Acabei de falar com ele, mãe. Pouco antes de você chegar em casa. – Ela jogou a cabeça para o lado em sinal de desafio. – Ele disse – ela pronunciou as palavras com ênfase – que, se eu fosse morar com ele, ele ficaria feliz em me dar um carro.

Kaitlyn sentiu um arrepio percorrer seu corpo. *É óbvio que ele diria isso.*

– Você não vai querer se mudar logo antes do último ano. Ia se afastar de todos os seus amigos.

– Eu vou me afastar de todos eles assim que começar a faculdade, de qualquer maneira, então que diferença faz? E, até lá, eu ia ter um carro.

Kaitlyn a encarou. Pelo canto do olho, viu Mitch na cozinha e percebeu que ele também tinha ouvido a irmã.

– E você está pensando nisso?

Casey pôs as mãos nos quadris, com um brilho de desafio nos olhos.

– E por que não deveria pensar?

VI

Enquanto Casey saiu para comprar os enfeites, Kaitlyn preparou o jantar. Ela não queria pensar sobre Casey e a ameaça que a filha acabara de fazer, mas não conseguiu evitar. Dessa vez, havia algo em seu tom de voz que fez Kaitlyn julgar que ela falava sério.

A ideia de Casey ir morar com o pai a deixava doente; ela não conseguia imaginar ficar sem a filha por perto. A verdade era que Casey era uma boa menina – que outra adolescente convidaria o irmão de 9 anos para fazer alguma coisa com seus amigos? Ela realmente tentava arranjar tempo para o menino em sua vida agitada. Ela o levara à praia no verão, assistia a filmes com ele regularmente e, quando ele ficou doente em novembro, ela o deixou dormir no quarto dela. Kaitlyn sabia que Mitch ficaria arrasado se Casey fosse embora.

Tentando deixar a preocupação de lado, ela foi para o escritório e abriu seu notebook. Baixou as fotos do acidente, que estavam em seu celular, e enviou um e-mail para Dan Hendrix – seu corretor de seguros, que ela conhecia havia anos – explicando o que aconteceu.

Então, organizou a maleta de médico que usava para as visitas domiciliares, verificou as baterias do oxímetro e se o medidor de pressão arterial, o termômetro e o eletrocardiógrafo portátil estavam funcionando. Conferiu a relação de pacientes que seriam visitados e suas fichas médicas, que estavam em seu iPad, fazendo uma lista de suprimentos para pegar no consultório. Como um de seus pacientes sofrera uma infecção articular, ela precisou encher previamente uma seringa com lidocaína e triancinolona; como uma das famílias tinha crianças no jardim de infância, pegou as vacinas tetraviral, dTpa e contra pólio. Outra paciente poderia precisar de uma injeção de cortisona no joelho. Ela lembrou a si mesma de pegar os medicamentos que haviam sido entregues pela farmácia, alguns dos quais ela mesma comprava quando sabia que os pacientes não teriam como pagar.

Com tudo pronto, ela saiu do escritório. Casey havia retornado e estava sentada com Mitch assistindo a um dos filmes dos Transformers.

– Estou indo – anunciou Kaitlyn. – A comida está pronta para ser colocada no forno para o jantar. Vocês precisam de alguma coisa antes que eu saia?

– Que tal um milhão de dólares e uma Ferrari vermelha? – sugeriu Casey, sem tirar os olhos da TV.

– E eu queria um Bumblebee – acrescentou Mitch.

Kaitlyn sentiu orgulho de si mesma por lembrar que Bumblebee era um dos personagens dos Transformers.

– Voltando ao assunto, vocês vão estar de volta lá pelas oito, certo?

– Sim, mãe – respondeu Casey, com a voz arrastada.

– Eu não devo chegar muito mais tarde que isso, mas aviso se alguma coisa me atrasar. Vejo vocês daqui a pouco.

Concentrados no filme, nenhum dos dois respondeu, e, um instante depois, Kaitlyn já havia saído pela porta.

VII

Kaitlyn dirigiu até seu consultório e pegou tudo o que estava em sua lista. Quando ia saindo, seu celular tocou. Ela se surpreendeu ao ver que era Dan, o corretor de seguros.

– Eu não esperava que me retornasse tão cedo – comentou ela. – É domingo. Por que você está trabalhando?

– Lori foi para a casa da mãe dela neste fim de semana com as crianças – explicou Dan –, então eu estava só adiantando o serviço da semana. Pode me contar exatamente o que aconteceu?

Kaitlyn contou a ele o que sabia, incluindo o fato de que o Suburban parecia intacto e que nem Casey nem Tanner haviam se ferido.

– Tudo bem – disse ele, antes de informá-la que o perito entraria em contato com Tanner pela manhã e tudo seria resolvido.

Por alguns minutos, eles conversaram sobre suas famílias.

Após desligar, Kaitlyn ia guardar o aparelho na bolsa, mas, em vez disso, enviou uma mensagem para Tanner:

> Falei com o meu corretor de seguros. O perito vai entrar em contato com você de manhã. Ele também disse para não se preocupar – no final, seu carro vai ficar como novo.

Seus dedos pairavam sobre a tela enquanto ela refletia. Então, depois de respirar fundo, acrescentou:

> Eu me diverti muito hoje. Tenha uma ótima noite.

Ela esperou por um momento, aguardando os pontinhos que significavam que ele estava respondendo, mas nada apareceu. Enfiando o telefone de novo na bolsa, ela guardou os suprimentos no carro, pegou a estrada e foi para o condado vizinho. Sua primeira parada foi em um estacionamento de trailers uns dez quilômetros fora dos limites da cidade.

Durante a hora e meia seguinte, ela atendeu um paciente após o outro. Deu uma injeção no cotovelo de um paciente e no joelho de outro. Fez uma dúzia de leituras de pressão arterial e temperatura; examinou ouvidos, narizes e gargantas; auscultou corações e pulmões; e vacinou uma criança de 5 anos. Havia dois pacientes novos, ambos com cortes que haviam infeccionado. Ela limpou as feridas, forneceu-lhes antibióticos e, embora soubesse que isso os deixaria nervosos, criou registros médicos para eles. Além disso, deixou três prescrições de medicamentos.

Após terminar nos trailers, ela visitou mais três casas. Eram pacientes idosos, então todos fizeram um eletrocardiograma, além dos exames mais rotineiros. Ela também colheu amostras de sangue para encaminhar ao laboratório.

Dali, ela realizou mais duas visitas para entregar medicamentos, chegando em casa às oito e meia.

Quando entrou, Mitch e Casey estavam sentados juntos no sofá de novo, agora com uma tigela de pipoca entre eles.

– Como foi na escola? – perguntou.

– Foi incrível! – respondeu Mitch. – Colocamos balões e mais um monte de coisas!

– Estou feliz que tenha se divertido – afirmou ela. – Mas não deveria estar se preparando para dormir agora?

Relutantemente, ele se levantou do sofá.

– Boa noite, tampinha – disse Casey, jogando uma pipoca nele.

– Boa noite, bunda seca – retrucou Mitch, e Casey riu.

Por um instante, Kaitlyn se perguntou se deveria tentar falar com Casey novamente, mas decidiu que seria melhor deixar as coisas se acalmarem por enquanto.

A última coisa que queria era outra discussão, até porque isso poderia aumentar a determinação da filha de morar com o pai.

VIII

Mais tarde, depois que Mitch tomou banho e vestiu o pijama, Kaitlyn leu para ele um capítulo do livro *Extraordinário*, de R. J. Palacio. Embora Mitch tivesse idade suficiente para ler sozinho, aquele era um hábito que tinham desde que ele era bebê, e ela ainda não estava disposta a abrir mão disso. Imaginou que o dia estivesse chegando; Mitch poria fim à tradição, da mesma forma que Casey fizera.

Depois de dar um beijo de boa-noite no filho, ela ia apagar a luz quando Mitch a chamou:

– Mamãe?

– Sim, meu amor.

– A Casey não vai se mudar de verdade para a casa do papai, vai?

– É só conversa – respondeu Kaitlyn, esperando estar certa. – Sabe como ela é.

– Eu não quero que ela vá.

Kaitlyn percebeu o medo na voz dele.

– Eu sei, querido.

Ela lhe deu mais um beijo e apagou a luz, deixando a porta entreaberta. Em seguida, viu Casey estudando na cama e decidiu não a interromper. Tinha sido um longo dia – um longo fim de semana, na verdade –, e ela estava exausta.

No entanto...

Ela abraçou o próprio corpo, pensando outra vez que, mesmo que a ameaça de Casey definitivamente a tivesse desconcertado, fazia muito tempo que não tinha um dia tão bom quanto aquele.

IX

Kaitlyn arrumou a sala e a cozinha lá embaixo antes de subir a escada até o banheiro da suíte e abrir o chuveiro. Quando o vapor começou a encher o ambiente, ela se viu refletindo sobre o tempo que passara no jardim zoológico ao lado de Tanner.

Era incrível como ela se sentia à vontade perto dele, quase como se fossem amigos há anos. A conversa fácil entre os dois trouxe à tona quanto ela sentia falta de sua vida social. De conversas adultas. No final das contas, aquilo tinha lembrado a ela que *era* mais que simplesmente mãe e médica, e, no mínimo, a tarde deles no zoológico havia servido para reavivar nela essa consciência.

Debaixo do chuveiro, ela passou xampu nos cabelos e os enxaguou. Depois de se secar, se enrolou em uma toalha e percebeu que havia deixado o celular dentro da bolsa no escritório no andar de baixo. Certificando-se de que a toalha estava bem presa no lugar, ela caminhou do quarto até o escritório para pegá-lo. Quando apertou o botão lateral, seu coração disparou ao ver que Tanner havia respondido à sua mensagem:

97

Agradeço por você já ter entrado em contato com a seguradora. Obrigado também por me deixar acompanhá-los hoje. Foi ótimo conhecer você um pouco melhor e conhecer Mitch. A gente se vê por aí?

Ela sorriu e ficou em dúvida quanto à resposta. "Eu gostaria muito" parecia demonstrar ansiedade, talvez até desespero; "Quem sabe?" soava um tanto recatada demais. Sem conseguir se decidir, ela resolveu pensar melhor e responder depois.

A gente se vê por aí?

Ele gosta de mim, pensou, sentindo-se um pouco ofegante. *E eu gosto dele.* Mas, de novo, esse não era o problema. Ele vai embora, Kaitlyn fez questão de lembrar a si mesma.

Num impulso, ela se deitou nua na cama pela primeira vez em anos. Deleitando-se com a sensação dos lençóis contra a pele, esperou sua mente desacelerar. Em vez disso, ficava o tempo todo visualizando Tanner caminhar ao lado dela.

Ele gosta de mim, pensou de novo, e levou muito tempo para, finalmente, pegar no sono.

X

A segunda-feira começou com a correria típica de um dia de semana. Kaitlyn levou as crianças para a escola e foi para o consultório, onde trabalhou sem parar até às onze. Então, reabasteceu sua maleta e dirigiu para a Pão Nosso de Cada Dia.

Assim que entrou naquele prédio tão comum, pegou um avental de um dos ganchos na parede. Cumprimentou os voluntários regulares. Ao pisar na cozinha movimentada, ela ficou surpresa quando notou um homem cortando tomates para colocar em um enorme recipiente de salada.

– Tanner?

– Oi, Kaitlyn – disse ele, com um aceno amigável. – Feliz segunda--feira.

Algumas das outras voluntárias trocaram olhares, mas não disseram nada.

– O que está fazendo aqui?

– Voluntariado – respondeu ele. – Liguei mais cedo para ver se precisavam de ajuda e calhou de Evelyn não poder vir hoje. Então, aqui estou.

– Mas por quê?

– Porque eu tinha um pouco de tempo livre e é uma boa coisa a se fazer – explicou ele, de maneira prática. – E porque queria ver você de novo.

Os olhos das outras voluntárias se arregalaram, alegres. Quanto a Kaitlyn, ela não estava chateada com a presença de Tanner, mas também não tinha certeza do que pensar. O que ela sabia era que não queria uma plateia enquanto tentava entender como se sentia.

– Ah, bem... que bom para você – declarou. Ela engoliu em seco. – Vou lá para a frente, já que vão abrir num minuto.

– Faça o que precisa fazer – disse ele com um aceno casual, antes de voltar a atenção para os tomates outra vez.

Kaitlyn caminhou para a fila, tentando ignorar a óbvia fascinação das pessoas ao redor.

– Tá tudo certo? – perguntou Linda, sua amiga de longa data, que era voluntária ali havia mais tempo que Kaitlyn.

– Tudo ótimo – retrucou Kaitlyn.

– Fico feliz – comentou a amiga. – Porque, sabe como é, a Margaret já apelidou o cara de Desconhecido Bonitão.

Tudo o que Kaitlyn pôde fazer foi fechar os olhos e pensar: *Não acredito que ele está aqui.*

XI

Eles serviram mais de setenta refeições durante a hora e meia seguinte, e, no final, um homem mais velho, com uma tosse severa, perguntou se ela tinha alguns minutos para atendê-lo. Ela o examinou no pequeno escritório administrativo e diagnosticou bronquite. Kaitlyn deu a ele antibióticos, amostras grátis do representante do laboratório que havia levado donuts mais cedo naquela manhã.

Mais tarde, Kaitlyn voltou para a cozinha, onde a limpeza corria a todo vapor. Enquanto a maioria dos outros voluntários estava do lado de fora limpando as mesas, Kaitlyn foi até Tanner, que esfregava a tábua de corte na pia.

– Como foi com o paciente? – indagou ele.

Embora tivesse a percepção de que os poucos voluntários presentes a estavam observando pelos cantos dos olhos, ela conseguiu manter a compostura.

– Foi bem.

– Você não mencionou que tratava pacientes aqui, também.

– Isso não acontece com frequência. – Ela pigarreou. – Mas... devo dizer que a *sua* presença aqui foi um tanto inesperada.

– Eu disse que estaria pensando no seu pai, e hoje é segunda-feira. – Ele sorriu, aqueles olhos verdes com dourado prendendo a atenção dela. – É bom ver você de novo.

Ela sentiu aquele rubor familiar subindo pelo pescoço.

– É bom ver você também. Mas preciso voltar para o consultório.

– Costuma ter tempo para comer?

– Não, mas eu geralmente pulo o almoço.

– Isso não é bom para a saúde, você sabe. Vou ter que falar com o seu médico sobre isso.

Ela não conseguiu segurar uma risadinha.

– Posso acompanhar você até a saída? Acho que ainda vou ficar aqui por pelo menos mais uma hora.

– Claro – respondeu ela, antes de se colocar ao lado dele. – Ah, antes que eu me esqueça – prosseguiu Kaitlyn –, o perito do seguro falou com você?

Tanner fez que sim com a cabeça.

– Hoje de manhã. Ele já mandou rebocarem o carro, e devo encontrá- -lo na Funilaria do Bill às três da tarde para verificar tudo. Ele também alugou um carro para mim.

Quando chegaram ao carro, ele disse:

– Estou feliz por ter vindo aqui hoje.

– Se eu soubesse, teria avisado que não haveria muita brecha para conversarmos.

– Não tem problema – respondeu ele, dando de ombros preguiço- samente. – Mas eu queria saber se você quer jantar comigo amanhã à noite.

Ela sentiu o coração começar a disparar no peito. *Não é uma boa ideia*, repreendeu-a uma voz sensata dentro de sua cabeça.

– Vou ter que conferir o que as crianças vão fazer – explicou ela, depois de um segundo de hesitação. – Posso mandar mensagem mais tarde? Depois que eu falar com elas?

– Claro. E, se não der amanhã, talvez uma outra noite?

Ela suspirou.

– Me parece ótimo.

Cinco

I

No domingo à noite, depois de limpar as feridas de Arlo, Jasper ficou esculpindo na varanda até escurecer, quando entrou de novo em casa. Abriu uma lata de feijão com chili para o jantar e dividiu com Arlo, mas sua mente continuava a girar, e seu estômago estava embrulhado demais para poder comer. Ele não conseguia esquecer como foi olhar para o cano de um rifle, ou o sorriso vazio do jovem segurando a arma. Depois de se forçar a engolir apenas algumas colheradas, deu o resto para o cachorro.

Enquanto lavava a tigela, sua mente se voltou para o cervo morto que havia encontrado e imaginou quanto tempo o cervo branco sobreviveria em um mundo onde as pessoas davam valor a matar o que era belo.

Muito tempo atrás, ele se lembrou, um cervo branco diferente havia sido visto em Uwharrie. Ele tinha 17 anos, e a notícia fora tão empolgante naquela época quanto agora, de modo que seu pai o levou para a floresta na esperança de avistá-lo. Foi a última vez que passaram um final de semana juntos na cabana antes de o coração dele parar de bater.

Ficaram horas na floresta tentando encontrar o cervo. Seu pai era um excelente caçador; só de olhar, sabia dizer quanto tempo tinha uma pegada, sabia que o excremento podia indicar a saúde de um animal e tinha um faro para saber em que lugares os cervos poderiam ter dormido durante a noite. No final da tarde, quando finalmente pararam para comer, seu pai começou a falar. Foi uma conversa estranha, pois ele não mencionou pêssegos nem mesmo um único versículo bíblico. Em vez disso, relatou a Jasper alguns dos mitos e histórias associados ao cervo branco. Disse que o Rei Arthur tinha tentado prender um sem sucesso, e que os reis e rainhas de Nárnia haviam perseguido um, mas acabaram caindo do guarda-roupa. Ele mencionou que os Ojibway, um povo indígena do Meio-Oeste, consideravam o cervo branco um lembrete de nossa própria espiritualidade, antes de compartilhar com Jasper a lenda dos Chickasaw.

Segundo a lenda, um jovem guerreiro chamado Gaio Azul se apaixonou por Lua Brilhante, a filha do chefe. O chefe, que não achava que Gaio Azul fosse digno de sua filha, decretou que o jovem casal só poderia ficar junto se Gaio Azul levasse ao cacique a pele de um cervo branco. Gaio Azul passou semanas solitárias na floresta em busca de um. Finalmente, encontrou um cervo branco e disparou uma flecha, mas, embora tenha atingido o alvo, o cervo estranhamente não morreu. Em vez disso, fugiu, atraindo Gaio Azul para as profundezas da floresta, até que ele acabou se perdendo. Com o coração partido, Lua Brilhante nunca mais amou outro homem. Em vez disso, na fumaça das fogueiras da noite, ela frequentemente via o cervo branco fugindo pela floresta enquanto Gaio Azul o perseguia; segundo a lenda, ela viveu o resto de sua vida rezando para que o cervo morresse e Gaio Azul pudesse enfim voltar para ela.

Enquanto ouvia, Jasper se perguntou se seu pai também estaria falando sobre si mesmo. Por algum motivo, teve a sensação de que o pai queria que ele conhecesse a profundidade da saudade que sentia da falecida esposa, uma mulher que Jasper não conhecera. Ele queria que o filho entendesse por que ele nunca se casou novamente, nem mesmo namorou. Talvez, refletiu Jasper, o pai se enxergasse em Lua Brilhante e em Gaio Azul.

Impressionado com essas reflexões, ele ficou sentado em silêncio. Seu pai passou a falar de outro mito, dessa vez um da Europa, antes de retomarem suas buscas uma vez mais.

No entanto, eles nunca conseguiram avistar o cervo branco, para grande decepção de seu pai. Algumas semanas depois, quando Jasper se viu diante do túmulo do pai, pensou se o pai tinha sentido que seu tempo na Terra estava chegando ao fim; ele se perguntou se o pai vira no cervo uma última chance de vislumbrar a mulher que havia amado e perdido.

Afinal, na mitologia celta, acreditava-se que os cervos brancos fossem mensageiros do outro mundo.

II

Na manhã seguinte, depois do café da manhã, Jasper pegou as chaves de sua caminhonete e outra bandana. Arlo o seguiu quando saiu pela porta da frente e Jasper desceu as escadas com cuidado até o caminho de terra e cascalho logo à frente.

A caminhonete tinha mais de meio século de idade, sua pintura estava desbotada e seu estofamento, rasgado. Quando o motor estava frio, às vezes demorava três ou mais voltas na chave antes de o veículo tossir e ganhar vida. Muitas vezes, Jasper questionava qual dos dois seria o primeiro a morrer.

A porta da caçamba gemeu quando ele a abaixou. Arlo abanou o rabo, mas não fez nenhum movimento para subir. Em vez disso, Jasper tirou do carro um banquinho de plástico com degraus e Arlo subiu por eles como se fosse um membro da realeza.

– De nada – disse Jasper.

Fechando a porta da caçamba, ele se sentou ao volante e partiu para a cidade. Quando chegou ao estacionamento do gabinete do xerife, amarrou a bandana para esconder o rosto. Na porta da caçamba, colocou de novo os degraus e Arlo desceu com toda a dignidade.

Lá dentro, a policial na recepção ficou desconcertada, sua boca formando um "O" antes de desviar o olhar rapidamente. Jasper sabia que a bandana só ajudava um pouquinho.

– Bom dia – disse ela, deslizando alguns papéis para o lado. – Como posso ajudá-lo?

– O Charlie está? – perguntou ele, referindo-se ao xerife Donley.

– Ele está ao telefone agora – respondeu ela, aparentemente concentrada na pilha de papel em sua mesa. – Posso perguntar qual seria o assunto?

– Caça ilegal – explicou ele. – E mais.

– Ah! – exclamou ela, seu olhar indo até Arlo. – O senhor sabe que seu cachorro tinha que estar na coleira, certo?

– Eu não trouxe nenhuma. Mas ele me obedece.

– Aham. – Ela assentiu, olhando para o cinza no focinho de Arlo e o homem velho e cheio de cicatrizes parado à sua frente. – Acho que não tem problema. O senhor gostaria de fazer uma declaração?

– Prefiro falar com Charlie em particular, se não for incômodo.

– E seu nome é...?

– Jasper. Charlie e eu somos amigos há muitos anos.

Minutos mais tarde, ele e Arlo foram conduzidos ao gabinete, onde encontraram Charlie atrás de sua mesa. Charlie se levantou, oferecendo a mão, enquanto Jasper removia a bandana.

– Jasper, meu velho amigo – disse ele.

O político que havia nele, uma vez que xerifes eram funcionários eleitos, tinha mais facilidade que a maioria das pessoas para fazer contato visual com Jasper; além disso, eles se conheciam havia mais de três décadas, de modo que a aparência de Jasper não o chocava mais. Mesmo assim, ele sempre sorria de forma um pouco exagerada, como se quisesse compensar.

– Não tenho visto você ultimamente – acrescentou. – Ainda se esconde naquela sua cabana?

– É onde eu moro – retrucou Jasper, dando de ombros.

Charlie fez sinal em direção à cadeira em frente à sua mesa.

– Sabe, o seu cachorro devia estar usando uma coleira.

– A moça lá da frente disse o mesmo.

Jasper se sentou, ao passo que Arlo se esparramou no chão e prontamente fechou os olhos.

– O que posso fazer por você?

Jasper relatou os eventos do dia anterior. Enquanto falava, Charlie fez anotações em um bloco amarelo antes de, finalmente, erguer o olhar.

– E você disse que encontrou o cervo ontem? No domingo?

– Isso mesmo.

– Caça ilegal deve ser relatada na Comissão da Vida Selvagem da Carolina do Norte. Você entrou em contato com eles?

– Achei melhor vir aqui.

– Posso cuidar disso para você – disse Charlie, confirmando se tinha a localização correta.

– É aí mesmo. – Jasper assentiu. – Diga a eles que procurem uma bandana vermelha também.

– Vou dizer. – Charlie pôs o lápis sobre o bloco de anotações. – E você não sabe quem são os adolescentes?

– Não.

– Nem tem certeza de que foram eles que mataram o cervo?

– Não, mas quem mais poderia ser?

Charlie recostou-se na cadeira.

– Não estou dizendo que não acredito em você, mas é uma situação complicada, já que você não testemunhou o crime. Tenho certeza de que o funcionário da comissão vai dizer a mesma coisa. E, como você não sabe quem são os adolescentes, não há muito que eles possam fazer.

– Ouviu falar que pode haver um cervo branco por aí?

– Quem não ouviu? Só se fala sobre isso na lanchonete nas duas últimas semanas.

– Acho que aqueles rapazes foram lá para procurá-lo.

– Podem não ser os únicos. A notícia se espalhou e já deve estar na internet agora. Parece que esses cervos albinos são apenas um em trinta mil, então não é nenhuma surpresa.

– Existe qualquer coisa você possa fazer?

– Está fora da minha jurisdição. É uma floresta nacional, logo é federal, e nós dois sabemos que não há agentes florestais suficientes para manter a floresta completamente protegida dos caçadores ilegais. Isso sempre foi um problema, não é de agora.

– Talvez você devesse conversar com os adolescentes assim mesmo. Eu contei que um deles usava uma camiseta da equipe de luta livre da Escola de Ensino Médio de Asheboro. Pode ser um começo.

Charlie esfregou o queixo, parecendo novamente o político que era.

– A escola de ensino médio fica na cidade, não no condado, então a polícia de Asheboro é que precisaria averiguar isso.

– O garoto atirou no meu cachorro.

– Sei que isso é revoltante, mas, em termos legais, o que você está me relatando é um disparo ilegal de arma, que é apenas uma contravenção menor. E, sendo sincero, você está numa situação meio delicada, uma vez que o cachorro avançou nele primeiro.

– E quanto ao fato de o garoto apontar a arma para mim?

– Isso também é uma contravenção. E, novamente, há circunstâncias atenuantes por causa do cachorro, então duvido que dê em alguma coisa. Estou feliz que você esteja bem. Nós dois sabemos que poderia ter sido pior.

Como foi para o jovem cervo, pensou Jasper. *E como poderia ser para o cervo branco.*

– Então, como podemos manter aquele cervo em segurança?

– Olha, Jasper... você ainda caça?

– Não, há muito tempo que não caço.

– Ainda assim, como eu, você provavelmente já concluiu que o cervo branco não é daqui. É bem provável que ele tenha vagado pela área temporariamente em busca de comida, água ou qualquer outra coisa. Deve ser um animal esperto, já que sobreviveu a muitas temporadas de caça até chegar à vida adulta. O que estou tentando enfatizar é que, neste próximo final de semana, quando começar a temporada de caça aos perus, vai haver muita comoção. Armas disparadas, caçadores perambulando, o que significa que haverá grandes chances de o cervo voltar para o lugar de onde veio.

Jasper olhou na direção da janela, sabendo que ele estava certo. Mesmo assim, o cervo estaria em perigo até lá.

– Se eu fosse você – acrescentou Charlie –, tentaria tirar isso da cabeça. E teria cuidado na floresta de Uwharrie pelos próximos dias. Lembre-se do que eu lhe disse sobre a internet. Nunca se sabe quem vai estar por lá.

A reunião terminou e, de volta à caminhonete, Jasper refletiu sobre as palavras de Charlie. Talvez ele devesse tentar tirar aquilo da cabeça, mas sentiu que não conseguiria. Os adolescentes que havia encontrado precisavam ser responsabilizados. Eles eram culpados de caça ilegal e, se tivessem a chance, fariam isso de novo. Também não era aceitável atirar no cachorro de um homem ou apontar um rifle na direção dele.

Em um nível mais profundo, Jasper não conseguia afastar a sensação de que ele e o cervo branco estavam conectados de alguma forma. Não sabia dizer se era um presságio ou uma mensagem, mas, enquanto estava ali sentado, ele sentiu, com uma certeza cada vez maior, que o aparecimento do cervo branco tinha algo a ver especificamente com ele.

Afinal, assim como seu pai e seu avô, Jasper sempre desejara testemunhar um milagre.

III

Houve um tempo em que Jasper não sabia se algum dia conseguiria se sentir normal de novo. A morte inesperada do pai deixara um vazio que nem mesmo a presença de Audrey conseguiria preencher por completo. Na pequena casa da cidade onde sempre morou, ele estava cercado pelas lembranças da vida que compartilhara com o pai: porta-retratos sobre a lareira com fotos dos dois, equipamento de pesca que usaram em tardes preguiçosas, esculturas abarrotando os peitoris das janelas e todas as outras superfícies. Na mesinha perto da cadeira de balanço acolchoada ficava a Bíblia de seu pai.

Nas semanas seguintes à morte do pai, Jasper vagara pela casa silenciosa, sentindo-se esvaziado por tanta dor. Naqueles momentos, ele pegara a Bíblia e tentara encontrar consolo nas palavras que seu pai tantas vezes citara ou rabiscara nas margens.

Salmos 34:18: *"O Senhor está perto dos que têm o coração quebrantado e salva os de espírito abatido."* Mateus 5:4: *"Bem-aventurados os que choram, porque eles serão consolados."* Ele ficava de joelhos e rezava, não apenas pela alma do pai, mas também pela dele. De vez em quando, Audrey aparecia depois da escola com uma torta ou outro prato recém-saído do forno. Eles comiam juntos, falando baixinho. Ela perguntava como ele estava, e cada palavra e gesto irradiavam uma profunda empatia. Assim, enquanto aquelas terríveis semanas, depois meses, se passavam, o amor de Jasper por Audrey crescia com uma devoção que ele jamais imaginara possível. *O amor é*, mais que qualquer coisa, *paciente e bondoso* (1 Coríntios 13:4), e, de fato, ela parecia entender que Jasper precisava viver o luto a seu próprio tempo antes de retomar a vida normal.

Sem o pai para sustentá-lo, Jasper abandonou a escola no ensino médio e começou a trabalhar em tempo integral no pomar de pessegueiros. Embora isso significasse que ele não veria Audrey na escola, não havia escolha. Ele pagava as contas da casa, levava consigo a marmita do pai e trabalhava do amanhecer até o anoitecer. Um homem chamado Richard Stope havia assumido o posto anterior de seu pai. Stope era genro do proprietário e sempre sentira ciúme da confiança que o pai de Jasper conquistara do proprietário. Ele era um homem bruto e colocava a culpa nos outros quando algo dava errado. Mais de uma vez, Jasper o viu agredir um dos trabalhadores temporários. Anos antes, quando Jasper perguntara por que Stope agia daquela maneira, seu pai tinha respondido "Provérbios 24:2". Aquela noite, Jasper leu na caligrafia de seu pai: *"Porque o seu coração medita a rapina, e os seus lábios falam o mal."* No passado, sabia que Stope havia tentado fazer com que o pai de Jasper fosse despedido por causa de uma ou outra infração. Agora, Jasper mantinha distância e se concentrava em seu trabalho.

No entanto, o ciúme de Stope passou a ser descarregado em Jasper. Se o rapaz trabalhasse cinquenta horas, Stope encontraria motivos para lhe pagar apenas quarenta; se um motor de caminhonete funcionasse mal, Stope culpava Jasper. Com o tempo, outros trabalhadores começaram a se distanciar de Jasper, sabendo que Stope infernizaria suas vidas também caso estivessem ligados a ele de alguma forma. Em vez de almoçar com os colegas, Jasper comia sozinho. Se tivesse que consertar um motor ou as bombas de irrigação, ninguém o ajudava. Quando o reparo ficava pronto, Stope reclamava porque o trabalho havia demorado demais.

Por fim, depois de trabalhar em tempo integral por mais de um ano, dois pessegueiros no extremo da propriedade foram atingidos pela podridão-parda. O fungo havia se espalhado do pomar vizinho, onde uma seção inteira da plantação de pêssego fora afetada. Mas Stope apontou Jasper como responsável. Enquanto outros trabalhadores observavam pelo canto dos olhos, Stope o demitiu. Àquela altura, Jasper já esperava por isso, então simplesmente assentiu.

Isso foi em 1958. Ele tinha 18 anos, e seu pai estava morto havia pouco mais de um ano. Audrey logo se formaria no ensino médio. Jasper tinha uma pequena poupança, então ficaria bem. Ao se virar para sair, Stope gritou:

– Você é um caipira que não serve para nada, exatamente como o seu pai!

Jasper se deteve, seus ombros se contraindo de repente. Em sua mente, ele ouviu o pai sussurrar: "Provérbios capítulo 29, versículo 11."

"O tolo dá vazão à sua ira, mas o sábio domina-se."

Ele relaxou os ombros e deu mais um passo em direção ao armazém onde guardava a marmita do pai. Stope correu à sua frente e o agarrou pelo braço.

– Você vai deixar a propriedade agora – exigiu.

Jasper podia sentir os olhos dos outros trabalhadores sobre eles. Deliberadamente, ele se livrou do aperto de Stope e deu mais um passo para pegar a marmita. Stope diminuiu a distância outra vez, com o rosto vermelho e os olhos soltando faíscas.

– Não me ignore, moleque!

Rodeando-o, Stope ergueu o punho; quando Jasper foi golpeado, sua visão começou a ficar turva e ele caiu no chão de terra. Sabendo o que seu pai teria desejado que fizesse, Jasper se levantou. Olhou para Stope bem nos olhos e, lentamente, virou a cabeça. Ele apontou para a outra face, assim como Jesus havia ensinado, caso Stope quisesse acertá-lo uma segunda vez.

O rosto de Stope ficou roxo. Ele cerrou o punho novamente. Mas uma sensação de espanto, até mesmo de admiração, pareceu tomar conta dos outros trabalhadores, como uma inspiração prolongada. Stope devia ter percebido, porque, em vez de atacar Jasper uma segunda vez, acabou baixando o olhar.

Jasper seguiu em direção ao armazém e recuperou sua marmita. Depois que saiu do pomar de pessegueiros, caminhou até aquela que um dia fora a caminhonete do pai, sabendo que jamais retornaria.

IV

Após deixar o gabinete do xerife, Jasper dirigiu até a Escola de Ensino Médio de Asheboro e entrou no estacionamento. Parou para acariciar a cabeça de Arlo.

– Vai ter que ficar aqui desta vez – disse ele. – Não posso levar você para a escola comigo.

Ao se aproximar da entrada, ele ficou maravilhado em ver como a escola era maior, comparada àquela que ele havia frequentado, e quantos carros lotavam o estacionamento. Quando era jovem, ninguém que ele conhecia tinha o próprio carro, mas hoje em dia parecia que praticamente todos os estudantes tinham.

Ele tentou entrar no prédio, mas percebeu que a porta da frente estava trancada. Tentou uma segunda vez antes de ouvir uma voz estalar através do interfone.

– Posso ajudá-lo?

Ele não tinha ideia de com quem estava falando; não conseguia ver além do reflexo do vidro.

– Eu queria saber se vocês têm algum anuário.

Houve uma pausa.

– Os anuários só estarão prontos em maio. O senhor veio encomendar algum? É parente de alguém que estuda aqui?

– Não. Eu queria ver o anuário do ano passado.

– Desculpa... qual é mesmo o seu nome?

Jasper disse o próprio nome.

– E o senhor tem algum filho na escola? Ou neto?

– Não. Eu só quero dar uma olhada num anuário. A escola não mantém cópias de seus próprios anuários?

– Não sei. Eu teria que verificar. Mas se o senhor não é pai ou responsável e não está aqui para tratar de assuntos oficiais, receio não poder deixá-lo entrar.

– Mas isso é uma escola...

– Exatamente – retrucou a mulher, interrompendo-o. – É uma questão de segurança. Tenho certeza de que o senhor compreende.

– Mas eu só quero dar uma olhada no anuário do ano passado...

– Senhor – interrompeu ela –, não posso permitir a sua entrada a não ser que seja pai de aluno ou tenha uma reunião marcada...

Jasper balançou a cabeça e foi embora.

V

De volta à cabana, Jasper ficou esculpindo na varanda, reflexivo. No meio da tarde, dirigiu até a casa da médica e bateu na porta.

Demorou cerca de um minuto até o menino destrancá-la e abri-la.

– Oi, Sr. Jasper! – disse Mitch. – O que está fazendo aqui?

– Eu vim ver você.

Ele remexeu os pés.

– Minha mãe diz que eu não posso deixar ninguém entrar quando ela não está em casa.

– Eu não quero contrariar sua mãe, então me contento em ficar na varanda. Só queria saber se por acaso Casey tem o anuário do ensino médio do ano passado.

– Acho que tem. Mas ela não está aqui agora. Por que o senhor quer o anuário dela?

– Estou procurando alguém que talvez estude na escola dela.

– Por quê?

– Prefiro não dizer por quê, se não fizer diferença para você.

– É porque é segredo?

– Pode-se dizer que sim – respondeu Jasper, de maneira ambígua. – Eu não preciso levar o anuário. Só quero dar uma olhada.

O menino foi até a sala, onde pegou um celular na mesa de centro.

– Eu não posso entrar no quarto da Casey sem permissão, então vou mandar uma mensagem de texto para ela, tá?

Jasper fez que sim com a cabeça.

Em alguns minutos, o menino ergueu os olhos do celular e sorriu.

– Já volto – disse ele, desaparecendo escada acima e reaparecendo com um livro debaixo do braço.

– Falei para ela que o senhor disse que era superimportante – contou Mitch, entregando o livro. – E preciso colocar no lugar assim que o senhor terminar. E ela não quer que o senhor leia nada que os amigos dela escreveram.

– Não vou ler.

Jasper sentou-se no balanço da varanda, e o menino se juntou a ele com óbvia curiosidade. Abrindo o volume encadernado em couro, Jasper procurou no sumário, encontrando a página correspondente. Como esperado, lá estava a foto em grupo da equipe de luta livre.

Ele rapidamente identificou o adolescente com a camiseta da equipe que vira na floresta: Carl Melton. Enquanto continuava a examinar a foto, reconheceu um segundo rosto. Um dos meninos que estava de pé na última fila era o altão – aquele que estava portando a arma.

Josh Littleton.

Jasper ergueu o olhar, pestanejou e respirou fundo.

Meu Deus, pensou ele.

Os Littletons.

Seguindo seu palpite, ele verificou o índice pela segunda vez. Diretamente acima do nome de Josh havia outra entrada, e Jasper folheou as páginas, encontrando-a. Eric Littleton, o irmão mais novo de Josh, era o último membro do trio. Jasper fechou o livro e o devolveu a Mitch.

– Só isso? – perguntou o menino.

– Eu só precisava disso. Obrigado. E não se esqueça de agradecer à sua irmã por mim, está bem?

– Pode deixar.

Jasper ficou parado por um momento, perdido em pensamentos sobre a família Littleton, e Mitch remexeu os pés diante dele. Retomando a conversa, Jasper perguntou:

– Como está a sua irmã?

Mitch desviou o olhar e arrastou os pés.

– Ela disse que quer morar com meu pai. A partir do verão.

– Ele não mora em Greensboro?

– Eu ia odiar se ela fosse embora.

Sabendo quanto Casey significava para o menino, Jasper colocou a mão em seu ombro.

– Ela poderia estar falando só por falar.

– Como assim?

– Vamos torcer para que ela decida ficar, certo?

Mitch assentiu.

VI

Talvez fosse por causa de sua conversa com Mitch, mas, quando Jasper voltou para a cabana, decidiu que faria uma visita à sua família.

Eles podiam ser encontrados ao pé de um carvalho ancestral com galhos grossos e baixos, alguns cobertos de barba-de-velho. Era a árvore perfeita para escalar, e Jasper se lembrava de seus filhos testando o equilíbrio e a coragem enquanto se arranhavam para subir e dar a volta nela. Por alguns anos, houve até um balanço; Jasper se lembrava do dia em que o pendurara e de como as crianças imploravam para que ele as empurrasse cada vez mais alto.

Agora não havia mais nenhum balanço, e a árvore não era escalada havia décadas. Era ali, no entanto, que Jasper enterrara sua esposa e os quatro filhos, em um pequeno lote cercado por um muro baixo de tijolos. Os amores-perfeitos plantados por ele no último novembro ainda mantinham seus botões, mas, no mês seguinte, as flores da primavera surgiriam: lírios, floxes, íris, sanguinárias-do-canadá. Audrey sempre adorara flores.

114

As lápides estavam dispostas em semicírculo, com Audrey no meio. Ele sabia que ela teria gostado disso, pois sempre fora o centro da vida de todos eles. Ela era o sol, e seus filhos eram os planetas. Ele mesmo havia gravado os nomes e datas nas lápides, junto com uma frase da Bíblia para cada um.

Jasper abaixou-se cuidadosamente e começou a arrancar as ervas daninhas que brotavam entre os amores-perfeitos, sua memória retornando a 1958, pouco depois de ele ter sido demitido do pomar. Embora Audrey seguisse indo para sua casa e para a cabana de vez em quando havia mais de um ano, Jasper ainda não a tinha beijado, mesmo já sabendo que queria passar o resto da vida com ela. Sempre que conversavam, ele sentia que poderia ouvir aquela voz para sempre. Ela lhe confessou que queria ser professora em uma escola fora da cidade, onde poderia trabalhar com estudantes da área rural. Disse que queria ter pelo menos quatro filhos e morar em uma casa de dois andares com alpendre e uma cozinha grande o suficiente para a família inteira se reunir. Ela queria passar a lua de mel em Sullivan's Island, perto de Charleston, onde poderiam observar os golfinhos cortando as ondas. Ele ficava impressionado com os detalhes tão precisos da vida que ela queria para si. Assim como o pai, Jasper nunca fora um grande sonhador, mas fez uma promessa silenciosa a si mesmo de que encontraria uma maneira de realizar todos os desejos dela, mesmo sem ter a mínima ideia de como o faria.

Eram, porém, os olhos dela, e não os sonhos, que mais o cativavam. Sempre que olhava para eles, era incapaz de desviar o olhar, como se ela lançasse um feitiço sobre ele. Algumas semanas antes de ela se formar na escola, Jasper lhe deu um buquê de margaridas recém-colhidas. Os pais dela não o consideravam um pretendente digno da filha, e, quando a mãe de Audrey viu Jasper parado na varanda com as flores nas mãos, seu rosto se contraiu em uma expressão tensa. Audrey, porém, desceu os degraus e dispensou a mãe com um gesto, enquanto os dois se sentavam na varanda. Relutante, a mãe dela fechou a porta, e Audrey enterrou o rosto no buquê.

– São maravilhosas! – exclamou, cheirando as flores.

Jasper finalmente sussurrou as palavras que vinha guardando dentro de si desde o momento em que ela subira em sua caminhonete pela primeira vez.

– Você também é maravilhosa.

Eles ficaram ali por uma hora e compartilharam uma fatia de torta. Os grilos cantavam e, vindo da floresta, Jasper ouviu o pio de uma coruja. Quando as estrelas salpicaram o céu noturno, ele soube que era hora de ir embora. Porém, quando estava prestes a descer os degraus da varanda, ele se virou para encará-la. Colocou a mão com delicadeza em sua cintura e se aproximou; um momento depois, os lábios dela encontraram os dele pela primeira vez. Ele sentiu o aroma de maçã e canela no hálito dela, e, no caminho de volta para casa, suas pernas tremiam tanto que ele quase bateu o carro em uma árvore.

Ao longo do verão, o relacionamento entre os dois floresceu depressa, como flores silvestres na campina. Eles saíam para passear à noite, depois que o calor do dia havia diminuído, e às vezes paravam para tomar um refrigerante no centro da cidade. Faziam piqueniques e algumas vezes iam ao cinema, principalmente porque ela amava filmes. Na livraria, ela lhe mostrava os romances que mais a haviam comovido – apesar da suspeita generalizada em relação aos soviéticos, ela tinha uma predileção pelos escritores russos, como Tolstói e Dostoiévski. E, no Dia da Independência, enquanto fogos de artifício explodiam no céu da noite, ele finalmente sussurrou para ela que a amava.

– Ah, Jasper – disse ela, com um sorriso largo –, eu também te amo.

Em agosto, ela partiria para a faculdade. Eles passaram a última manhã juntos na casa de Audrey, sob os olhares desaprovadores dos pais dela, em um dia de calor escaldante.

Jasper quis falar a sós com o pai de Audrey. No bolso, trazia a aliança de casamento da mãe, e pediu a ele, formalmente, a mão de sua filha.

Com um tom de voz controlado, o pai explicou a impossibilidade de tal acontecimento. Eles eram jovens demais, esclareceu, mas não mencionou o fato de Jasper não haver terminado os estudos e não ter nenhum trabalho, muito menos perspectivas para algum tipo de carreira.

Jasper saiu com a aliança no bolso e, mais tarde, quando Audrey se sentou no banco de trás do Cadillac da família para a viagem até a Faculdade Sweet Briar, no estado da Virgínia, Jasper forçou um sorriso corajoso. Acenou, apesar da náusea que estava sentindo, e, quando voltou para casa, ele se perguntou se ela iria esquecê-lo. Mas ela não o esqueceu; em vez disso, a distância pareceu aproximá-los ainda mais.

116

Ele escrevia para ela duas vezes por semana e lia repetidas vezes as cartas que ela enviava em resposta. Vez ou outra, ele mandava pequenos presentes pelo correio – em geral, algo que ele tinha esculpido, mas também enviou um lenço e um pequeno medalhão –, e passava todos os minutos possíveis com ela durante os feriados do Dia de Ação de Graças e do Natal. E, quer estivesse com ela, quer ela estivesse fora, na faculdade, ele seguia pensando em maneiras de realizar todos os seus sonhos.

Agora, uma vida inteira depois, ele passou os dedos pelo granito, sentindo o nome dela gravado na pedra. Fez o mesmo com cada um de seus filhos e, apesar da dor no coração, relatou tudo o que havia acontecido nos últimos dias. Perto do final, ele se viu especulando mais uma vez se o cervo branco havia aparecido porque Deus sabia como ele ansiava por testemunhar um milagre. Uma voz racional dentro de si julgou a ideia ridícula, mas ele já vivera o suficiente para saber que a esperança e a dúvida poderiam coexistir, então ergueu os olhos para examinar a floresta. Olhou para a esquerda e para a direita, e depois prestou atenção nos sons mais distantes, porém não havia nada além do canto dos pássaros, e o cervo branco não apareceu. Balançando a cabeça, ele se repreendeu pela própria insensatez.

Passado um tempo, Jasper ficou de pé, sentindo fortes pontadas nos joelhos, nos quadris e na parte inferior das costas. Sua pele se esticava dolorosamente a cada movimento e, enquanto olhava por um último instante para as lápides, sentiu o peso sombrio da solidão cair sobre seu corpo, sufocando-o.

– Eu amo vocês e sinto saudade de todos – disse ele em voz alta, antes de percorrer, com dificuldade, o caminho de volta para a cabana.

VII

Sabendo que ainda tinha tempo antes de Charlie dar o dia de trabalho por encerrado, Jasper telefonou para o gabinete do xerife. Informou a Charlie que havia identificado os rapazes que vira na floresta.

– Não vou perguntar como descobriu a identidade deles, mas você tem certeza disso?

– Absoluta – respondeu Jasper, antes de recitar os nomes.

Ele ouviu Charlie respirar fundo e depois fazer uma pausa antes de continuar.

– Você pode vir aqui e registrar uma queixa, mas, mesmo deixando de lado as questões de jurisdição, isso não vai dar em nada.

– Por quê?

O silêncio de Charlie pesou na linha telefônica. Depois de um tempo, ele prosseguiu:

– Você sabe o motivo tão bem quanto eu.

De fato, Jasper sabia. Depois de desligar, ele refletiu sobre a situação durante o jantar, enquanto tomava sua sopa de tomate. Como Arlo não gostava dessa sopa, Jasper colocou um pouco de ração no prato do cachorro antes de finalmente pegar suas chaves. Arlo ergueu os olhos de seu pratinho e lambeu os lábios, como se estivesse imaginando aonde iriam a seguir.

– Dessa vez, eu vou sozinho. Você precisa ficar.

Jasper deu um tapinha na cabeça do cachorro e saiu para fazer o curto caminho até a cidade. Depois de um tempo, virou em uma rua ladeada de palacetes históricos, ocupados por famílias cuja riqueza passara de uma geração para outra. Nas calçadas, ele viu Mercedes e BMWs, até mesmo um ou outro Bentley. Jasper diminuiu a velocidade ao se aproximar de uma casa colonial de tijolos, parcialmente escondida por um exuberante jardim. Aquela era a casa, Jasper sabia, onde Josh e Eric Littleton moravam; também fora naquela casa que o pai deles, Clyde, nascera e fora criado ao lado de seus irmãos, Roger e Vernon.

O meritíssimo juiz Roger Littleton.

E o procurador Vernon Littleton.

Os Littletons tinham uma longa história na região, anterior à Guerra Civil, tendo construído uma fortuna em ferrovias e especulação imobiliária antes de se ramificar na área jurídica. Ainda eram uma das famílias mais ricas do estado; mesmo nos dias atuais, a família possuía dezenas de milhares de hectares, a maior parte arrendada a agricultores. Desde que Jasper se conhecia por gente – e antes disso, ele tinha certeza –, sempre houve um juiz Littleton em Asheboro. O pai e o avô de Roger, Vernon e Clyde haviam sido juízes; Vernon, por sua vez, atuava como procurador distrital por quase três décadas. Quando suas generosas doações políticas, juntamente com o fato de terem amigos em altos cargos, se somavam a tudo isso, nem é preciso dizer que os Littletons tinham sido, e ainda eram, a própria lei no condado.

No entanto, se Roger e Vernon Littleton eram respeitados na comunidade – ou, talvez, às vezes, temidos –, Clyde era apenas tolerado. Na adolescência, um dos amigos de Clyde teve uma overdose enquanto estava na casa dos Littletons, e houve boatos de que Clyde tinha fornecido as drogas. Quando Clyde tinha 20 e poucos anos, a notícia de que teria agredido uma namorada se espalhou pela cidade. Embora nenhuma acusação formal tivesse sido feita quanto a qualquer um desses eventos, os comentários na comunidade foram suficientes para incitá-lo a ir embora, pelo menos por um tempo. Em Raleigh, ele supostamente se redimiu. Tornou-se incorporador e conheceu uma moça chamada Anne, com quem depois se casou. Eles tiveram dois filhos e, há catorze anos, depois que seus delitos tinham sido esquecidos, Clyde e sua família voltaram para Asheboro e se mudaram para a residência original da família. Um de seus primeiros projetos na área foi o loteamento que Jasper tentara, sem sucesso, interromper.

Clyde também gostava de caçar, mas um tipo particular de caça. Para Clyde, quanto mais exótico o animal, melhor, e Jasper tinha ouvido dizer que muitos de seus prêmios eram exibidos por todo o imóvel. Ele havia matado um leão, uma onça-pintada e uma pantera. Tinha alvejado e matado um rinoceronte na Namíbia e viajado para o Himalaia a fim de matar um *bharal*, ou carneiro-azul. Embora nem todos os animais que ele havia caçado fossem espécies ameaçadas de extinção, alguns deles eram, e Clyde era famoso em certos rincões do mundo da caça graças ao gosto por postar suas façanhas nas redes sociais. Argumentava que fazia as coisas legalmente e com a aprovação total do governo, mas Jasper – como muitos – não tinha dúvidas de que Clyde às vezes burlava as regras, subornando funcionários públicos para que fizessem vista grossa.

Alguns anos antes, uma postagem de Clyde nas redes sociais foi divulgada pelo canal de notícias local. Na primeira foto, Clyde aparecia segurando a cabeça de uma girafa que ele matara na África do Sul; em outra, segurava, sorrindo, o coração do animal. Quando defendeu suas ações – era legal, a carne fora doada para os moradores locais, o animal era velho –, ativistas dos direitos dos animais até mesmo da Flórida protestaram do lado de fora de seu escritório, no centro de Asheboro. Pessoas empunhavam cartazes e gritavam palavras de ordem em megafones, mas os protestos foram silenciosamente dispersados pela polícia.

E, agora, os filhos dele estavam rondando a floresta onde um cervo bran-co, outro animal exótico, havia sido avistado praticamente no quintal deles.

Filhos buscando a aprovação do pai? Para Jasper, parecia óbvio.

Na entrada, havia um portão de ferro forjado rico em detalhes. No teclado do interfone, Jasper apertou a campainha. Ela foi atendida por uma mulher anunciando a residência Littleton.

– Eu gostaria de falar com Anne ou Clyde Littleton.

– O senhor marcou horário?

– Não. Mas é sobre os filhos deles, Eric e Josh. É importante.

– E o senhor é...?

Jasper disse seu nome antes de a pessoa que atendeu ficar em silêncio. Ele achou que, quando ela voltasse a falar, informaria que nenhum dos Littletons estava em casa, ou daria outra desculpa. Em vez disso, os por-tões se abriram.

Jasper subiu lentamente o longo caminho até a casa, parando a ca-minhonete atrás de uma picape preta. Ele saiu e caminhou até a porta, lembrando-se, no último minuto, de tirar a bandana do bolso e cobrir o rosto. Na porta de entrada, ele bateu e deu um passo para trás.

Foi Anne quem abriu a porta. Ela era uma mulher pequena e frágil, e usava o cabelo preso em um coque apertado; ele a reconheceu graças às fotos do jornal. Os Littletons eram frequentemente citados por conta de seu trabalho de caridade na cidade, e a nova ala do hospital recebera o nome da família.

– Boa noite, Sra. Littleton – cumprimentou Jasper. – Obrigado por me receber.

Os olhos de Anne se desviaram do rosto dele.

– Me disseram que sua visita tem a ver com meus filhos, é verdade?

– Sim, senhora.

Atrás dela, Jasper viu Clyde descendo a grande escadaria para o sa-guão revestido de mármore. Quando ele se aproximou, suas sobrance-lhas se levantaram ao reconhecê-lo.

– Eu me lembro do senhor. Espero que não esteja aqui para reclamar do loteamento de Neely Ridge.

Jasper balançou a cabeça.

– Não, senhor. É sobre os seus filhos.

Saindo do saguão, Jasper foi conduzido à biblioteca, repleta de prateleiras de mogno que se estendiam até o teto. Uma parede exibia a cabeça de uma pantera negra; em frente estava o *bharal*. Ao lado da lareira, havia um urso-pardo empalhado, com uns três metros de altura. Clyde apontou para uma cadeira que parecia uma peça de antiquário, e Jasper se sentou. Anne se acomodou na beira do sofá, enquanto Clyde permaneceu de pé.

– O que quer me contar sobre meus filhos? – perguntou Clyde.

Jasper relatou os eventos do dia anterior e, quando terminou, as mãos de Anne estavam fortemente cerradas em punhos sobre o colo.

Clyde, no entanto, estava com as mãos na cintura, sua expressão agora pouco amigável.

– Deixe-me ver se entendi. Está acusando Josh e Eric de caça ilegal, alegando que Josh atirou no seu cachorro e afirmando que Josh apontou um rifle para o senhor?

– Sim, senhor. E que exigiu dinheiro. E que destruiu meus cogumelos. Foi exatamente isso que aconteceu.

– Meus filhos não fariam nada disso – declarou ele. – Eles estão acostumados com armas desde que nasceram. Sabem que não devem apontar uma arma para ninguém nem atirar no animal de estimação de uma pessoa. E por que diabos eles iriam matar um cervo jovem e sem valor?

– Acredito que estivessem caçando o cervo branco.

– Isso, no entanto, não explica por que atirariam em outro cervo, não é mesmo?

– Desconfio que seu filho estivesse testando a mira do rifle – explicou Jasper.

O que ele não acrescentou foi que talvez Josh quisesse matar o animal simplesmente porque podia.

– Bem, então vamos questioná-los sobre isso.

Clyde saiu da biblioteca e gritou para cima, pedindo que Josh e Eric descessem. Quando os meninos entraram no cômodo, trocaram olhares nervosos antes de encararem o pai.

– O Sr. Jasper está nos contando uma história e tanto – começou Clyde. – Vocês estiveram na floresta de Uwharrie ontem de manhã?

– Sim, senhor – disse Josh.

– Posso saber por quê?

– Estávamos explorando – respondeu Josh, as palavras saindo com

121

naturalidade. – A temporada dos perus está prestes a começar, então fomos lá para descobrir onde eles poderiam estar.

– Vocês viram esse homem lá?

– Sim, senhor – confirmou Josh. – Cruzamos com ele um pouco antes de irmos embora. Estávamos conversando, e, quando tentei ver os cogumelos que ele tinha coletado, o cachorro dele me atacou.

– Este homem aqui – disse Clyde, apontando para Jasper – também afirma que vocês atiraram num cervo ainda bem jovem.

Josh balançou a cabeça.

– Não, senhor. Ele nos acusou, mas dissemos a ele que não sabíamos de nada sobre isso.

– E o cachorro dele atacou você?

– Sim, senhor. Do nada. Eu tropecei quando estava tentando me livrar do cachorro, e foi então que a arma disparou. Foi um acidente.

– E então você apontou a arma para ele? E pediu dinheiro? E destruiu os cogumelos dele?

– Não, senhor. Quer dizer, acho que não. Como eu disse, tropecei, e o balde deve ter tombado quando eu caí. Eu estava no chão tentando me livrar do cachorro, e provavelmente foi por isso que os cogumelos foram esmagados. E, quando eu estava me levantando, talvez o cano tenha virado na direção dele, mas, se virou, foi um acidente. Eu estava muito abalado, entende? E, não, eu não atirei no cachorro dele nem pedi dinheiro.

Jasper só ouvia, surpreso com a facilidade com que o menino conseguia mentir. Clyde olhou para Eric.

– Foi isso mesmo, filho? Foi isso que aconteceu?

Eric mudou o peso do corpo de um pé para outro, parecendo assustado.

– Sim, senhor.

Clyde assentiu antes de se voltar para Jasper.

– Tem alguma coisa a dizer a respeito do que eles se lembram dos acontecimentos?

Jasper encarou Clyde. Provérbios 14:5 sempre foi um dos favoritos de seu pai: *"A testemunha honesta não engana, mas a falsa transborda em mentiras."*

– Seus filhos não estão dizendo a verdade – declarou Jasper.

122

Anne estremeceu, enquanto a expressão no rosto de Clyde se endureceu.

– Meus filhos não são mentirosos – cuspiu ele. – O que me faz querer saber o que o senhor realmente quer. Veio aqui por dinheiro?

– Eu vim porque pensei que, como pais, vocês gostariam de saber o que seus filhos fizeram, para que fossem responsabilizados pelos próprios atos.

Ninguém disse nada por alguns instantes, e Clyde colocou a mão no queixo, fingindo tentar se lembrar de alguma coisa.

– É engraçado o senhor oferecer conselhos paternos... Acho que me lembro de ter ouvido alguma coisa sobre o seu filho. Ele não acabou na prisão? Teve a ver com o incêndio, não teve?

Jasper não disse nada, mas Clyde sabia que pusera o dedo na ferida.

– Da próxima vez, olhe no espelho antes de começar a questionar a maneira como educo meus filhos – acrescentou Clyde. – Quanto às suas alegações, estou certo de que meus filhos não fizeram nada de errado. Estou curioso, porém, para saber se vai pedir desculpas a eles pelo que seu cachorro fez ao meu filho mais velho.

Mais uma vez, Jasper permaneceu em silêncio. Depois de alguns segundos, Clyde recuou e gesticulou em direção ao saguão.

– Então acho que é melhor se retirar. Minha paciência acabou, e o senhor não é bem-vindo em minha casa.

Com isso, Jasper foi conduzido até a porta.

VIII

Jasper estava na cabana havia poucos minutos quando o telefone tocou. Era Charlie.

Seu tom dizia que não estava nada feliz. Não só os Littletons estavam aborrecidos, como sentiam que tinham sido ameaçados.

– Eu não ameacei ninguém – rebateu Jasper. – Contei a eles o que os filhos fizeram.

– Você os chamou de mentirosos?

– Eu disse que os garotos não estavam dizendo a verdade.

Charlie suspirou, e Jasper pôde perceber sua frustração.

– Olhe, Jasper. Deixe isso para lá. Nós dois sabemos que eles não são o tipo de família para ter como inimiga. Esqueça essa história. Apenas fique longe deles, certo? Não vá mais à casa dos Littletons.

Após desligar, Jasper permaneceu de pé na cozinha. Para além das janelas, estava tudo escuro, e ele se perguntou onde o cervo branco poderia estar. Ainda se encontraria naquela área? Haveria caçadores na floresta naquele exato minuto tentando matá-lo? Imaginou quanto tempo demoraria até que os garotos Littletons tentassem a sorte novamente, e se o cervo acabaria empalhado e exibido como troféu por causa do desejo deles de imitar o pai.

Na escuridão, não houve resposta. Tudo o que ele realmente sabia era que cabia a ele salvar o pobre animal.

Seis

I

Depois de terminar o trabalho na Pão Nosso de Cada Dia, Tanner foi para a Funilaria do Bill. Como a oficina ficava a pouco mais de dois quilômetros dali, decidiu ir andando, apesar de uma das voluntárias, Trudy, ter oferecido carona. Um pouco de ar fresco lhe faria bem, e a temperatura tinha subido um pouco, trazendo consigo algumas lembranças. Uma das coisas de que mais gostara em sua estada na Carolina do Norte, em Fort Bragg, tinha sido o clima – muitos meses de céu azul e temperaturas agradáveis durante a primavera e o outono.

Colocando o celular no bolso de trás da calça, ele começou a caminhada, em um ritmo que não era apressado nem lento. No início do dia, havia passado meia hora no telefone com uma funcionária da Revology. Como previra, ela recomendou fortemente que a empresa fornecesse as peças necessárias, em vez de que a adquirissem em lojas de autopeças. Infelizmente, ela não conseguiu prever quanto tempo isso demoraria. Algumas poderiam estar no estoque, ao passo que outras talvez precisassem ser encomendadas. Ele não ficou satisfeito em saber que seu carro poderia levar semanas para ser consertado, mas lembrou-se de que sua agenda só dependia dele mesmo, pelo menos por enquanto.

De qualquer maneira, Asheboro estava se revelando mais interessante que o esperado. Ou melhor, Kaitlyn lhe interessara de uma forma que poucas mulheres haviam interessado. Na noite anterior, ele ficou se revirando na cama por quase uma hora porque não conseguia parar de pensar nela.

De manhã, assim que abriu os olhos, a imagem dela voltou, e ele teve certeza de que queria vê-la de novo.

Sua decisão de ser voluntário na Pão Nosso de Cada Dia, porém, havia sido problemática. Ele tinha se perguntado como Kaitlyn se sentiria se ele aparecesse sem avisar – seria muita prepotência de sua parte? Seria até mesmo um pouco assustador? Então, decidira correr o risco. Não estava mentindo quando contou a Kaitlyn que a filosofia do pai dela o havia inspirado e disse a si mesmo, de antemão, que, se sentisse que ela estava incomodada com sua presença, ele simplesmente manteria distância enquanto trabalhava e depois se afastaria de vez.

No entanto, falar era mais fácil que fazer, até porque o grupo de voluntárias regulares – Trudy, Lisa, Margaret e Linda, entre outras – o encheu de perguntas no instante em que ele pisou no lugar. Embora a princípio seus interrogatórios não demonstrassem nada além de uma curiosidade geral, o interesse aumentou bastante quando elas descobriram que ele tinha ficado sabendo da Pão Nosso de Cada Dia por meio de Kaitlyn. Foi como se pequenas lâmpadas acima de suas cabeças fossem se acendendo, uma por uma, e elas começaram a trocar olhares de cumplicidade entre si. Ele não teve dúvidas de que Kaitlyn percebeu aqueles olhares assim que chegou. Ele havia se esquecido de como os moradores de lugares pequenos adoram uma fofoca.

Para seu alívio, ela não lhe pareceu nem irritada nem chateada quando o viu pela primeira vez na cozinha. Talvez um pouco desconcertada, e, naquele momento, ele percebeu que deveria ter – no mínimo – avisado a ela com antecedência, por mensagem de texto. Por que não tinha feito isso?, perguntou a si mesmo.

Porque não queria correr o risco de ela lhe pedir que não fosse lá.

Ele balançou a cabeça, imaginando por que agira assim.

Enquanto andava pelas ruas silenciosas de Asheboro, ele refletiu sobre a resposta que ela dera ao seu convite para jantar. Não fora exatamente um não, mas também não tinha sido um sim. Ele entendia sua relutância, mas, mesmo assim, não conseguia parar de pensar nela, lembrando-se de sua surpreendente beleza e da profunda bondade que irradiava. Ou de que seu sorriso era tão genuíno e ensolarado que era difícil imaginar que ela já tivesse derramado alguma lágrima na vida. Era óbvio que ela era uma excelente mãe – as interações dela com Mitch deixavam isso bem claro –, e ele pensou na primeira impressão que teve dela, de pé na varanda, na noite do acidente. *Essa mulher tem uma história para contar*, lembrou-se de ter intuído, e admitiu que os últimos dois dias só tinham feito aumentar o seu desejo de conhecê-la melhor.

II

Quando Tanner chegou à Funilaria do Bill, o perito da seguradora já estava tirando mais fotos do carro, enquanto o proprietário da oficina e outros funcionários se reuniam ao redor, murmurando comentários como "Dá pena só de olhar".

Tanner se apresentou, e, durante os vinte minutos seguintes, o perito e o proprietário da oficina conferiram a papelada e conversaram sobre o que precisava ser feito. Tanner forneceu as informações de contato da Revology; o proprietário, por sua vez, prometeu identificar as peças que precisaria encomendar em um ou dois dias. Um ponto positivo, disse ele, é que a estrutura não estava amassada, o que facilitaria muito o conserto.

Perto do final, o perito da seguradora pegou um chaveiro que havia prendido à prancheta e apontou para um relativamente novo Chevrolet Impala prata estacionado na rua.

– Sei que não é com isso que está acostumado – disse ele para Tanner –, mas vai servir para se deslocar por aí.

Tanner preencheu os formulários do aluguel e assinou na linha pontilhada. O barulho ao ligar o motor lhe pareceu decepcionante comparado ao do carro dele, mas o Impala se comportou relativamente bem. Percebendo que estava com fome, ele estacionou perto da entrada de uma lanchonete.

Levou um sanduíche e uma garrafa de água para a mesa perto da janela da frente e deu uma conferida no celular. Ainda não havia nenhuma mensagem de Kaitlyn. Tudo bem. Ele desembrulhou o sanduíche e tinha dado algumas mordidas quando a porta da lanchonete se abriu. Três garotas adolescentes entraram falando alto e se aproximaram do balcão. Depois de alguns segundos, ele reconheceu uma delas.

Era Casey.

A jovem estava diferente. Sem rímel escorrendo pelo rosto, ela parecia mais velha, e sua semelhança com Kaitlyn era perceptível. Os mesmos cabelos escuros, os mesmos olhos escuros, e ele poderia apostar que todos os rapazes da escola a achavam linda.

Ele notou quando ela se virou para uma das amigas e cochichou algo; quando a garota se virou na direção dele, seus olhos se arregalaram. Tanner também a reconheceu da noite do acidente. *A amiga loura,* pensou, *aquela que o repreendeu por assustar Josh.* Ele viu Casey murmurar as palavras *"espere aqui uns minutos".*

Casey foi andando em direção a ele, e Tanner observou com curiosidade quando ela puxou a cadeira da frente, sentou-se e descansou os cotovelos sobre a mesa. Tanner baixou lentamente seu sanduíche, sorriu e disse:

– Oi, tudo bem?

– Então você decidiu sair com a minha mãe, hein?

Ele se divertiu com a audácia da moça.

– Fomos ao zoológico, se é isso que quer saber – respondeu ele, apoiando as costas na cadeira e limpando as mãos com um guardanapo de papel.

– O que significa isso?

Ele a encarou com um olhar intrigado.

– Não tenho certeza do que está me perguntando.

– Estou perguntando *por que* você levou minha mãe para sair.

Ele pegou a garrafa de água e abriu a tampa.

– Tecnicamente, eu não a levei para sair. Ela me pegou no hotel. Quanto ao porquê, passar algumas horas no zoológico no domingo à tarde me pareceu uma boa ideia.

– Então foi só por causa do zoológico? É isso que está me dizendo?

Ele ergueu uma sobrancelha, entendendo de repente por que Kaitlyn muitas vezes tinha trabalho com aquela garota.

– Ir ao zoológico era algo que eu pretendia fazer antes mesmo de chegar aqui. E, quando ouvi que sua mãe e Mitch iriam, pedi para ir junto.

Os olhos estreitados dela permaneceram com o foco nele.

– Vai sair com ela de novo?

Ele admirou o gesto protetor dela em relação a Kaitlyn.

– Não sei. Eu a convidei para jantar, mas ela não respondeu ainda.

– Eu *sabia.* – Ele a observou suspirar. – Eu percebi, pelo jeito que você ficou olhando para ela depois do acidente, que achou que ela era bonita.

Ele tomou outro longo gole de sua garrafa de água.

– Posso fazer uma pergunta agora?

– Pode.

– Isso a incomoda? Porque estou tendo a impressão de que você não aprova.

– Eu não te conheço bem o suficiente para aprovar ou não – respondeu ela. – Então, vamos dar um jeito nisso: qual é a sua história?

Ele arqueou uma sobrancelha, percebendo que gostava dela. Então fez um resumo de sua vida, semelhante ao que compartilhara com Kaitlyn. Quando terminou, ela pegou o próprio refrigerante.

– Você é um daqueles caras, né?

– Como assim?

– Nunca se casou. Mas já namorou, né?

– Sim.

– Quanto tempo durou seu namoro mais longo?

Jesus, pensou ele; mas admirou a coragem dela de perguntar e por isso respondeu.

– Um ano mais ou menos.

– Foi o que pensei – afirmou ela.

– Do jeito que você fala, parece que isso é um problema.

– E é? Imagine que você fosse eu e essa situação acontecesse com a sua mãe. E um estranho, que nunca teve um relacionamento longo e não planeja ficar por perto, aparecesse na cidade.

Pela primeira vez, ele não sabia o que dizer. Finalmente, encontrou as palavras.

– Não é minha intenção magoar a sua mãe, de forma alguma – garantiu ele. – E venho gostando de conhecê-la um pouco melhor.

Casey assentiu, olhando para fora da janela por um instante, depois voltando a encará-lo.

– Sei que nada disso é realmente da minha conta. É só porque ela é minha mãe. E não costuma ter muitos encontros. Acho que ela saiu com três caras desde o divórcio, e nenhum deles passou do primeiro dia.

– Eu entendo. E acho incrível que você esteja preocupada com ela.

Ela ficou quieta por um instante.

– Você chegou a ser destacado quando era do Exército? Para o Iraque?

– Sim.

– Conhece um cara chamado Marshall Cullen?

Ele buscou na memória.

– O nome não me soa familiar.

– É pai de um dos meus amigos. Ele era do Exército também e foi mandado para lá.

– Muitas pessoas foram.

– Meu amigo disse que ele tem pesadelos. Dos brabos.

– Muitos veteranos têm.

Ela parecia prestes a lhe perguntar se ele também sofria de pesadelos, mas, em vez disso, mudou de assunto.

– Mitch me disse que você ensinou a ele como se lança um frisbee. E que você é legal.

– Eu gostei dele. É um ótimo menino.

– Ele é meu parceirinho. Eu amo demais o meu irmão.

Tanner sorriu, mas não disse nada. Depois de um segundo, ela continuou.

– Quando você encontrar esse cara que está procurando... o que vai fazer em seguida?

– Imagino que vai depender de como as coisas acontecerem.

– Mas, de qualquer maneira, você vai embora, certo? Para a África?

Como Tanner não respondeu, ela olhou na direção das amigas. Então, levantou-se e prosseguiu:

– É melhor eu ir. Elas estão me esperando.

– Eu entendo. Mas você não respondeu à pergunta que lhe fiz antes.

– Que pergunta?

– Você se incomoda se eu levar a sua mãe para jantar?

Ela o encarou.

– Ainda não decidi.

III

Após terminar o sanduíche, Tanner voltou para o hotel.

Kaitlyn ainda não tinha respondido sua mensagem, e ele começou a pensar no que Casey iria dizer a ela. Acreditava que fora sincera, que ainda estava indecisa sobre ele, algo que tinha mais importância para ele do que queria admitir. Ao mesmo tempo, ele também não estava mentindo quando disse que não queria magoar Kaitlyn. Quais eram as opções dele nessa situação?

Não sabia, a não ser que deveria aceitar que o próximo passo era de

Kaitlyn. Chega de aparecer do nada em lugares como a Pão Nosso de Cada Dia, por exemplo, e chega de mensagens de texto ou ligações. Ela iria responder em breve.

De qualquer forma, era melhor ele se concentrar naquilo que o levara a Asheboro em primeiro lugar. Ele havia juntado as informações que coletara no sábado na biblioteca e começou organizando uma lista das ligações que poderia fazer para os Johnsons que moravam em Asheboro em 1992 e permaneciam ali. Anotou os números dos telefones em um caderno, pensou um pouco sobre o que iria dizer e discou o primeiro número. O telefone tocou sem resposta, então seguiu para o segundo número de telefone da lista. De novo, tocou e ninguém atendeu.

Das dez primeiras ligações, nove não foram atendidas. Na única vez em que ele conseguiu falar com alguém, foi informado de que o nome não lhe era familiar, e riscou aquele número da lista.

Seu insucesso não o surpreendeu. A maioria das pessoas tinha celular hoje em dia, e as únicas que ainda ligavam para telefones fixos de números desconhecidos eram operadores de telemarketing ou de institutos de pesquisa, ou então era engano. Ele mesmo nunca atendia esse tipo de ligação.

Sem querer perder tempo, ele conectou o telefone no carregador e se deitou na cama com as mãos entrelaçadas atrás da cabeça, fazendo planos para o dia seguinte. Precisava voltar para a biblioteca e terminar sua lista. Depois disso, traçaria uma rota e começaria a bater nas portas. Calculou que algumas de suas visitas seriam ignoradas, do mesmo jeito que os telefonemas. No meio do dia, muitos estariam no trabalho. Para estes, uma visita no início da noite poderia ser melhor, mesmo que interrompesse seu jantar.

Tanner pegou o iPad e passou as horas seguintes lendo o livro sobre a Segunda Guerra Mundial, depois ligou a televisão no canal ESPN e relaxou até o anoitecer. Quando apagou a luz, seus pensamentos voltaram para a conversa com Casey. A confiança dela o havia impressionado. Era difícil acreditar que a garota só tinha 17 anos; ela era muito mais madura que ele naquela idade. Ele não conseguia se lembrar de ter pensado muito sobre seus avós quando era adolescente, muito menos de sentir que precisava cuidar deles.

E Mitch...

Ele também era incrível, seu entusiasmo era contagiante. Vamos ao zoológico? *Fantástico!* O urso-polar está fazendo uma algazarra? *Que maravilha!* Quer aprender a jogar frisbee? *Podemos? Por favor?* Tinha sido impossível não sorrir enquanto ele tagarelava durante o almoço, e, mais uma vez, Tanner sabia que ele próprio era muito menos simpático quando tinha a idade de Mitch. Mudar-se de uma base para outra significava deixar amigos para trás; significava lutar para se encaixar em ambientes em constante mudança. Significava demorar a confiar e demorar ainda mais a se abrir para os outros, e brigas demais para lembrar. Mitch, por outro lado, era praticamente um livro aberto e feliz; Tanner não conseguia imaginar Mitch brigando com ninguém.

De certa forma, Casey e Mitch faziam com que se lembrasse dos filhos de seu amigo Glen. O mais velho era esperto e até um pouco insistente, ao passo que o mais novo era alegre e topava qualquer coisa. Kaitlyn também o fazia se lembrar um pouco de Molly. E, embora fosse algo que ele guardava só para si, Molly sempre fora sua favorita dentre as esposas de seus amigos. Ela era, ele pensou, excepcional em todos os sentidos.

Assim como Kaitlyn.

IV

Na manhã seguinte, Tanner foi correr e parou para tomar café da manhã no saguão do hotel, antes de retornar ao seu quarto para tomar banho e trocar de roupa. Ele entrou na biblioteca logo que abriu, e a bibliotecária da recepção lhe entregou de novo a lista telefônica antiga. Assim como havia feito antes, ele comparou os nomes que apareciam nela com os que encontrara na lista telefônica on-line com seu celular. Em seguida, identificou os endereços e os marcou em seu mapa. Calculando que alguém poderia ter morado em Asheboro, se mudado por um tempo e decidido voltar para a cidade – ou conhecia um membro da família que fizera isso –, ele decidiu adicionar todos os Johnsons da lista telefônica atualizada e, novamente, localizou-os no mapa. No final, havia mais de noventa entradas em sua lista, e ele saiu da biblioteca alguns minutos antes do meio-dia.

Resolveu começar pelo lado oeste da cidade. Havia muitos Johnsons naquela área e, quando chegou à primeira casa, aproximou-se da porta e bateu. Embora não houvesse ninguém em casa, uma vizinha surgiu pouco tempo depois de ele ter estacionado na entrada. Era uma senhora idosa e estava com roupas de jardinagem. Ele disse a ela o nome da pessoa que estava procurando, mas ela balançou a cabeça.

– Henry e Ethel têm filhas, não filhos – disse ela. – Eles se mudaram para cá vindos de Fayetteville em 1990.

Isso teria sido onze ou doze anos tarde demais.

– A senhora tem certeza sobre a data?

– Tenho, pois tínhamos acabado de nos mudar para cá um mês antes. Lembro-me de levar para eles a minha famosa torta de pêssego. Ela ficou em terceiro lugar no concurso da feira do estado da Carolina do Norte.

Embora estivesse ansioso para chegar à próxima casa, a vizinha não parava de falar. Depois de descrever a torta de pêssego e compartilhar seu segredo – uma pitada de noz-moscada –, ela começou a perguntar sobre ele, para poder contar a Henry e Ethel quem estivera ali. Ele deu a entender que o homem que procurava era um amigo que conhecera no Exército, o que a levou a outra rodada de perguntas, porque Henry também estivera no Exército. Assim como Tanner, ele ficara baseado em Fort Bragg.

Demorou quase vinte minutos para Tanner conseguir se desvencilhar, mas, na segunda casa, ele teve mais sorte. Ou mais azar. Os Johnsons haviam se mudado três meses antes, e os novos proprietários não tinham nenhuma informação sobre eles.

Tanner visitou mais três casas em vão antes de parar para um lanche no final da tarde no Kickback Jack's. Pediu uma salada e estava cutucando a alface quando seu celular vibrou com a chegada de uma mensagem de texto. Na tela, ele só viu a primeira parte:

Eu conferi com as crianças. Casey me lembrou que tem provas no início da semana, então eu não quis pedir a ela que...

Ele hesitou, pensando que já era, antes de rolar a tela.

ficasse com Mitch. Mas ela sugeriu que você viesse jantar aqui na quarta-feira à noite. Disse que queria lhe agradecer de novo por levá-la para casa depois do acidente. Fica bom para você? Umas seis e meia?

Tanner ergueu uma sobrancelha, sabendo que Casey não tinha feito aquela sugestão porque queria agradecer a ele de novo. Ela queria era ficar de olho, sem dúvida para poder formar sua opinião sobre a mãe dela e o estranho que em breve deixaria a cidade. Ele digitou uma resposta rápida:

18:30 na quarta-feira está ótimo. Até lá.

Deixando o celular de lado, ele sorriu. Embora preferisse se encontrar com Kaitlyn antes, lembrou a si mesmo que tinha muitas coisas para fazer até quarta à noite.

V

Tanner passou o resto da tarde indo de casa em casa e riscou mais nomes da lista. Quanto àqueles que não estavam em casa, ele decidiu tentar de novo depois de algumas horas.

Tendo terminado, por enquanto, a parte oeste da cidade, ele se concentrou na zona norte, visitando mais sete casas, mas sem sorte. Uma vez, achou que tinha acertado; era o nome certo, mas um único olhar revelou que não havia possibilidade de aquele homem ser seu pai biológico: ele era apenas alguns anos mais velho que Tanner.

Enfim, quando o crepúsculo começou a atenuar as cores vivas do dia de primavera, ele retornou às casas que tinha visitado mais cedo sem que ninguém o atendesse. Pouco mais que a metade delas tinha gente em casa agora e, com uma resposta, ele de repente sentiu o coração começar a bater mais forte no peito. O nome estava certo, e o homem também parecia ter a idade certa. Mas então ele disse que havia se mudado da Pensilvânia para Asheboro em 2001 – portanto, mais uma vez, as datas não batiam.

Já estava escuro quando ele voltou para o hotel. De modo geral, o dia tinha sido relativamente produtivo; ele calculou que já havia eliminado mais de um quarto da lista. Nesse ritmo, conseguiria terminar tudo no início da semana seguinte, ou antes, se desse sorte.

Para jantar, ele foi a um restaurante italiano em que reparara alguns dias antes; enquanto comia, se pegou pensando mais uma vez em como seria seu pai biológico, mesmo aceitando a ideia de que era bem possível que estivesse perdendo seu tempo e o homem já tivesse se mudado há muitos anos. Quarenta anos era muito tempo para alguém permanecer em uma cidade pequena, mas, com o carro na oficina pelos dias seguintes, ele não tinha nada melhor para fazer. E o mais importante: sabia que qualquer incerteza persistente sobre a ligação de Asheboro com seu pai iria atormentá-lo até que ele descobrisse a verdade de um jeito ou de outro.

Por volta das oito horas, Tanner começou a fazer ligações novamente. Três pessoas atenderam, permitindo que ele riscasse mais nomes da lista.

VI

Na quarta-feira de manhã, Tanner estava de volta ao telefone, e quatro pessoas atenderam. Mais uma vez, suas esperanças aumentaram por uns instantes em uma dessas ligações, mas, de novo, as perguntas seguintes revelaram que boa parte de seu dia seria gasto batendo de porta em porta.

Como sempre, ele saiu para correr antes de tomar duas xícaras de café, e continuou sua pesquisa de onde a havia interrompido no dia anterior. Parou em trailers e conjuntos habitacionais, fazendas e uma cabana tão velha que parecia estar prestes a desabar na próxima tempestade forte.

No final da tarde, havia feito mais progresso do que achava que faria, embora ainda não tivesse encontrado o homem que procurava. Seus pensamentos se desviavam o tempo todo para Kaitlyn e o jantar na casa dela. Estava ansioso para vê-la de novo.

VII

Ele passou na oficina no caminho de volta ao hotel, onde o proprietário o informou de que as peças necessárias haviam sido encomendadas. O lado negativo é que levaria duas semanas – talvez até três – para elas chegarem. Isso o fez se perguntar o que faria se sua busca em Asheboro não desse em nada.

Imaginou que poderia usar o carro alugado para ir à casa de algumas das viúvas e famílias que ainda não tinha visitado. Uma ficava na Virgínia e outra na Pensilvânia, ambas perto o suficiente para tornar a viagem relativamente fácil, ao passo que a última família morava na parte norte do Meio-Oeste. Mas decidiu refletir sobre isso mais tarde. Naquele momento, havia coisas mais importantes em que pensar.

Depois de tomar banho no hotel, ele parou em um mercadinho para comprar vinho e depois foi ao Walmart para pegar outra coisa. Chegou à casa de Kaitlyn alguns minutos antes do horário, mas Mitch abriu a porta da frente antes mesmo de ele ter alcançado a varanda.

– Oi, Sr. Tanner! – Mitch tinha colocado um pequeno cobertor sobre os ombros e segurava uma maçã mordida. – Minha mãe me disse para ficar atento e atender a porta quando o senhor chegasse. E adivinha só.

– O quê?

– Eu levei o frisbee para a escola. Para a hora do recreio.

– Muito legal – respondeu Tanner. – Você se divertiu?

– Ele ainda vai para o lado errado quando eu lanço. Uma vez, quase caiu no telhado.

– É preciso praticar, mas você vai pegar o jeito.

Mitch deixou Tanner entrar, e uma rápida olhada revelou uma sala de estar belamente decorada e acolhedora. Havia uma poltrona reclinável de couro macio e um sofá modular aveludado cinza que era grande o suficiente para a família se esparramar. Em uma das paredes, uma televisão de tela plana exibia um filme da franquia *Jurassic Park*; um armário decorado com livros e fotos das crianças e intrincadas peças de arte em vidro dominava outra parede. Acima da lareira havia uma impressionante fotografia de um agrupamento de bétulas cobertas de neve no inverno, um cenário austero em escala de cinza que conferia uma aura de tranquilidade ao ambiente. Bem à frente, passando pelo corredor principal, havia um lance de escadas e, à direita, ele supôs que ficassem a cozinha e a sala de jantar. Não havia nem sinal de Casey.

– Minha mãe está lá na cozinha – explicou Mitch, apontando a direção. – Eu estou vendo um filme.

– Parece ser um bom filme.

– Eu já vi antes. Os raptores são demais. Conhece esse filme?

– Acho que sim. Eu também gosto dos raptores. Eles caçam em bando e trabalham juntos.

– Exatamente! – exclamou Mitch. – Pode assistir comigo se quiser.

Ele sorriu.

– Primeiro vou dar um oi para a sua mãe, tá?

Tanner colocou a sacola do Walmart sobre a mesinha ao lado da porta, pegou as garrafas de vinho e foi até a cozinha. Ao contornar o balcão da cozinha onde deviam tomar o café da manhã, ele notou que a mesa da sala de jantar já estava posta, com algumas taças de vinho. Do outro lado da ilha central, Kaitlyn estava diante do fogão, de frente para uma assadeira e de costas para ele. Ela estava regando um frango aninhado sobre uma camada de cenouras e cebolas, e um aroma saboroso tomava conta do ambiente. Seu cabelo escuro, solto e despenteado, derramava-se sobre seus ombros.

– Oi – disse ela, olhando por cima do ombro. – Conseguiu chegar. Eu não tinha certeza se você se lembrava de onde eu morava. Ia até mandar uma mensagem com o endereço.

– Eu me lembrava – assegurou-lhe, certo de que ela parecia ainda mais bonita do que apenas dois dias antes. Ele pôs as garrafas sobre o balcão. – Como foi o seu dia?

– Nada de mais – respondeu ela, voltando a atenção para o frango. – Como foi o seu? Já começou a sua busca?

– Já.

– Teve sorte?

– Ainda não. Mas o lado positivo é que sinto que já conheço bem Asheboro.

– E?

– Entendi por que você gosta de morar aqui. É muito bonito, mas, enquanto eu dirigia pela cidade, não pude deixar de me perguntar com que as pessoas daqui trabalham.

– Existem escolas, repartições públicas e o hospital, é claro, mas, a menos que você seja médico, advogado, contador ou possua seu próprio negócio, provavelmente vai trabalhar em Greensboro. É uma viagenzinha, mas vale a pena. A vida tem um ritmo um pouco mais lento aqui, o que é raro neste mundo frenético de hoje.

– Entendi – disse ele. – Eu também gosto de cidades pequenas.

– É mesmo? Um viajante cosmopolita, nascido e criado na Europa como você?

– Sou menos cosmopolita do que você pensa. E, depois da vida que tenho vivido, um pouco de paz e sossego é exatamente o remédio de que eu estava precisando.

– Vou prescrever isso aos meus pacientes.

Ele riu.

– Sempre que eu voltava de uma missão, visitava meus avós por alguns dias e depois alugava uma casinha em algum lugar no litoral. Eu passava horas caminhando pela praia e apenas ouvindo o barulho das ondas. No final da tarde, fazia churrasco na varanda dos fundos, e geralmente ia dormir assim que o sol se punha. E eu fazia isso dia após dia, até que finalmente tinha que voltar para Fort Bragg. Asheboro me lembra esse tipo de lugar.

– Você sabe que não temos praia aqui, certo?

– Não, mas vocês têm a floresta nacional. Se eu morasse aqui, tenho certeza de que iria percorrer aquelas trilhas todos os dias. Eu fiz muito isso nos últimos dois anos, em vários parques nacionais, e acredito que passar um tempo na natureza com regularidade é bom para a saúde mental.

– E, mesmo assim, em breve você vai voltar para uma cidade de três milhões de habitantes – observou ela, antes de balançar a cabeça rapidamente. – Desculpa. Quando se trata de trabalho, entendo que nem sempre podemos escolher onde morar.

Ela voltou a atenção para a assadeira e começou a regar de novo.

– Espero que goste de frango assado. Achei uma receita na internet um tempo atrás e sempre quis experimentar.

– O cheiro está fantástico.

– Ainda precisa assar um pouco mais, então... tomara que você não esteja morrendo de fome. Cheguei tarde em casa.

– Não estou com pressa. – Ele pegou as garrafas de vinho. – Não tinha certeza do que você ia preparar, então comprei um sauvignon blanc e um pinot. Quer dizer, se você estiver no clima de beber vinho.

– Estou sempre no clima – afirmou ela com um sorriso travesso. – Podemos começar pelo branco?

– Maravilha. Tem um abridor?

– Deve estar na gaveta perto da pia. Bem ali.

Tanner pegou as taças de vinho da mesa e as encheu. Levou uma até Kaitlyn no mesmo instante em que ela deslizava a assadeira de volta para o forno.

– Infelizmente, não está gelado – desculpou-se ele.

– Você se incomoda se eu colocar gelo?

– Por que me incomodaria?

– Sei lá. Vai que você é um sommelier disfarçado e fica ofendido.

Ele riu.

– Na verdade, acho que também quero um pouco de gelo.

Ela pegou alguns cubos de gelo do congelador e os colocou nas taças. Ele a observou provar o vinho.

– Hum, que delícia! – exclamou ela, alegrando-se.

– Vou confiar em você. Não costumo beber vinho.

– Porque é o tipo que curte umas cervejas especiais, certo? – perguntou Kaitlyn, com uma piscadela. – A propósito, acho que você não me contou por que está procurando o tal sujeito em Asheboro...

Tanner deixou o comentário suspenso no ar por um momento antes de balançar a cabeça.

– Não contei. É meio complicado.

– Se preferir não falar sobre isso, tudo bem. Não é mesmo da minha conta.

– Não, eu não me importo – garantiu ele, resgatando uma lembrança da avó. – Acho que mencionei que minha mãe morreu quando deu à luz – começou, antes de contar a ela todo o resto.

Kaitlyn permaneceu em silêncio, até finalmente arquear uma sobrancelha.

– Por que acha que sua avó esperou tanto tempo para compartilhar essa informação? E por que ela revelou isso no final da vida?

Tanner deu de ombros.

– Eu me pergunto a mesma coisa todos os dias desde que ela morreu. A melhor explicação parece ser a de que eles não sabiam muito sobre meu pai, ou que era muito doloroso falar sobre o assunto. Outra opção, menos generosa, seria que eles não queriam que ninguém, nem mesmo eu, soubesse algo sobre meu pai biológico porque queriam me criar. E eu entendo. Eu era tudo o que restava da filha deles depois que ela morreu. – Ele passou a mão pelo cabelo. – Quanto à escolha do momento, tenho quase certeza de que foi uma daquelas coisas de leito de morte. Acho que ela se preocupava com o fato de eu nunca ter criado raízes nem encontrado um lugar para chamar de lar. Talvez ela achasse que encontrá-lo me daria um vínculo familiar, ou pelo menos um senso de ter vindo de algum lugar.

Tanner podia sentir o olhar dela sobre ele.

– Acha que isso vai acontecer?

Ele se virou para ela, apoiando as palmas das mãos sobre a ilha da cozinha.

– Não sei. É difícil imaginar que encontrar um homem que nunca vi possa mudar quem eu sou ou como levo a minha vida. Mas... quem sabe?

Kaitlyn foi a primeira a desviar o olhar.

– Imagino que você ache estranha a ideia de criar raízes.

– Eu nunca senti vontade de ficar em determinado lugar para sempre – admitiu. – Mas talvez eu nunca tenha tido um motivo bom o bastante para isso.

Kaitlyn pareceu digerir a informação.

– Bem, duvido que você seja capaz de encontrar alguma resposta esta noite – comentou ela. – Mas já pensou em como vai reagir se encontrar seu pai e ele não for bem o que você deseja?

– Como assim?

Ele esperou, enquanto ela girava o vinho na taça.

– Eu já vivi tempo suficiente para saber que as pessoas nem sempre querem a verdade, especialmente se for uma notícia que não estão esperando. E uma coisa como essa...

Quando ela parou no meio da frase, Tanner franziu a testa.

– Está dizendo que eu não deveria procurá-lo?

– Eu não estou dizendo isso, de forma alguma. Só me pergunto se você já pensou em todas as possibilidades.

– Como o quê?

– E se ele nem se lembrar da sua mãe e não tiver interesse em conhecer você? Ou, e se ele tiver formado outra família?

Diante do silêncio de Tanner, ela prosseguiu.

– Existe também a possibilidade de que ele seja alguém que você não gostaria de conhecer. Por exemplo... e se sua mãe e seus avós cortaram laços porque ele era não uma boa pessoa... se tivesse sido preso ou algo parecido?

Tanner a encarou, sabendo que, embora tivesse levado em conta algumas daquelas possibilidades, ouvi-las em voz alta fazia com que parecessem mais sérias.

– Veja bem – acrescentou ela, depois de algum tempo –, não é da minha conta, mas é algo para se pensar, não?

– Você tem razão – admitiu Tanner.

– Desculpa. Talvez eu esteja sendo muito pessimista.

– Não se desculpe. – Ele sorriu, grato não apenas pelo bom senso, mas também pela sinceridade dela. – Eu sabia que vir aqui era uma boa ideia.

– Certo. Bom... que tal eu colocar você para trabalhar levando a comida para a mesa? – disse ela com uma cutucada brincalhona.

– Com prazer. – Tanner arregaçou as mangas da camisa com exagero e ergueu as mãos. – Estou pronto para ser seu *sous-chef*.

– Percebi na segunda-feira que você é muito bom em fatiar tomates. Por que não monta a salada? Temos pepinos e tomates na ilha, ao lado da tigela de uvas, e já está tudo lavado. A faca e a tábua de corte também estão lá.

Tanner lavou as mãos na pia da cozinha. Depois de secá-las com um pano de prato, colocou a tábua de corte no balcão, perto do forno, onde Kaitlyn estava começando a derreter um pouco de manteiga em uma panela pequena. Quando ficou ao lado dela e começou a fatiar, sentiu um perfume de lavanda.

– Fale mais sobre essa receita de frango que você sempre quis experimentar.

– É muito simples, na verdade. Manteiga, funcho, sal, pimenta, junto com limões cortados ao meio inseridos na cavidade.

– Não parece tão simples.

– O preparo é fácil e, se fosse muito sofisticado, duvido que Mitch fosse gostar. Ele é meio chato para comer.

– Como a maioria das crianças – observou ele.

– Por falar nisso, vamos comer arroz instantâneo – disse ela, apontando para a caixa no balcão. – Não vou preparar o arroz pilafe caseiro.

– Eu não sabia que era possível preparar arroz pilafe caseiro – brincou ele, e a viu sorrir. – Obrigado novamente pelo convite.

– Foi ideia da Casey, mas fico feliz que você tenha vindo.

– Eu não a vi quando entrei.

– Ela está lá em cima, no quarto – informou Kaitlyn. – Terminou as provas do bimestre, então provavelmente está ouvindo música ou assistindo a vídeos do TikTok para relaxar. Ela falou alguma coisa sobre ir à praia amanhã.

– Não vai ter aula?

– Amanhã é o dia em que os professores lançam as notas.

– Eles suspendem as aulas por causa disso?

– Hoje em dia eles suspendem as aulas por qualquer coisa.

– Eu teria adorado isso no meu tempo de escola.

– Eu também, mas isso é péssimo para os pais que trabalham fora, porque é preciso arrumar alguém para ficar com as crianças.

– Como você se vira?

– Quando não tem aula, minha vizinha do lado fica com o Mitch. A Sra. Simpson. Ela é uma professora aposentada supersimpática, com uns dez netos.

– Parece confiável.

– E é. Eu também peço a ela que dê uma olhada no Mitch depois da escola quando estou no trabalho e Casey ainda não chegou. Não quero que ele se sinta completamente sozinho, sem supervisão.

– Se isso faz você se sentir melhor, quando eu tinha a idade de Mitch, meus avós trabalhavam fora e não tinham ideia do que eu ficava fazendo depois da escola, até eles voltarem para casa. E, nos finais de semana, às vezes eu saía com os meus amigos e passava o dia todo sem eles terem a mínima ideia de onde eu estava.

– Os tempos mudaram. – Quando ele começou a fatiar o pepino, ela perguntou:– Como foi crescer na Itália e na Alemanha? Você teve que aprender os idiomas?

Ele balançou a cabeça.

– Frequentei escolas americanas administradas pelo Departamento de Defesa, então as aulas eram todas em inglês. Mas eu aprendia o suficiente aqui e ali para me comunicar com os locais.

– Ainda fala italiano e alemão?

– Só um pouco. Se não usa um idioma com frequência, é incrível a rapidez com que perde a fluência.

Notando um movimento pelo canto do olho, Tanner viu Casey entrando na sala de estar. Ao passar por Mitch, ela se abaixou para fazer cócegas nele. Ele gritou, rindo e se contorcendo, antes de ela parar com a mesma rapidez. Ao se aproximar da cozinha, levantou uma sobrancelha para ele, como se quisesse fazê-lo se lembrar de que estava de olho. Alcançando a tigela de uvas, ela colocou uma na boca antes de se apoiar no balcão, ao lado de Tanner.

– Oi – disse ela, inocentemente. – Espero não estar interrompendo.

– De jeito nenhum – declarou Kaitlyn, pegando a panela, adicionado manteiga e o arroz instantâneo.

– Tem vinho?

– O Tanner trouxe.

– Posso tomar uma taça?

– Nem pensar.

Casey deu um sorriso largo.

– O cheiro está gostoso. O que tem para jantar?

– Frango assado com legumes, arroz pilafe e salada.

– Uau. Que chique.

– Ah, pare com isso. A gente come frango o tempo todo.

– Frango assado comprado pronto, você quer dizer.

– A menos que você pretenda começar a cozinhar, não tem permissão para reclamar da minha comida, lembra?

– Precisa de alguma ajuda?

– Acho que já demos conta de tudo. Deve estar pronto em meia hora.

Forçando um jeito casual, Casey voltou sua atenção para Tanner.

– Estou feliz que tenha conseguido vir. Eu queria agradecer de novo pelo que você fez na outra noite.

– Disponha – disse Tanner, seguindo o roteiro dela.

– Como está seu carro?

– Vai ficar como novo em pouco tempo.

– É bom saber – falou Casey. – Eu gostei do seu carro. É legal pra cacete.

– Olha o palavreado... – disse Kaitlyn, entrando na conversa.

Ela mexeu o arroz.

Tanner viu Casey revirar os olhos.

– Desculpa. Eu quis dizer que é estiloso.

– Eu gosto dele.

– Posso dirigir seu carro? Quando estiver consertado?

– Casey! – repreendeu Kaitlyn, austera.

– Estou só perguntando – provocou Casey. – Ele pode dizer não, do mesmo jeito que você disse quando perguntei se podia beber uma taça de vinho.

Tanner percebeu que ela estava gostando de colocá-lo na berlinda.

– Vou pensar no assunto.

– Ele pode pensar quanto quiser, mas eu não vou deixar – anunciou Kaitlyn. Ela colocou a tampa na panela. – E se você bater o carro de novo?

– Eu não vou fazer isso – protestou Casey. – Aprendi com meu erro. Mas, mudando de assunto, sobre o que vocês dois estavam conversando?

– Ora, estávamos falando de você, é claro – brincou Kaitlyn.

– De verdade.

Kaitlyn deu de ombros.

– Nada de mais. Escola, os desafios de ser uma mãe que trabalha fora. Coisas de adulto. Ainda está pensando em ir à praia amanhã?

– Não – respondeu Casey. – Não vai rolar. Tem previsão de frio e vento no litoral. Provavelmente vou só sair com a Camille.

– Pode cuidar do Mitch depois que chegar da escola?

– Ele não precisa de mim para cuidar dele, mãe. A Sra. Simpson está bem ao lado.

– Eu sei, mas ele ia adorar.

– Está bem. – Casey fungou. – Antes que eu me esqueça, devo passar a noite na casa da Camille na sexta-feira.

– Os pais dela vão estar em casa?

– É claro que sim – respondeu Casey.

– E vocês não vão a nenhuma festa?

– Vamos ver uns filmes de terror.

– Você sabe que eu vou confirmar com os pais da Camille antes, só para ter certeza.

Casey suspirou.

– Tá bem. Nós vamos a uma festa na casa do Mark primeiro, depois vamos para a casa da Camille ver filmes de terror.

– Os pais dela vão estar lá?

– Vão, mãe. Juro.

– Ok. Mas não fique na rua até tarde.

– Eu nunca fico. Enfim... me avise quando o jantar estiver pronto. Vou encher o saco do Mitch enquanto isso. Assim vocês dois vão poder conversar sobre coisas de adultos.

Ela se afastou do balcão e saiu. Naquele momento, Tanner já tinha terminado com os pepinos e os tomates, e Kaitlyn compartilhou um olhar sofrido com ele.

– Bem-vindo ao meu mundo.

– Você é ótima com ela.

– Aprendi a escolher minhas batalhas com sabedoria.

VIII

Quando a comida já estava na mesa, Kaitlyn chamou os filhos e os lembrou de desligar a televisão; enquanto eles caminhavam sem pressa até a sala de jantar, Mitch cutucou Casey nas costelas e correu quando ela gritou. Eles perseguiram um ao outro em volta da mesa antes de se sentarem, ofegando e rindo.

Kaitlyn ficou de pé para poder cortar o frango com mais facilidade. Mitch e Kaitlyn quiseram as coxas e sobrecoxas, enquanto Casey e Tanner preferiram o peito. O arroz e a salada foram passados de mão em mão, enquanto Mitch atazanava Tanner querendo saber o conteúdo da sacola do Walmart que ele havia deixado perto da porta.

– Eu trouxe Jenga – revelou ele. – Caso vocês queiram jogar depois do jantar.

Casey o olhou com desconfiança.

– Jenga?

– Conhece o jogo?

– Eu sei como se joga – disse Casey. – É só que, na última vez que joguei, eu devia estar na terceira série.

– Esse jogo não é só para crianças. Meus colegas e eu jogávamos quando estávamos destacados fora do país.

– Legal! – exclamou Mitch.

Casey franziu o nariz.

– Mesmo assim, é um jogo infantil.

– Então você não vai ter dificuldade para ganhar de mim, certo?

Os olhos de Casey brilharam e, quando eles começaram a comer, a conversa fluiu com naturalidade. Kaitlyn perguntou sobre a escola; Casey anunciou que as provas tinham sido ridiculamente fáceis, ao passo que Mitch disse que havia começado a ler na escola o livro em que o filme *Amigos de caça* foi baseado. Ele perguntou a Tanner se poderiam jogar frisbee de novo depois do jantar, antes de acrescentar que queria também lhe mostrar todas as esculturas que tinha feito. Casey contou uma história engraçada sobre Camille: a amiga estava procurando seu celular na mochila freneticamente e começou a chorar, para depois perceber que ele estava no bolso do casaco quando ele começou a tocar.

Quando Tanner perguntou a Kaitlyn sobre o diagnóstico mais bizarro que ela fizera, ela pensou por um momento e contou sobre uma paciente cujos sintomas iniciais eram alguns hematomas no estômago e uma alucinação bem vívida de ter aranhas rastejando sob a sua pele. Durante o exame, Kaitlyn descobriu que ela viajava com frequência para o México;

ela também notou que a paciente parecia vinte anos mais nova do que realmente era, com a pele luminosa e nenhuma ruga.

– Eu era residente na época – continuou Kaitlyn. – Primeiro, pensamos que fosse uma deficiência de vitamina B12, mas, quando ela começou a sangrar pelo nariz e pelas orelhas, percebemos que algo mais estava causando aquilo. Fizemos exames para tudo, desde doença de Huntington até esclerose múltipla. No final, o médico assistente acabou chegando ao diagnóstico de lepra.

Tanner piscou, pasmo.

– Está falando de lepra, como na Bíblia?

– Hanseníase lepromatosa difusa, também conhecida como lepra bonita.

Casey torceu o nariz.

– Como a lepra pode ser bonita? Ela não faz as partes do corpo se desprenderem?

– O quê?! – interrompeu Mitch. – Partes do corpo podem se desprender?

– Apenas nos casos mais graves, se não for tratada. Mas a lepra bonita, nos estágios iniciais, suaviza a pele e elimina as rugas.

– Talvez as pessoas devessem ter isso em vez de usar Botox – observou Casey, com sarcasmo.

– Engraçadinha – disse Kaitlyn. – Enfim... o diagnóstico foi um alvoroço na época. Os médicos dos Estados Unidos não costumam ver casos de lepra com frequência. Mas, no final, nós tratamos a paciente, e ela ficou bem.

– Não caiu nada do corpo dela? – indagou Mitch.

– Nada – afirmou Kaitlyn. – O lado negativo foram as rugas. Ela não ficou muito satisfeita com essa parte.

Após o jantar, Tanner foi jogar frisbee com Mitch, enquanto Kaitlyn tirava a mesa e cuidava da louça. Casey os seguiu e se juntou ao jogo. Um pouco depois, Kaitlyn saiu para a varanda para assistir, mas, quando perguntaram se queria se juntar a eles, ela recusou.

– Vou ficar aqui tomando meu vinho e vendo vocês três se divertirem.

Passado algum tempo, Tanner deu a brincadeira por encerrada e todos voltaram para dentro. Casey agarrou a sacola do Walmart perto da porta e já havia aberto a caixa antes de se sentar à mesa da cozinha. Ela leu rapidamente as regras para relembrar e depois empilhou os blocos formando uma torre.

– Com uma das mãos, retire qualquer bloco que não esteja na fileira superior e depois coloque esse mesmo bloco no topo – disse ela a Mitch. – Se a torre cair, você perde.

Ficou claro para Tanner que Casey estava determinada a vencer. Sempre que chegava sua vez, ela levava um tempo para cutucar gentilmente vários blocos antes de fazer sua escolha. Mitch era menos seletivo e, na primeira disputa, foi ele quem derrubou a torre. No jogo seguinte, Kaitlyn a derrubou. Mitch perdeu o terceiro e, para desgosto de Tanner, ele perdeu o quarto. Ele teria culpado o vinho – já havia tomado quase duas taças –, mas Kaitlyn tinha bebido a mesma quantidade e suas mãos pareciam cada vez mais estáveis, provavelmente porque ela era médica. Ou pelo menos era essa a desculpa que Tanner dava a si mesmo.

Enquanto jogavam, eles provocavam uns aos outros com humor e davam muita risada, e, quando Tanner finalmente colocou os blocos de volta na caixa, Kaitlyn olhou para o relógio antes de lembrar Mitch que ele tinha que tomar banho e começar a se preparar para ir dormir.

– Mas e as esculturas? Eu ainda não mostrei ao Sr. Tanner.

– Pegue só algumas, pode ser? Está ficando tarde.

Mitch desapareceu da cozinha e ressurgiu, menos de um minuto depois, descendo a escada com os braços cheios. Colocou as esculturas de pé na mesa da cozinha: uma onça-parda, um cachorro, um burro, um pato, um elefante e uma girafa, entre outras.

– Uau! – exclamou Tanner, impressionado. – Você tem seu próprio zoológico.

– Eu sei.

– Este aqui é você? – perguntou Casey a Mitch, apontando para uma delas.

– Não – protestou o menino. – Isso é um cachorro!

– Meio que parece com você.

– Mamãe...

– Casey – avisou Kaitlyn.

– Eu só disse isso porque é bonitinho – alegou Casey. – Mitch pode não ser bonitinho ainda, mas, um dia, vai ser.

– Você também não é. Eu acho que este aqui é você – disse ele, escolhendo uma escultura.

– Hum. Faz sentido. Já me disseram que eu me pareço um pouco com um unicórnio.

147

– É um burro, não um unicórnio! – gritou Mitch. – Está vendo? Não tem chifre e tem orelhas grandes, iguais às suas.

– Acho que já deu por hoje – decidiu Kaitlyn. – Vá tomar seu banho.

Mitch assentiu antes de recolher os animais.

– Boa noite, bunda seca – disse ele, olhando para trás, enquanto desaparecia na escada.

– Vou subir também – anunciou Casey. – Assim, eu gosto de fingir que estamos nos anos 1950 tanto quanto qualquer outra adolescente moderna, mas as mensagens de texto estão se acumulando.

Um minuto depois, Tanner e Kaitlyn estavam sozinhos à mesa.

– Eu me diverti muito esta noite – declarou ele, no meio do silêncio repentino.

– Foi bem legal – concordou ela. – É mais fácil quando Casey se comporta bem.

– Quer se sentar na varanda? – sugeriu ele. – A noite está linda.

– Ainda tem vinho na garrafa?

Ele estendeu a mão e encheu as duas taças antes de irem para fora. Sentados em cadeiras de balanço na varanda, eles podiam ver as casas dos vizinhos iluminadas por dentro, o luar banhando os quintais com um brilho prateado. De uma das casas, ele ouviu um som distante de música tocando.

– Você se senta aqui fora com frequência?

– Quase nunca – admitiu ela. – Isso é mais a cara dos meus pais. Eles costumavam se sentar na varanda da frente depois do trabalho e nos finais de semana. Na verdade, essas cadeiras de balanço foram presentes que eles receberam quando se casaram. Mas George não gostava de ficar aqui, nem nos raros momentos em que ele estava em casa.

– Você tem que admitir que é muito agradável.

– É mesmo. – Ela descansou a cabeça nas costas da cadeira de balanço, olhando para ele por baixo das pálpebras quase fechadas. – Estou muito feliz por ter vindo esta noite – disse ela, com suavidade.

– Eu também.

– As crianças gostam de você. Até a Casey, o que é surpreendente.

– Por quê?

– Ela não gostou de nenhum dos caras com quem saí depois do divórcio. Não que tenham sido muitos.

– Isso é normal, não é? Muitas crianças fantasiam sobre seus pais voltarem a ficar juntos, então faz sentido que não gostem de ninguém novo.

– Deve ser. – Ela tomou um gole de vinho. – Eu queria perguntar uma coisa, mas saiba que vou entender se você não quiser falar sobre isso.

– Pergunte o que quiser.

– É sobre o seu tempo no Exército.

Ele meneou a cabeça.

– O que quer saber?

– Sei lá. Por que você ingressou, como era, por que saiu.

– E se isso me deixou mal da cabeça, certo?

– Eu não acho que você ficou mal da cabeça – protestou ela. Então: – Ficou?

Ele deu um sorriso torto.

– Acho que não, mas, como você já sabe, minhas escolhas de vida não têm sido exatamente comuns. – Ele olhou para o céu, organizando os pensamentos. – Quando eu tinha 13 ou 14 anos, sabia que a faculdade não era para mim, e, por causa do meu avô, o Exército me pareceu uma escolha natural. Eu era jovem e convencido, e achava que era à prova de balas, então me alistei. E percebi rapidamente que o Exército, de certa maneira, é simplesmente como qualquer outra burocracia. Alguns dos seus superiores são ótimos, outros são idiotas, mas, no final das contas, você é apenas uma peça da engrenagem. Então veio o 11 de Setembro. Não sei se você se lembra de como foram aqueles primeiros anos depois que as torres caíram, mas houve um enorme surto de patriotismo, especialmente nas forças armadas, e senti como se de repente entendesse qual era o meu propósito. E, por um bom tempo, entendi de fato. Foi por isso que acabei seguindo o caminho da Força Delta depois dos Rangers. Os Estados Unidos haviam sido atacados, e fui encarregado de eliminar a infraestrutura e as pessoas que tornaram o ataque possível. Então, foi o que fiz, noite após noite. E sentia que estava realizando o trabalho mais importante do mundo.

Quando ele fez uma pausa, ela parou de se balançar e se virou no assento para ficar de frente para ele.

– Mas?

– A missão evoluiu – disse ele, dando de ombros. – Depois de alguns anos, não se tratava apenas do Talibã, da Al Qaeda ou de Bin Laden, de repente se tratava do Iraque. Fomos enviados para encontrar armas de des-

149

truição em massa, mas não havia nenhuma. Então deveríamos conduzir o Iraque em direção à democracia, e não deu muito certo também. Então, deveríamos ajudar a estabelecer um governo estável no Afeganistão, o que significava partilhar a mesa com líderes tribais e aldeões que podiam ter atirado no nosso acampamento mais cedo, naquela mesma manhã. As coisas ficaram... confusas. As traves do gol não estavam simplesmente se movendo; elas estavam, o tempo todo, sendo deslocadas para estádios inteiramente diferentes. A cada nova missão, havia novas ideias e, com o tempo, a coisa toda meio que perdeu o brilho. Muitos de meus amigos começaram a sair, e eu acabei fazendo o mesmo.

– Você se arrepende de ter saído?

Ele inclinou a cabeça para trás, pensando na melhor maneira de explicar a situação.

– Quando eu saí, sabia que estava tomando a decisão certa. Eu sabia que não dava mais. Mas as coisas mudam com o passar do tempo. Agora, não consigo deixar de pensar que aqueles foram alguns dos melhores anos da minha vida. Eu não os trocaria por nada.

– Sério? – disse Kaitlyn, com uma expressão de dúvida.

– A menos que já tenha estado lá, não tenho certeza se conseguirá realmente entender. Mas a verdade é que você se sente muito *vivo* quando está realizando missões com pessoas em quem confia. Há uma camaradagem profunda, um propósito absoluto e uma intensidade esmagadora, com vidas humanas reais em jogo. Acrescente a isso a adrenalina, e... a guerra se torna uma droga viciante. Sei que não sou o primeiro a descrevê-la dessa forma, mas é verdade, mesmo que a pessoa não queira admitir para si mesma. Acho que é parte do motivo pelo qual muitos veteranos têm dificuldade de se adaptar à vida civil. Não tem nada que se compare.

Ele parou de falar para beber um gole de vinho, sentindo o peso do olhar dela.

– Não estou tentando fazer com que pareça romântico, porque não era. Era sujo, estressante e frequentemente entediante, e, quando você está no meio disso tudo, a única coisa que deseja é cair fora. Você sonha em passar um tempo com seus avós ou aproveitar as coisas simples da vida. Atividades como cortar a grama ou voltar para casa para assistir a um jogo na televisão com os amigos assumem um significado quase espiritual. Mas, então, quando volta da missão, percebe que essas coisas não são suficientes para preencher o vazio criado por tudo o que você deixou para trás.

– Acho que entendo – disse Kaitlyn depois de um instante. – E faz sentido que uma parte sua sinta falta disso. O que, imagino, também explica por que você decidiu trabalhar para a USAID. Sentiu que a vida suburbana dos americanos não era para você?

– Isso explica uma parte, com certeza, mas a outra parte tinha a ver com culpa. Eu perdi um monte de amigos, como já lhe contei, mas, no final, percebi que nada do que havíamos feito no Afeganistão tinha tido importância real no longo prazo. A maioria dos clãs e tribos ainda nos considerava invasores e infiéis, por mais que estivéssemos tentando ajudá-los. Para eles, nós éramos os bandidos, e eu acho que parte de mim queria compensar isso fazendo algo de bom para o mundo.

– E agora?

– Como assim?

– Como a vida suburbana dos americanos lhe parece agora?

– É difícil explicar. Eu estava de férias em Lahaina quando a covid começou, então fiquei lá por alguns meses, mas nunca me senti em casa. Mais tarde, quando estava com minha avó em Pensacola, era uma situação triste, e, novamente, não me sentia em casa.

– Fico feliz por você não ser assombrado pelas situações que enfrentou, como aconteceu com alguns de seus amigos.

– Talvez – disse ele –, mas também não sei se me consideraria normal. Mas, e quanto a você? Tem alguma cicatriz de batalha sobre a qual queira me contar?

– Como meu divórcio, é isso?

– Quer me contar o que aconteceu?

Ela ficou quieta por um momento.

– Foi uma daquelas coisas que funcionavam até não funcionarem mais – comentou ela, finalmente. – É o que eu digo às pessoas, e tem muita verdade nisso. Nos final, éramos mais parceiros de negócios que um casal, mas a forma como aconteceu fez eu me sentir sem valor por um longo período. – Ela fechou os olhos e suspirou antes de olhar para ele. – Ele me trocou por uma instrutora de pilates poucos dias antes do meu aniversário de 40 anos.

– Você está brincando.

– Não. Eu me lembro de ter me sentido sem chão quando ele me contou.

Quer dizer, a coisa toda era tão clichê... Até o nome dela. Amber. Ele saiu de casa na mesma noite.

– Foi com essa que ele se casou?

– Sim. Dou dez anos no máximo, mas essa é a ex-esposa ocasionalmente vingativa falando.

Ele sorriu antes que ela prosseguisse.

– Mas isso foi apenas o começo. O processo de divórcio também foi horrível. Ele insistia em ter a guarda compartilhada, com as crianças indo da minha casa para a dele a cada semana, mas, na minha cabeça, ele estava usando as crianças como trunfo para reduzir a partilha dos bens. Não é que eu não quisesse que as crianças o vissem ou passassem tempo com ele, mas, por causa do trabalho ele saía de casa todo dia às seis e meia da manhã, e em geral não chegava em casa antes das sete e meia da noite. Diferente de mim, ele dá plantão no hospital e até trabalha dois ou três sábados por mês. Isso significava que as crianças ficariam com uma babá, não com ele, e elas estavam sofrendo, então, no final, eu cedi. Ele ficou com a maior parte de tudo, enquanto eu fiquei com a custódia primária das crianças. Se houve algo de positivo na experiência, foi que perdi o respeito por ele, o que tornou mais fácil seguir em frente.

– Deve ter sido uma barra – comentou Tanner. – Eu já não gosto dele.

– Obrigada. – Ela ficou em silêncio por um minuto. – Quanto às outras cicatrizes, acho que são as mesmas que toda mãe que trabalha fora desenvolve. Essa sensação de que estou fracassando, não importa o que eu faça. Quando estou no trabalho, queria poder ficar mais com meus filhos; quando estou com meus filhos, sinto que estou desperdiçando minha formação. E é complicado, porque o trabalho preenche uma necessidade interior, distinta da minha vida como mãe, e isso às vezes me faz sentir culpada, também.

– Um passado pesado esse seu.

Ela sorriu.

– Pelo menos não estou morando em um hotel de beira de estrada.

– Alto lá – retrucou ele. – Estou hospedado no Hampton Inn.

– Foi mal – respondeu ela, em tom de provocação.

– E as crianças? Como elas se sentem em relação a tudo isso agora?

– Acho que os dois já se acostumaram. Para ser justa, ele está sempre em contato com os filhos. Telefona regularmente, manda dinheiro e presentes, e eles passam feriados alternados e um mês do verão com ele. Mas...

Ele ergueu uma sobrancelha antes que ela continuasse.

– Casey acabou de ameaçar ir morar com ele no próximo ano letivo. Ele disse que daria a ela um carro se ela fosse.

– Acha que ela estava falando sério?

– Não sei. Mas ela tem idade suficiente para tomar a decisão, então, se quiser ir, não vou tentar impedi-la.

– Ela não vai, não – assegurou ele, tentando tranquilizá-la, mas podia perceber como Kaitlyn se sentia impotente.

Depois de um tempo, ela balançou a cabeça.

– Enfim, essa é a minha história.

– Obrigado por me contar – disse ele, encontrando os olhos dela e sustentando o olhar.

Kaitlyn foi a primeira a desviar.

– É melhor eu conferir se Mitch foi mesmo para a cama – explicou ela.

Tanner assentiu, e os dois se levantaram e entraram. Enquanto Kaitlyn subia para dar uma olhada em Mitch, Tanner lavou as taças de vinho. Quando terminou de secá-las, ela já estava descendo a escada.

– Tudo certo – revelou ela quando chegou à cozinha. – Aceita um café antes de ir?

– Um descafeinado seria ótimo, mas só se você também for tomar.

Kaitlyn preparou a cafeteira e tirou um par de canecas do armário.

Não demorou muito para o café ficar pronto, e Kaitlyn levou as canecas para a mesa.

– O que vai fazer amanhã à noite? – indagou ele.

– Não faço ideia – respondeu ela, as mãos envolvendo a caneca. – Por quê?

– Porque eu queria muito que pudéssemos jantar juntos de novo. Eu iria sugerir que fosse na sexta-feira, mas ouvi Casey dizer que vai a uma festa.

Kaitlyn esperou um instante até erguer os olhos.

– Não sei se seria uma boa – disse ela, com voz suave.

Tanner teve a sensação de que sabia o que ela ia dizer.

– Eu gosto de você – declarou ela. – Conversando com você esta noite, percebi como gosto da sua companhia, e, se sairmos de novo, provavelmente vou gostar ainda mais. E isso me assusta. Porque você vai deixar a cidade em breve. E, então, depois disso, vai embora do país. Não sei se preciso disso na minha vida neste momento.

Ele sabia que o que ela estava dizendo era verdade, mesmo não sendo o que queria ouvir.

– Eu entendo.

– Mas saiba que, sim, se as coisas fossem diferentes, eu teria adorado me encontrar com você de novo.

– Não posso dizer que isso faz eu me sentir melhor.

– Eu sei. Sinto muito.

Ele olhou para sua caneca de café e depois a esvaziou.

– Está ficando tarde, e você trabalha amanhã. É melhor eu ir embora.

Ela pareceu aliviada, mesmo que ele tenha notado uma sombra de arrependimento em seus olhos.

– Vou com você até a porta.

Tanner levou a caneca até a pia e a lavou; Kaitlyn colocou a dela em cima do balcão. Quando eles se dirigiram para a porta, ela fez uma pausa.

– Não se esqueça de levar o seu jogo – ela o lembrou.

– Ah, fica de presente para as crianças.

– Obrigada.

Eles desceram os degraus da varanda em direção ao carro alugado. Enquanto caminhava ao lado dela, Tanner se deu conta de que aqueles poderiam ser os últimos momentos que passariam juntos, uma realidade que lhe parecia estranhamente pesada. E, assim, quando enfim chegaram ao carro, ele se voltou para ela. Quando encontrou seu olhar, ele se aproximou um pouco mais, sua mão procurando automaticamente o quadril de Kaitlyn.

Ele esperava que ela o impedisse, esperava que ela recuasse, mas ela continuou a encará-lo enquanto ele diminuía ainda mais a distância entre os dois. Ele a puxou gentilmente, sentindo quando ela reagiu inclinando-se para ele, seus corpos se unindo devagar.

Os lábios dela eram macios e quentes, e, quando a língua dele encontrou brevemente a dela, ele sentiu uma descarga elétrica percorrer seu corpo. Ele se entregou à sensação, com a pressão urgente do corpo dela contra o dele. Sua mão foi para a parte inferior das costas dela, segurando-a ainda mais perto, e por muito tempo eles continuaram a se beijar, Tanner se perdendo completamente na glória do perfume dela, de sua pele, das cavidades de seu pescoço e do som irregular de sua respiração.

154

Quando eles finalmente se separaram, ele foi capaz de sentir tanto o desejo dela como também sua tristeza.

– Tanner... – sussurrou ela, e, embora soubesse que ela encarava aquilo como um adeus, ele não queria terminar as coisas daquela maneira.

Em vez disso, sussurrou as palavras que vinha guardando consigo desde que a vira pela primeira vez.

– Você é linda, Kaitlyn.

Ela fechou os olhos, e, por um instante, seu rosto pareceu brilhar na meia-luz da lua. Quando seus olhos se abriram, suas pupilas estavam enormes, hipnóticas, lançando um feitiço que o deixou impotente para resistir.

– Tudo bem – disse ela, sua voz soando quase como um sonho. – Vamos jantar juntos amanhã.

Sete

I

Jasper viu o cervo branco, mas não do jeito que queria.

Foi no noticiário matinal, a que Jasper raramente assistia. Ele já se cansara da televisão havia tempo, mas, por algum motivo, sentiu uma urgência irresistível de ligá-la logo que despertou na terça-feira de manhã.

Viu uma fotografia desfocada, tirada da estrada panorâmica, antes de exibirem um vídeo que um trilheiro supostamente havia feito no dia anterior. Com menos de dez segundos, mostrava o cervo branco parado perto de um afloramento rochoso, parecendo estar olhando para a câmera, com a cabeça erguida. Por causa da folhagem ao seu redor – e da imagem tremida –, era difícil distinguir seus chifres ou até mesmo seu tamanho, e ele logo se virou e começou a se afastar até desaparecer na floresta. Os âncoras, praticamente vibrando de empolgação, afirmaram que o vídeo tinha viralizado.

Jasper não sabia o que "viralizado" queria dizer, apenas que provavelmente não era nada bom. Imaginou que significava que mais pessoas ficariam sabendo sobre a existência do cervo branco, possivelmente atraindo até mais caçadores ilegais para a área.

Jasper desligou a televisão e ficou pensando no que fazer. Para tentar salvar o cervo branco precisaria encontrá-lo primeiro e, felizmente, agora havia dois locais onde ele tinha sido visto. E, ainda mais importante, ele reconheceu a área onde o vídeo havia sido filmado, pois mostrara um afloramento único de rochas ao fundo; décadas antes, seus filhos costumavam escalá-las nas caminhadas de final de semana. Algumas vezes, eles até faziam piqueniques nas proximidades.

Depois de caminhar até a cozinha, Jasper abriu a gaveta onde guardava seus mapas. A maioria deles estava desgastada e desatualizada, mas, perto do fundo, ele encontrou o que queria. Era um mapa do condado representando a cidade de Asheboro juntamente com trechos da Floresta Nacional de Uwharrie.

Sentado à mesa, ele usou uma caneta para marcar o local onde a foto fora tirada a partir da estrada panorâmica; então fez outra marca, perto das rochas que apareciam no vídeo. Calculou a distância entre os dois pontos em cerca de três quilômetros e desenhou uma forma oval entre eles. Aquela devia ser a área de alcance atual do cervo branco e, em sua mente, fazia todo o sentido. Ele sabia que havia comida e água ali e, como Charlie tinha dito, o cervo provavelmente permaneceria no local até os alimentos se esgotarem ou ele se sentir ameaçado.

Caçadores espertos, ele suspeitava, também seriam capazes de estimar a área de alcance atual do cervo branco. Qualquer um poderia marcar pontos e desenhar uma forma oval em um mapa, mesmo que não soubesse a localização das rochas. A área onde o animal estava não iria mudar tão cedo, então tudo o que teriam que fazer era traçar um raio a partir da fotografia da estrada panorâmica. Por outro lado, uma coisa era encontrar o cervo e matá-lo; outra coisa era transportar uma carcaça pesada pela floresta sem serem descobertos, o que significava que eles precisariam de acesso para seus veículos. Teriam que conhecer as estradas que levavam para dentro e para fora da floresta e prever a movimentação delas em vários momentos do dia; também teriam que encontrar ou criar suas próprias trilhas para chegarem até a área do cervo branco. Eles precisariam saber a localização das áreas de acampamento e dos postos dos guardas-florestais, pelo menos para evitá-los, além de ficar longe dos trilheiros e pessoas que apareciam em jipes praticando esportes off-road. Fazia anos desde a última vez que Jasper tinha dirigido por dentro da floresta, e, como suspeitava de que havia mais estradas e trilhas agora do que no passado, seu primeiro passo seria descobrir como um caçador ilegal poderia se aproximar da área onde estava o cervo e depois sair da floresta sem ser apanhado.

Antes de começar a fazer exatamente isso, Jasper preparou um bule de café e um sanduíche de ovo para o desjejum. O ovo ficou queimado nas bordas, mas ele nunca tinha sido muito bom na cozinha. Essa sempre fora

158

a paixão de Audrey, demonstrada nos pratos que ela costumava levar para ele antes de ir para a faculdade.

Quando ela partiu para Sweet Briar, as economias de Jasper estavam quase esgotadas. Ele tinha 18 anos e precisava de emprego. Encontrou trabalho com um empreiteiro chamado Ned Taylor, que era diferente de Stope em todos os sentidos. Idoso e acima do peso, com cabelos brancos revoltos, ele fumava um cachimbo de espiga de milho o tempo todo. O mais gratificante era o fato de ele ter valorizado a qualidade do trabalho de Jasper desde o início.

Jasper mal havia se acomodado em seu novo emprego, porém, quando sua vida virou de cabeça para baixo mais uma vez. Em setembro, apenas um mês após a partida de Audrey, o furacão Helene desencadeou chuvas fortes, e um riacho próximo a Asheboro rapidamente subiu para níveis alarmantes. Felizmente – ou infelizmente, dependendo do ponto de vista –, Jasper estava em sua casa na cidade, não na cabana, quando a inundação teve início. Ele andou no meio da água, que logo chegou à sua cintura, e retirou porta-retratos de cima da lareira, a Bíblia de seu pai e o máximo de esculturas que eles tinham feito juntos que pôde carregar, transportando tudo para a caminhonete, que ele havia estacionado em um terreno mais elevado, por precaução. Como a tempestade continuava a cair com toda a força, um pinheiro no quintal se partiu e caiu sobre o telhado. Dias depois, quando a água enfim começou ceder e o tempo quente voltou, o mofo começou a se espalhar pelas paredes e pelo chão, estragando quase tudo o que a própria tempestade não tinha estragado.

Como seus vizinhos e outros moradores da cidade, Jasper entrou em contato com sua seguradora. Não estava preocupado. Como fizera com as outras contas, ele continuou a pagar os prêmios depois que seu pai faleceu, mas, quando finalmente se encontrou com o avaliador de sinistros, Jasper descobriu que, escondida na apólice, estava uma exclusão por danos causados por inundação. O avaliador apontou para a seção e leu as palavras em voz alta, enfatizando esse ponto. A apólice, no entanto, pagaria pelos danos no telhado.

O avaliador deslizou um cheque sobre a mesa. Não chegava nem perto da quantia que seria necessária para reparar a casa. No silêncio que se seguiu, Jasper ouviu a voz de seu pai: "Tiago capítulo 1, versículo 12." *Feliz é o homem que persevera na provação.*

Ele depositou o cheque, mudou-se para a cabana e continuou trabalhando para Ned. À noite e nos finais de semana, retirava os móveis mofados da casa em Asheboro. Removeu o telhado e as tábuas do piso, arrancou as paredes de gesso e toda a fiação elétrica. Levou os destroços para o depósito de lixo. No final, restaram apenas os alicerces e o encanamento, e ele vendeu a propriedade para outro empreiteiro, alguém que Ned conhecia havia anos. Esse cheque também foi para suas economias.

Em novembro, Ned pediu que ele fosse até Charlotte de carro para pegar uma banheira cuja entrega estava atrasada. Nos arredores da cidade, ele notou dois novos loteamentos, um bem ao lado do outro, com dezenas de casas já construídas e outras ainda em construção. Empreiteiros independentes como Ned estavam aos poucos dando lugar a incorporadoras que construíam centenas de casas ao mesmo tempo, e, por impulso, Jasper decidiu visitar um desses bairros. Ficou impressionado com a destreza organizacional necessária para a execução dos empreendimentos, apesar de sua certeza de que jamais iria querer morar em um bairro daqueles. Havia uma sensação de local desolado, mesmo nas ruas com residências completas. Olhando para os trechos de casas estéreis, feitas em massa, ele de repente percebeu que o que ajudaria a tornar o bairro mais convidativo eram *árvores*. Não as mudas esqueléticas que haviam sido plantadas ao acaso pelos novos proprietários, mas belas árvores frondosas de crescimento rápido.

A ideia não o abandonou e, quando mais loteamentos foram construídos no ano seguinte, ele os visitou também, tendo cada vez mais certeza de que tinha razão. No início de 1960, ele foi à biblioteca local para pesquisar uma árvore ideal, mas os livros não o ajudaram, nem os da biblioteca em Raleigh, mas a bibliotecária recomendou uma visita à escola de agricultura da Universidade Estadual da Carolina do Norte. Jasper precisou de tempo e persistência para conseguir uma reunião, mas o professor de lá – o mesmo que mais tarde o instruiria sobre o cultivo dos morilles – contou a ele sobre uma árvore que o Departamento de Agricultura dos Estados Unidos (USDA) estava pensando em introduzir formalmente no país.

O professor compartilhou fotos e informações, e Jasper assimilou tudo o que ele disse. Originária da Coreia e da China, a árvore crescia depressa, oferecia flores brancas na primavera, tinha um belo formato piramidal e exibia cores vivas no outono. Seu nome científico era *Pyrus calleryana*; no Departamento de Agricultura, eles estavam pensando em chamá-la de pereira-de-bradford, embora não desse frutos comestíveis. O professor acrescentou que poucas pessoas – fora das universidades de pesquisa agrícola e do USDA – pareciam estar interessadas na árvore naquele momento, mas previa que o mercado acabaria aumentando e se tornando significativo.

Jasper trabalhou com a Garner's Nursery, uma estufa na cidade, para adquirir as sementes desconhecidas da Coreia; Mack Garner havia servido na Guerra da Coreia, e sua esposa era originalmente de Seul. Usando o dinheiro do seguro e o produto da venda da casa, Jasper arrendou algumas terras baratas a cerca de trinta quilômetros de distância e comprou fertilizante. Tirou uma semana de folga, lavrou e adubou a terra, e plantou sementes suficientes para cinco mil árvores. Ele as regou à mão nas noites após o trabalho e nos finais de semana, e, surpreendendo o próprio Jasper, as sementes germinaram e irromperam do solo quase imediatamente.

Ele mostrou a Audrey o que estava fazendo quando ela veio para casa para passar o verão. Nos dois anos anteriores, ela havia ficado ainda mais linda aos seus olhos, e eles continuaram a se ver sempre que ela estava em casa. Faziam longas caminhadas, dividiam sodas de chocolate, e ela o presenteava com histórias sobre suas aulas, ou seus professores, ou os amigos que fizera. Às vezes, quando ele especulava se ela queria deixar sua vida anterior – e ele – para trás, ela ria e achava a ideia absurda. Ele lhe dizia regularmente que a amava, e ela dizia o mesmo a ele; ainda assim, quando eles se despediram em agosto, pela terceira vez, os pais de Audrey exibiram a mesma expressão sombria com a qual ele já havia se acostumado fazia tempo.

Enquanto isso, ele continuava trabalhando para Ned e arrendava ainda mais terras. Plantou mais dezenas de milhares de árvores. Depois de mostrar aos pais de Audrey o que estava fazendo, eles não mudaram totalmente de ideia sobre ele – ainda não havia vendas, nem mesmo um mercado –, mas ele gostava de pensar que a expressão da mãe pareceu menos sofrida, mesmo que sua desaprovação ainda fosse evidente.

Depois que Audrey se formou, em maio de 1962, ela não estava pronta para começar a lecionar. Sentia que havia passado muito tempo estudando e precisava de uma pausa, então, em vez disso, foi trabalhar na loja de roupas da mãe. Jasper estava maravilhado com o retorno dela a Asheboro, e eles retomaram o namoro exatamente de onde tinham parado. Depois, na primavera de 1963, o USDA introduziu formalmente a perei-

161

ra-de-bradford no mercado americano. Àquela altura, com as árvores de Jasper florescendo, a plantação do primeiro ano estava grande e madura o suficiente para venda. Ele parou de trabalhar para Ned e se dedicou em tempo integral às árvores. Ele as cavou – embrulhando a terra em sacos de aniagem –, carregou sua caminhonete com elas e começou a visitar empreiteiros em Charlotte, Greensboro e Winston-Salem. Seu discurso de vendas era simples; ele mostrava as informações do USDA, mantinha preços razoáveis e se oferecia para posicionar as árvores nos quintais da frente e dos fundos dos loteamentos para que os incorporadores pudessem ver por si mesmos o alto valor estético que elas conferiam. Ele também visitou estufas e, como tinha praticamente o monopólio da árvore, em pouco tempo as encomendas começaram a chegar. Ele não só vendeu a totalidade da safra do primeiro ano, mas grande parte da safra do ano seguinte também.

Endinheirado pela primeira vez na vida, ele foi até a casa de Audrey. Mais uma vez, pediu para falar com o pai dela; mais uma vez, levou a aliança da mãe no bolso. Dessa vez, o pai dela concordou, e ele pediu Audrey em casamento dois dias depois.

Eles se casaram em outubro de 1963 e passaram a lua de mel na Ilha de Sullivan, como ela sempre quis. Ela se mudou para a cabana e, embora estivesse grávida de um mês, insistiu em fazer do lugar o lar *deles*, não simplesmente de Jasper. Comprou móveis novos, costurou cortinas e espalhou tapetes pela sala e pelos quartos. Comprou panelas, frigideiras, pratos e utensílios que combinavam. Montaram um quarto para o bebê no local que um dia fora o quarto de Jasper e, sempre que ela cozinhava, a cabana se enchia de aromas deliciosos. Eles faziam amor quase todas as noites, e, como presente de Natal daquele ano, ele construiu e instalou as estantes que ela queria, porque sabia que isso a faria feliz. Ele também abriu diante dela as plantas baixas de uma linda casa branca com varanda e uma cozinha grande o suficiente para permitir que a família inteira se reunisse. Como sabia que ela queria pelo menos quatro filhos, ele encheu o segundo andar com quartos e banheiros. Ao examinar as plantas de Jasper, os olhos dela se encheram de lágrimas de alegria.

Ele começou a construção no ano seguinte, depois que Audrey deu à luz seu primeiro filho e depois de mais uma safra de pereiras-de-bradford.

II

Após lavar a xícara e o pires, Jasper fez alguns sanduíches de pasta de amendoim com mel para ele e Arlo e encheu uma garrafa térmica com o que sobrara na cafeteira. Deu mais comida que o habitual para Arlo e guardou um punhado de petiscos para cachorro no bolso do casaco. Aquele seria um longo dia.

Ele pegou seus binóculos quando estava saindo e, pensando que poderia querer companhia, decidiu deixar Arlo subir na cabine da caminhonete. Abriu as duas janelas, observando como o cachorro levantava o focinho ao vento. Quando parou em um posto de gasolina próximo, havia um jovem atrás do caixa com cabelos compridos e orelha furada; no pescoço, a tatuagem de uma aranha. Jasper perguntou se eles tinham algum mapa recente da Floresta Nacional de Uwharrie, mas Tatuagem de Aranha balançou a cabeça.

– Não vendemos mapas.

– Como podem não vender mapas?

Tatuagem de Aranha pareceu perplexo com a pergunta.

– Hã... a maioria das pessoas usa o celular.

Jasper não teve mais sorte no próximo posto de gasolina, nem no terceiro em que parou, provando novamente que o mundo moderno o tinha deixado para trás. Resolvendo descobrir por conta própria, ele partiu em direção à entrada principal da floresta. Ao lado da entrada, avistou uma placa com um mapa geral da floresta, incluindo suas principais estradas. Jasper parou a caminhonete. Pegou um lápis quebrado no porta-luvas e um envelope com um recibo velho de oficina guardado lá dentro. No verso, copiou o mapa da melhor maneira que pôde.

Embora sua caminhonete fosse antiga, tinha tração nas quatro rodas, o que ajudava muito enquanto ele seguia por uma estrada para a floresta antes de virar em uma bifurcação que levava à área de acampamento. Passou um tempo ali, procurando por veículos ou pessoas suspeitas, antes de perceber que não sabia exatamente como seria um ou outro. Além do acampamento havia uma pequena via de acesso para bombeiros, e ele a seguiu até chegar a um entroncamento que levava a mais uma via de acesso para bombeiros e, finalmente, de volta a uma das estradas principais. De vez em quando, ele parava a caminhonete e incluía as novas estradas em seu mapa improvisado; também usava os binóculos para esquadrinhar a floresta, mesmo estando longe da área onde o cervo branco havia sido avistado. Só por precaução.

No meio da tarde, Jasper tinha levantado a configuração do terreno. Já havia percorrido todas as estradas principais e as vias de acesso, até mesmo algumas das trilhas off-road. Tinha uma boa noção de como um caçador ilegal poderia acessar a área de alcance do cervo e sair da floresta sem ser notado.

Jasper parou para almoçar e, pelo que pôde perceber, Arlo gostou dos sanduíches tanto quanto ele. Bebeu duas xícaras de café, depois levou Arlo de volta para a caminhonete. Em seguida, viria o que ele sabia ser a exploração mais importante do dia.

Seguiu por uma via na direção sul até o final, depois pegou uma trilha off-road que se inclinava ainda mais para o sul. Qualquer um que tentasse chegar a essa área da floresta com um veículo *teria* que seguir o mesmo caminho; sua exploração anterior revelara que o relevo em ambos os lados da trilha bloqueava outros possíveis acessos. Seu veículo rangia e chacoalhava, com a elevação aumentando gradualmente. Jasper fez paradas mais frequentes e examinou a área com os binóculos. Não viu nada além de pássaros e árvores. Mais adiante, a trilha off-road chegou ao fim, mas ainda estava longe demais da área de alcance atual do cervo branco para um caçador ilegal. Transportar uma carcaça pesada até aquele local seria praticamente impossível.

Jasper deu marcha à ré na caminhonete por uns cinquenta metros. Olhou em volta, mas não viu nenhum indício de que um veículo tivesse deixado a trilha off-road e entrado na floresta. Deu ré novamente, depois mais duas vezes, até que finalmente avistou uma pequena árvore recentemente quebrada perto da base. Olhando mais de perto, ele viu rastros de pneus de ambos os lados.

Te peguei.

Ele seguiu os rastros, dessa vez para dentro da mata virgem. Dirigiu lentamente, desviando de árvores e pedras e passando por um terreno ondulado. Continuou a seguir para o sul, na direção de sua cabana, e acabou chegando a uma área repleta de vegetação rasteira cerrada. De um lado havia uma berma. Calculou que ainda faltavam algumas horas para o crepúsculo.

Jasper saiu da caminhonete. A temperatura estava começando a cair, e ele olhou em volta, achando que sabia exatamente onde estava. Para um lado estava a estrada panorâmica; para o outro, o local onde o cervo branco havia sido filmado. Estimou que estava a menos de 800 metros do coração da área de alcance do cervo, mas um caçador ilegal iria querer levar seu veículo para ainda mais perto. Ao contrário da sua, as caminhonetes mais novas eram capazes de atravessar a densa vegetação rasteira à frente, e, de fato, ele conseguiu encontrar o local onde um veículo havia seguido para o sul. O mais provável, ele pensou, era que fosse um veículo com pneus gigantes, como os que tinha visto na entrada da casa dos Littletons.

Teve que admitir que os adolescentes haviam se saído muito bem em identificar a área de alcance do cervo branco no domingo. Afinal, naquele momento eles só tinham a fotografia para se orientarem. Tentou imaginar até que ponto ao sul eles teriam levado a caminhonete, mas teria que ir a pé para descobrir. No entanto, já estava tarde para isso, então, ele retornou para a caminhonete. Avançou com ela em direção à berma mais próxima, acabando por parar atrás dela, e desligou o motor.

Em seguida, voltou andando até o local onde havia parado originalmente, ignorando a dor nas costas, e assentiu para si mesmo, achando que o local onde estacionara era bom. Supondo que os irmãos Littleton e o garoto Melton usariam a mesma rota na próxima vez em que viessem, sua caminhonete estaria fora de vista. Ótimo.

De volta ao veículo, Jasper olhou para Arlo.

– Acho que devemos descansar os olhos um pouquinho, que tal?

Arlo bocejou como se estivesse de acordo, e Jasper inclinou o banco para trás a fim de ficar confortável. Fechando os olhos, calculou que teria tempo de sobra.

Ele sabia que a probabilidade de os caçadores ilegais cometerem seus crimes era mais alta nas horas após o sol se pôr e nas horas antes de o sol nascer.

III

Jasper cochilou, mas não dormiu. Manteve as janelas abaixadas, procurando ouvir o som de qualquer veículo que se aproximasse.

O crepúsculo chegou e, finalmente, a escuridão. Embora sua visão noturna tivesse se enfraquecido com o passar dos anos, Jasper achou que isso não importava. Seria impossível não ver os faróis ou um holofote na floresta.

Bebeu o que restava do café de sua garrafa térmica. Deu a Arlo mais um sanduíche. De vez em quando, ele saía do carro e caminhava até o outro lado da berma; mas, além do ocasional pio de uma coruja, a floresta parecia vazia.

Ele permaneceu ali até as dez e meia, quando imaginou que o cervo branco – e os demais – haviam se deitado para passar a noite. Foi necessária uma série de tentativas para ligar o motor, e ele voltou lentamente pela floresta através da trilha off-road, da via de acesso e, por fim, chegou à saída. Quando já estava na cabana, programou o despertador para o início da manhã.

A terça-feira virou quarta, mas, talvez por conta do café, ele não conseguiu dormir. Em vez disso, ficou olhando para o teto, os pensamentos vagando até os primeiros anos de seu casamento, depois que ele e Audrey se tornaram pais. Deram ao filho mais velho o nome de David, em homenagem ao rei Davi, um dos escritores dos Salmos, e lembrou-se do orgulho exausto no rosto de Audrey enquanto segurava o filho nos braços. Quando ele se inclinou para beijá-la, ela sussurrou: "Olha o que o nosso amor fez", e os olhos dele se encheram de lágrimas.

Recordou-se de trabalhar com Ned quando eles começaram a construção da nova casa e da maneira como Audrey insistia em visitar o local todas as tardes, para que pudesse acompanhar o progresso diário. Lembrou-se da maneira quase casual como Audrey rolou na cama um dia e avisou que estava grávida de novo. Mary – em homenagem à mãe de Nosso Salvador – nasceu em junho de 1965, três dias depois de eles terem se mudado para a nova casa. Embora Audrey devesse estar exausta, ela imediatamente se ocupou da decoração, acrescentando seus toques pessoais e enfeites, mesmo enquanto cuidava de duas crianças que ainda usavam fraldas.

Enquanto isso, Jasper continuava a expandir seus negócios, vendendo pereiras-de-bradford a lugares tão distantes quanto o estado do Tennessee. Arrendou mais terrenos e contratou funcionários, acabando por empregar mais de uma dúzia. Ele não devia nada da casa e tinha dinheiro no banco. Mas, como se preocupava com o que tinha lido em Mateus 19:24 – que era mais fácil passar um camelo pelo fundo de uma agulha que um rico entrar no Reino de Deus –, ele doou os fundos necessários para reformar a igreja e colaborava com o banco alimentar local. Na maioria das vezes, Jasper guardava apenas o que precisava para sustentar sua família, e, embora sua generosidade às vezes deixasse Audrey apreensiva, Jasper garantia que nunca lhes faltaria nada que fosse importante.

Muitos acontecimentos daqueles primeiros anos, ele pensou com uma pontada de dor, eram apenas um borrão em sua mente. Ele se lembrava da casa ocasionalmente bagunçada e de como Audrey ficava linda sempre que sorria. Lembrava-se dos nascimentos de Deborah, batizada em homenagem à juíza e profetisa, e de Paul, batizado em homenagem ao apóstolo e mártir. Em 1969, eles se tornaram uma família de seis pessoas, e Jasper ainda conseguia trazer à sua mente o sentimento de orgulho que experimentara como marido e pai sempre que se sentavam juntos na igreja ou quando se aglomeravam em torno da mesa de jantar.

Quanto a Audrey, a maternidade lhe pareceu tão natural quanto respirar. Desde o início, ela sabia intuitivamente se um bebê chorava porque estava com fome, porque a fralda precisava ser trocada ou porque queria colo. Ela sorria e dava risada mesmo nos dias de pouco sono e não se abalava diante do desafio de arrastar todos para o supermercado, ou vesti-los para a igreja, mesmo quando se atrasavam. Ela os levava ao pediatra com regularidade, mas não obsessivamente, e, de algum jeito, encontrou tempo para fazer um diário para cada criança, no qual não apenas descrevia o seu desenvolvimento, mas também fazia anotações sobre suas peculiaridades e idiossincrasias maravilhosas. Ela às vezes admitia a Jasper que desejava perder o peso que ganhara com a gravidez – nove quilos que nunca mais foram embora –, mas, para ele, ela era ainda mais atraente do que quando subira pela primeira vez em sua caminhonete, muito tempo antes.

Enquanto seus pensamentos continuavam a vagar, uma sequência de imagens foi passando por sua mente.

A fascinação de segurar seu primogênito, logo após o nascimento...

A risadinha de Mary enquanto aprendia a andar...

A pequena Deborah agachada perto de um sapo enquanto ele pulava pela grama...

A alegria exuberante de Paul quando aprendeu a andar de bicicleta...

Audrey em seu primeiro dia de trabalho, depois que Paul entrou no jardim da infância e ela passou a dar aulas numa escola do condado...

Quando Jasper se concentrava, parecia ser capaz de se lembrar da maior parte de sua vida juntos. Recordou-se da forma como as crianças se aglomeravam ao seu redor na varanda e assistiam, encantadas, enquanto ele esculpia piratas, bailarinas ou os animais de seus livros ilustrados favoritos. Conseguiu visualizar seus sorrisos banguelas posando para fotos da escola. Recuperou memórias da família lendo a Bíblia junta todas as quartas-feiras e domingos à noite, as suas noites favoritas da semana. Pensou brevemente na adolescência dos filhos, aquele período turbulento à beira da idade adulta. As regras às vezes eram quebradas, os quartos ficavam muitas vezes bagunçados, e os meninos comiam tanto que de vez em quando Jasper abria os armários da cozinha e constatava que a maior parte da comida havia desaparecido.

Lembrou-se dos primeiros amores – de David, que havia se apaixonado por Monica no acampamento em Pinehurst e depois teve seu coração partido; de Deborah, que era louca por um menino chamado Allen quando estava no segundo ano do ensino médio, com quem jurava que acabaria se casando. Rememorou com carinho as horas que passara ensinando Mary a dirigir, o carro balançando para a frente e para trás enquanto ela tentava dominar o uso da embreagem. Recordou-se da noite em que flagrou Deborah beijando Allen enquanto estavam na varanda da frente, e da maneira delicada com que Audrey lembrou-lhe que sua filha, assim como os irmãos, também estava crescendo. Ele pensou na empolgação e no nervosismo de Paul quando foi selecionado para representar o ensino médio em um concurso estadual de debates e de como ele praticou por horas em frente ao espelho.

Entretanto, era do amor que tinham uns pelos outros como uma família que Jasper mais se lembrava. Enquanto enfrentavam desafios e decepções, como acontecia com todo mundo, também havia alegria e carinho, e, por mais de duas décadas, Jasper acreditou que sua família havia sido escolhida especialmente por Deus para receber Suas bênçãos.

Até o dia em que, é claro, isso não aconteceu.

IV

Jasper finalmente conseguiu adormecer por algumas horas, então acordou com o barulho do despertador bem antes do nascer do sol. A noite havia sido curta, e seu corpo reverberava a exaustão e a dor. A psoríase coçava e pinicava, como se ele estivesse sendo continuamente ferroado por vespas, mas ele se forçou a sair da cama. Quando foi mancando para a cozinha, sentiu uma rigidez nas costas e muita dor nas articulações, percebendo que eram consequências de todo aquele tempo dirigindo, com o carro sacolejando por cima das pedras.

Ele se perguntou o que o novo dia poderia trazer. Será que os irmãos Littleton e o Melton voltariam para terminar o que começaram, mesmo sendo dia de ir à escola? Ele não sabia. E, caso aparecessem antes do amanhecer daquele dia, o que poderia fazer para detê-los? De novo, ele não sabia.

Vestiu roupas escuras e, embora não estivesse com fome, obrigou-se a comer alguma coisa. Pegou uma mochila velha perto da porta da entrada antes de sair. Um cobertor de névoa pairava sobre a terra, e, embora a lua estivesse apenas meio cheia, era o suficiente para tingir as copas das árvores de prata.

Ele ajudou Arlo a subir na caminhonete. No barracão – seguindo um instinto –, Jasper pegou um ancinho, junto com alguns sacos plásticos de lixo. Colocou-os na caçamba da caminhonete e, sob um céu estrelado, dirigiu até o local na Uwharrie onde havia estacionado na noite anterior. Mais uma vez, ele esperou, atento à possível aproximação de faróis e aos sons de veículos; mais uma vez, nada.

Quando o sol surgiu e dissipou a névoa, Jasper achou que era hora de ir embora. A caminhonete quicava e mergulhava na mata e na trilha, enviando lampejos de dor até sua coluna; depois de algum tempo, ele alcançou a relativa suavidade da via de acesso e, pouco depois, o asfalto. De lá, dirigiu até o Lowe's, em Asheboro, para comprar um vasilhame grande de repelente de cervo, juntamente com seis dispositivos ultrassônicos que prometiam manter os cervos afastados. Só por precaução. Depois, voltou para o sul da Uwharrie, onde estacionou mais uma vez atrás da berma.

Ele pegou o binóculo e desceu do veículo. Arlo caminhou ao seu lado, enquanto ele começava a longa trilha em direção à estrada panorâmica.

Embora seu ritmo fosse comedido – ele não queria que seu coração desse problemas –, suas costas continuavam rígidas, e seu avanço era ainda mais lento por causa dos numerosos cumes e colinas que pontilhavam aquela parte da paisagem. Na juventude, Jasper teria corrido por eles com facilidade. Agora, no entanto, muitas vezes precisava parar e recuperar o fôlego. Enquanto ofegava, colocava as mãos nos quadris e se inclinava para trás, a fim de alongar os músculos das costas, às vezes soltando um gemido. Nesses momentos, Arlo olhava para ele como se estivesse se perguntando o que estava acontecendo.

Finalmente chegou a um ponto de onde se via a estrada panorâmica, perto do local onde a foto original havia sido tirada. Então, orientando-se na direção do afloramento de pedras, ele começou a caminhar até lá através do que supunha ser o centro da área de alcance do cervo branco.

Mais uma vez, foi difícil superar alguns obstáculos. Cumes. Montes. Rochas e pedregulhos. Um pequeno riacho. Arbustos que pareciam decididos a agarrar seus tornozelos. Seus quadris e joelhos se juntavam às suas costas em um coro de dor, a pele continuava a pinicar. Ele tentava convencer a si mesmo de que estava em uma aventura, ainda que dolorosa e em câmera lenta.

Pensou no cervo morto que encontrara no domingo anterior. Presumiu que os guardas-florestais já tivessem retirado a carcaça, e perguntou a si mesmo se a bandana que ele havia colocado como marcador ainda estaria no lugar. Ela não era importante o suficiente para ser recuperada; ele tinha muitas bandanas, e um desvio por ali era a última coisa de que precisava. Em vez disso, venceu pesadamente outro cume, um pouco depois da metade do caminho dentro da área de alcance do cervo, e parou quando chegou a uma pequena clareira. Quando algo incomum no centro chamou sua atenção, ele levou o binóculo aos olhos e focou mais além. Levou apenas um instante para identificar grãos de milho secos espalhados pelo chão. Sentiu uma onda de desilusão e desgosto, mas não ficou nem um pouco surpreso. Era o que ele esperava, confirmando suas suspeitas.

Iscas para cervos.

Todos os caçadores sabiam que cervos adoram milho, e, quando ele se aproximou, notou pegadas de cascos ao redor das pilhas de grãos. Pelos diferentes tamanhos das pegadas, ele sabia que não eram apenas de um cervo, mas de vários. Isso também significava que o milho não poderia estar ali havia muito tempo, ou não teria sobrado nada. Enquanto olhava, recordou-se do sábado anterior, quando estava esculpindo com o menino. Lembrou-se de que tinha chovido naquele dia. Juntando essas pistas, ele

170

concluiu que o milho havia sido colocado ali e comido nos últimos dias. Mas quando exatamente?

Por Melton e os irmãos Littleton no domingo?

Provavelmente.

Eles tinham colocado a isca, calculando que poderia levar um ou dois dias para os cervos a localizarem. Então, sabendo que o cervo retornaria em busca de mais, ele concluiu que os garotos logo estariam de volta para despejar mais milho.

E, depois disso...

Jasper virou-se, vasculhando a área. Onde havia iscas havia também a necessidade de um lugar onde os caçadores ilegais pudessem se esconder. No lado sul da clareira, a floresta era menos cerrada; à frente e a leste, havia um pequeno cume encimado por pedregulhos. Demorou mais ou menos um minuto, mas ele finalmente viu o que estava procurando no lado norte da clareira, na direção de onde havia estacionado seu carro. A mata era mais densa ali, e ele andou até uma árvore caída, coberta por uma pilha de galhos. Embora tivesse sido construído às pressas, ele notou um espaço evidente para o tiro entre os galhos empilhados. Atrás, na terra, encontrou inúmeras pegadas.

Nem cascos, nem botas. Tênis.

Mais uma vez, não era uma prova, mas era bastante circunstancial.

Jasper fez a agonizante e longa caminhada de volta à caminhonete, dessa vez usando a rota mais direta possível. Da caçamba de seu veículo, tirou a pá e o ancinho, além de um saco de lixo. Enfiou o vasilhame de repelente de cervo e os dispositivos ultrassônicos na mochila, colocou-a nas costas e começou a voltar pelo mesmo trajeto. Quando chegou ao milho, suas pernas estavam trêmulas, e ele se sentia como se tivesse andado até o Canadá, mas ainda havia trabalho a ser feito.

Ele juntou os grãos de milho restantes em pequenas pilhas e, com as mãos jogou-os no saco de lixo. Então, abriu o vasilhame de repelente de cervos. O ar foi tomado pelo fedor de ovo podre enquanto ele espalhava o conteúdo em um círculo ao redor da área de isca. Espalhou mais repelente na linha de árvores ao redor da clareira. Em seguida, montou os dispositivos ultrassônicos onde sabia que pegariam um pouco de sol, já que eram alimentados com baterias solares. Ele não sabia quão bem os dispositivos funcionariam nem quanto tempo o repelente duraria – as baterias poderiam não receber sol suficiente para serem carregadas; a próxima chuva poderia diluir o repelente –, mas aquilo era tudo que podia pensar em fazer por enquanto. Por fim, passou o ancinho para cobrir os sinais óbvios de suas próprias pegadas.

Cansado porém satisfeito, ele voltou mancando para a caminhonete antes de finalmente dirigir para casa, no início da tarde. Tomou sopa de tomate enlatada e se deitou para cochilar; dessa vez, adormeceu logo, e foi acordado pelo alarme. Ele e Arlo saíram de novo antes do anoitecer. Jasper conduziu a caminhonete até a berma e estacionou atrás dela, acomodando-se para outra vigília. Ele sabia que o milho teria que ser reabastecido.

Abaixando os vidros da caminhonete para que pudesse ouvir melhor, ele viu o sol mergulhar abaixo da linha das árvores e o céu começar a perder a cor. Ao seu lado, Arlo já estava dormindo. A última caminhada pela floresta também devia tê-lo exaurido, e Jasper estendeu a mão para lhe dar alguns tapinhas suaves. A orelha de Arlo se contorceu, mas foi só isso. Ele se lembrou de quando Arlo era jovem e cheio de energia e do jeito que ele costumava girar em círculos sempre que percebia que estava prestes a andar de carro.

– A velhice mudou você – murmurou. – Exatamente como eu.

A luz cinzenta deu lugar ao crepúsculo e, finalmente, à escuridão. A mudança era sutil, quase imperceptível no início, assim como o curso de sua própria vida. Ele pensou no negócio que havia tido e nas centenas de hectares de pereiras-de-bradford que colhera anualmente. Isso também mudou com o passar do tempo. Se de início ele detinha o monopólio, a cada ano que passava, mais concorrentes começavam a surgir. Encontrar novos clientes e mercados foi ficando cada vez mais difícil. As vendas acabaram estagnadas, então, lentamente, passaram a mostrar uma tendência de queda, embora ele trabalhasse mais duro que nunca. Ele parou de renovar os arrendamentos de algumas das terras, depois de outras. Quando a inflação disparou durante o final da década de 1970, os juros de hipoteca subiram para níveis esmagadores, o que significava menos casas sendo construídas. O custo do fertilizante e do óleo diesel foi às alturas. As estufas faziam menos encomendas. Como a maioria das pessoas, ele achava que a situação iria se corrigir, mas, enquanto isso não acontecia, foi obrigado a despedir um funcionário atrás do outro, um processo que considerou angustiante.

O pagamento de indenização aos trabalhadores pouco fazia para aplacar a culpa que Jasper sentia. Quando ele olhava nos olhos daqueles que tinha que despedir, via maridos, esposas, filhos e filhas, pais. Ele via os filhos de Deus e orava pedindo perdão, mesmo sabendo que não tinha escolha.

Em meados da década de 1980, Jasper se viu com um único bosque de pereiras-de-bradford em maturação. Como tinha feito mais de vinte anos antes, Jasper agora trabalhava sozinho na plantação. As palmas de suas mãos ficaram calejadas e, pela primeira vez em seu casamento, ele ficou grato pelo dinheiro que Audrey ganhava como professora.

Em abril de 1986, Jasper estava com 46 anos. Seu filho mais velho tinha 21 anos e estava prestes a se formar em teologia pela Universidade Wake Forest, com planos de fazer mestrado em divindade. Queria ser pastor. Suas duas filhas estavam estudando na Universidade da Carolina do Norte: uma se formando em biologia, com a intenção de se tornar veterinária; a outra planejando se especializar em educação básica. Paul estava ansioso para começar seu último ano no ensino médio.

O clima daquela primavera andava inconstante, até que passou a chover, dia após dia, por quase duas semanas. O solo estava totalmente saturado quando o ar quente e úmido do golfo do México começou a colidir com o ar mais frio e seco vindo do norte. Massas de ar começaram a se formar na Geórgia e na Carolina do Sul, e depois também na Carolina do Norte. Perto de Asheboro, em uma área felizmente não povoada, uma dessas massas gerou um tornado – ou pelo menos era no que se acreditava. Como não havia testemunhas, a única prova do tornado foi o que viram na sequência: dois pequenos anexos destruídos e milhares de árvores que haviam sido desfolhadas, desterradas e derrubadas como se fossem palha.

Como a situação era estranha a ponto de ser quase inacreditável, um fotógrafo do jornal viajou até o local para documentar o acontecido. As fotografias mostraram que, nas fazendas vizinhas, nem casas nem celeiros haviam sido afetados. Culturas de milho, algodão e tabaco nos arredores continuavam de pé, completamente intactas. Apenas em uma área relativamente confinada houve uma destruição total.

Jasper lembrou-se de estar com o fotógrafo e olhar para as ruínas do que tinha sido seu último bosque de pereiras-de-bradford. Embora as árvores contassem com seguro, ele tinha contratos ainda não cumpridos naquele verão, o que significava que precisaria comprar as árvores de outros pro-

173

dutores e vendê-las, provavelmente com prejuízo. Sem dúvida, não lhe sobraria quase nada.

Atordoado com essa constatação, Jasper continuou a olhar para as árvores derrubadas. O nono versículo do capítulo quatro de Jó lhe veio à mente, de forma espontânea: *Pelo sopro de Deus são destruídos; pelo vento de Sua ira eles perecem.*

Por um momento, Jasper se perguntou o que tinha feito para despertar a ira de Deus, antes de balançar rapidamente a cabeça. Lembrou a si mesmo que levava uma vida abençoada e pensou também em outra tempestade de seu passado, o furacão que havia destruído sua casa, mas que também lhe permitira dar início ao seu negócio. Lembrou a si mesmo que Deus cumpre seus planos de maneiras misteriosas e pensou em 1 Coríntios 10:13, que prometia que *"Deus é fiel; ele não permitirá que vocês sejam testados além do que podem suportar"*.

Apesar das certezas de sua fé, ele passou meses tendo dificuldade para dormir. Preocupava-se com o pagamento da faculdade dos filhos, com a ajuda que dava ao banco alimentar, pois sabia que outras famílias enfrentavam dificuldades muito piores que as suas. Ele estava correto sobre os rendimentos do seguro; não era o suficiente para ele cumprir seus contratos. Embora pudesse ter declarado falência e simplesmente se afastado de suas obrigações, ele pensou no Salmo 37:21, que dizia que *"os ímpios tomam emprestado e não devolvem, mas os justos dão com generosidade"*. Então, ele e Audrey foram ao banco.

Eles hipotecaram a casa pela primeira vez. Enquanto assinavam os papéis, Jasper se perguntou como conseguiria reconstruir sua vida, mas, quando saíram do banco, Audrey tomou sua mão na dela, e, naquele momento, ele teve certeza de que tudo ia ficar bem.

V

Passava um pouco das nove da noite e o mundo estava envolto na escuridão quando Jasper notou lampejos de luzes ao norte, piscando como vaga-lumes distantes.

– Parece que alguém está chegando – murmurou para Arlo.

Ao seu lado, Arlo bocejou e então se sentou, olhando ao redor. Mais ou menos um minuto depois, ele levantou as orelhas e inclinou a cabeça para o lado. Jasper fechou a janela e fez o mesmo com a de Arlo, no banco do passageiro, no caso pouco provável de o cão resolver latir.

Passaram-se mais alguns minutos antes que o mundo à sua frente clareasse momentaneamente; o barulho de um motor era inconfundível. Caçadores ilegais, com holofotes e rifles ao lado deles na cabine e um saco de milho na caçamba.

Os Littletons e Melton?

Só os Littletons?

Outras pessoas?

Ele tinha estacionado ali porque queria ter certeza absoluta.

O mundo escureceu novamente e o som do motor foi diminuindo. Jasper esperou mais dez minutos para ter certeza de que eles tinham ido embora, então virou a chave.

O motor não pegou. Jasper respirou fundo e tentou de novo, enquanto bombeava o acelerador. De novo, a ignição falhou.

Ele fechou os olhos, sentindo um súbito aperto no peito. Deixou o motor descansar por um momento antes de tentar de novo. Então, virou a chave e bombeou o acelerador, ouviu o motor finalmente pegar em protesto e, em seguida, chiar com o guincho alto associado a uma ventoinha solta.

Meu bom Deus, pensou ele. O som era alto o suficiente para despertar os mortos, e ele torceu para que quem tivesse passado por ali estivesse longe o suficiente para não o ouvir.

Jasper engatou a primeira marcha, mas manteve os faróis apagados, dando a volta na berma lentamente. Mal conseguia ver seus rastros além do para-brisa e, mesmo a passo de tartaruga, às vezes tinha que virar o volante bruscamente para evitar árvores e barrancos. Seus olhos buscavam o tempo todo o retrovisor à procura de faróis. Mesmo depois de chegar à trilha off-road, sentia-se nervoso – homens armados que não respeitavam a lei podiam ser perigosos. Ainda assim, lutou contra a vontade de dirigir mais rápido. Arlo pareceu perceber sua tensão e soltou um ganido, depois outro. Ele se perguntou quanto tempo levaria para os caçadores chegarem à clareira e voltarem para a caminhonete.

Jasper não tinha como saber, mas, depois de algum tempo, chegou à via de acesso dos bombeiros e soltou a respiração, que ele nem sabia que estava segurando. Sentiu que estava seguro o bastante para ligar os faróis e acelerar, sabendo que aquele caminho o levaria à estrada principal. Mais adiante, a estrada chegaria a uma bifurcação, e os caçadores ilegais poderiam virar à esquerda ou à direita para usar uma das duas saídas que contornavam a área de acampamento e o posto dos guardas-florestais.

Foi só quando chegou à bifurcação que Jasper percebeu seu erro. Ele não tinha pensado em encontrar um lugar para esconder sua caminhonete *ali*, de maneira que pudesse ver em que direção os caçadores ilegais iriam.

Ele seguiu por quatrocentos metros em uma direção, depois virou o veículo e fez o mesmo no sentido contrário. Examinando os dois lados da estrada, procurou algum elemento do terreno que fosse grande o suficiente para esconder seu veículo, mas não conseguiu encontrar nada.

Isso significava que ele teria que fazer uma escolha.

Uma direção levava a Asheboro; a outra, às estradas do condado e, depois, a uma rodovia.

Seguindo sua intuição, ele se decidiu pela saída que levava a Asheboro e, dez minutos depois, estava fora da floresta. Dirigiu mais algumas centenas de metros e finalmente entrou em uma das ruas laterais. Deu a volta na rua e desligou o motor, esperando que estivesse certo.

Esperou meia hora.

Depois, uma hora.

E mais.

Sua mente vagava enquanto o cansaço aos poucos se instalava. Arlo começou a roncar.

No meio da segunda hora, ficou difícil para Jasper manter os olhos abertos. Nesse momento, ele viu as árvores começarem a brilhar, como se estivessem iluminadas por faróis. Sentou-se mais ereto. Olhou com atenção, até que finalmente avistou uma picape preta emergindo da floresta. O veículo desceu a rua sem parar e, um pouco depois, passou por ele, enquanto continuava a acelerar.

Jasper virou a chave, e, para seu alívio, o motor ligou de primeira. Começou a seguir a picape. Ao longe, podia ver as lanternas traseiras do veículo. Se seu destino fosse algum bairro de Asheboro, que era o que ele suspeitava, a picape viraria à esquerda na placa de "Pare" à frente.

E virou.

Jasper continuou dirigindo com os faróis desligados até chegar à placa de "Pare". Pouco antes de fazer a curva, ele ligou os faróis. Àquela altura, a picape estava quase fora de vista, e Jasper pisou no acelerador, diminuindo um pouco a distância. A estrada estava vazia, e ele não queria levantar suspeitas, por isso manteve uma distância razoável.

Eles chegaram a Asheboro e, em seguida, ao centro da cidade. A picape à frente virou de novo. Jasper desacelerou, ficando mais confiante em sua suspeita; quando ele dobrou, viu o brilho das lanternas traseiras quando a picape entrou em outra rua, a mesma que Jasper visitara duas noites antes.

Lá na frente, observou a picape preta entrar na garagem de Clyde Littleton. Parou no acostamento e esperou uns poucos minutos, então, silenciosamente, saiu da caminhonete, deixando Arlo para trás. Aproximou-se a pé, indo em direção à casa, tentando se manter nas sombras. Sentia-se tolo; ele não era um espião nem um criminoso, e imaginou que, se algum dos vizinhos olhasse pelas janelas, ele se destacaria feito um letreiro neon. Mas ninguém parecia estar observando.

Finalmente, quando se aproximou da casa dos Littletons, ele se agachou em meio aos arbustos vizinhos. Embora o paisagismo ainda bloqueasse grande parte de sua visão, ele conseguiu confirmar que ninguém estava transportando uma carcaça na caçamba da picape. Também não ouviu vozes, o que significava que os meninos já tinham entrado na casa. Ele soltou um suspiro de alívio, sabendo que o cervo ainda estava seguro. Mais que isso, ele teve certeza daquilo de que suspeitara o tempo todo.

Os irmãos Littleton estavam determinados a apanhar seu troféu.

VI

De volta à cabana, Jasper despiu-se e foi para a cama, ciente de que aquela noite também seria curta. Adormeceu rapidamente e acordou com um alarme estrondoso na manhã de quinta-feira. Ele deu comida a Arlo, comeu um sanduíche de ovo e bebeu café, sentindo-se velho, cansado e com dores pelo corpo inteiro. Suas costas, seus joelhos e quadris estavam tão doloridos que qualquer movimento era difícil; sua pele parecia estar recebendo mil agulhadas e coçava demais. Mas ele tinha um trabalho a fazer para manter o animal a salvo, agora que os Littletons haviam colocado mais iscas. Jasper entendeu que fora por esse motivo que eles tinham ido à floresta na noite anterior.

Ele entrou de novo na floresta de Uwharrie com os faróis ligados, sacolejando durante todo o trajeto de volta para a berma. Dessa vez, havia trazido uma lanterna, além do ancinho e um saco de lixo adicional. Ele seguiu seu caminho lentamente pela floresta, com passos cautelosos. A última coisa que queria era torcer o tornozelo. Verificou a hora no relógio, sentindo a pressão do tempo. Desejou poder se mover mais rápido e se perguntou se deveria ter começado mais cedo, embora isso significasse que ele provavelmente não teria dormido nada.

Até Arlo parecia estar se arrastando, contente em ficar ao lado de Jasper, em vez de andar na frente com o focinho no chão.

Quando Jasper finalmente chegou à clareira, viu milho fresco jogado em várias pilhas. Ele se moveu o mais rápido que pôde, usando o ancinho e as mãos para colocar tudo no saco de lixo. Também entendeu que o milho fresco significava que os Littletons planejavam voltar, ou naquela manhã ou na seguinte, já que a floresta estaria lotada de pessoas quando a temporada de caça aos perus tivesse início. Se ele precisasse dar um palpite, diria que eles estavam a caminho agora mesmo. Os garotos, assim como ele, sabiam que os cervos acordariam em breve e começariam a procurar comida.

Após recolher o milho, ele pendurou o saco no ombro com um grunhido e pegou o ancinho e a lanterna. A essa altura, a lua já havia mergulhado no horizonte e as estrelas começavam a se apagar. Ele direcionou a luz da lanterna para o relógio, sabendo que estava ficando sem tempo. Começou a voltar para a caminhonete, mas a preocupação de que os Littletons pudessem estar se aproximando implicava em manter a lanterna apagada, o que atrasava seu progresso.

Na extremidade norte da clareira – logo após a árvore caída onde os Littletons haviam construído o esconderijo e planejavam ficar –, ele tropeçou. Ao se recompor, no entanto, sentiu um espasmo súbito nas costas que paralisou o restante de seus músculos. Quando caiu, seu joelho bateu em uma pedra e enviou ondas de choque e dor pela perna. No chão, ele fechou os olhos com força, tentando respirar enquanto a dor do espasmo o atingia com toda a fúria, fazendo-o quase desmaiar. A impressão era de que o joelho tinha sido esmagado até o osso com um martelo.

Agora não, pensou ele. *Tenho que sair daqui.*

Acima dele, o céu deixava de ser um breu, adquirindo um tom índigo.

Ele sabia que precisava voltar para a caminhonete, mas os espasmos nas costas, vindo em ondas constantes, tornavam quase impossível respirar, quanto mais se mover. A dor no joelho irradiava até o quadril, uma agonia latejando a cada batimento cardíaco. Quando Arlo cheirou seu rosto, ele não conseguiu reunir energia suficiente para afastar o cachorro.

Jasper se concentrou, tentando pensar em qualquer outra coisa, mas a dor desencadeava a lembrança de ainda mais dor. De repente, ele teve uma lembrança vívida do final de semana do Quatro de Julho em 1983, pouco mais de dois anos depois de seu negócio ter sido destruído. Ele estava trabalhando na construção civil novamente, e as crianças – embora os quatro fossem tecnicamente jovens adultos na época – estavam passando o feriado prolongado em casa. Tinham ido à igreja em família e, depois, Audrey havia colocado frango frito, salada de repolho e maionese de batata na mesa de piquenique no quintal. Para Jasper, foi uma refeição que ele jamais esqueceria, porque foi a última vez que todos comeriam juntos.

No dia seguinte, o Dia da Independência, as crianças seguiram caminhos separados. Mary e Deborah foram para a praia com amigos, embora em grupos diferentes. David foi a um churrasco de um colega e Paul foi passear de barco com dois amigos. Alguns, mas não todos, assistiriam à queima de fogos em Asheboro mais tarde, naquela noite; Deborah planejava assistir da praia de Wrightsville e só voltaria para casa após a meia-noite.

Depois que os fogos de artifício acabassem, Paul pretendia fazer uma fogueira atrás da casa com alguns amigos, como já havia feito muitas vezes no passado. Mais tarde, Jasper ficaria sabendo que alguns dos rapazes tinham trazido bebidas alcoólicas e que Paul tinha se juntado às festividades.

Jasper e Audrey ficaram acordados até tarde, esperando as crianças chegarem em casa. Mary chegou primeiro, depois David e, por fim, Deborah. Os cinco conversaram um tempo sentados à mesa da cozinha. Paul ainda estava no quintal com seus amigos, sentado ao redor da fogueira com chamas saltando em direção ao céu. Ao olhar pela janela dos fundos, Jasper pensou em avisar Paul para ter cuidado, pois o vento começara a aumentar. Vindo atrás dele e envolvendo os braços em sua cintura, Audrey o beijou no rosto.

– Deixe o garoto à vontade – pediu ela, lendo sua mente. – Você sabe que ele vai ter cuidado e está se divertindo com os amigos. Vamos dormir.

Jasper e Audrey foram para o quarto. Audrey vestiu uma camisola e Jasper pôs o pijama. Como sempre, eles se entreolharam naqueles momentos finais antes de dormir. Na escuridão, ele podia ver um leve sorriso nos lábios de Audrey. Ela adorava ter todos os filhos em casa.

A próxima coisa de que Jasper conseguia se lembrar era de acordar e tossir com tanta força que parecia que suas entranhas estavam sendo retorcidas. Demorou menos de um segundo para que sua mente processasse o que estava acontecendo; ele viu chamas na parede dos fundos e no teto e fumaça preta por toda parte. O quarto estava pegando fogo, a casa estava pegando fogo. Jasper pulou da cama e sacudiu Audrey para que ela acordasse. O corpo dela permaneceu inerte, e o pânico se instalou. Ele gritou e a sacudiu com mais força, mas, ainda assim, ela não se mexeu. Jasper a pegou em seus braços e partiu em direção à porta do quarto. Assim que a abriu, houve uma explosão de luz e energia, e ele se sentiu sendo arremessado para trás. Por longos minutos, perdeu a consciência, até que a dor finalmente o acordou.

Chamas se abriam e se fechavam feito punhos, tentáculos alaranjados quentes dançando ao seu redor. O próprio Jasper estava em chamas e sentiu os apêndices infernais devorarem a carne de seus braços, pernas e tronco. Embora não conseguisse ver com clareza, percebeu que sua cabeça, seu rosto e seu pescoço também estavam queimando. Com um grito, ele instintivamente bateu nas chamas e começou a rolar freneticamente pelo chão. A fumaça havia se tornado uma névoa enegrecida, tão espessa que ele mal conseguia enxergar, e sentiu o cheiro de algo que lhe lembrava vagamente carne queimada. Assim que as chamas em seu corpo se extinguiram, seu próximo pensamento foi Audrey e as crianças. As imagens deles lampejaram em sua consciência, como se um interruptor tivesse sido acionado. *Audrey*, pensou ele, *David, Mary, Deborah e Paul...*

Preciso salvar minha família.

Tudo parecia estar pegando fogo. As paredes, o chão e o teto estavam queimando, assim como os móveis. De alguma forma, Jasper encontrou o corpo retorcido de Audrey perto da janela, envolto em chamas. Sua pele estava enegrecida da cabeça aos pés. Ele apagou as chamas e a levantou do chão, observando em estupor enquanto sua própria pele se desprendia. De alguma forma, ele desceu cambaleando os degraus e saiu pela porta da frente, onde a colocou na grama.

As casas dos vizinhos, de ambos os lados, também estavam pegando fogo. Um caminhão dos bombeiros já havia parado na frente, e ele ouviu mais sirenes ao longe. Pelo canto do olho, viu Paul no gramado, gritando histericamente enquanto era contido por um policial. Viu os vizinhos parados em meio à pequena multidão que já se formava na calçada. Não havia sinal de seus outros filhos e ele se perguntou onde estavam.

Ah, meu Deus, por favor... Não...

Dois bombeiros já começavam a desenrolar uma mangueira do caminhão. Outro bombeiro correu em sua direção, mas Jasper se virou, disparou até a varanda e entrou na casa.

O calor era uma coisa viva, o som do fogo lembrava um motor a jato, e ele sentiu a pele de seu rosto instantaneamente começar a formar bolhas. As chamas devoravam toda a estrutura, como se a engolissem inteira. Ele não se importou. Cambaleou em direção à escada, que já havia se transformado em um inferno. Pensou nos filhos e avançou, mas sentiu dois pares de mãos repentinamente puxando-o para trás. Jasper lutou e gritou por sua família, tentando se livrar daquelas mãos, mas ambos os bombeiros eram jovens e fortes. Instantes depois, estava sendo arrastado pela varanda e pelo gramado.

O mundo entrou em câmera lenta, as imagens se formando e se dissolvendo numa suspensão onírica.

Chamas saltando em direção ao céu... vizinhos aglomerados do outro lado da rua... água jorrando das mangueiras... viaturas da polícia aparecendo de repente, parando no gramado do vizinho... o corpo enegrecido de Audrey na grama, cercado por paramédicos...

Acima de tudo, porém, era dos seus próprios gritos que ele sempre se lembraria – dos seus e dos de Paul. Somente quando sua garganta cedeu, rouca e esfolada, Jasper começou a sentir a agonia das próprias queimaduras, tão intensas que o mundo ao seu redor se reduziu a nada. Por sorte, ele desmaiou.

VII

Arlo lambia as lágrimas do rosto de Jasper.

Ele havia revivido aquela noite mil vezes, e sempre chorava quando o fazia; mesmo após décadas, a dor, a vergonha e a sensação de fracasso não haviam desaparecido nem diminuído. Ele se odiava por não ter sido capaz de salvar sua família.

Soltou um gemido quando sentiu novos espasmos nas costas, e o mundo entrou em foco. Tentou lembrar a si mesmo que os Littletons estavam chegando e que ele estava ficando sem tempo. Em um passado distante, teria orado a Deus pedindo forças, teria orado para que Ele diminuísse a sua dor. Em vez disso, Jasper simplesmente fechou os olhos, permitindo-se sucumbir às lembranças. Como já aprendera há tempos, uma vez que elas começavam, era quase impossível interrompê-las.

Só mais tarde Jasper ficaria sabendo do que havia acontecido com ele: tinha sido levado de ambulância para o Hospital Universitário da Carolina do Norte, em Chapel Hill, onde foi colocado em uma sala estéril e ficara em coma induzido durante mais de oito semanas. Ele teve queimaduras de segundo e terceiro graus em mais de sessenta por cento do corpo. Seus ferimentos foram metodicamente limpos e desbridados por semanas. Soube que os médicos chegaram a cobrir partes de seu corpo com larvas para remover ainda mais tecido morto. Ele foi tratado com antibióticos intravenosos e recebeu enxertos de pele, tanto do próprio corpo quanto de doadores. Por mais de um mês, ninguém sabia se Jasper iria viver ou morrer. Ele sofria de arritmia, desidratação e edema; por duas vezes, pegou pneumonia. Houve alguns dias em que seus ferimentos quase se tornaram sépticos, o que provavelmente teria resultado na amputação de ambas as pernas, mas, de alguma maneira, todas as vezes a infecção retrocedeu.

Depois de um longo período, ele abriu os olhos, emergindo em um estado de agonia inimaginável. Lágrimas caíam constantemente de seus olhos sempre que ele estava consciente. As enfermeiras não permitiam que se visse no espelho, mas ele adivinhava, olhando para seus braços, pernas e tronco, como seu rosto devia estar. Acabou sendo transferido da sala estéril para a UTI e, finalmente, para um leito comum. Foi nessa época que um psiquiatra começou a tratá-lo. Finalmente, depois de meses no hospital, ele foi transferido para o Centro de Queimados Jaycee da Carolina do Norte.

Sua estadia lá foi ainda mais longa. Como as queimaduras haviam prejudicado alguns de seus nervos, ele teve que reaprender a ficar de pé e a andar. Teve que reaprender a segurar garfo e faca. Sentia-se como um bebê. E, então, mais de um ano após o incêndio, ele teve alta do centro de queimados, mas seu tratamento ainda não tinha sido concluído. Ele fez mais quatro cirurgias de enxerto de pele ao longo dos cinco anos seguintes.

Duas semanas após acordar do coma, ele soube o que havia acontecido com sua família. O xerife, junto com um auxiliar mais jovem chamado Charlie – que acabaria sendo eleito xerife mais tarde –, estavam em seu quarto, assim como um psiquiatra, uma assistente social e o pastor de sua igreja. Eles fizeram um semicírculo ao redor de sua cama, falando em voz baixa, em um tom sombrio. Ele foi informado de que Audrey havia morrido em decorrência das queimaduras, enquanto David, Mary e Deborah haviam morrido por inalação de fumaça. Jasper não tinha certeza se era verdade, mas preferiu acreditar que seus três filhos mais velhos não haviam sofrido com as chamas porque a alternativa era horrível demais. Também ficou sabendo que já tinha acontecido um pequeno funeral e que sua família havia sido enterrada no cemitério local.

Paul não havia morrido no incêndio. Entretanto, como quatro pessoas de sua família tinham morrido e três casas haviam sido destruídas, ele foi preso por acusações criminais, dentre elas homicídio por negligência. Na cadeia, diante dos policiais que o prenderam e de seus superiores, ele renunciou ao direito a um advogado. Admitiu tudo, coisas que tinha feito e talvez coisas que não tinha; que bebeu pela primeira vez na vida e que bebera em excesso, que continuou a alimentar o fogo mesmo depois que o vento aumentou, até que ficou grande demais para as circunstâncias; que mesmo depois que as brasas chegaram ao telhado, alimentado as chamas, ele não telefonou para o corpo de bombeiros imediatamente, tentando apagar o fogo sozinho com a mangueira do jardim. Em pânico, ele não correu para dentro de casa para acordar sua família. Além de ter seu depoimento filmado pela polícia, ele escreveu um relato dos fatos. Chorou muito durante o depoimento, perguntando repetidamente como seu pai estava e sendo informado de que Jasper tinha sido levado para o hospital e estava em estado grave. Como Paul não conseguia parar de chorar, foi colocado em vigilância suicida na prisão do condado.

Quando o advogado nomeado pelo tribunal apareceu de novo, com a esperança de reduzir as acusações a homicídio culposo, Paul recusou a proposta de acusações menores. Em vez disso, exigiu o julgamento mais antecipado possível, perante um juiz e sem júri. Enquanto Jasper pairava entre a vida e a morte, seu corpo lutando contra uma crise após a outra, o pedido de Paul foi atendido. O processo legal avançou rapidamente, e o que poderia ter levado meses ou até anos levou poucas semanas. De olhos secos, calmo diante do juiz, Paul se declarou culpado. Quando seu advogado começou a argumentar a favor de clemência na sentença, Paul o demitiu na hora e exigiu a pena máxima permitida por lei. O juiz – meritíssimo Roger Littleton –, em vez disso, teve piedade. Ele se recusou a impor a pena máxima, que poderia ter mantido Paul preso por vinte anos por cada delito. Em vez disso, Paul recebeu uma sentença de seis anos e foi informado de que seria elegível para liberdade condicional em três.

Na primeira noite de Paul na prisão, usando os lençóis de sua cama, ele se enforcou.

Naquele dia no hospital, depois de saber o que havia acontecido com sua família, Jasper se lembrava de ter se virado de costas e pedido para ficar sozinho.

Ele passou semanas sem falar, não abrira exceção nem mesmo para o psiquiatra. Não havia nada a dizer.

Seu sustento havia sido destruído, seu corpo estava arruinado e toda a família havia morrido.

Nas semanas que se seguiram, ele se debruçou sobre seu destino, sentindo que o padrão, de certa maneira, lhe era familiar. Depois, percebeu que realmente conhecia bem a história, afinal, ele a tinha lido dezenas de vezes na Bíblia.

De alguma forma, Jasper se tornara Jó.

VIII

Arlo soltou um ganido, trazendo Jasper de volta ao presente. Ele respirou fundo várias vezes, preparando-se, e, lentamente, rolou de lado. Suas costas se contraíram, mas ele não sentiu nenhum espasmo; seu joelho, no entanto, o fez estremecer. Ele não tinha certeza de quanto tempo havia se passado, não sabia quanto tempo lhe restava, apenas que não era muito. O amanhecer se aproximava, e os Littletons, com ou sem Melton, estariam ali em breve.

Ele não sabia se conseguiria ficar de pé, muito menos chegar à caminhonete. Mas sabia que não podia ficar perto da árvore caída. Procurando um lugar para se esconder, lembrou-se do cume e das rochas no lado leste da clareira. Teria que servir.

Levante-se, disse a si mesmo.

Mas não conseguiu. Lutar para ficar de pé fez com que suas costas se contraíssem de novo, e ele percebeu que precisava de apoio, algo em que se agarrar.

Ou, melhor ainda, de uma maca, com três ou quatro homens fortes para carregá-la.

Ele sorriu com a própria piada, até que seu joelho latejou novamente, fazendo-o se encolher. Examinando seu entorno imediato, ele localizou uma pequena árvore. Impulsionou o corpo em direção a ela, arrastando a perna machucada. Pela visão periférica, viu Arlo olhando para ele, com a cabeça inclinada, como se estivesse imaginando que tipo de brincadeira era aquela.

Jasper rangeu os dentes e avançou de novo. Lembrou a si mesmo que já havia lutado contra uma casa inundada; já havia enfrentado um inferno. Recuperou o fôlego, cobriu mais alguns centímetros e descansou, tentando manter os músculos das costas relaxados. Depois, fez todo o processo de novo. E de novo. E de novo.

Finalmente, alcançou a pequena árvore e começou a se levantar bem devagar. Embora suas costas e seu joelho parecessem estar gritando, eles aguentaram o suficiente para permitir que ele ficasse de pé. Nesse momento, ele viu um pontinho de luz ao longe e ouviu um motor.

Estão quase chegando.

O que fariam se o encontrassem? Se soubessem que ele os denunciara por caça ilegal? Se soubessem que ele tinha pegado o milho, derramado repelente de cervo e implantado dispositivos ultrassônicos para manter o cervo longe?

Ele imaginou o surto de raiva de Josh enquanto levantava seu rifle para matar Arlo... lembrou-se da facilidade com que o garoto apontara a arma em sua direção. Viu mais uma vez o sorriso vazio, mascarando o fato de que a emoção humana era algo que lhe escapava...

Josh não o mataria, certo?

É claro que não.

Pela primeira vez, Jasper percebeu que estava apavorado. Havia sido tolo por ter feito tudo aquilo, estúpido por ter acreditado que era sua responsabilidade manter o cervo branco a salvo. Ele não queria testar a raiva de Josh. Cerrando os dentes, mancou um único passo, depois outro, lenta e dolorosamente, voltando para onde estavam o ancinho, a lanterna e o saco de milho. Imaginou se seria capaz de se curvar baixo o suficiente para recuperá-los sem que suas costas voltassem a se contrair.

185

Olhando para a floresta ao norte, ele viu outro pontinho de luz, sem dúvida uma lanterna varrendo a escuridão.

Eles estavam mais próximos agora.

E, em pouco tempo, ele sabia, Josh iria ficar muito, muito zangado.

Oito

I

— Uau – disse Casey assim que Kaitlyn passou pela porta aberta de seu quarto. – Aquele foi um beijo e tanto. Acho que eu nunca fui beijada assim.

Kaitlyn parou no meio do corredor.

– Estava vigiando a gente? – perguntou.

– Da janela do meu quarto.

Ela sentiu seu pescoço começar a esquentar.

– Você não deve espionar as pessoas. E, sobre o que você viu, eu provavelmente deveria explicar...

Casey acenou com a mão, interrompendo-a:

– Relaxa, mãe. Eu gosto dele.

Kaitlyn abriu a boca para dizer algo, mas nada lhe veio à cabeça.

– Só me avise – acrescentou Casey.

– Avisar o quê?

– Quando você precisar que eu cuide do Mitch – respondeu ela, soando de repente como se fosse a mãe. – Desde que não seja na sexta à noite, estou livre.

II

Depois de tomar banho, Kaitlyn ficou nua em frente ao espelho e analisou seu reflexo. Havia linhas tênues na testa e rugas nos cantos dos olhos; ela também notou alguns fios grisalhos onde a cor havia desbotado desde a última vez que tinha ido ao salão.

E o resto do corpo...

A gravidez e a amamentação não a haviam favorecido. Tampouco, para ser sincera, a gravidade. Seus seios, antes firmes, agora pareciam caídos, e os quilos extras na região do abdômen eram muito evidentes. Seus quadris também haviam aumentado, e, embora gostasse de pensar que suas pernas ainda pareciam ótimas, ela sabia que não era mais a jovem que um dia fora.

No entanto, Tanner tinha dito que ela era linda.

Enrolada em uma toalha, ela secou o cabelo e passou um pouco de creme facial antes de apagar a luz do banheiro. Revivendo as sensações do beijo, ela sentiu uma pontada de empolgação ao pensar que eles se encontrariam novamente no dia seguinte. Dependendo de como ela contasse as interações entre eles, seria uma espécie de terceiro encontro, e, como todos sabem, o terceiro encontro costuma ser... *significativo*. Ou seja, a intimidade física seria uma possibilidade.

Ela não era ingênua nem pudica quando se tratava de sexo. Ao mesmo tempo, mais de cinco anos haviam se passado desde que ela dormira com alguém, e, nos catorze anos anteriores, tinha sido com George e apenas com George. Em suma, fazia quase duas décadas que ela não dormia com alguém diferente, e essa constatação a deixava estranhamente nervosa. Além disso, ela sabia que eram poucas as probabilidades de um futuro com Tanner, então, como ela iria se sentir no dia seguinte?, perguntou-se.

Tomada pela expectativa e pela incerteza, ela mais uma vez se deitou nua na cama.

III

Kaitlyn contou a Casey na manhã seguinte que sairia com Tanner naquela noite. As palavras mal tinham saído de sua boca antes que Casey respondesse "Tá, sem problemas", como se concordasse feliz e rotineiramente com os pedidos da mãe para tomar conta do irmão. Para alívio de Kaitlyn, a filha não perguntou mais nada, declarando apenas que iria para a casa de Camille por volta das dez, para que pudessem ir ao shopping em Greensboro.

– Mas vou estar em casa quando Mitch descer do ônibus – acrescentou.

No consultório, Kaitlyn ficou grata pela rotina e pelo fluxo regular de pacientes. Quando discutia sobre um diagnóstico ou opções de tratamento, ela conseguia evitar pensar em Tanner, mas às dez e meia ela recebeu uma mensagem dele, perguntando se poderia buscá-la às seis. Sem saber se isso lhe daria tempo suficiente para se arrumar, ela sugeriu seis e meia e, enquanto esperava a resposta, perguntou-se se ele estava pensando naquela história do *terceiro encontro*, ou se era algo que apenas as mulheres faziam. Um momento depois, ele concordou com seis e meia com um alegre *"Até mais tarde!"*, e ela sentiu o agora familiar frio na barriga.

Suas consultas da tarde tomaram mais tempo que o previsto, e, quando ela deixou o consultório, começou a chover, fazendo com que seu trajeto para casa fosse mais demorado que o normal. Ao entrar na garagem, percebeu que tinha menos de uma hora para se arrumar.

Casey e Mitch estavam no sofá, assistindo de novo a um dos filmes da franquia *Jurassic Park*.

– Podemos comer pizza esta noite? – perguntou Mitch, sem tirar os olhos da TV.

– Como é? Nada de "Oi, mamãe, como foi o seu dia?"?

– Oi, mamãe, como foi o seu dia? Podemos comer pizza esta noite?

– Sim, tudo bem. – Ela assentiu, apressando-se em tirar os sapatos molhados. – Devo ter dinheiro na minha bolsa.

Casey olhou para ela.

– Por que você não pede e paga pelo aplicativo?

Porque, Kaitlyn pensou, *eu ainda penso primeiro em fazer as coisas à moda antiga.*

– Pode ser – disse ela. – Mas me lembre antes de eu sair.

Levantando-se do sofá, Casey aproximou-se e arqueou uma sobrancelha sugestivamente.

– Entãããããããão – disse ela, prolongando a palavra –, como está se sentindo sobre o grande encontro, mãe?

Kaitlyn manteve um tom de voz indiferente.

– É só um jantar.

– Não está nervosa?

Estou.

– Nem um pouco.

– Posso perguntar que horas você está pretendendo chegar em casa?

– Não tenho certeza, mas não será tarde – respondeu ela, tentando soar casual.

– Bem – disse Casey –, só não se esqueça de me avisar se alguma coisa mudar, tá?

Kaitlyn respirou fundo, pensando: *Não tem como eu lidar com isso agora.*

IV

Com que roupa eu vou?

Essa é sempre a maior dúvida antes de sair, não é? Ainda mais porque ela não sabia onde ele a levaria. Não queria se arrumar além da conta, caso ele estivesse planejando algo casual, mas também não queria se arrumar de menos, caso ele estivesse usando um blazer. Ela já havia usado calça jeans nas saídas anteriores deles, o que fazia um vestido parecer a escolha lógica, mas a maioria dos vestidos que ela possuía eram ou muito formais ou de verão. No final, ela optou por um vestido na cor azul-petróleo, na altura do joelho, com mangas curtas, algo que Casey sem dúvida chamaria de "vestido de mãe". Mas a verdade é que Kaitlyn *era* mãe e não tinha muitos outros para escolher. Ela havia comprado aquele vestido oito anos antes para um casamento, quando Mitch ainda era um bebê, e lembrou-se de que várias pessoas o elogiaram. A única dúvida que restava era se ele ainda servia. Depois de tirar a roupa, ela entrou no vestido e o ajeitou, mas, sem conseguir fechar o zíper nas costas, foi até as escadas e chamou Casey.

– Precisa de alguma coisa? – perguntou Casey, aparecendo no patamar do segundo andar.

– Pode fechar meu zíper?

– Vai vestir isso?

Kaitlyn podia sentir o olhar de Casey medindo-a da cabeça aos pés enquanto continuava a subir os degraus.

– Se ainda servir – respondeu Kaitlyn, fazendo questão de não olhar para Casey e seu nariz, que provavelmente estava franzido de desdém.

Um momento depois, ela sentiu o zíper subindo e automaticamente tentou encolher a barriga.

– Pode estar um pouco apertado – murmurou Kaitlyn.

– Pare de se mexer – repreendeu-a Casey.

Kaitlyn sentiu como se estivesse lentamente sendo espremida, até que, milagrosamente, o zíper chegou ao topo.

Ufa, pensou ela. *Ainda serve.*

Ela se colocou na frente do espelho de corpo inteiro, que pendia da porta do quarto dela, pensando que estava um pouco apertado ao redor dos quadris, mas...

Ela meio que gostou da própria aparência. Mostrava só um pouco de suas pernas e, para seu alívio, parecia favorecer o seu corpo, enfatizando seu formato de ampulheta.

– Não me lembro de você ter usado esse vestido antes. É novo? – Casey quis saber.

– Não, querida. Eu tenho este vestido há muito tempo.

– É bonito. Mas, já que estou aqui, tenho uma sugestão.

– Qual é?

– Por que você não me deixa ajudá-la com seu cabelo e maquiagem?

– Tem algo errado no jeito como eu costumo fazer isso? – indagou Kaitlyn, franzindo a testa para a filha pelo espelho.

Casey colocou a mão no quadril.

– É meio *Melrose Place*, não acha?

– Está falando daquela série de TV antiga? De uns trinta anos atrás?

– Essa mesmo.

– Estou surpresa por você já ter ouvido falar dela.

– Eu pesquisei programas de TV antigos no Google e achei que usar uma referência de cultura pop que você entendesse seria uma boa maneira de sugerir uma atualizada no seu visual.

– Eu arrumo meu cabelo e faço minha maquiagem desde antes de você nascer.

– Exatamente onde eu queria chegar – desdenhou Casey.

– Não tenho vontade de parecer uma adolescente.

– Isso não vai acontecer – garantiu Casey. – Assisti a muitos tutoriais no YouTube. Confie em mim.

Kaitlyn não tinha certeza se deveria se sentir ofendida, mas, pelo menos uma vez, as intenções de Casey pareciam sinceras.

– Tá bom – concordou ela. – Vamos ver o que você consegue fazer. Mas, primeiro, me ajude a escolher um bom par de sapatos.

V

Ao se olhar no espelho, Kaitlyn pensou que Casey devia estar subestimando a quantidade de tutoriais de maquiagem a que ela havia assistido, pois o resultado era sutil o suficiente para ser quase imperceptível, e o esfumado nos olhos era artístico.

– Estou sentindo que você gostou. – Casey deu um sorriso afetado. – E de nada.

– Eu gostei – disse Kaitlyn. – É que foi... inesperado. Obrigada.

– Tem mais uma coisa.

– O quê?

– Você precisa se acalmar.

– Eu estou calma – mentiu Kaitlyn.

– Ah, por favor. Deu para ver que não estava assim que chegou em casa. Precisa se valorizar. Você é inteligente e bem-sucedida. Ajuda pessoas doentes, dá comida para os pobres e, se a sua filha fabulosa serve de indicação, você é obviamente uma ótima mãe. Além do mais, é bonita. Se alguém tem que estar nervoso, esse alguém é ele.

Kaitlyn sentiu um nó na garganta.

– Obrigada – disse ela, finalmente.

– De nada. – Casey começou a recolher os itens de maquiagem e colocá-los em sua bolsa. – E, a propósito, se você precisar de uma desculpa, posso ligar para você daqui a uma hora mais ou menos.

– Como assim?

– Para interromper o encontro caso não esteja indo bem. Tipo, eu posso ligar e dizer que Mitch está com febre, sei lá, e, pronto, você tem uma desculpa perfeita.

– As pessoas fazem isso hoje em dia?

– É óbvio – respondeu Casey.

– Tá bem. Me liga daqui a uma hora, então?

– Ligo – prometeu Casey. – Mas pode me fazer um favor?

– Qualquer coisa.

– Exatamente o que eu esperava que você dissesse – cantarolou Casey –, porque precisamos mesmo conversar o quanto antes sobre eu ter um carro, ainda mais se você quiser que eu banque a babá mais vezes. Quer dizer, é o mínimo que você pode fazer.

Kaitlyn não conteve um sorriso. Era reconfortante saber que, por mais agradável que estivesse sendo ultimamente, Casey não havia mudado.

– Vou pensar no assunto.

VI

Quando Kaitlyn colocou um par de brincos, eram quase seis e meia. Enquanto descia as escadas, Mitch olhou para cima de seu lugar no sofá. Casey estava ao seu lado, com o braço sobre o ombro dele. A chuva batia contra as janelas.

– Podemos pedir a pizza agora? Estou com fome.

Casey bateu com os nós dos dedos na cabeça dele, fazendo-o se abaixar e se contorcer.

– Era para dizer a ela que está bonita, não que você está com fome.

– Mas eu estou com fome. E ela está sempre bonita. Ela é a mãe mais bonita do mundo inteiro.

Kaitlyn sorriu, encantada com a convicção do menino.

– Deixe eu pegar meu celular. Só de queijo, né?

Mitch assentiu, e Kaitlyn fez o pedido no mesmo instante em que viu um brilho de faróis pela janela da sala.

Tanner, pensou ela. Bem na hora.

Lembrando-se das palavras de Casey, ela respirou fundo e pegou um casaco e um guarda-chuva no armário. Ao abrir a porta, ficou imediatamente feliz por ter escolhido aquele vestido. Tanner estava usando calça preta e um blazer.

Ele parecia paralisado quando parou à porta, admirando-a.

– Você está... incrível – disse ele, depois de alguns segundos.

– Obrigada – murmurou ela, ciente da intensidade ardente daquele olhar.

De longe, ela ouviu outra voz. Mitch.

– É uma limusine parada na entrada?

– É sério? – exclamou Casey. – Que irado!

Kaitlyn esticou a cabeça por cima do ombro de Tanner para ver a entrada da garagem enquanto Casey e Mitch saíam do sofá.

– Surpresa! – exclamou Tanner, com um sorriso largo.

VII

Mitch e Casey fizeram um escândalo pedindo para dar uma olhada na limusine, e, assim que Tanner concordou, Mitch correu para pegar o casaco e as botas. Casey seguiu o irmão e pegou suas botas também. Enquanto isso, Kaitlyn arqueou uma sobrancelha.

– Viu só o que você fez?

– Eu realmente sinto muito – disse Tanner.

– Não precisava vir de limusine – falou ela, com uma reprovação fingida.

– Meu carro ainda está na oficina.

– Você tem um alugado.

– Você já *viu* meu carro alugado?

Ela riu, e, depois que Casey e Mitch estavam vestidos apropriadamente, todos saíram. Enquanto Kaitlyn abria o guarda-chuva, as crianças simplesmente puxaram os capuzes de seus casacos sobre a cabeça. O motorista saiu depressa segurando um guarda-chuva e correu para abrir a porta traseira. Mitch espiou lá dentro antes de se virar para a mãe.

– Posso entrar, mamãe? – implorou ele.

Kaitlyn olhou para Tanner, que deu de ombros.

– Por mim, tudo bem.

Kaitlyn viu Casey entrar no carro atrás de Mitch, ambos desaparecendo de vista.

– Tem luzes igual uma nave espacial! – anunciou Mitch enquanto saía.

– E champanhe no gelo – acrescentou Casey, logo atrás dele.

Embora a filha estivesse tentando soar casual, Kaitlyn sabia que ela estava impressionada.

– Agora que vocês dois já xeretaram, podemos ir?

– Claro. – Casey assentiu. Para Mitch, ela acrescentou: – Vamos embora, pestinha.

– Tá, bunda seca – retrucou Mitch, dando a língua. – Tchau, mamãe. Te amo.

– E eu amo vocês dois – disse Kaitlyn, com toda a sinceridade.

Ela os observou ir embora antes de voltar sua atenção para Tanner. Ele fez um gesto amplo em direção ao carro, com um floreio.

– Podemos ir?

VIII

A última vez que Kaitlyn havia entrado em uma limusine fora no ensino médio. Seu pai tinha alugado uma para o baile, mas ela percebeu que não conseguia recordar o nome do rapaz que a acompanhou. Lembrava-se de seus cabelos castanhos ondulados e covinhas, e que ele era alto e jogava basquete, mas seu nome não lhe vinha à mente de jeito nenhum.

– Está pensando em quê? – perguntou Tanner.

Na fraca iluminação do interior, o rosto dele parecia misterioso.

– Nada importante.

Ele tirou a garrafa de champanhe do balde de gelo.

– Gostaria de uma taça?

– Eu adoraria.

Ela viu Tanner remover o lacre e a gaiola antes de torcer a rolha até ouvir o estouro. Ele serviu uma taça e, quando a entregou a Kaitlyn, ela sentiu o cheiro amadeirado de seu perfume. A chuva escorria lateralmente contra o vidro, fazendo com que o momento parecesse ainda mais surreal.

– Posso saber onde vamos jantar?

– É uma surpresa – respondeu ele. – Fica meio distante da cidade.

– Temos bons restaurantes aqui.

– Eu sei, mas, depois de ver o que aconteceu na Pão Nosso de Cada Dia, fiquei na dúvida se jantar em Asheboro seria uma boa ideia. Caso você quisesse manter sua vida privada em sigilo.

– Obrigada – disse ela, grata pela discrição.

Ele pegou uma caixinha de metal no assento.

– Gostaria de algo doce para acompanhar o champanhe?

– Morangos cobertos de chocolate, talvez?

– Melhor ainda.

Ele levantou a tampa da caixinha, e ela demorou um segundo para entender o que estava vendo.

– M&Ms?

– M&Ms de amendoim – corrigiu ele.

– Hum – disse ela, intrigada. – Acho que ninguém jamais me ofereceu doces de Halloween em um encontro antes.

– São os meus favoritos.

– E você achou que combinariam com champanhe?

– Por que não? É chocolate *e* amendoim.

Ele jogou um na boca, como se quisesse provar seu argumento. Ela sorriu, inexplicavelmente encantada.

– Como foi a sua busca hoje?

– Não rolou – respondeu ele. – Depois do que você falou, decidi que precisava de um pouco mais de tempo para considerar as possíveis implicações. E você? Como foi o seu dia? Algum novo caso de lepra?

– Não, só os de sempre. – Ela notou que eles estavam indo para o norte, atravessando o centro de Asheboro. Pegou um M&M de amendoim e o pôs na boca com um gole de champanhe. – Até que não é uma combinação ruim – admitiu.

– Meu avô costumava me enviar caixas disso sempre que eu era destacado para uma nova missão. O slogan *"Derrete na boca, não nas mãos"* era conveniente no calor do Oriente Médio, como pode imaginar, mas também era um gostinho de normalidade em um lugar onde o normal muitas vezes era escasso. Acho que ele sabia, mais ainda do que minha avó, que eu precisaria de algo assim.

– Ele parecia ser perspicaz.

– E era mesmo – concordou Tanner. Ele girou a taça. – Mas a perspicácia dele, infelizmente, veio do jeito mais difícil.

– Como assim?

– Ele era do Alabama e, como eu, acho, nunca conheceu o próprio pai. Morava com a mãe e umas tias em uma casa caindo aos pedaços nos arredores da cidade. A mãe dele já começou a levá-lo para a fábrica de tecidos onde ela trabalhava poucos dias depois do parto.

– Uma mulher forte – comentou Kaitlyn, balançando a cabeça, admirada.

– Um filho forte também. A mãe do meu avô era negra e, embora ele nunca tivesse conhecido o pai, aparentemente este era branco. E, no Alabama, no final dos anos 1940 e início dos anos 1950, essa situação criava muitas dificuldades. Na cidade, ele não podia nadar na piscina comunitária, não podia comer em certos lugares, precisava se afastar se algum branco se aproximasse na calçada. Ele teve que frequentar escolas segregadas, é claro... A integração só aconteceu no Alabama depois que ele se formou... mas ele também não era completamente aceito nas escolas segregadas. Acabou se envolvendo em muitas brigas desde jovem, e acho que essa é uma das razões pelas quais acabou se alistando no Exército. Ele queria sair do Alabama.

Kaitlyn ouvia o relato sem interrompê-lo.

– Então, em algum momento no início dos anos 1960, ele conheceu minha avó, e nem preciso mencionar que a família e os amigos dela se afastaram quando os dois se apaixonaram e se casaram. Passaram-se anos até que finalmente voltassem a falar com ela. Enquanto isso, ele foi enviado para o Vietnã, cumpriu seu dever e depois retornou aos Estados Unidos, mas, mesmo nos anos 1970, muitas pessoas não queriam ter um casal inter-racial como vizinho. Acho que foi por isso que eles aceitaram uma transferência para a Itália e acabaram ficando na Europa por décadas. Como se não bastasse, sua única filha morreu, e eles acabaram tendo que me criar.

– Uau – disse ela, pasma. – Quantas dificuldades ele enfrentou... – Ela hesitou. – Ele era...

– Revoltado? – Tanner terminou a frase para ela. Ele pareceu refletir sobre a resposta. – Devia haver alguma raiva remanescente lá no fundo, mas ele nunca deixou isso transparecer para mim. E, apesar de ser difícil entender, ele adorava servir no Exército. Ele me contou que, depois de deixar o Alabama, o Exército se tornou sua família. Ele era um patriota e acreditava na promessa do que os Estados Unidos poderiam se tornar. Dito isso, ele não amenizava as dificuldades que enfrentou na juventude, lembrando-me muitas vezes de como eu era afortunado por ter nascido na época em que nasci, algo que só valorizei quando já era mais velho. E ele tinha suas regras, é claro. No mundo do meu avô, havia o bem e o mal, o certo e o errado, e não tinha nada que eu temesse mais que decepcioná-lo, mesmo que ele nunca tenha levantado a mão para mim.

Tanner olhou para a taça, refletindo. Kaitlyn se manteve em silêncio, esperando que ele continuasse.

– Nunca me faltou nada quando eu era criança, nunca senti inveja dos meus amigos ou de outras crianças da escola. E ele era respeitoso e amoroso com a minha avó, mas era muito calado. Parecia que o único momento em que se sentia confortável em conversar comigo era quando consertávamos motores juntos. Foi só quando me tornei adulto que comecei a me perguntar se perder a filha poderia ter algo a ver com a distância entre nós. Como se ele visse a filha, e os erros que ela cometeu, sempre que olhava para mim. Eu realmente não sei.

– Isso nunca mudou?

– Mudou um pouco, no final. Ambos se tornaram mais falantes, menos fechados sobre seus passados. Mas, a essa altura, já estavam aposentados em Pensacola, e eu via os meus avós apenas duas ou três vezes por ano. Assim como minha avó, meu avô se preocupava comigo, especialmente por eu ser destacado para muitas missões.

– E sua avó? Como ela era?

Tanner deu um sorriso melancólico.

– Carinhosa, mas tão ferrenha em suas crenças quanto meu avô. Teimosa também, como deve imaginar, já que desafiou a família e até ameaças de violência para se casar com meu avô. Como ele, ela tinha ideias bem definidas sobre o certo e o errado, o justo e o injusto. – Sua expressão se iluminou. – Ela era também meio excêntrica, e foi ficando ainda mais à medida que envelhecia. Era louca por canários. Deve ter tido seis ou sete ao longo dos anos, e sempre que um de seus pássaros começava a cantar, ela me dizia para fazer silêncio. "Ouça como ele canta com o coração", ela se maravilhava, e, se eu estivesse perto dela, ela pegava minha mão e me forçava a ouvir com atenção. Com o tempo, passei a amar esses momentos.

Kaitlyn olhou para a janela salpicada de chuva, tentando imaginar um jovem Tanner preso no lugar por sua avó de temperamento forte. Árvores escurecidas margeavam a rodovia, ocasionalmente banhadas por luzes de uma fazenda isolada. Relâmpagos piscavam como luzes de discoteca. Eles estavam ao norte de Asheboro, e, enquanto tomava mais um gole de champanhe, ela tentou imaginar o horror que os avós deviam ter passado ao perder sua única filha. Kaitlyn sabia que nunca mais seria a mesma se algo acontecesse com Casey ou Mitch. Ela também não conseguia imaginar as emoções conflitantes dos avós de Tanner enquanto cuidavam do recém-nascido logo depois.

A complicada e fascinante história pessoal de Tanner parecia coerente com quem ele era, ela pensou consigo mesma. Nisso, também, ele era diferente de qualquer homem que ela já conhecera.

– Já pode me dizer para onde vamos? – perguntou ela, estudando-o por sobre a borda de sua taça de champanhe.

– Estamos indo para Sophia – revelou ele.

Ela inclinou a cabeça, perplexa. Sophia era uma cidade pequena, talvez de cinco ou seis mil habitantes.

– Existem restaurantes em Sophia?

– Você vai ver. Mas fique sabendo que também tenho um plano B, caso você decida que quer algo diferente.

– Está ciente de que eu não tenho a menor ideia do que você está falando, certo?

Ele ofereceu um sorriso conspiratório sem responder, e ela olhou pela janela novamente. Bebendo o champanhe, sentia-se, de alguma maneira, mais leve.

Um tempo depois, a limusine começou a diminuir a velocidade antes de sair da rodovia. No entanto, em vez de seguir em direção ao centro da cidade, o motorista fez outra curva para uma estrada rural sinuosa, a elevação aumentando gradualmente nas montanhas baixas da Uwharrie. A chuva parecia estar caindo com ainda mais força, e, quando ela viu outro relâmpago ao longe, sentiu como se o tempo estivesse conspirando com Tanner para tornar a noite o mais misteriosa possível.

Havia algo de agridoce na natureza necessariamente curta de seu tempo juntos, ela ponderou. Tanner logo estaria a meio mundo de distância, mas, se os últimos dias haviam revelado alguma coisa, era que sua vida estava incompleta, e já vinha assim havia algum tempo. Ela percebeu que estava perdendo a oportunidade de ter uma vida de conexão – não apenas conexão romântica ou física, mas o tipo de espontaneidade e expectativa compartilhada que vinha de uma rede mais ampla de relacionamentos. Fazia quanto tempo que ela havia se esquecido de que a vida era mais que apenas assumir responsabilidades?, perguntou-se. Ou, como Casey tinha dito, fazia quanto tempo que ela havia se esquecido de como ser feliz?

Muito tempo, respondeu para si mesma, e achou difícil se lembrar da última vez que havia saído com os amigos. Como a maioria de suas amigas era casada, ela dizia a si mesma que não queria se sentir sobrando. Mas, como ela havia parado de aceitar convites, eles foram parando de chegar. O resultado foi – além de alguns encontros ruins – que as amizades desapareceram aos poucos e quaisquer interesses fora do trabalho e da maternidade foram definhando.

Estudando, com os olhos apertados, o perfil marcante e os braços e pernas compridos de Tanner, ela ficou feliz por ter decidido acompanhá-lo naquela noite. Pela primeira vez em toda a vida, ela estava jogando a cautela para o alto, e não podia negar a excitação erótica que experimentou quando imaginou o que poderia acontecer mais tarde entre eles. Talvez fosse o fato de ele estar indo embora que desse ao encontro esse fascínio proibido. Ela nunca tinha imaginado embarcar em algo assim, mas se sentia estranhamente imprudente. *Por que não?*, perguntou a si mesma.

Tanner pareceu adivinhar seus pensamentos, seus olhos presos aos dela enquanto erguia sua taça. Um momento depois, a limusine começou a desacelerar antes de pegar um acesso de veículos estreito, ladeado por duas colunas baixas de pedra. Não havia sinal do restaurante, e Kaitlyn apertou os olhos pela janela da frente. Para além dos limpadores de para-brisa em movimento constante, o caminho ia ficando mais íngreme à medida que a curva aumentava. Por fim, o carro alugado de Tanner apareceu, estacionado em frente a uma enorme casa na montanha. Era uma imponente estrutura de madeira e pedra, com dois grandes deques panorâmicos, que davam para o que ela suspeitava ser um cânion. As luzes do interior vazavam através de grandes janelas e uma ampla escadaria de pedra levava até o que ela supunha ser a porta da frente.

– Uma casa? – indagou ela, confusa.

– A vista é linda, mas, infelizmente, como está escuro, não sei quanto vamos conseguir ver. E, ao mesmo tempo, se você preferir não ficar aqui, fiz reservas oficiais para jantar em outro lugar. Em Greensboro, em um lugar chamado Undercurrent.

Ela franziu a testa.

– Por que eu não ia querer ficar aqui?

– Eu não quis ser presunçoso – disse ele. – Você me conhece há pouco tempo, e seremos só nós dois.

Ela assimilou suas palavras.

– O motorista vai estar aqui, né?

– Ele vai estar aqui na frente o tempo todo.

Ela sorriu, impressionada com a preocupação dele.

– Por mim, tudo bem.

Tanner avisou ao motorista que eles ficariam ali, e, um momento depois, este saiu e se aproximou da porta de trás com um guarda-chuva. Tanner passou para o outro assento, com o próprio guarda-chuva na mão, enquanto ela deixava o carro.

– Vá na frente com Kaitlyn – disse ele ao motorista. – Vou seguindo vocês.

Abrigada pelo amplo guarda-chuva, Kaitlyn foi guiada pelos degraus até a entrada, com Tanner alguns passos atrás.

Ele trocou de lugar com o motorista e, quando estavam sozinhos, destrancou a porta.

– Você primeiro – disse ele, seguindo-a até o saguão.

Kaitlyn colocou sua bolsa na mesinha perto da porta e lentamente admirou a casa, que era ainda mais grandiosa por dentro do que parecia ser por fora. O teto abobadado exibia vigas expostas e um majestoso lustre feito de chifres. Uma parede era composta por janelas do chão ao teto, ao passo que uma enorme lareira de pedra dominava a parede voltada para a porta. O piso era de tábuas largas de pinho, da cor de barris de vinho antigos, parcialmente coberto por um tapete branco felpudo; sofás e cadeiras aveludados emolduravam a espaçosa área de estar, enfeitada por almofadas coloridas. Abajures em estilo art déco com delicados mosaicos em vidro emitiam uma luz brilhante e quente.

– É maravilhoso – comentou ela, boquiaberta. – Mas como foi que conseguiu isso?

– Entrei em contato com um corretor que conhecia a dona do imóvel. Normalmente, a estadia mínima é de um mês, mas acho que, quando ela soube que eu estava planejando um encontro especial, abriu uma exceção. Depois de conhecer o lugar, não pude resistir, e conseguimos fazer um acordo. – Ele deu de ombros. – Tudo bem se eu cancelar a outra reserva do jantar e acender a lareira?

– Tudo bem.

Ela ouviu distraidamente enquanto ele fazia a ligação, antes de observá-lo atravessar a sala até a lareira. A lenha já estava empilhada na grelha, com papel e gravetos embaixo, e Kaitlyn saiu da sala em direção a uma cozinha em conceito aberto, que tinha o dobro do tamanho da sua, com eletrodomésticos reluzentes embutidos nos armários. Ao lado ficava a sala de jantar, com a mesa posta para dois e castiçais de cristal. Para além das janelas do cômodo, os relâmpagos continuavam, congelando periodicamente os detalhes arquitetônicos ao redor dela. Do outro lado da sala, ela viu Tanner acender o fogo.

– Você vai cozinhar para mim? – perguntou ela.

Ele balançou a cabeça enquanto se aprumava.

– Não. Eu não cozinho muito bem, então providenciei tudo com um chef do restaurante onde fiz a reserva do plano B. Está tudo na geladeira e eu só tenho que esquentar.

– Posso saber o que vamos comer?

– Cogumelos recheados com caranguejo de entrada, salada e bife Wellington ou frango ao molho de mostarda Dijon. Eu não tinha certeza do que você iria querer, então pedi que ele preparasse os dois.

– Sem opção de peixe?

Quando o semblante dele ficou triste, ela deu risada.

– Estou brincando. O cardápio parece divino. Tem algum lugar onde eu possa pendurar meu casaco?

– Deixe comigo.

Posicionando-se atrás dela, ele a ajudou a despir o casaco, sua mão roçando suavemente a pele do braço de Kaitlyn, causando uma sensação eletrizante. Enquanto pendurava o casaco no armário perto da porta da frente, perguntou:

– Gostaria de uma taça de vinho antes do jantar? Tenho tinto e também branco.

Por que não?, pensou ela novamente, sentindo uma empolgação disfarçada.

– Vamos experimentar o tinto.

Kaitlyn foi até as janelas da sala. O céu continuava a lampejar, revelando brevemente as montanhas cobertas de árvores além do cânion escurecido em evidência. Ela não conseguia ver nenhuma outra casa, nenhuma outra luz, dando a impressão de que os dois eram as últimas pessoas na Terra. Atrás de si, ouviu Tanner se aproximando.

– O chef escolheu o vinho – afirmou, oferecendo a ela uma taça.

Ele ficou ao lado dela, perto porém não o suficiente para tocá-la. Ela ouviu um crepitar e, pelo canto do olho, viu faíscas saindo do fogo. Seu primeiro gole de vinho deixou na boca notas de cereja e violetas.

– Hummm. Delicioso.

– Quer que eu comece a esquentar o jantar? Ou prefere esperar um pouco?

– Que tal esperar alguns minutos? Vamos curtir o fogo e a tempestade por um tempo.

Eles se sentaram no sofá, de frente para a lareira, e Tanner tirou seu celular do bolso, programando, preguiçosamente, alguma coisa em um aplicativo. Um instante depois, ela ouviu a música chegar através dos alto-falantes.

Por um tempo, nenhum dos dois disse nada. Em vez disso, saborearam o vinho e observaram distraidamente o fogo. Do outro lado das janelas, a tempestade começou a aumentar de intensidade, a chuva formando pequenos riachos no vidro. No rastro de um relâmpago, ela ouviu um longo e constante ribombar de trovões. Podia sentir Tanner a observando furtivamente, e a sensação a fez sorrir.

– Quase parece que estou de férias – murmurou. – Minha vida normal não permite noites como esta.

– Mas você está gostando?

– É um sonho – respondeu ela, com um toque de reverência na voz.

Olhando para ele, ela viu o fogo refletido nas brasas douradas de seus olhos.

Enfeitiçada, sentiu, mais do que viu, Tanner estender a mão para a dela.

Do outro lado da sala, ela ouviu o toque distante de um celular. Tanner franziu a testa para aquela distração, e foi só quando ele tocou uma segunda vez que ela percebeu que estava vindo de perto da porta da frente, onde ela havia colocado a bolsa.

Casey.

– Acho que é o seu celular – disse Tanner.

Kaitlyn fingiu confusão enquanto colocava sua taça de vinho na mesa de centro e se levantava do sofá. Ela se dirigiu rapidamente para a entrada e pegou o telefone, tentando recuperar a compostura enquanto atendia.

– E aíííííííííí? Tudo certinho?

A voz de Casey tinha um tom de conspiração. Dava para notar que ela estava gostando de desempenhar sua missão.

– Ah, oi, Casey – disse Kaitlyn, forçando-se a soar o mais casual possível. – O que aconteceu?

Ela deu um sorriso para Tanner como quem pede desculpa, certa de que ele tinha ouvido o nome da filha.

– É para eu dizer que Mitch está doente?

Kaitlyn titubeou, ciente de que era sua última chance de pisar no freio antes que as coisas ganhassem um impulso próprio; ao mesmo tempo, ela percebeu mais uma vez que estava pronta. Queria correr mais riscos, queria se sentir atraente e desejável. Olhando Tanner na frente da lareira, ela soube que queria *aquele* homem, e que ele a queria também.

– Estou bem – disse ela.

– Tem certeza? – pressionou Casey. – Porque você soa como se não estivesse sabendo lidar com a situação.

– Sim, tenho certeza.

Casey ficou em silêncio por um momento.

– Então tá. Confio em você, mas precisa me dar um motivo para eu ter ligado. Finja que estou preparando biscoitos e preciso saber onde está o açúcar mascavo.

Kaitlyn sorriu para si mesma – só Casey mesmo para ter tudo tão planejado.

– Deve ter um pacote de açúcar mascavo na despensa. Está na prateleira de cima, perto do arroz.

– Aham – respondeu Casey, divertindo-se. – Ele pareceu bem bonitão todo bem-vestido, não achou? Enfim... me fale onde posso achar a receita.

Kaitlyn fechou os olhos, tentando se concentrar.

– A receita deve estar em algum lugar na gaveta ao lado da pia. E dê um beijo de boa-noite no Mitch por mim, está bem?

– Falando em *beijo*... – começou Casey antes de Kaitlyn desligar na cara dela.

Quando se virou, ela viu Tanner levantar-se do sofá e esticar-se, seus movimentos deliberados lembrando os de um gato.

– Peço desculpa por isso – murmurou ela. – Crianças.

Iluminado pelo fogo, ele pareceu enigmático enquanto ela se aproximava. Quando ela estava bem perto, ele pegou sua mão e a puxou gentilmente contra si. Ela podia sentir o calor do corpo dele enquanto seus olhos se encontravam. Então, como se estivesse em câmera lenta, ele inclinou a cabeça e roçou os lábios nos dela, suas respirações se misturando em uma exploração irresistível. Quando suas bocas finalmente se uniram, uma onda de calor a percorreu, despertando todos os seus sentidos. Quando se separaram, o sorriso lento dele permitiu que ela captasse seu desejo.

– Desculpa, mas não resisti – disse ele, ainda segurando sua mão, acariciando-a de maneira provocante. – Você está tão linda que eu não consegui esperar mais.

Ela sorriu, sentindo-se tentada a beijá-lo novamente, enquanto outra parte dela ansiava por prolongar a expectativa do que estava por vir.

– Você me odiaria se eu sugerisse que ficássemos mais um tempinho aqui sentados? – disse ela, com a voz estranhamente rouca aos próprios ouvidos. – Quem sabe até terminar o vinho?

– Claro que não – respondeu ele, conduzindo-a de volta ao sofá.

Ela pegou sua taça de vinho, e Tanner fez o mesmo.

Olhando para o fogo, ela tomou um gole, deixando o sabor sutil se demorar em sua boca. Por fim, lançou um olhar de lado para ele.

– Você já se apaixonou? – perguntou ela.

Tanner não respondeu de imediato.

– Acho que sim – respondeu finalmente.

– Não tem certeza?

– Foi há muito tempo. Eu só tinha 20 anos e, na época, parecia bem real. Agora, porém, quando olho para trás, não tenho certeza se sabia o que era amor de verdade. Acho que não teríamos sido bons um para o outro no longo prazo.

– Por que diz isso?

– Não acho que eu soubesse quem eu era naquela época. Tinha acabado de sair da adolescência e estava morando nos Estados Unidos pela primeira vez. Poderíamos ter crescido juntos, mas era mais provável que crescêssemos em direções diferentes, nos afastando. Pensando bem, consigo ver que não tínhamos muito em comum, além de uma paixonite mútua.

– E você não se apaixonou desde então?

– Mais uma vez, não sei dizer. Quando eu tinha quase 30 anos, conheci a Janice. Depois de poucos meses juntos, pensei que ela poderia ser a pessoa certa. Até cheguei a ver anéis de noivado. Mas eu estava sendo destacado todos os anos naquela época, e, quando ela descobriu que eu seria enviado para fora de novo, acho que percebeu que a vida de esposa de militar não era o que ela queria. Concordamos que era melhor dar um tempo, e, quando voltei aos Estados Unidos, ela estava já saindo com outra pessoa. E, se você estiver curiosa, a resposta é não.

– Não, o quê?

– Caso queira saber se eu mantive contato com alguma delas.

Kaitlyn fez uma careta.

– Eu não ia perguntar isso.

– Certo. – Tanner riu. – Mas às vezes as pessoas querem saber.

Ela o observou terminar o que restava de seu vinho.

– E não teve mais nada depois?

– Depois da Janice, tive alguns encontros, mas nada sério. Depois vieram Camarões, Costa do Marfim e Haiti, e situações nada propícias a relacionamentos de longo prazo. Não conheci ninguém por quem me interessasse de verdade até o Havaí. Conheci uma pessoa lá, namoramos por alguns meses, mas não me apaixonei. Para ser sincero, ela também não. Foi mais um "namoro de covid", algo que aconteceu principalmente porque o mundo fechou e ela, para nossa conveniência, morava na mesma rua que eu.

– Espero que você nunca tenha dito isso para ela.

– Na verdade, foi ela quem me disse isso.

– Ui! – exclamou ela, fazendo uma careta.

– Doeu no começo, mas, depois que nos separamos, percebi que ela estava certa.

Kaitlyn procurou sinais de arrependimento, mas não viu nenhum. Em vez disso, Tanner se aproximou e tomou de novo a sua mão. Levou-a aos lábios e a beijou, depois a baixou, traçando pequenos círculos com seu polegar na pele dela. Ele a incitou a encontrar seus olhos.

– Sabe no que estou pensando agora?

– Não faço ideia – disse ela.

– Que fico feliz por nenhum desses relacionamentos ter dado certo. Caso contrário, eu não estaria aqui com você.

O caráter desamparado na voz dele a fez prender a respiração, e ela viu Tanner colocar a taça de vinho vazia na mesa de centro. Erguendo a mão, ele lentamente deslizou o dedo pela bochecha dela antes de se inclinar para mais perto.

Ele a beijou suavemente no início, quase como se pedisse permissão, depois com uma paixão crescente que correspondia à dela. Com os lá-

206

bios dele sobre os seus, ela se viu cedendo ao próprio desejo, e, quando suas línguas enfim se encontraram, ela gemeu, entregando-se ao momento. A mão dele estava em seu rosto, depois se prendeu em seus cabelos; e, quando ele a beijou ainda mais profundamente, ela sentiu toda a tensão em seu corpo se desfazer, uma liberação sensual que ela quase havia esquecido que existia.

Ele mordiscou seus lábios e sua língua antes que a boca viajasse até seu pescoço. Inclinando a cabeça para trás com um suspiro, ela se deleitou com aquela sensação maravilhosa.

Kaitlyn permitiu que ele a puxasse lentamente para ficar de pé; em transe, ela o sentiu pegar sua taça e colocá-la na mesa de centro ao lado da dele. Então, ele se aproximou, envolvendo-a em seus braços. Quando suas bocas se juntaram novamente, ela sentiu o desejo crescente dele; as mãos de Tanner passaram das costas dela para as laterais do tronco e deslizaram sobre o tecido fino de seu vestido. Os seios dela pressionaram seu peito, o calor se espalhando por ela como uma onda, seus próprios braços se entrelaçando em torno do pescoço dele. Ele beijou o canto de sua boca e, em seguida, sua face; ela sentia o arranhar de sua barba por fazer, e a umidade de sua língua enquanto ele passava de um ponto sensível para outro era insuportavelmente irresistível.

Ela fechou os olhos enquanto os dedos dele alcançavam seu zíper; sentiu a impaciência mútua enquanto ele o puxava, movendo-o lentamente para baixo. O vestido de Kaitlyn se afrouxou de repente, e a boca de Tanner voltou para a dela, sua intensidade e sua excitação alimentando as mesmas sensações nela.

Ele deslizou uma das mangas para baixo e depois a outra, antes de tirar lentamente o vestido de seu corpo, passando-o pela cintura e pelos quadris, até que por fim foi parar no chão. Então, foi a vez dela, e sua pele parecia estar pegando fogo enquanto ela tirava o blazer dos ombros dele. Eles continuaram a se beijar enquanto ela desabotoava a camisa, e eles ficaram colados em seguida, pele com pele, seus corpos quentes ardendo um contra o outro. Ela o ouviu gemer de prazer enquanto suas mãos passeavam pelo corpo um do outro, os seios livres do sutiã enquanto ela passava os dedos sobre o peito dele e descia pela barriga. Tanner a ajudou a tirar o cinto dele, e ela procurou os botões de sua calça, puxando-as para baixo sobre os quadris e ajudando-o a se livrar da peça. Então, por fim, ela sentiu que ele buscava sua mão e, com um puxão suave, ele começou a conduzi-la em direção ao quarto.

Embora ela pudesse ver a urgência em seu olhar, ele não se apressou. Em vez disso, na entrada do quarto, ele a tomou nos braços e enterrou seu rosto na cavidade do pescoço dela, enviando choques de prazer em cascata pelo seu corpo. Ao abrir os olhos por um instante, ela teve a sensação de estar se observando a partir do outro lado do quarto e apreciou a cena: a grande cama de dossel e o lustre, a parede de janelas lavadas pela chuva, iluminadas por um céu relampejante; o abrigo daquele abraço apaixonado.

Kaitlyn perdeu a noção do tempo enquanto eles se beijavam e se agarravam, mas, quando um trovão ecoou no céu, ele começou a baixar a calcinha dela. Um instante depois, ela estava nua, assim como ele, e Tanner finalmente a levou para a cama.

<h1 style="text-align:center">IX</h1>

Depois de tudo, eles ficaram deitados lado a lado, ele com o braço em torno dela. Ela passava os dedos pelo peito e pela barriga dele, detendo-se sobre cicatrizes que não sabia que existiam. Havia outras menores em ambos os ombros, algumas maiores no peito e nas costelas, e uma cicatriz irregular que se assemelhava a um raio. Quando perguntou sobre elas, ele descreveu brevemente como havia conseguido cada uma. *Tiro certeiro*, em relação a um dos ferimentos no ombro. *Queda de helicóptero*, pela cicatriz feia na cintura. Como estava evidente que ele preferia não falar sobre o assunto, ela não pressionou, mas isso a lembrou que, por mais íntimos que tivessem se tornado, havia muito sobre ele que permanecia um mistério.

Depois que fizeram amor pela segunda vez, eles se deitaram com os rostos próximos, os longos cílios de Tanner quase roçando os dela. Kaitlyn não se lembrava de ter se sentido tão completa por alguém, como se seu corpo terminasse onde o dele começava, braços e pernas enroscados e terminações nervosas pulsando como se fossem uma única entidade.

– Isso fazia parte do seu plano? – sussurrou ela, estudando as áreas verde-douradas das íris dele. – E por isso você alugou uma casa, em vez de irmos a um restaurante?

– Bem... – disse ele, seu tom sugestivo a fazendo rir.

– Sabe o que eu quero fazer agora? – perguntou ela.

Quando ele arqueou uma sobrancelha, ela revirou os olhos.

– Isso nós já fizemos duas vezes – disse ela. – Preciso comer alguma coisa.

– Que tal eu providenciar o jantar?

– Estava torcendo para você dizer isso. E vou precisar da sua ajuda com o zíper.

– Não precisa se vestir agora.

– Não vou jantar nua – protestou ela. – Seria esquisito.

Depois de se vestir, Kaitlyn pegou sua bolsa na mesa perto da porta da frente e arrumou o cabelo e a maquiagem, não tanto para Tanner, mas para Casey e Mitch. Ou melhor, apenas Casey. Mitch provavelmente estaria dormindo quando ela chegasse em casa, mas Kaitlyn não tinha dúvidas de que Casey estaria esperando, pronta para atacar se visse qualquer detalhe revelador.

Quando ela se juntou a Tanner na cozinha, ele estava servindo mais duas taças de vinho. Entregou uma para ela, que olhou ao redor.

– O que posso fazer para ajudar? – perguntou Kaitlyn.

– Acho que tenho tudo sob controle. Os cogumelos estão no forno e as saladas estão prontas para serem servidas.

Eles ficaram em silêncio enquanto ele acendia as velas e reduzia a iluminação da sala de jantar. Então, de volta à cozinha, calçou uma luva, puxou a assadeira contendo os cogumelos e o colocou no balcão. Da geladeira, tirou as travessas com os pratos principais e as colocou no forno. Juntos, eles levaram os cogumelos e as saladas para a mesa. Depois de terem se sentado, Tanner serviu os cogumelos. Em seguida, pegou a própria taça.

– Acabei de perceber que esqueci de oferecer um brinde. Devia ter feito isso mais cedo, com o champanhe.

– Está perdoado – brincou ela. – Nesse momento eu só quero comer.

Cortando um cogumelo recheado, ela provou uma primeira mordida.

– Bom? – perguntou ele, observando o rosto dela.

– Uma delícia.

Ela comeu mais um pedaço, sentindo-se faminta de repente.

Ele misturou a salada e serviu uma porção generosa para cada um.

– Como Casey estava hoje? – indagou ele. – Espero que não tenha destruído mais nenhum carro em seu dia de folga.

Kaitlyn bufou.

– Se destruiu, não me contou. Mas ela me ajudou com meu cabelo e maquiagem.

– Muito gentil da parte dela.

– Verdade. – Ela colocou um tomate em seu prato de salada. – Acho que vou ter que comprar um carro para ela.

– Para ela não ir morar com o pai?

– Em parte, mas a verdade é que ela precisa de um carro. Para quando eu estiver no trabalho ou fazendo minhas visitas e ela ficar em casa com Mitch. Se acontece alguma emergência, ela está presa sem transporte.

– Você já contou para ela?

– Não. Até porque, quando eu contar, ela não falar de outra coisa enquanto o carro não estiver na garagem.

– E o Mitch? Como ele está?

– Ele está jantando pizza e vendo TV com a irmã agora. Não quer mais nada da vida.

Tanner sorriu, e, enquanto a refeição continuava, a conversa fluiu com naturalidade. Ela contou a Tanner sobre os planos de faculdade de Casey e compartilhou mais histórias sobre seus pais e irmãos. Enquanto eles se demoravam comendo, Kaitlyn ouvia arrebatada enquanto Tanner descrevia suas viagens distantes e os amigos que fez ao longo dos anos.

De vez em quando, Kaitlyn se via imaginando mais noites com Tanner, exatamente como aquela. Ao se dar conta, ela repreendeu e alertou a si mesma para manter os sentimentos sob controle. Um casinho relâmpago era uma coisa, mas se apaixonar por ele era outra.

Dizer adeus já seria bastante difícil sem isso.

X

Tanner levou as tarteletes de morango para a mesa e colocou uma na frente dela. Embora Kaitlyn já tivesse comido além da conta, achou que algumas mordidas não a matariam. Não tinha decidido que a vida era para ser vivida?

– Antes que eu me esqueça – disse ele, cortando sua própria tartelete –, preciso te contar as novidades.

Ela ergueu o olhar, intrigada.

– Isso veio do nada.

– Eu estava distraído mais cedo – justificou ele, com uma piscadinha. – As peças do meu carro vão demorar umas duas ou três semanas para chegar. Na verdade, isso provavelmente significa três ou quatro semanas para o carro ficar pronto, então parece que vou ficar em Asheboro por mais tempo do que pensava.

– O que diabos vai ficar fazendo em Asheboro?

– Ainda não tenho certeza, mas quem sabe? Vai que eu conheço alguém especial.

– Boa sorte com isso – disse ela, brincando.

– Tem também mais algumas famílias que quero visitar antes de ir para Camarões.

– Elas moram perto daqui?

– Tem gente na Virgínia, na Pensilvânia e em Dakota do Sul.

– Então... outra viagem de carro?

– Eu adoraria ver o Monte Rushmore, talvez fazer um passeio pelas Badlands. Eu sempre quis conhecer as Black Hills. Ouvi dizer que são espetaculares – falou, pensativo, como se já estivesse traçando um itinerário.

Kaitlyn ficou em silêncio. Uma alternativa veio à sua mente – ele poderia, por exemplo, voltar mais cedo para Asheboro, para vê-la –, mas ela se absteve de dar essa sugestão.

– Quanto tempo acha que vai ficar fora?

Ele colocou um morango caramelizado na boca.

– Não sei. Algumas semanas, talvez mais. Vai depender da programação deles, não só da minha.

Embora tudo isso fizesse sentido, ela não pôde deixar de se sentir um pouco decepcionada com o fato de que ficar longe dela por três semanas das nove ou dez que lhe restavam nos Estados Unidos não parecia importar para ele. Então, lembrou a si mesma de que o trabalho o levaria para o exterior em breve, então menos tempo juntos agora era provavelmente uma coisa boa.

– Você falou com seu amigo recentemente? – indagou ela. – Aquele que lhe arranjou o emprego no IRC?

Ela brincava com o garfo, fazendo furinhos na gelatina da tartelete.

– O Vince? Não nas últimas semanas.

– Em que projetos o IRC vai trabalhar em Camarões? Acho que você não me contou.

– Eu sei que eles fazem muitos trabalhos com refugiados e assistência humanitária em crises, mas não sei os detalhes.

– Como pode não saber? – perguntou Kaitlyn.

– Só sei que vou fazer um trabalho de segurança – explicou ele, acabando com o último pedaço de sua sobremesa. Ele limpou a boca e afastou o prato. – Tenho certeza de que vou descobrir tudo quando meu trabalho começar, em setembro.

Ela franziu a testa, depois hesitou antes de dizer:

– Pensei que começasse a trabalhar em junho.

– Junho é quando eu viajo para Yaoundé, mas só vou começar a trabalhar em setembro.

– Demora tanto assim para encontrar um lugar para morar?

– Não. Vou ficar num alojamento temporário. Vince prometeu providenciar isso para mim.

– Não entendo. Por que tem que ir tão cedo? – pressionou Kaitlyn, sentindo-se cada vez mais confusa.

– Eu não preciso ir cedo, eu acho – respondeu Tanner, com uma expressão intrigada. – Mas acho que mencionei que queria visitar alguns dos parques nacionais, e seria mais fácil fazer isso antes de voltar à rotina diária. E acho que mencionei que gostei muito de jogar futebol lá.

Ela deu um sorriso fraco, tentando silenciar a voz em sua cabeça que sussurrava: *Ele poderia ficar em Asheboro até o final do verão, se realmente quisesse.*

– Aposto que vai ser estranho – comentou Kaitlyn, evitando os olhos dele. – Voltar a trabalhar, quer dizer, depois de tirar tanto tempo de folga.

– Provavelmente – admitiu ele. – Vince queria que eu assinasse um contrato de dois anos, mas eu disse a ele que preferia começar com um ano e ver como as coisas ficam.

– E se não der certo?

– Não faço ideia – respondeu ele, inclinando-se para trás na cadeira e passando a mão nos cabelos. – Qualquer coisa, eu tiro um período sabático de novo. Não estou voltando a trabalhar por causa do salário.

Ela deu uma risadinha, mas, quando viu a expressão neutra dele, percebeu que não estava brincando.

– Como assim? – perguntou ela.

– Eu não preciso trabalhar – retrucou ele, sem rodeios. – Poderia me aposentar agora, se quisesse.

Ela o encarou.

– Como? Seus avós lhe deixaram uma herança de surpresa?

– Bem que eles queriam – disse ele, achando graça.

– Então os trabalhos no Exército e no governo devem pagar melhor do que eu pensava.

– Bem que eu queria. Não mencionei para você que fiz uns investimentos no passado?

– Sim. – Ela assentiu. – Mas é o suficiente para você se aposentar?

– É.

– Se importa em compartilhar seus segredos de investimento? – perguntou ela, brincando. – Já que Casey precisa de um carro e vai para a faculdade em breve?

– Não tem segredo, na verdade. Tive sorte, depois fui preguiçoso, depois tive sorte de novo.

Ela olhou sério para ele.

– Sabe que está sendo um pouco evasivo, né?

– Eu não falo muito sobre isso. Meus avós sabiam, e alguns dos meus amigos mais próximos sabem, mas é só. – Ela observou enquanto ele pegava sua taça de vinho quase vazia. – Quando terminei a escola, meus avós abriram para mim uma conta de investimento. Eles sugeriram que, depois que eu me alistasse, investisse automaticamente parte do meu salário. Então, foi o que eu fiz.

– Eu faço isso com meu plano de previdência também – replicou Kaitlyn. – Mas, acredite, ele não rendeu o suficiente para que eu pudesse me aposentar.

– Isso porque você não conheceu o Rodney.

– Quem é Rodney?

– Um amigo dos Rangers. Em 2001, ele apareceu no quartel com um iPod. Eu nem sabia o que era aquilo, mas ele não parava de falar sobre como era a melhor coisa de todos os tempos, e que eu também devia comprar um. Eu não comprei, mas alguns dos outros caras do quartel compraram, o que me chamou a atenção. Os iPods não eram baratos, e nenhum dos caras ganhava muito. Comecei a notar que muitas outras pessoas comuns também estavam comprando, então, apesar dos avisos de cautela dos meus avós, num impulso, eu converti todo o dinheiro que tinha na conta em ações da Apple e configurei a conta para que ela comprasse automaticamente mais ações da empresa sempre que o salário entrasse.

– Você comprou ações da Apple *naquela época*?

– Como eu disse, tive sorte. E aí, como eu era preguiçoso, nunca me preocupei em mudar essa estratégia de investimento. Passei os dez anos seguintes destacado ou morando no quartel, e minhas despesas eram nulas, de modo que meu capital para investimento continuou crescendo, e, novamente, todos os meses, ia tudo para a Apple. Depois, em 2007, tive sorte de novo. O iPhone foi lançado e, pouco depois, as ações subiram feito um foguete. Se somar todos os desdobramentos das ações ao longo dos anos desde que eu comprei pela primeira vez...

– Você ficou rico – disse ela, finalizando a frase.

Ele ficou calado por um instante.

– Sim – admitiu.

– Tipo... rico, rico? Ou apenas rico?

– Não sei o que quer dizer com isso, mas tenho mais do que jamais serei capaz de gastar.

Ela o encarou, achando difícil conciliar o que ele acabara de lhe contar com tudo o que ela sabia sobre ele. Perguntou-se se o relacionamento deles teria evoluído de forma diferente caso ela soubesse disso desde o início.

– Então... – disse ela lentamente –, você pode fazer o que quiser da vida? Já que não precisa trabalhar? Poderia morar em qualquer lugar?

– Acho que sim.

– Entendi.

Ela se viu incapaz de dizer mais nada, ao passo que Tanner parecia estudá-la.

– Algum problema? – perguntou ele.

Ao devolver o olhar, ela tentou assimilar tudo o que ele acabara de lhe contar.

Ele não precisa trabalhar.

Ele prefere jogar futebol com o amigo a ver até onde as coisas com ela poderiam ir.

Ele poderia ficar em Asheboro.

Ela lutou para se livrar desses pensamentos indesejados, mas foi uma batalha perdida.

– Só acho estranho – comentou.

– Qual parte? – indagou Tanner, franzindo a testa.

Ela pegou sua taça de vinho, depois a deixou de lado, sem vontade de beber mais.

– Eu tinha entendido que você precisava voltar a trabalhar por questões financeiras. E pelo seu comprometimento com o trabalho que o IRC está fazendo em Camarões. Mas parece que você nem sabe o que vai fazer lá.

Diante daquelas palavras, ele se mostrou ao mesmo tempo desconcertado e envergonhado.

– Estou tendo a sensação de que você está zangada comigo.

– Não estou zangada – objetou ela.

E não estava. *Zangada* era uma palavra forte demais para descrever o que ela estava sentindo. Havia decepção, com certeza, talvez até irritação. Mas a sensação predominante era de... rejeição. Talvez até traição. E ela sabia que isso era irracional. Havia lembrado a si mesma, antes mesmo de dormirem juntos, que era apenas uma aventura, porém, por mais que desejasse o contrário, percebeu que a revelação dele tinha mudado tudo.

Se ele realmente quisesse, poderia ficar e prosseguir com isso – o que quer que isso fosse – com ela.

No fundo, ela sabia que era um pensamento egoísta e que estava se precipitando em relação à situação em que se encontravam. Mesmo assim...

Se ele *podia* ficar, por que não estava inclinado a isso? Por que fazer todas aquelas coisas – a limusine, o champanhe, o jantar luxuoso naquela casa na montanha? Só para dormir com ela? E, mais especificamente, por que ele não estava interessado em passar mais noites assim com ela?

– Deixa pra lá – disse ela, desviando o olhar. – Podemos esquecer que eu toquei nesse assunto?

Tanner colocou as mãos sobre a mesa com as palmas para cima. Quando falou, sua voz era ponderada.

– Você está chateada comigo, e eu não sei o que foi que eu fiz.

– Está tudo bem – respondeu ela, ciente de que seu tom desmentia suas palavras.

Todas aquelas questões continuavam a incomodá-la, e, de repente, ficou difícil permanecer sentada. Levantando-se, ela varreu algumas migalhas da mesa com seu guardanapo e levou sua taça de vinho para a cozinha, junto com seu prato de sobremesa. Despejou os restos na pia e, sem saber o que fazer com a tartelete que sobrou, empurrou-a para o canto do balcão antes de pegar automaticamente a esponja. Como se estivesse no piloto automático, ela começou a limpar os balcões.

Tanner a seguiu até a cozinha, preocupado.

– O que você está fazendo? – perguntou com delicadeza.

– Limpando – disse ela, dando de ombros.

– Posso resolver isso mais tarde – afirmou ele, colocando uma mão hesitante na cintura dela. – Por que não vamos nos sentar de novo perto da lareira?

– Está ficando tarde – murmurou ela, afastando-se.

Passava só um pouco das nove, e ambos sabiam disso.

– Fale comigo – implorou ele. – Por favor.

Ela deslizou a esponja sobre a bancada uma última vez antes de finalmente colocá-la na pia.

– Por que eu estou aqui? – perguntou ela, finalmente, ficando de frente para ele.

– Como assim?

Os olhos de Tanner, agora verde-escuros, examinaram o rosto dela.

– Por que me chamou para sair na primeira vez? E por que continua me chamando para sair?

As costas de Kaitlyn estavam encostadas na borda da pia, as mãos no balcão, uma de cada lado.

Ele a olhou, confuso.

– Porque você é inteligente, gentil e interessante, e eu queria te conhecer melhor.

– Por algumas semanas, você quer dizer.

Ela cruzou os braços.

Tanner deu um pequeno passo para trás. Por um momento, não disse nada, e ela teve a impressão de que ele estava tentando juntar as peças.

– É isso? – perguntou, devagar. – Você está chateada porque eu vou embora? – Como ela não respondeu, ele continuou: – Kaitlyn, não acha isso um pouco injusto? Tenho sido sincero com você sobre os meus planos desde o início.

Ela o encarou, frustrada.

– Por que você vai para Camarões?

Ele franziu a testa, inseguro.

– Meu trabalho... – começou ele.

– Aquele de que você não precisa – interrompeu ela.

Tanner a encarou, sem entender.

– Eu preciso fazer alguma coisa. Não posso ficar de bobeira para sempre. Ia acabar enlouquecendo.

– Não estou sugerindo que você não faça nada. Só estou me perguntando: por que Camarões?

– Já conversamos sobre isso...

– Sim e não – retrucou ela. – Você me disse que acha Camarões um país incrível. Mencionou alguns parques nacionais que queria visitar e que gostava de jogar futebol com seu amigo. Descreveu como foi divertido assistir a um jogo em um bar lotado. Mas sabe do que não falou? Nem mesmo por alto? Das pessoas que ajudou. Você nunca fez referência a um sorriso grato de uma pessoa faminta que alimentou, ou às vidas que ajudou a melhorar quando cavou um poço, ou ao que quer que seja.

– Eu trabalho na segurança. Não faço essas coisas... – contestou ele.

– Você não está entendendo aonde eu quero chegar. – Ela ouviu a frustração crescente no próprio tom de voz e respirou fundo, tentando se acalmar. – Acho que o trabalho de segurança é importante. Compreendo que manter os agentes humanitários seguros permite que eles façam seu trabalho. O que eu estou perguntando é por que *você* está voltando para lá. Além de lhe dar algo para fazer, que necessidade específica isso preenche em você? Além da diversão?

Ele abriu a boca para responder e a fechou novamente. Finalmente, disse:

– Nem todos os empregos proporcionam um propósito existencial.

– É exatamente aonde eu queria chegar! – gritou ela. – Eu entenderia se você voltasse por ser o único cara no mundo que pudesse fazer o que faz, ou por se sentir compelido a fazer algo de bom no mundo. Eu também entenderia se você precisasse do emprego para pagar suas contas, ou se estivesse realmente motivado a servir aos outros. Mas, quando eu somo tudo o que você me contou, especialmente o fato de que mal sabe como será o trabalho... não faz sentido. Mas acho que agora entendo por que sua avó estava tão preocupada com você.

Tanner comprimiu os lábios.

– Não a envolva isso.

Os olhos de Kaitlyn se fixaram nos dele.

– Então me diga por que você quer voltar para Camarões.

– Eu tomei a decisão quando minha avó estava doente, entende? – Tanner cruzou os braços sobre o peito. – Ela tinha medo de que eu estivesse perdido, e cheguei a pensar que ela poderia ter razão, então, quando o trabalho surgiu, eu aceitei.

Eles não disseram nada por um momento tenso. Quando Kaitlyn finalmente falou, sua voz saiu baixa.

– Já que você não precisa trabalhar, pode trabalhar em qualquer lugar. Poderia ter ficado em Pensacola.

A expressão de Tanner era desafiadora.

– Ou em Asheboro, você quer dizer?

– Qual é o problema com Asheboro? – rebateu ela, sentindo-se na defensiva sem querer. – Você mesmo disse que gosta de cidades pequenas. Que adoraria poder correr na Uwharrie todos os dias...

– Você *está* zangada – constatou ele, entendendo tudo enquanto balançava a cabeça. – Eu nunca deveria ter contado a você...

Ela ergueu as mãos para detê-lo antes de finalmente abaixar a cabeça.

– Acho que estou apenas tentando dizer que você não é quem eu pensava – declarou ela, com a voz embargada. – E a culpa é minha por não te ouvir.

– O que quer dizer com isso?

Ela ergueu os olhos lentamente, sentindo-se uma idiota.

– Você mesmo disse que, se eu perguntasse aos seus amigos, eles me diriam que você não foi feito para se fixar em um só lugar.

– Eu estava fazendo uma piada.

– Estava? – O ceticismo dela era evidente. – O que você quer da vida, Tanner? Ficar se mudando para sempre? – Sem resposta, ela prosseguiu: – E quanto a nós? Você sabia que não precisava ir embora, mas por acaso lhe passou pela cabeça que poderíamos ser mais que uma aventura? Que havia a mínima chance de algo mais?

Mais uma vez, Tanner não disse nada. Kaitlyn desviou o olhar, tentando ignorar a forma como se sentia humilhada.

– Só para você saber, eu estava tranquila com a ideia de uma aventura quando vim aqui esta noite. Estava conformada com as circunstâncias. Mas agora não sei o que pensar. – Como Tanner permaneceu em silêncio, ela se afastou, sem querer olhá-lo nos olhos. – Acho que é melhor o carro me levar de volta para casa. Tenho que trabalhar amanhã.

– Kaitlyn... espere...

Ela pegou apressadamente o casaco e a bolsa. Na porta, ficou na dúvida se deveria levar o guarda-chuva de Tanner, mas qual era o sentido? Manter-se seca dificilmente parecia uma prioridade no momento.

Tanner deu um passo em direção a ela.

– Posso pelo menos ir até o carro com você?

– É melhor não.

– Eu vou te ver de novo?

Um sorriso amargo se formou nos lábios dela. *Por que se incomodar, quando você só está matando tempo até poder jogar futebol nas ruas de Camarões?*

– Meus dias estão bem cheios – respondeu ela, mantendo o tom firme ao abrir a porta da frente.

– Kaitlyn...

Ela se virou.

– Eu sei que não preciso terminar tudo entre nós – declarou ela com uma clareza que surpreendeu até a si própria –, mas agora posso ver que não há razão para continuar.

O choque nos olhos dele deu a ela uma sensação fugaz de satisfação, mas que foi rapidamente substituída pela ideia de que isso não era do seu feitio. Então saiu para a varanda e deixou a porta se fechar. Ao descer os degraus, sentiu gotas de chuva escorrerem pelo rosto, sabendo que já estavam se misturando às lágrimas.

XI

– Já voltou? – Casey surgiu da cozinha enquanto Kaitlyn estava no vestíbulo, sacudindo a chuva do casaco. – Achei que ainda fosse demorar mais uma ou duas horas.

Kaitlyn tinha passado todo o trajeto de carro para casa tentando se recompor antes de ter que encarar a filha. A tempestade de emoções conflitantes havia diminuído um pouco, mas ela sabia que seus sentimentos ainda estavam perigosamente perto da superfície.

Respire, disse a si mesma.

Você pode ser ou não muitas coisas, mas ainda é mãe.

– Eu sabia que tinha que acordar cedo para trabalhar amanhã – respondeu ela, tentando ao máximo soar indiferente. – Cadê o Mitch?

– Ele estava quase dormindo assim que o filme acabou, então coloquei ele na cama. Como foi?

Lá estava, pensou Kaitlyn. Uma pergunta capciosa, considerando toda a situação.

– Ótimo – respondeu de imediato.

Casey a analisou.

– Ah, não. O que ele fez de errado?

– Ele não fez nada – respondeu ela, fingindo naturalidade. – Tivemos um jantar maravilhoso.

– Mas...?

– Mas o quê?

– Mas você acha que não vai mais sair com ele – supôs Casey. – É isso que está pensando, mesmo que não esteja disposta a dizer em voz alta. Estou certa?

Kaitlyn estava subitamente exausta demais para se admirar com a habilidade de Casey para ler seus sentimentos.

– Sim – admitiu.

Casey franziu a boca.

– Vou preparar uma xícara de chocolate quente para você.

– Eu não estou nem um pouco a fim de conversar, querida.

– Não estou pedindo para conversar – disse Casey, já se dirigindo para a cozinha. – Só me ofereci para fazer um pouco de chocolate para você. É a bebida mais adequada quando os caras de repente agem feito idiotas.

Kaitlyn viu Casey encher uma pequena panela com leite e colocá--la no fogão, antes de pegar o achocolatado em pó no armário. Quan-

220

do o leite estava quente, ela misturou o achocolatado, salpicou alguns minimarshmallows e levou a xícara para Kaitlyn.

– Não importa o que tenha acontecido, lembre-se de que eu estou do seu lado – disse Casey, soando exatamente como a mãe de Kaitlyn. – Agora fique de costas que eu vou te ajudar com o zíper.

Obedientemente, Kaitlyn se virou, sentindo Casey puxar o zíper e o vestido afrouxar. Então, para sua surpresa, Casey a beijou no rosto.

– Você vai ficar bem, mãe.

Casey saiu da cozinha, deixando Kaitlyn se dar conta de que havia sido abençoada com os filhos que tinha. Bem... pelo menos na maior parte do tempo.

Ela bebericou o chocolate e seguiu para o quarto com a xícara ainda pela metade. Após fechar a porta, ela se olhou no espelho, e seu reflexo de repente trouxe os acontecimentos da noite de volta. Ela arquejou, como se tivesse sido atingida no peito, lágrimas brotando em seus olhos. Beliscou a ponte do nariz, querendo detê-las.

Eu sou uma mulher adulta, disse a si mesma.

Ela se obrigou a respirar fundo. *Eu sabia o tempo todo que ele iria embora.*

Endireitando os ombros, afastou-se do espelho.

Nada havia mudado...

E ao mesmo tempo tudo havia mudado.

Ela notou um tremor nas mãos quando tirou o vestido e lavou o rosto. Lentamente, vestiu o pijama e se aconchegou na cama. Certa de que o sono seria a solução para sua exaustão profunda assim que apagasse a luz, ela se viu olhando para o teto enquanto as lembranças da noite continuavam a inundar sua mente. A expectativa que sentira na limusine e o gosto do champanhe, o cheiro do perfume de Tanner. A empolgação e o espanto que experimentara quando entrou na casa. A firmeza musculosa dos braços e das costas dele enquanto se mexia em cima dela na cama, o som de suas vozes enquanto faziam amor...

Enterrando o rosto no travesseiro, ela começou a chorar, sabendo que estava tudo acabado antes mesmo de ter a chance de começar.

Nove

I

– *Onde diabos foi parar o milho?*
– *Talvez eles já tenham comido tudo.*
– *Impossível! A gente colocou aqui ontem à noite!*

De seu refúgio entre as rochas e o cume, Jasper não podia ouvir os Littletons, mas podia imaginar o que estavam dizendo um ao outro. Melton não tinha vindo com eles, mas os irmãos estavam postados de pé bem no local onde haviam deixado a isca.

– *Será que estamos no lugar certo?*
– *Claro que sim.*

Jasper continuou a observar as silhuetas escuras enquanto permanecia o mais imóvel possível, sabendo que, mesmo na penumbra, qualquer movimento poderia ser detectado. De alguma forma, ele conseguira recolher o milho, o ancinho e a lanterna; de alguma forma, tinha sido capaz de ir mancando até as rochas antes de finalmente se deixar cair atrás da maior delas. Mas o esforço fora árduo, e ele precisara sufocar um gemido quando suas costas começaram a retesar. Os Littletons haviam chegado bem quando o espasmo estava passando.

Acima dele, a última das estrelas desapareceu. O velho ditado que dizia "*É sempre mais escuro antes do amanhecer*" era besteira; qualquer um que observasse o céu noturno sabia que ficava mais escuro no meio da noite, a meio caminho entre o pôr do sol e o nascer do sol, mas o que isso importava agora? O amanhecer estava chegando, o que significava que logo haveria luz suficiente para que eles o encontrassem, caso decidissem procurar. Jasper segurava a coleira de Arlo para evitar que o cachorro saísse correndo.

Os Littletons continuavam a examinar ao redor, com suas lanternas se movendo em arcos amplos. Mais uma vez, Jasper imaginou seu diálogo.

– *Talvez alguém tenha pegado.*

– *Quem?*

– *Os guardas florestais, talvez?*

– *Não foram eles.*

– *Como você sabe?*

– *Espere aí. Quero conferir uma coisa.*

O feixe de uma das lanternas virou na direção de Jasper, e ele se abaixou mais, fazendo caretas de dor. Como ia sair dali? E o que aconteceria se o encontrassem?

Ele não queria pensar nisso.

Certa vez, décadas antes, quando ele e Audrey levaram as crianças para acampar perto de Asheville, ele foi acordado pelo grunhido pesado de um urso bem em frente à sua barraca. As crianças eram pequenas na época e dormiam juntas em sua própria barraca, de modo que Jasper imediatamente saiu de seu saco de dormir e correu para proteger seus filhos. Mas não havia nenhum urso; tirando o som dos grilos, a floresta estava silenciosa. As demais barracas no acampamento estavam intactas, e foi só depois que Jasper procurou pegadas no chão que ele finalmente percebeu que devia estar sonhando. Mais tarde, ele se perguntou o que teria feito se realmente houvesse um urso por perto. Ele não tinha arma, não estava usando nem camisa ou sapatos. Não havia nada que ele pudesse realmente fazer além de agitar os braços e gritar.

Aquela mistura de confusão e pânico inicial era a mesma sensação que estava experimentando agora, enquanto procurava escutar o som da aproximação dos Littletons. Sem ouvir nada, ele arriscou outra espiada rápida por cima da pedra e percebeu que eles estavam indo em direção à árvore caída. Jasper ficou de orelha em pé, concentrando-se, e foi capaz de, finalmente, entender o que eles estavam dizendo.

– Isso é estranho.

A voz era de Josh; Jasper nunca esqueceria aquele som.

– O quê?

– Está sentindo um cheiro? Acho que senti esse cheiro lá também, onde despejamos o milho ontem à noite. Seja o que for, é fedido.

O repelente de cervos, pensou Jasper. E Josh não usou a palavra *fedido*; ele percebeu. Disse "tem um cheiro de m... do c...", vomitando palavrões. Ao lado de Jasper, Arlo bocejou, soltando um grunhido.

– Não estou sentindo nada.

– Cale a boca – ordenou Josh em voz baixa. – Ouviu alguma coisa?

– Tipo o quê?

– Shhhh...

Os dois ficaram em silêncio. Arlo levantou as orelhas, e Jasper prendeu a respiração.

– O que estamos tentando escutar?

– Dá pra calar essa boca?

Jasper fechou o punho em torno da plaquinha de identificação de Arlo para que ela não batesse contra a coleira. Passaram-se alguns segundos, depois dez. Depois, vinte.

– Acho que também estou sentindo o cheiro – disse Eric. – O que é isso?

– Não sei.

– Acha que é aquele cervo do outro dia? Aquele em que você atirou?

– Não sei.

Houve uma pausa. Então:

– O que quer fazer?

– Como assim?

– Como não tem milho, é melhor ir para casa.

– A gente não vai para casa.

No silêncio que se seguiu, Jasper pôde sentir seu medo continuar a devorá-lo, quase como se fosse uma coisa viva.

II

A primeira coisa que Jasper havia feito ao deixar o centro de queimados fora mandar exumar os restos mortais de sua família e levá-los para o terreno perto de sua cabana. Jasper realizou um funeral próprio e cavou as sepulturas sozinho, cada movimento uma agonia, e depois mudou-se para a cabana em definitivo. Ele não tinha dinheiro para reconstruir a casa, mesmo que quisesse. O dinheiro do seguro que havia recebido mal cobriu suas despesas médicas.

Durante meses e até anos depois, ele só queria morrer. Houve momentos em que sacou seu velho rifle de caça e o carregou, mas nunca conseguiu reunir coragem para usá-lo em si mesmo. Em vez disso, acreditando que Deus havia decidido castigá-lo, ele deixou a arma de lado, sabendo que sua punição era simplesmente suportar. *Jasper, você sofrerá dia e noite*, ele imaginou a voz de Deus, e, em um senso distorcido, sentiu que merecia sofrer. Ele falhara em proteger sua família quando ela mais precisou dele.

O sofrimento, no entanto, exigia trabalho, nem que fosse para sobreviver. Por conta dos ferimentos, um emprego na construção civil não era mais possível, nem qualquer tipo de trabalho manual. Sentar-se a uma mesa por mais de quinze minutos seguidos era excruciante, então trabalhar em um escritório não era uma opção. Como parte de seu rosto e couro cabeludo havia sido queimada, ninguém queria que ele interagisse com clientes. No final, encontrou um emprego fazendo estocagem e outros serviços em uma loja de materiais de construção. Não pagava muito, mas Jasper não precisava de muito. A proprietária – uma mulher chamada Nell Baker – o conhecia havia anos. Ele tinha fornecido pereiras-de-bradford para o centro de jardinagem de sua loja, e ela era membro da igreja que Jasper havia frequentado; Jasper presumiu que ela o contratara por pena.

Entre uma cirurgia e outra, ele passava grande parte do tempo regando e fertilizando flores, ervas e arbustos no centro de jardinagem. Varria, passava pano no chão e reabastecia prateleiras. O trabalho não era difícil, mas, como muitas de suas glândulas sudoríparas haviam sido destruídas, ele tinha que ter cuidado quando o verão trazia temperaturas mais altas. O tecido cicatricial dificultava seus movimentos, causando dor. Ele começou a usar uma bandana no rosto. Tinha o cuidado de manter distância dos clientes; suas cicatrizes, enxertos de pele não cicatrizados e incisões o faziam parecer um projeto do Dr. Frankenstein. Em casa, retirou os espelhos do banheiro e os guardou no barracão dos fundos. Raramente saía da cabana, a não ser para trabalhar e fazer compras básicas.

Ele parou de ler a Bíblia e não orava mais, e, lentamente, os anos foram passando.

Trabalho. Cirurgia. Recuperação. A sequência se repetira inúmeras vezes. Ele completou 50 anos, e depois 55, antes que Deus atacasse outra vez, acrescentando ainda mais provações ao Livro de Jasper, como se tudo o que já havia acontecido não fosse suficiente.

Alguns anos depois de sua última cirurgia e pouco mais de dez anos após o incêndio, a pele que não havia sido danificada começou a coçar, antes de dar origem a manchas rosadas escamosas que se assemelhavam a uma dermatite por hera venenosa. O diagnóstico foi psoríase. Os médicos especulavam que o incêndio poderia ter desencadeado algum tipo de reação autoimune sistêmica, mas ninguém sabia afirmar ao certo. O que ele sabia era que a psoríase continuou se espalhando, acabando por se enraizar em quase todos os lugares onde não havia cicatrizes. Coçava a ponto de deixá-lo louco, e os médicos tentaram vários medicamentos para reverter a condição, mas sem sucesso. Passado um tempo, o diagnóstico foi alterado para psoríase crônica, e ele foi informado de que teria que viver com a condição pelo resto da vida. Naquele momento, ele sabia que era um homem mudado.

Ele ainda tinha sua fé; em seu coração, Deus e Cristo eram tão reais como sempre foram. Mas, de volta à cabana, ele colocou sua Bíblia, as esculturas religiosas, os porta-retratos e os álbuns em caixas que armazenava no barracão, ao lado dos espelhos, certo de que nem Deus nem Cristo jamais haviam se importado com ele.

III

Na floresta, o canto matinal dos pássaros vinha das árvores, e a escuridão finalmente dava lugar à luz cinzenta do amanhecer. Jasper permanecia escondido atrás da pedra com Arlo; os irmãos Littleton, enquanto isso, haviam feito uma vigília atrás da árvore caída. Na maior parte do tempo, permaneceram em silêncio. Jasper supôs que eles tivessem seus rifles prontos para o caso de o cervo branco decidir aparecer. Sem dúvida, esperavam que ele voltasse em busca de mais milho, e Jasper ficou feliz por ter encharcado a área com repelente e colocado aqueles aparelhos ultrassônicos.

Uma pedrinha começou a pressionar o traseiro de Jasper, apenas o suficiente para incomodar. Ele se perguntou se a tentativa de se livrar da pedra faria com que Arlo se mexesse, mas o cachorro parecia estar dormindo profundamente. Resolvendo arriscar, ele se mexeu, tentando permanecer o mais quieto possível. As orelhas de Arlo se contraíram, mas seus olhos permaneceram fechados, e Jasper enfim foi capaz de afastar a pedra. Isso ajudou, mas só um pouco. Embora suas costas parecessem estar melhorando – ainda que ligeiramente –, seu joelho só piorava. Estava inchado a ponto de esticar o tecido da calça, e ele sentia uma dor latejante a cada batida do coração.

Aquele era um dos muitos incômodos do envelhecimento: as lesões ficavam mais dolorosas. Pior ainda, levavam uma eternidade para sarar, ou nunca saravam por completo. Alguns anos antes, ele havia torcido um dedo enquanto pegava a frigideira de ferro fundido, e, até hoje, o nó daquele dedo era maior que os outros e doía quando chovia. Dada a condição de seu joelho, ele imaginou que acabaria mancando pelo resto da vida, por mais longa que fosse.

Por outro lado, o que ele sabia? Alguns meses antes, a médica havia usado a expressão "envelhecer com dignidade", mas, ao deixar o consultório, Jasper se perguntou se tal coisa era possível ou até, francamente, o que significava. Como era possível envelhecer com dignidade? Significava ter orgulho do fato de que você não ousava dirigir mais rápido que o limite de velocidade porque não conseguia enxergar a estrada muito bem? Significava manter a cabeça erguida mesmo que precisasse de fraldas geriátricas? Veja bem, ele não estava julgando, mesmo que estivesse secretamente satisfeito porque pelo menos algumas partes de seu corpo ainda estavam funcionando da maneira adequada.

Seus pensamentos foram interrompidos novamente pelo som das vozes.

– Acho que não tem nenhum cervo vindo para cá – reclamou Eric.

– Não consegue manter a porcaria da voz baixa?

– Só estou dizendo. Já estamos aqui há quase uma hora.

– Dá pra calar essa boca?

– Quanto tempo a gente vai ficar aqui?

– Que diferença faz? Hoje não tem aula.

Depois disso, os meninos voltaram a ficar em silêncio. Jasper mudou de posição, na esperança de mover a dor de uma perna para a outra. O cachorro levantou a cabeça com o movimento e fechou os olhos outra

228

vez. Ele parecia estranhamente feliz, e, naquele momento, Jasper lembrou-se de seu filho mais velho, que sempre parecia alegre e tranquilo enquanto dormia, especialmente quando era mais novo.

David sempre fora o mais maduro e mais confiante de seus filhos. Mesmo quando criança, ele olhava as pessoas nos olhos quando elas falavam, e quase nunca fazia birra. Audrey costumava descrevê-lo como uma *alma velha*. Mesmo antes de ir para o jardim da infância, ele ajudava Audrey com os irmãos mais novos. Ele os ninava, alimentava e ajudava a se vestir sempre que Audrey pedia, e tirava a mesa após o jantar sem reclamar. De todos os filhos, ele foi o único a arrumar a cama e manter o quarto limpo durante a adolescência.

Ele sempre foi alto, com um redemoinho no cabelo que só conseguiu domar na adolescência. Levava sua maturidade natural para a escola, e era um excelente aluno, bem-quisto pelos professores e pelos outros alunos. Sua postura calma e tranquila o levou a ganhar a eleição para presidente de turma em todos os anos do ensino médio.

Entretanto, ele não ria muito. Em todos os anos da infância de David, Jasper tinha ouvido aquele som alegre apenas algumas vezes, e, quando chegou à faculdade, ele se tornou ainda mais reservado. Parecia sentir que cuidar de sua família e comunidade não era suficiente; os problemas do mundo de alguma forma se tornaram sua responsabilidade. Quando estava em casa no Natal e durante o verão, falava pouco sobre as aulas ou os amigos que fizera. Em vez disso, ele se preocupava com a União Soviética, com as armas nucleares, queria limitar a poluição e alimentar as crianças famintas da Etiópia. Expressava profunda preocupação com o declínio das taxas de frequência à igreja e estudava a Bíblia por horas, como se procurasse pelas respostas que lhe escapavam. Mesmo depois de decidir se tornar pastor, ele confessou a Jasper que não tinha certeza de que seria bom o suficiente; que, se ele não entendia de verdade o propósito de Deus para sua vida, como teria a capacidade de ajudar os outros a descobrir o propósito de Deus para as vidas deles?

Jasper lembrou-se de sorrir para seu filho enquanto Tiago 4:10 flutuava em sua mente *("Humilhem-se diante do Senhor, e ele os exaltará.")*

Ele repetiu essas palavras para David e terminou com "Estou orgulhoso de você", abrindo os braços. David se deixou abraçar, agarrando-se ao pai como a criança que um dia fora.

– Eu te amo, papai – sussurrou –, e agradeço a Deus todos os dias por você e pela mamãe.

As palavras encheram os olhos de Jasper de lágrimas, e ele abraçou o filho mais velho por um longo tempo.

Pouco depois desse dia, David se foi para sempre.

IV

– Que diabos é isso? – rosnou Josh Littleton.

Ele não estava mais tentando manter a voz baixa, e Jasper agora podia ouvi-lo facilmente.

– O quê?

– Ali. Perto daquela árvore. Olhe.

Demorou um pouco para Eric ver o que Josh havia apontado.

– É um aspersor?

Não, pensou Jasper. *É um dispositivo ultrassônico movido a energia solar para manter os cervos longe.*

– Não existem aspersores na floresta, seu idiota. Espere aí. Quero ver o que é.

A clareira ficou em silêncio, e, em sua imaginação, Jasper viu Josh deslizando a alça do rifle sobre o ombro e caminhando em direção ao dispositivo.

Alguns minutos depois, ele ouviu Josh de novo, sua irritação evidente.

– Acho que isso emite sons que afastam o cervo. A mãe do Martin costumava colocar umas coisas assim no jardim.

– Quem é Martin?

– Cale a boca e venha ver.

– Quem colocou isso aqui? Os guardas-florestais?

– Não foram eles, seu imbecil. Quem pegou o milho e colocou isso aqui veio depois que fomos embora ontem à noite.

– Então quem fez isso?

– Adivinhe.

Demorou um pouco para Eric entender.

– O velho queimado que foi lá em casa?

– Lógico!

– Mas por quê?

– Porque ele é um...

Jasper procurou se desconcentrar quando Josh começou a xingá-lo, usando uma palavra chula após a outra.

– Já deu – disse Josh com a voz cheia de desprezo e raiva.

– Vamos cair fora daqui.

Tudo ficou em silêncio. Como Jasper tinha medo de arriscar um olhar por cima da rocha, não podia ter certeza de que eles haviam saído de imediato, então ele se acomodou para esperar. Para seu alívio, embora o joelho continuasse a inchar, os músculos de suas costas haviam se distensionado. O fato de ter sido forçado a se esconder, pensou, tinha sido uma bênção disfarçada, nem que fosse pela chance de se recuperar. Assim que ele começou a pensar que o caminho estava livre, ouviu o grito de Josh reverberar de longe, com sua maldade e sua raiva envenenando o ar da manhã.

– EU SEI QUE VOCÊ AINDA ESTÁ AÍ!

V

Jasper esperou mais uma hora, só para garantir. Arlo continuou cochilando. Ele enfiou pedrinhas entre os dedos e observou uma dupla de esquilos correndo em um galho de árvore. Acima deles, um falcão circulava no céu, dando voltas cada vez maiores, e Jasper acompanhou seu padrão de voo com fascinação, assim como costumava fazer ao lado de Mary.

Aquela menina sempre amou animais de todos os tipos. Quando era pequena, sua cama ficava repleta de bichos de pelúcia – um pinguim, um elefante e um cavalo rosa –, mas seu favorito era uma raposa-do-ártico de pelúcia, a qual dormiu com ela por anos e até para a faculdade foi. Mary foi uma das razões pelas quais Jasper começou a esculpir animais – o mesmo tipo que ele agora fazia com o menino. Mary os adorava e dava nomes a todos – pica-pau Wally, esquilo Sally, cavalo Harry –, e brincava com eles constantemente, inventando aventuras elaboradas.

Foi também por causa de Mary que eles tiveram dois cachorros (primeiro Bert, depois Ernie), dois gatos, chamados Cookie e Cream, um hamster, um gerbo e até um gecko-leopardo, até o dia em que ele escapou pela janela do quarto. Como Mitch, ela adorava visitar o Zoológico da Carolina do Norte, e, nos finais de semana, Jasper de vez em quando a levava a uma fazenda próxima que tinha vacas e cavalos, além de cabras miotônicas. Quando as cabras se assustavam, seus músculos se contraíam, fazendo com que elas caíssem duras. Quando menina, Mary batia palmas e as via cair, rindo de alegria. Já com mais idade, passou a se sentir mal pelas cabras e tentava fazer o mínimo de barulho possível na presença delas.

– Fazer elas caírem é maldade, papai – advertiu ela. – Veja como elas são mansinhas.

Às vezes, ela pedia a câmera emprestada para tirar fotos, usando rolos inteiros de filme.

Na maior parte do tempo, Mary era um moleque de marias-chiquinhas, mais feliz ao ar livre que confinada em seu quarto. Ela não se importava de se sujar, subia em árvores e jogava bola melhor que os irmãos. Mas tinha um lado sensível, e não apenas quando se tratava de animais. No sétimo ano, ela perguntou a um garoto chamado Michael se ele queria ser seu par no baile da escola; quando ele admitiu que esperava que outra garota o convidasse, ela passou o resto da tarde e da noite chorando no quarto. Ela também chorava na hora de estudar, pois tinha que se esforçar mais que a maioria para dominar as matérias. Às vezes, a frustração e a ansiedade levavam a melhor.

Além disso, ela nem sempre teve um relacionamento fácil com a irmã mais nova, apesar de Deborah ser sua melhor amiga no mundo. Ela sempre acreditou que Deborah fosse mais bonita que ela. Quando confessou isso a Jasper, ele garantiu que ambas eram lindas, cada uma à sua maneira, mas ela fez uma careta.

– Ela é mais alta que eu, o cabelo dela é liso, e não cacheado, e os meninos ligam para nossa casa todas as noites para falar com a Deborah, mas nunca comigo.

Jasper não soube como reagir e, mais tarde, questionou se seu fracasso naquele momento seria o motivo pelo qual nunca mais falaram sobre isso. Ele fingia não notar que Mary raramente saía para encontros no ensino médio; fingia não notar quando ela anunciou que estava indo para o baile com um grupo de amigas, e não com o rapaz no qual estava interessada. Jasper ficava verdadeiramente intrigado que os meninos da escola não fossem atraídos por sua beleza natural e vitalidade; isso sempre foi um mistério para ele.

Além dos animais, os livros eram a paixão de Mary, assim como para Audrey. Ela adorava mistério e aventura, e, muitas vezes, Jasper via Mary e Audrey sentadas lado a lado no sofá, cada uma delas transportada para um mundo diferente nas páginas de um livro, ambas enrolando mechas de seus cabelos nos dedos.

De todos os filhos, Mary era a mais empenhada na escola, trabalhando incansavelmente para alcançar suas notas conquistadas a duras penas. Seus hábitos de estudo lhe ajudaram na faculdade: na Universidade da Carolina do Norte, em Chapel Hill, ela recebeu nota A em todos os semestres, e permaneceu focada em seu objetivo de se tornar veterinária. Ela também conheceu um jovem na metade de seu primeiro ano por lá, confidenciando depois a Audrey que ele *poderia ser o seu grande amor*. Eles continuaram o namoro após a formatura, e ambos se matricularam na faculdade de veterinária da Universidade Estadual da Carolina do Norte. Ela chegou a convidá-lo para ir à nossa casa durante o Natal, e Jasper notou que ele lançava olhares para Mary durante o jantar que pareciam demonstrar o mesmo anseio secreto que Jasper sentia por Audrey quando jovem.

Era difícil acreditar que, apenas meio ano depois, só restaria a lembrança de Mary.

VI

Enquanto o sol da manhã continuava a subir, Jasper esperou, depois esperou mais um pouco. A essa altura, até Arlo parecia estar ficando entediado e provavelmente precisava de água.

Ele não ouvia os meninos havia muito tempo e, quando arriscou uma espiada por cima da rocha, também não os viu. Eles poderiam, é claro, estar esperando por ele, mas ele não conseguia permanecer parado ali por mais tempo; se seu joelho continuasse a inchar, era capaz de não conseguir mais andar. Do jeito que estava, mal conseguia dobrar a perna.

Decidido a correr o risco, ele se aproximou da rocha. Segurando-se nela com as duas mãos, colocou a perna boa em posição e tentou ficar de pé. Fazia anos – *décadas!* – desde que ele havia tentado ficar em pé usando apenas uma perna, e sua coxa tremeu com o esforço. Ele se esticou, tentando manter o impulso, a coxa tremendo e as costas começando a se enrijecer novamente. O esforço fez com que sua visão ficasse turva, e seus pulmões explodiram com um arquejo quando ficou, finalmente, ereto.

Misericórdia, pensou, tentando recuperar o fôlego.

Ele continuou a ofegar enquanto se segurava firmemente na rocha, o coração batendo descompassado. Os comprimidos de nitroglicerina estavam no seu bolso, e ele se apoiou na rocha para abrir o frasco. Colocou um comprimido debaixo da língua.

Uma vez que a respiração e os batimentos cardíacos se estabilizaram, ele estudou a situação. Cogitou usar o ancinho como muleta ou bengala, mas ele era muito comprido e não tinha nenhum lugar para segurar. Supondo, é claro, que ele conseguisse alcançá-lo – ou alcançar a lanterna – sem cair, o que ele duvidava. Quanto ao saco de milho, em sua condição atual, era tão pesado quanto uma âncora de navio. Ele ia ter que deixar tudo isso para trás.

Hesitante, mudando o peso do corpo para a perna ruim, ele testou o joelho. Doeu, mas a dor não era incapacitante, e ele tentou outra vez, adicionando mais peso até começar a tremer. Ele se perguntou se teria que fazer uma radiografia para ter certeza de que não havia quebrado nada, e sabia que a médica não ia ficar satisfeita com nada daquilo. Já podia imaginá-la balançando a cabeça diante de sua imprudência.

No entanto, tudo isso estava no futuro. Por ora, ele tinha que seguir em frente. Espiou outra rocha, um pouco menor, a um metro e meio de distância. Foi até ela, mancando e claudicando. Os ossos de seu joelho pareciam estar raspando uns nos outros, mas ele foi se aproximando devagar. Quando enfim chegou à rocha, apoiou-se nela, esperando que a dor diminuísse.

Quando se sentiu pronto, olhou em volta. Não havia mais rochas, então, dessa vez, ele escolheu uma árvore próxima, um pinheiro que se estendia em direção ao céu. Partiu para ele, cerrando os dentes de tanta dor; por uma fração de segundo, perdeu o equilíbrio e teve que girar os braços para se manter em pé. *Essa foi por pouco*, pensou. Se caísse de novo, sabia que talvez não conseguisse se levantar. Ele avançou, finalmente alcançando o tronco. Demorou-se ali mais um momento para recuperar o fôlego.

Uma árvore a menos, só falta um zilhão.

E os cumes.

E se os Littletons encontraram minha caminhonete e estiverem me esperando lá?

Ele procurou afastar esses pensamentos, imaginando que lidaria com aquilo quando chegasse a hora. Mas...

Ele assobiou para Arlo, que trotou de volta para o seu lado.

– Não saia andando por aí, ouviu? Não quero que deem mais um tiro em você.

Arlo olhou para ele com uma expressão obtusa porém amorosa. Jasper escolheu a próxima árvore, preparou o corpo e começou a mancar devagarinho até ela. Arlo caminhou ao seu lado, observando por um momento, como se tentasse decidir se os movimentos irregulares de Jasper sinalizavam que ele estava fazendo alguma brincadeira, antes de perder o interesse. Então, começou a farejar alguns arbustos próximos.

Uma dúzia de movimentos capengas depois, as mãos de Jasper já estavam apoiadas no tronco. Novamente, ele descansou, esperando que a dor diminuísse. Depois, focou em outra árvore e mancou até ela.

Uma de cada vez, repetiu. *Pode levar horas ou até o dia todo, mas eu vou conseguir.*

VII

Em algum momento pela manhã, Jasper perdeu a conta das árvores que tinham servido de paradas intermediárias. O dia se tornava mais quente, e Jasper apoiou-se, exausto, no tronco grosso de uma magnólia. Da copa das árvores, ele ouviu o chamado de uma mariquita-amarela – como uma roda barulhenta girando e girando – misturando-se com a melodia semelhante à flauta de um tordo-dos-bosques. O coro das aves fez Jasper pensar em Deborah, cujo canto era talvez o som mais divino que ele já tinha ouvido. Ele sempre a chamava de "Minha Pequenina". Ela nasceu quatro semanas antes do tempo, pesando pouco mais de 2 quilos. Ele conseguia segurá-la na palma da mão, e, no hospital, perguntou-se como algo tão minúsculo poderia se tornar um ser humano de tamanho normal. Felizmente, ela era saudável, mas, nos primeiros meses de sua vida, Audrey segurou Deborah no colo durante a maior parte de suas horas de vigília e ficava de prontidão para correr até o pediatra ao menor sinal de falha no desenvolvimento.

Deborah cresceu, assim como David e Mary, embora em um ritmo mais lento. Durante anos, ela esteve no quinto percentil inferior para sua faixa etária em altura e peso, e, até os 12 anos, mais ou menos, era a mais baixa de sua classe, uma menina delicada e de ossos finos, sempre na ponta esquerda da primeira fila de toda foto de turma.

Ao contrário de Mary, Deborah não tinha o menor interesse por atividades brutas. Brincava com Barbies e adorava que Jasper escovasse seu cabelo antes de ir para a cama. Estava sempre cantando junto com as músicas no rádio, e, sempre que cantava com o coral da igreja, Jasper era capaz de identificar a voz de Deborah, maravilhando-se com seu tom e alcance incomuns. Às vezes, quando Jasper estava esculpindo na varanda, Deborah aparecia e pedia que ele escutasse uma música que acabara de aprender. Ele deixava o canivete de lado e ouvia a voz da filha, impressionado com o dom que Deus dera à menina, algo que nem ele e nem Audrey possuíam.

Deborah era a mais falante de todos os seus filhos, tagarelando nos jantares a ponto de Audrey às vezes pedir que ela ficasse quieta para que os irmãos pudessem falar. Ela sempre tinha uma história para contar e adorava fazer perguntas, o que provavelmente explicava sua popularidade na escola. Ao longo dos anos escolares, Deborah era convidada para as festas de aniversário de todos os colegas, e, quando chegou ao segundo ciclo do fundamental, quase todos os finais de semana eram ocupados por festas do pijama. Jasper lembrou-se de fazer pipoca para ela e suas amigas enquanto assistiam a filmes na televisão e, depois, de forçá-las a apagar as luzes e parar de rir.

Seu surto de crescimento chegou quando ela estava no primeiro ano do ensino médio. À noite, após terminar a lição de casa, ela folheava revistas para adolescentes, estudando as mais recentes técnicas de maquiagem. Os meninos começaram prestar uma atenção especial nela. Ela teve uma série de namorados; a maioria deles durou alguns meses, mas alguns – como Allen – duraram mais. Ela ia ao cinema, aos bailes e saía para tomar sorvete, e o rapazinho do momento ligava para nossa casa quase todas as noites. Na época, o telefone ficava na cozinha, mas tinha um fio comprido o suficiente para que ela fosse até a varanda dos fundos, onde passava horas do lado de fora, conversando e rindo, enquanto afastava as mariposas atraídas pelas luzes. Aquilo parecia misterioso

236

para Jasper – algumas das ligações demoravam um *bom* tempo. Como podiam ter tanto assunto?

Deborah era bastante próxima de Audrey, e, intuitivamente, fazia sentido que ela quisesse ser professora, assim como a mãe. Jasper sabia que ela se tornaria o tipo de professora que tanto as crianças quanto os pais e as mães iriam adorar.

No entanto, ela nunca teve essa chance, pois, no espaço de uma única noite, ela também se foi para sempre.

VIII

O relógio de Jasper mostrou que ele vinha se arrastando havia pelo menos duas horas, talvez um pouco mais, e ele calculou que estava no meio do caminho até a caminhonete. Sabia que os cumes ficariam mais íngremes a partir daquele ponto. Apesar do frio, sentia a transpiração na testa, um sinal de que seu corpo estaria começando a superaquecer.

Sabendo que precisava descansar, escolheu uma árvore caída ao longe. Cambaleou em direção a ela, notando que o quadril de seu lado bom estava começando a doer, sem dúvida por causa da tensão de suportar a maior parte de seu peso.

Costas ruins, joelho ruim e, agora, quadril ruim.

Sou uma catástrofe ambulante, pensou; *mesmo que eu chegue ao carro e volte para casa, o que vai acontecer depois?*

Sentia que, quando chegasse à cabana e caísse na cama, talvez não conseguisse mais se levantar. Ele poderia ficar travado, sem conseguir sequer alcançar o telefone. Com o tempo, sentiria fome e sede, e, depois, bateria as botas. Mas a ideia de morrer não era o pior. Arlo poderia enlouquecer quando a fome se instalasse e provavelmente acabaria comendo o próprio Jasper. Por fim, quando o menino percebesse que Jasper não tinha aparecido nos últimos sábados, policiais ou assistentes de xerife chegariam à casa e encontrariam Jasper em pedaços, enquanto Arlo abanava o rabo, sua barriga tão redonda quanto a de um Buda.

Jasper bufou com aquela linha de pensamento tão sinistra. *Devo estar ficando doido*, murmurou. Mas permitir que sua mente vagasse fez com que a dor parecesse mais distante, pelo menos por um tempo.

Quando chegou à árvore caída e se sentou, sentiu como se tivesse caminhado até a Califórnia.

Pegando sua bandana, ele enxugou o suor e pensou no último de seus filhos. A gestação de Paul tinha sido difícil para Audrey. Ela teve sangramentos periódicos ao longo do primeiro trimestre; nos dois meses finais, sua pressão arterial disparou, e ela teve que ficar na cama, de repouso. Durante suas consultas médicas duas vezes por semana, houve várias discussões sobre a possibilidade de induzir o parto. Como os sintomas não pareciam estar piorando, o médico recomendou que eles simplesmente observassem e esperassem. Mesmo assim, Jasper levava a mala de Audrey a cada uma das consultas para o caso de ela precisar ser levada às pressas para o hospital.

Para alívio de todos, a gravidez foi quase a termo, e Paul pesava mais de três quilos ao nascer. Audrey, no entanto, ficou internada por quase uma semana por conta de complicações hemorrágicas, e, entre as visitas a ela no hospital, Jasper teve que cuidar de Paul sozinho. Foi só quando levou Paul do hospital para casa que Jasper percebeu quão pouco sabia de fato sobre cuidar de bebês, apesar de já ter três filhos. Tendo que cuidar de Paul e tomar conta das outras crianças, Jasper se arrastava em uma névoa de exaustão, descobrindo um profundo e renovado apreço por tudo o que sua esposa fazia. Nos seis meses depois que Audrey voltou para casa, ele passou o máximo de tempo possível com ela, tentando antecipar todas as suas necessidades. Embora, no início, ficasse agradecida, ela acabou sugerindo que ele voltasse ao trabalho em tempo integral. Ela gostava de suas rotinas, e, francamente, Jasper entendeu que estava atrapalhando.

Paul era especial para a família toda desde o início. Para Jasper e Audrey, ele era o bebê; para David, o irmão que sempre quis. Mary o mimava como se fosse seu animalzinho de estimação favorito, enquanto Deborah o tratava como uma de suas bonecas. Jasper lembrou-se de uma vez que Deborah passou a maquiagem de Audrey no rosto de Paul depois de enfiá-lo em um de seus vestidos antigos. Ela devia ter 5 ou 6 anos na época. Audrey ficou tão encantada que tirou uma foto das duas crianças. Anos depois, a fotografia desapareceu do álbum de família, e Jasper sabia que Paul era o provável culpado.

Talvez por ser o caçula, Paul era o mais sensível de todos os filhos.

Quando Bert, seu cocker spaniel, teve que ser sacrificado após ser atropelado por um carro, Paul chorou, inconsolável, por semanas; quando seu melhor amigo, Jonah, mudou-se, no segundo ano do fundamental, Paul mergulhou em uma tristeza profunda, como se nunca mais fosse ter um melhor amigo.

Jasper ficou preocupado quando o temperamento de Paul começou a se manifestar em sua adolescência como um desejo insaciável pela aprovação dos colegas. Ele parecia experimentar diferentes identidades, em fases que muitas vezes duravam meses: por um tempo, ele imitou a seriedade de David; outras vezes, insistia que queria se tornar um veterinário, como Mary. Ele passou por uma fase de caubói, uma fase de esportes em grupo e uma fase de skatista. No ensino médio – talvez com inveja da popularidade de Deborah –, deixou o cabelo crescer, como se estivesse desesperado para se enturmar com os adolescentes mais descolados do jeito que ela fazia. Aos 16 anos, ele começou a usar jaquetas jeans e óculos escuros Ray-Ban, e ameaçou fazer uma tatuagem assim que tivesse idade suficiente para isso.

Embora seu filho caçula parecesse lutar com a autoaceitação, Jasper se consolava com a constatação de que Paul continuava sendo um ser humano excepcionalmente bondoso. Quando Mary chorou depois de não ser convidada para um baile, Paul também chorou, e passou o final de semana inteiro escrevendo um poema sobre como ela era especial. Mais tarde, Mary disse a Jasper que fora a coisa mais gentil que alguém já havia feito por ela. Quando Deborah não conseguiu um solo na apresentação de Natal da escola – algo que ela queria desesperadamente –, Paul foi de bicicleta até a loja para comprar seu sorvete favorito e pediu que ela cantasse a música apenas para ele.

Talvez como uma válvula de escape para a tempestade de sentimentos com a qual ele parecia lidar o tempo todo, Paul mantinha diários. Ele podia ser visto rabiscando furiosamente enquanto estava sentado na varanda, ou tarde da noite na cama. De todos os objetos de valor afetivo dos filhos que perdera no incêndio, o que Jasper mais lamentou foi a perda desses diários. De alguma forma, ele imaginava que eles poderiam ter fornecido a resposta para o motivo pelo qual Paul tinha escolhido morrer daquela maneira.

Mas, na verdade, Jasper sabia a resposta.

Seu filho sensível e emotivo, aquele que sentia tudo de maneira profunda e ansiava pela aprovação dos outros, simplesmente não conseguiu conviver com o que havia feito.

IX

Jasper se levantou e começou a caminhar de novo, árvore após árvore, continuando a suar apesar de a temperatura ter começado a cair depressa. Uma frente fria estava a caminho, e ele mancava, descansava e mancava de novo, tentando manter um ritmo lento porém constante. Volta e meia, era forçado a contornar cumes íngremes. O fato de ter que evitar subir nos cumes provavelmente acrescentou pelo menos uma hora a mais à sua caminhada. Agora, entre ele e caminhonete havia um cume longo demais para contornar. Tinha entre cinco e seis metros de altura. Ele parou para se encostar em uma árvore, tentando descobrir o melhor caminho para subir. Imaginou que, por fim, seria capaz de avistar sua caminhonete do alto, mas sentia o corpo absolutamente destruído. Mesmo parado de pé, ele percebia que as pernas tremiam, e suas costas estavam à beira de outro espasmo.

Arlo também estava exausto. A cabeça baixa, a língua para fora, sem interesse em explorar mais nada.

– Acha que vamos conseguir? – perguntou Jasper.

Arlo apenas olhou para ele e abanou o rabo uma vez.

Jasper tentou se preparar para o esforço, perguntando-se mais uma vez se os Littletons estariam por perto. Eles não tinham visto seu veículo atrás da berma na primeira vez, mas isso havia sido à noite. Ele não o havia trancado, então eles poderiam mexer no porta-luvas. Sua carteira estava lá, o que confirmaria as suspeitas de que havia sido ele o responsável por frustrar a armadilha de cervos dos irmãos.

– Se encontraram a caminhonete, provavelmente estão me esperando – murmurou para Arlo. – Mas só tem uma maneira de saber.

Depois de fitar o cume uma última vez, Jasper cerrou os dentes e começou a subir. Ele deu passos pequenos e cuidadosos, e, à medida que o ângulo da inclinação aumentava, ele se viu cambaleando. Plantou um pé, reequilibrou-se, avançou um pouco com o outro pé e se reequilibrou outra vez.

Chegou à metade.

Depois, por fim, a três quartos.

Então, subiu um pouco mais e finalmente pôde olhar por cima. Continuou, sua visão se tornando cada vez mais clara. Enquanto se preparava para o esforço final – *apenas mais alguns passos!* –, ouviu uma voz soar, distante mas inconfundível.

– VOCÊ ROUBOU O NOSSO MILHO, NÃO FOI?

Eric.

Jasper sentiu o coração martelar no peito e girou a cabeça, tentando encontrar a localização dele.

– VOCÊ VIU O VELHO?

Desta vez, foi a voz de Josh, mais próxima, mas vinda de uma direção diferente.

– NÃO!

– ENTÃO POR QUE DIABOS ESTÁ GRITANDO?

– ESTOU ENTEDIADO! PODEMOS IR PARA CASA, POR FAVOR?

Arlo levantou as orelhas e, antes que Jasper pudesse detê-lo, o cachorro subiu até o topo. Sem a cobertura das árvores, ele estava a céu aberto. Jasper assobiou para que voltasse, mas Arlo ou não o ouviu ou o ignorou.

Quanto tempo até os meninos o avistarem?

Com a lenta predestinação de um pesadelo, Arlo se afastou mais. Sem saber onde Josh estava, Jasper hesitou em levantar a voz ou assobiar. Enquanto isso, Arlo continuava perambulando, agora com o focinho no chão. Em sua mente, Jasper desejou que o cão voltasse para o cume, mas não adiantou.

Interessado em um cheiro que obviamente havia farejado, Arlo começou a ir na direção da caminhonete. Naquele instante, à distância, Jasper avistou Josh enquanto ele saía de trás de uma árvore. Ele estava voltado na direção oposta, talvez a uns 40 metros de distância, o cano da arma empoleirado em seu ombro. Se ele se virasse, veria Jasper e o cachorro.

Não havia como Jasper alcançar a caminhonete. Sua única chance era recuar na direção de onde acabara de vir, de volta ao cume. Ele esperava que Arlo percebesse que ele havia retrocedido e o seguisse. Caso contrário, Jasper arriscaria um assobio baixo antes de encontrar algumas árvores para se esconder.

Jasper sabia que descer seria mais doloroso que subir. Ele duvidava que seu joelho aguentasse, então, em vez disso, decidiu retornar, basicamente refazendo os próprios passos. Ele deu um passo cauteloso; no segundo passo para trás – usando a perna com o joelho ruim –, seu pé começou a deslizar. Ele tentou manter o equilíbrio; instintivamente, girou o tronco, e a parte inferior do corpo o acompanhou, o pé descendo mais baixo no cume e ficando preso entre duas pedras semienterradas na terra.

O peso do corpo e o embalo fizeram o inevitável. Seu tornozelo torceu, e Jasper ouviu um estalo, enquanto gritava em agonia. Um momento depois, estava caindo cada vez mais longe do cume.

Mais tarde, ele se lembraria vagamente de cair sobre o ombro, bater a cabeça com força e ver estrelas. A dor atravessou seu corpo como uma fenda se alongando sobre uma camada de gelo.

Ele se esforçou para respirar, lutando para colocar o mundo em foco. Arlo, sabe-se lá como, apareceu ao seu lado. Acima dele, visualizou vagamente um vulto de pé, no cume.

Josh.

– Caiu, velhote? Eu ouvi você gritar.

Jasper piscou, desorientado e tonto demais para se sentir amedrontado.

– Isso é bem-feito pelo que você fez. Não devia se meter onde não é chamado.

A voz de Jasper era rouca.

– Me ajude.

Ele não tinha certeza, mas achou que viu um sorriso malicioso no rosto de Josh.

– O QUE FOI ISSO?! – gritou Eric, de longe.

Josh olhou para Jasper, com cara de quem estava ponderando. Então, gritou:

– VAMOS SAIR DAQUI! ESTOU DE SACO CHEIO DE ESPERAR!

Um momento depois, ele se foi.

Jasper fechou os olhos, deixando-se desvanecer.

X

Das profundezas de seu subconsciente, Jasper sentiu uma gota de água no rosto. Foi o suficiente para fazer com que suas pálpebras se contraíssem, e, quando a gota foi seguida por outra, Jasper abriu os olhos lentamente.

Com a cabeça doendo, ele apertou os olhos, observando as sombras altas gradualmente se transformarem em árvores. *A floresta*, ele recordou. *Estou na Uwharrie*. Quando tentou se sentar, sentiu uma pontada de dor agonizante e gritou, a lembrança do que havia acontecido retornando em uma série de imagens difusas.

O cervo branco. Os Littletons. O cume. O escorregão. O estalo no tornozelo. A queda...

Arfando e cerrando os dentes, ele esperou que as ondas de dor diminuíssem. Nem precisava ver a perna para saber que o tornozelo estava quebrado, e pestanejou quando sentiu outra gota de água no rosto.

Chuva.

Acima dele, o céu estava coberto de nuvens pesadas, e ele ouviu um longo ribombar de trovões ao longe. Movendo lentamente a cabeça, procurou por Arlo e o viu deitado ali perto, seu rabo abanando de nervoso. Aquele cachorro detestava tempestades.

A ideia de tentar se mover apavorou Jasper. Não com o tornozelo torcido, não com o joelho ruim, o quadril ruim e uma coluna que lhe dava espasmos. Não com um crânio fraturado ou, no mínimo, uma concussão. Mais uma vez, ouviu trovões, sentiu um tamborilar de gotas e teve certeza de que a tempestade estava se aproximando.

As gotas acabaram dando lugar a uma garoa, seguida um tempo depois por uma chuva constante. A água entrou em sua boca e ele tossiu, acendendo todos os nervos pelo corpo como luzinhas de uma árvore de Natal. Quando a dor finalmente diminuiu, ele virou devagar a cabeça para o lado, preocupado com a possibilidade de se afogar. Metade de seu rosto estava pousado na lama.

Ele fechou os olhos, mas sentiu o mundo ao seu redor ficando cada vez mais escuro e frio com a chegada da tempestade. Logo depois, Jasper perdeu a luta para permanecer consciente e apagou outra vez.

XI

Quando acordou, o mundo era um breu. Pancadas de chuva continuavam a cair, iluminadas pelo ocasional lampejo de relâmpagos.

Noite, ele percebeu, e, quando o corpo tremia, era excruciante. Ele gemeu, depois começou a chorar, suas lágrimas se misturando com a chuva. Em uma névoa, sentiu o cachorro deitado ao seu lado, seus corpos bem próximos.

Outro calafrio trouxe uma nova onda de dor. Isso aconteceu seguidamente, enquanto as horas se aproximavam pouco a pouco da meia-noite.

Então, finalmente, a noite começou a dar lugar ao amanhecer.

Dez

I

Tanner olhava para as gigantescas janelas panorâmicas da casa na montanha, tomando café e tentando apreciar o nascer do sol, até perceber que era inútil. Angustiado como estava, a vista não era sequer registrada, e ele se perguntou novamente por que a noite tinha tido aquela reviravolta.

Ele não dormira bem, revirando-se na cama e acordando várias vezes. Uma hora antes, finalmente desistira e se levantara. Desde então, ele se viu reprisando a conversa, e, mesmo agora, não conseguia esclarecer como se sentia. Não estava exatamente chateado, mas... havia um nível de presunção por parte de Kaitlyn que o deixara incomodado. O que ela tinha perguntado? Se ele ao menos havia considerado a possibilidade de que ela pudesse ser algo mais que uma aventura? Naquele momento, ele estava tão ocupado tentando processar por que a noite de repente azedara que nem respondeu. Agora, porém, se pudesse voltar no tempo, teria assinalado que eles se conheciam havia menos de uma semana. O que ela esperava? Um anel de noivado? Um pedido de casamento? Depois de apenas cinco dias?

Bebeu todo o café da xícara, assegurando-se mais uma vez de que sua irritação era justificada. Qualquer pessoa concordaria que era cedo demais para qualquer tipo de compromisso sério entre eles; francamente, era cedo demais para ela ao menos levantar uma questão como aquela. Mesmo assim...

Ele se revirara na cama a noite toda em parte porque sabia que ela não estava errada em suspeitar que, mesmo que ele permanecesse ali até junho, a pergunta ainda poderia não passar pela sua cabeça.

Tanner balançou a cabeça, cansado de pensar no assunto. Ela havia deixado claro que não queria vê-lo de novo, então pronto. Saiu de perto da janela, dirigindo-se para a cozinha. Lá, despejou o restante da comida no lixo e lavou a louça antes de empilhar tudo no balcão. O assistente do chef chegaria para recolher os pratos em breve, então ele teria que ficar na casa até lá.

Tanner tomou banho, juntou suas coisas e as levou para o carro alugado antes de se acomodar para esperar. Escolheu um local perto das janelas novamente, mas, como antes, não conseguia apreciar a vista. Em vez disso, seguia reencenando a noite em sua mente, e, de vez em quando, se pegava conferindo o celular para ver se Kaitlyn havia mandado alguma mensagem.

Nada. Quando ele finalmente saiu da casa, não pôde deixar de sentir uma pontada de decepção.

II

Enquanto Mitch terminava seu cereal na cozinha, Kaitlyn mordiscou um pedaço de torrada, seu estômago ainda embrulhado por causa da noite anterior.

– A Casey vai estar aqui quando eu chegar da escola?

Demorou um momento para Kaitlyn registrar que Mitch tinha falado com ela.

– Não tenho certeza – respondeu. – Ela pode ter alguma coisa para fazer depois da escola, mas vamos perguntar.

– Tudo bem se ela não estiver – afirmou Mitch, emborcando sua tigela para que pudesse beber o leite. – Eu sei o que fazer.

Kaitlyn desistiu da torrada e levantou-se da mesa para despejar os restos na lixeira.

– Se já tiver terminado seu cereal, traga a tigela para a pia enquanto eu vou atrás da sua irmã. Nos encontramos no carro em um minuto.

– Ela vai demorar mais de um minuto. Sempre demora.

– É. Bem... apenas faça o que eu pedi, querido.

Kaitlyn enfiou na mochila de Mitch o lanche que havia empacotado mais cedo e a segurou enquanto ele deslizava os braços pelas alças.

– A gente pode ir ao zoológico de novo no domingo? E depois jogar frisbee com o Sr. Tanner?

– Acho que vai fazer frio no final de semana – respondeu ela. – Por que não vamos ao cinema?

– Pode ser – concordou ele, antes de caminhar em direção à porta.

Kaitlyn pegou suas coisas e estava prestes a chamar por Casey quando viu a filha descendo as escadas.

– Estou pronta – anunciou Casey.

– Precisa tomar café da manhã – disse Kaitlyn. – Peguei uma maçã e uma barra de granola para você.

– Beleza. – Casey parou perto da porta da frente. – Como você está?

– Estou bem.

Kaitlyn deu de ombros, esperando fervorosamente que Casey não a tivesse ouvido chorar na noite anterior.

O olhar de Casey era penetrante.

– Se você está dizendo...

III

Jasper abriu os olhos lentamente, apertando-os contra a luz nublada da manhã, sua cabeça latejando a cada batimento cardíaco. Ele estava molhado, congelando, e tinha ficado acordado e tremendo a maior parte da noite, o peso encharcado de sua roupa dificultando a respiração. E, agora, quando seu corpo começou a tremer de novo, ele soltou um gemido quando a dor o atravessou. Pensou ter ouvido barulhos ao longe antes de finalmente perceber que era ele quem emitia os sons.

Com o tempo, as ondas de dor começaram a diminuir, trazendo alguma clareza ao seu raciocínio. De alguma forma, ele havia sobrevivido à noite; de alguma forma, não havia se afogado na chuva. Percebeu sua respiração ofegante sair em pequenos sopros, dissipando-se no ar frio e soturno. Suas mãos estavam tão geladas quanto peixes na feira. Quando tentou se deslocar para abrir espaço sob o casaco e proteger as mãos ali, o movimento de seu corpo foi suficiente para fazer parecer que alguém havia amassado seu tornozelo com um martelo, e ele quase desmaiou.

Quando a tontura passou, ele virou a cabeça devagar e com cuidado procurando por Arlo. O cachorro tinha se afastado mais cedo e agora ele não o via em lugar algum. Jasper tentou assobiar, mas não tinha muita força. Sua mente começou a vagar, e ele se perguntou se, em algum momento, alguém iria encontrá-lo.

IV

De volta a Asheboro, Tanner saiu para uma corrida mais longa que o normal, percorrendo a estrada por quase uma hora e meia. Apesar da temperatura fria, sua camiseta estava encharcada de suor quando retornou ao hotel.

Depois de tomar banho, ele almoçou rápido antes de decidir que mais ar fresco lhe faria bem. No parque, fechou o zíper do casaco e caminhou sob um céu cheio de nuvens brancas, a mente tão confusa quanto de manhã cedo. Por impulso, ligou para Glen, que atendeu no segundo toque.

– Como estão as coisas? Já encontrou seu pai?

Tanner riu, sentando-se em um banco do parque antes de perguntar se estava ligando em uma boa hora.

– Seu timing é impecável – disse Glen. – A patroa e as crianças estão conversando com os vizinhos, e eu tenho a varanda dos fundos só para mim. Como você está?

Tanner começou a falar, contando ao amigo sobre a busca por seu pai biológico e o acidente no estacionamento do Coach's, antes de finalmente fazer um relato daquela semana surpreendente com Kaitlyn. Glen fez barulhos de aprovação enquanto Tanner descrevia Kaitlyn e sua família, e a conexão imediata e intensa que eles desenvolveram.

– Ela parece maravilhosa, Tan. Quando vou conhecê-la?

– Espere, tem mais – alertou Tanner.

Então, ele passou a contar a Glen sobre os acontecimentos da noite anterior, e o término abrupto do relacionamento. Quando acabou, Glen pigarreou e depois ficou em silêncio por tanto tempo que Tanner pensou que a ligação havia caído.

– Alô? – disse Tanner.

– Ainda estou aqui e entendi por que você ligou, mas, sinceramente, não sei o que quer que eu fale.

– Que tal concordar comigo e confirmar que tudo o que ela me disse ontem à noite foi maluquice? – respondeu Tanner, meio que brincando. – Que eu provavelmente tive sorte ao sair dessa?

248

A voz de Glen soou estranhamente hesitante.

– Olhe, Tan, eu tenho que ser sincero com você. Não acho que ela esteja errada em perguntar por que você está voltando para Camarões. Eu lhe disse, quando você esteve aqui, que achava que você estava andando para trás. Você é uma das poucas pessoas que conheço que pode fazer o que quiser da vida, e não entendo algumas das decisões que toma.

Tanner fechou os olhos, imaginando como uma simples ligação para desabafar com um amigo sobre uma mulher havia se transformado em uma análise sobre suas escolhas de vida.

– Independentemente de achar certa ou não minha decisão de aceitar o emprego em Camarões, ela sabia o tempo todo que eu iria embora, então por que de repente criou todo esse alvoroço? – indagou Tanner.

– Eu te entendo – disse Glen, adotando um tom mais conciliador. – Mas também entendo o ponto de vista dela. Por que *não* ficar e ver no que isso vai dar?

Tanner ficou em silêncio. Do outro lado do parque, ele viu um grupo de crianças dando comida a uns patos à beira de um lago.

Glen prosseguiu:

– Acho que o que você tem que responder para si mesmo é: o que você *quer*, Tan? Ficar se mudando para sempre? E o que vai fazer quando cansar de Camarões, algo que nós dois sabemos que vai acontecer?

Era a mesma pergunta que Kaitlyn havia feito, e Tanner se viu se questionando como havia perdido o controle de mais uma conversa. Sem esperar por uma resposta, Glen suspirou e continuou:

– Olhe, eu sei que você ligou para desabafar, e peço perdão se estou te decepcionando. Você se sentiria melhor se eu dissesse que tenho fé que você vai se resolver? Não tenho dúvida de que vai encontrar uma resposta e ficar bem no final das contas. Mas...

– Mas o quê? – questionou Tanner, sem ter certeza de que queria ouvir o resto.

– Você reparou que nunca me ligou para falar sobre uma mulher? Que Kaitlyn foi a primeira e única?

– Isso não é verdade.

– É, sim – disse Glen, as palavras saindo lentamente. – Você mencionou algumas das outras para mim de passagem, mas nunca falou muito sobre

249

elas. E o tom da sua voz quando a descreveu ficou diferente. Está claro que ela já significa alguma coisa para você.

– Significa, sim – admitiu Tanner.

– Então por que está falando comigo sobre isso, e não com ela?

– Eu já te disse... ela não quer me ver de novo.

– E daí?

– Como assim "E daí"?

– Asheboro é uma cidade pequena. – A voz de Glen era paciente mas firme. – Você vai ficar aí umas duas ou três semanas, talvez mais. A menos que decida se esconder no hotel, é provável que a veja de novo. O que você precisa descobrir primeiro, porém, é quem você é e o que realmente quer, para saber o que dizer quando a encontrar.

Depois de desligar, Tanner sentiu-se cansado. Sem querer, ele se perguntou o que Kaitlyn estaria fazendo naquele exato momento; imaginou o que ela planejava fazer com as crianças no final de semana. Calculou que Mitch passaria um tempo esculpindo com o vizinho, como sempre fazia, e mais tarde, eles teriam um jantar em família. Ele sorriu, lembrando-se de sua noite na casa deles, e levantou-se do banco. Começou a andar novamente e, alguns minutos depois, quando notou um casal mais velho de mãos dadas, de repente percebeu que, por mais excitante que tivesse sido fazer amor com Kaitlyn, parte dele desejava que a noite anterior nunca tivesse acontecido, para que eles pudessem simplesmente começar de novo.

V

No consultório, Kaitlyn se manteve o mais ocupada possível. Além de seus pacientes agendados, havia vários para encaixe, e Kaitlyn conseguiu atender a quase todos. Ela encurtou o horário de almoço e começou a atender os pacientes da tarde. Quando o meio da tarde se aproximava – momento em que Mitch chegaria em casa da escola –, o despertador mental de Kaitlyn tocou e ela tirou o celular do modo silencioso. Como sempre, avisou ao paciente que estava examinando que seu filho iria telefonar; os pacientes nunca se importavam. Mitch ligou na hora marcada e, depois de pedir licença, ela foi para o corredor.

– Já estou em casa, e a escola foi um tédio – afirmou ele, antecipando-se às perguntas. – Mas... mamãe? Adivinha só? Arlo está aqui.

Ela demorou um segundo para lembrar quem era Arlo.

– Está falando do cachorro de Jasper?

– Sim. Ele está deitado no nosso quintal, ao lado da árvore. Posso ir ver se ele está bem?

– Não. Fique dentro de casa por enquanto. Se for o Arlo, tenho certeza de que ele vai voltar para o Jasper quando estiver a fim.

– E se ele não voltar?

Mitch parecia preocupado.

– Daí nós vamos levá-lo de volta quando eu chegar em casa do trabalho.

– Tá bom – concordou Mitch, sem esconder sua decepção.

– E lembre-se de que a Sra. Simpson vai aparecer aí daqui a pouco para conferir se você está bem, mas, enquanto isso, mantenha a porta trancada.

– Eu sei. Você sempre fica me lembrando.

Depois de se despedirem, Kaitlyn voltou para a sala de exames. Ela continuou atendendo pacientes à medida que o dia ia chegando ao fim, mas, nos momentos de silêncio – enquanto tentava decididamente não pensar em Tanner –, ela ficava pensando por que Arlo fora até sua casa. Era estranho. Até onde ela sabia, o cachorro nunca tinha feito isso antes, e ela se perguntou se Jasper havia percebido que o cachorro não estava lá. Quando encerrou os atendimentos, sabendo que Jasper não tinha celular, ela ligou para o telefone fixo dele.

Chamou, chamou e ninguém atendeu.

VI

A brisa do fim de tarde fazia os galhos das árvores balançarem, e Jasper os observava, os olhos embaçados. Enquanto o frio impedia que suas roupas secassem, o calor de seu corpo as aquecera e os tremores finalmente cessaram, o que lhe permitiu cochilar várias vezes ao longo do dia. Em seus momentos de vigília, ele tentou fazer um balanço de como estava sua situação: *Nada bem*. Seu estômago vazio havia começado a produzir cólicas e, ironicamente – apesar da tempestade da noite anterior –, ele estava com sede a ponto de sua garganta agora parecer cascalho. O tornozelo inchado parecia um balão de água, e o menor movimento de sua perna era torturante. Pior ainda, a roupa úmida havia irritado a psoríase nas costas, no peito, nos braços e nas pernas, fazendo sua pele pinicar como se estivesse deitado em um formigueiro.

De alguma forma, ele havia sobrevivido ao dia. Mas onde estava Arlo?

O cachorro não tinha voltado. Ele estaria com fome, Jasper concluiu, consolando-se com a ideia de que Arlo havia saído em busca de algo para comer. Não queria acreditar que o cão o havia abandonado, e esperava que Arlo voltasse logo, nem que fosse para compartilhar seu calor. A escuridão – e as temperaturas mais frias – se aproximava rapidamente, e ele rezou para que não houvesse outra tempestade. Ao mesmo tempo, não seria nada inédito. Afinal, refletiu, as intempéries definiam quase tudo em sua vida. Havia a história sobre seu avô e a chuva de peixes, que acabou levando à fundação de uma igreja em Asheboro, onde Jasper havia nascido e crescido. Pensou na chuva que havia castigado as estradas nas redondezas, permitindo que seu pai comprasse o terreno para a cabana. Lembrou-se do furacão e da inundação que destruiu sua casa, e do tornado que arruinou seus negócios. Visualizou as rajadas repentinas de vento que levaram brasas flamejantes para o telhado de sua casa naquela noite fatídica, quando perdera aqueles que amava.

Agora, no entanto, em seu estado debilitado, ele se lembrou da tempestade que havia presenciado quando criança, e do que seu pai lhe dissera na sequência.

Ele tinha 8 ou 9 anos na época, e o pai o levara para pescar em um lago perto de Wake Forest. Quando empurraram a canoa para a água, o céu estava azul e sem nuvens, com o ar tão estático que dava a sensação de que a Terra tinha parado de girar. Como havia muitas moscas e mosquitos, ele e o pai tinham vestido blusas de mangas compridas, mas, quando estavam sobre o lago, o ar se dissipou, dando lugar a um dia perfeito de verão. Nas horas seguintes, eles pescaram percas-prateadas, usando peixinhos como iscas, pendurados em pequenas boias que flutuavam na superfície. Nenhum dos dois sentia necessidade de falar, e, apesar da beleza do dia, Jasper não viu outros barcos na água. Lembrou-se de ter pensado que parecia que os dois estavam sozinhos no mundo.

Os dois tiveram sorte. Ele pegou dois peixes e seu pai, três, uma promessa de que comeriam bem naquela semana. Enquanto guardavam os equipamentos, uma rajada de vento surgiu do nada, de repente, com força suficiente para fazer Jasper quase perder o equilíbrio. No horizonte, ele notou um enorme e furioso bloco de nuvens cinzentas seguindo na direção deles.

O vento aumentou ainda mais, a temperatura caiu e, em poucos minutos, as ondulações no lago começaram a se assemelhar às ondas das praias do litoral. O pai de Jasper pegou os remos com uma expressão preocupada, e a chuva começou. Jasper tentou remar no mesmo ritmo do pai, mas não tinha força suficiente para acompanhá-lo. Ele via o esforço e a tensão nos ombros e braços do pai através do tecido de sua camiseta quando as ondulações começaram a bater nas laterais da canoa. Seu pai remava feito uma máquina, nunca parecendo se cansar, mesmo quando a água subiu até a metade das canelas de Jasper. De alguma forma, eles conseguiram chegar à margem.

Quando puxaram o barco para a terra, em meio a uma chuva torrencial, o pai ficou curvado, respirando fundo, até finalmente se recuperar. Juntos, eles arrastaram a canoa de volta para a caminhonete e a prenderam. Na segurança da cabine do veículo, o pai soprou em suas mãos antes de finalmente dizer:

– Salmo 148, versículo 8 – sussurrou.

De volta à casa, Jasper abriu sua Bíblia e leu: *"Relâmpagos e granizo, neve e neblina, vendavais que cumprem o que ele determina."*

O salmo não mencionava chuva, mas, mesmo assim Jasper achou que entendeu o que seu pai estava tentando lhe dizer. Tudo o que acontece no mundo, de bom e de ruim, oferece àquele que crê a chance de louvar a Deus.

Agora, porém, machucado e desamparado na Uwharrie, Jasper sabia que tinha parado de acreditar nessas coisas havia muito tempo.

VII

Assim que entrou na garagem, Kaitlyn viu Arlo deitado de lado na grama. Depois de descer do carro, ela se aproximou no mesmo instante em que Mitch saiu correndo pela porta da frente.

– Viu? Eu falei que era o Arlo!

– Tem razão – disse ela.

Agachando-se, ela acariciou a cabeça do cachorro, observando que ele parecia ter rolado na lama.

– O que está fazendo aqui, amigão? Liguei para Jasper há pouco tempo, mas ele não atendeu. Você fugiu enquanto estavam caminhando?

Ao ouvir a voz dela, Arlo começou a abanar o rabo e a lutar para se levantar, as patas traseiras tremendo com o esforço.

– Posso pegar um pouco de água para ele antes de o levarmos? – perguntou Mitch. – Acho que está com sede. Agora há pouco, estava com o focinho na mangueira perto da varanda.

– Claro – disse ela. – Pegue um pote de plástico no...

– Eu sei onde fica! – gritou Mitch por cima do ombro enquanto corria de volta para casa.

Um minuto depois, lá vinha ele com a tigela que a família costumava usar para comer pipoca. *Espero que um dia meus filhos realmente me escutem,* pensou ela.

Mitch pôs a tigela no chão e Arlo logo começou a beber.

– Posso dar uma salsicha para ele também? – implorou Mitch. – Ele deve estar com fome.

– Não sei se isso seria bom para ele.

– Por que não? Eu como salsicha.

E isso também não é bom para você, refletiu ela.

– Pois é. Pode pegar.

Novamente, Mitch se virou e correu para dentro da casa, retornando um momento depois não com uma, mas duas salsichas. Ele partiu uma ao meio e ofereceu para Arlo, que a engoliu depressa. Enquanto Mitch oferecia a outra metade, Kaitlyn viu Camille parar na entrada de carros, atrás do Suburban. Casey saiu do carro enquanto Mitch dava a segunda salsicha para Arlo; um instante depois, Camille deu ré e foi embora.

– Oi, mãe. Oi, Mitch – disse Casey, atravessando o gramado. – O que está acontecendo?

– O Arlo apareceu aqui – explicou Mitch. Àquela altura, Arlo havia se aproximado de Mitch e estava farejando seus bolsos, como se procurasse mais comida. – Ele estava no gramado quando eu cheguei da escola.

– Por quê? – indagou Casey, intrigada.

– Não sei – afirmou Kaitlyn, dando de ombros, pensando novamente em como tudo aquilo era estranho.

Kaitlyn tinha planejado levar Arlo andando para casa, mas, como as patas dele tremiam quando ele tentava ficar de pé, ela mudou de ideia. Ele ainda parecia estar prestes a perder as forças.

– Acho que devemos colocá-lo no porta-malas do carro e levá-lo para a cabana, mas ele não vai conseguir pular tão alto.

– A gente levanta ele – sugeriu Mitch.

Isso significava, é claro, que Kaitlyn teria que pegá-lo no colo. Avaliando seu corpinho em forma de barril, ela calculou que ele devia pesar mais de trinta quilos.

– Vai precisar de uma toalha primeiro – sugeriu Casey. – Ele está nojento.

– Beleza! – exclamou Mitch, correndo até a casa pela terceira vez.

Kaitlyn mal teve tempo de gritar:

– As toalhas boas não! Pegue as velhas, no armário!

– Ainda não entendi por que ele está aqui – comentou Casey.

Ela estava acariciando a cabeça de Arlo, os olhos do cachorro quase fechados de prazer.

Arlo aproximou-se outra vez, devagar, da tigela com água. Bebeu por muito tempo, aparentemente com a mesma sede de quando Mitch lhe deu água pela primeira vez. Nisso, Mitch saiu pela porta da frente e correu até eles, carregando as toalhas brancas limpas de seu banheiro. Alguns segundos depois, ele estava esfregando Arlo com uma toalha, que logo ficou manchada de sujeira e lama.

Ótimo, pensou Kaitlyn.

– Pronto, mãe – disse Mitch. – Acho que está limpo o bastante pra gente colocar ele lá atrás.

Kaitlyn sabia que não, nem de longe, mas, mesmo assim, caminhou até a traseira do carro e abriu o porta-malas. Ela chamou Arlo, que lentamente se aproximou. *Ele está se mexendo como se estivesse ferido*, ela reparou.

Kaitlyn estava tentando descobrir a melhor maneira de erguer o cachorro quando Casey se adiantou e simplesmente o pegou pela barriga e o colocou com cuidado no porta-malas. Arlo pareceu um tanto desconcertado antes de abanar o rabo. Kaitlyn olhou para Casey.

– Líder de torcida, mãe – explicou Casey, dando de ombros. – Eu levanto colegas em todos os treinos, lembra? Não se trata só de ficar bonita no uniforme.

– Claro – concordou Kaitlyn.

Mitch embarcou no banco de trás e Casey se sentou ao volante.

– Eu posso dirigir – afirmou. – E posso ajudar a tirar o Arlo depois.

Eles fizeram o curto trajeto até a cabana de Jasper, mas um único olhar foi suficiente para Kaitlyn saber que ele não estava em casa, o que explicava o telefonema não atendido. A caminhonete não estava lá e a casa estava escura, mas, àquela altura, Casey já havia saído para abrir o porta-malas e tinha colocado Arlo no chão. Em vez de ir para a varanda, Arlo ficou no lugar, abanando o rabo.

– Parece que ele não está em casa – disse Mitch, forçando o olhar através dos óculos.

– Vou conferir para ter certeza – informou Kaitlyn.

Ela subiu os degraus até a porta e bateu, sem esperar nenhuma resposta, e se perguntou para onde Jasper poderia ter ido. Até onde ela sabia, ele levava Arlo para todos os lugares. Ela ficou em dúvida se devia ver se a porta da frente estava trancada, mas decidiu que era muito invasivo e voltou para o carro.

– Ele não está em casa? – perguntou Casey.

– Acho que não – disse Kaitlyn. – Mas tenho certeza de que vai voltar logo.

– E o Arlo? – Mitch logo quis saber. – A gente vai deixar ele aqui?

– Não podemos deixá-lo na nossa casa, querido. Ele é o cachorro do Sr. Jasper.

– E se ele ficar com sede de novo?

– Ele vai ficar bem – garantiu Kaitlyn. – Venham. Vamos para casa.

Enquanto eles se afastavam, Arlo permaneceu no quintal, observando-os.

Na curta viagem de volta, nenhum deles disse nada. Intrigada, Kaitlyn decidiu que iria ver Jasper logo pela manhã.

Só por precaução.

VIII

Tanner sentou-se no balcão do bar com um chope IPA à sua frente. Era sexta-feira à noite, e havia um público razoável já comemorando o início do final de semana. Apesar do barulho, ele conseguia captar trechos de conversas ao redor, nenhuma delas muito interessante. Sentado a alguns bancos de distância estava um grupo de três mulheres de quase 40 anos, vestidas para uma noitada na cidade. De vez em quando, ele pegava uma ou outra olhando em sua direção, às vezes oferecendo um sorriso antes de desviar o olhar, outras vezes tentando encará-lo. Embora não pudesse ter certeza, elas pareciam ser mulheres solteiras dispostas a se divertirem, relaxadas e abertas a uma abordagem de baixo risco. Em outros tempos, ele provavelmente teria se aproximado e iniciado uma conversa, antes de se concentrar em sua favorita. Eles conversariam e flertariam, e, pouco depois, ele iria sugerir que encontrassem algum lugar mais tranquilo para que pudessem se conhecer melhor. Depois disso, o restante da noite seguiria seu curso natural.

No entanto, ele não estava no clima. Tinha sido um erro ir ao bar, pensou. Lembranças de sua noite ali com Kaitlyn estavam por toda parte. Parecia inconcebível que tivessem se passado apenas seis dias desde que tinham sido apresentados; sentia como se eles se conhecessem havia muito mais tempo. Ainda podia ver o brilho nos olhos dela quando falava sobre Casey e Mitch, e, mesmo naquela primeira noite juntos, ele tinha captado nela uma bondade e uma resiliência que o atraíram de uma maneira que ele raramente experimentara na vida.

Esse sentimento só se fortalecera à medida que foram se conhecendo melhor, e ele não pôde deixar de pensar que, embora a vida dela fosse independente, a existência nômade dele, povoada pelos fantasmas de tantos amigos e relacionamentos perdidos, agora parecia insignificante. Olhando para seu caneco, ele se perguntou se, inconscientemente, havia sido atraído por Kaitlyn em parte porque ela apresentava uma oportunidade de evoluir, mas, se isso fosse verdade, também significava que havia uma parte dele que estava sempre tentando sabotar a si mesmo.

Tomou mais um gole e, pelo canto do olho, viu que uma das três mulheres o observava de novo. Desviando o olhar, ele tentou conjurar imagens de sua última estada em Camarões, tentando se lembrar das razões pelas quais havia concordado em voltar. Embora *"Eu gostei de lá"* parecesse ser uma resposta boa o bastante, ele desconfiava de que tanto Kaitlyn quanto Glen estavam certos em caracterizar a viagem como mais um passo em sua deriva interminável, e não algo que ele havia procurado por um motivo ou propósito específicos.

Mas, se ele não fosse, então faria o quê?

Não sabia. Apesar de seu desejo de viver uma vida com sentido, suas decisões sempre pareciam refletir a convicção de que sua vida real seria encontrada em outro lugar, além do próximo horizonte.

Kaitlyn adotava uma filosofia diferente. Por meio de palavras e ações, ela acreditava na ideia de que a vida é menos sobre *o que* e *onde* do que sobre *quem*. Ela afirmava que o propósito poderia ser encontrado em cuidar daqueles que amava, assim como de outros necessitados, em um lugar que passava a sensação de lar. Ela dera sentido à própria vida de uma maneira que

Tanner nunca conseguira, e ele tinha a sensação de que havia algo que ainda poderia aprender com ela.

Mas isso não iria mais acontecer. Como areia escorregando pelos dedos, ela o havia libertado, e, no fundo, ele sabia que sua reação seria instintiva. Ele deixaria Asheboro e seguiria em frente mais uma vez.

IX

A noite havia chegado, e Jasper agonizava. Ele não conseguia parar de tremer, e cada espasmo doía terrivelmente. Sua pele, seu tornozelo, seu joelho, suas costas e sua cabeça latejavam toda vez que seu corpo tremia. Ele chorava sem lágrimas, pois seu corpo estava seco como o de uma múmia.

Ele tentava afastar a dor olhando para o céu, que irradiava um brilho etéreo conforme a luz da lua se dispersava pelas nuvens. Certa vez, muito tempo antes, ele e seu pai haviam olhado para um céu semelhante, e Jasper imaginou que aquela devia ser a feição do paraíso. Seu pai dissera que era a luz de Deus, e Jasper se lembrava de ter pensado que era a prova de que Deus sempre estaria com ele.

Entretanto, Deus lhe virara as costas, e, quando Jasper estremeceu de novo, sua visão se estreitou de repente. A dor brilhava vermelha e quente, como a ponta de um atiçador de lareira. Ele tentou lembrar a si mesmo que já havia sentido uma dor semelhante depois de suas queimaduras, mas naquela época ele era mais jovem e mais forte. Agora, não era mais o homem que um dia fora. Na vez seguinte em que tremeu, seus olhos se reviraram e ele desmaiou, sua mente tão escura quanto a própria noite.

X

Perdida em um sonho, Kaitlyn acordou com a sensação de que alguém a estava sacudindo. Quando abriu os olhos, os resquícios do sonho se dissiparam enquanto ela reconhecia o filho. A luz do amanhecer se infiltrava pelas janelas.

– Mamãe. – Ela o ouviu dizer. – Está acordada?

– Agora estou – murmurou. – Que horas são?

– Não sei – disse Mitch. – Mas você precisa se levantar.

Ela esfregou o rosto antes de olhar para o relógio. Eram seis e meia, e ela lutou contra a preguiça para se sentar.

– O que está acontecendo? Por que está acordado tão cedo num sábado?

– Eu estava preocupado com o Arlo, e, quando fui lá fora, ele estava na nossa varanda.

– Ele está aqui de novo?

Mitch fez que sim com a cabeça.

– Posso levar um pouco de água para ele?

Ela passou as pernas pela lateral da cama e deslizou os pés para dentro das pantufas.

– Vamos dar uma olhada nele. E, sim, você pode levar água para ele, mas primeiro vai colocar sapatos e um casaco.

Mitch saiu em direção ao próprio quarto enquanto ela vestia um roupão e descia as escadas até a porta da frente. Como o céu da manhã estava apenas começando a clarear, ela acendeu a luz da varanda antes de abrir a porta. De fato, Arlo estava bem ali, com o corpo encolhido feito uma bola. Quando ele a viu, fez um esforço para ficar de pé. Ao acariciar a cabeça dele, ela notou que seu pelo estava frio, como se ele estivesse do lado de fora havia muitas horas.

Ou a noite toda?

Àquela altura, Mitch havia saído da casa, trazendo a tigela com água. Ela sentiu uma pontada de preocupação no estômago quando ele a colocou no chão. Eles observaram Arlo começar a beber.

– Vá pegar umas salsichas para ele.

– Duas?

– Pegue quatro – disse ela.

Quando Mitch voltou com as salsichas, ele as partiu ao meio e Arlo as devorou. Mitch olhou para ela.

– Por que ele voltou, mamãe?

– Eu não sei.

– O Sr. Jasper está bem?

Mais uma vez, ela sentiu uma pontada no estômago.

– Tenho certeza de que ele está bem, querido.

– Podemos ir lá conferir?

Mitch a encarou com um olhar ansioso, seus olhos enormes no rostinho pequeno.

– Eu vou daqui a pouco. Ainda é cedo.

– O que vamos fazer com o Arlo?

– Consegue encontrar os cobertores velhos no fundo do armário de roupa de cama? Vamos fazer uma caminha para ele na varanda.

– Tá – respondeu ele, correndo de volta para a casa.

Quando ele retornou com os cobertores, Kaitlyn arrumou a cama. Arlo se aconchegou, parecendo contente.

– Eu vou tomar um banho – informou ela a Mitch. – Se quiser, pode ficar com ele aqui fora.

– Certo.

No caminho para seu quarto, Kaitlyn notou que a porta de Casey estava fechada. Abrindo uma brecha para espiar, ela ficou surpresa ao ver a forma adormecida de Casey sob as cobertas. Ela não tinha dito que passaria a noite na casa de Camille?

O dia estava claro e ensolarado quando ela terminou de se arrumar e, depois de pegar suas chaves e a bolsa, Kaitlyn se juntou a Mitch na varanda.

– Fique aqui com o Arlo – ordenou. – Vou dar uma olhada no Sr. Jasper.

Mitch assentiu, e Kaitlyn repetiu a viagem que fizera na noite anterior. Mais uma vez, notou a ausência da caminhonete e o interior escuro da casa que, agora, parecia estranhamente abandonada.

Ela desceu do carro e seguiu pelo caminho de terra até a varanda. Bateu, esperou, depois bateu de novo. Não houve resposta, e ela não conseguiu ouvir nenhum som vindo de dentro da casa. Então, pegou a maçaneta, supondo que a porta estaria trancada, mas ela virou facilmente em sua mão. Abrindo a porta, ela enfiou a cabeça.

– Jasper? – gritou ela. – Olá? O senhor está aqui? Sou eu, a Dra. Cooper!

Ninguém respondeu, e, após entrar, ela olhou ao redor, contemplando as paredes de tábuas de madeira e o mobiliário desgastado porém confortável da pequena sala de estar. O ar parecia ligeiramente estagnado, embora ela não sentisse nenhum odor de decomposição. De repente, ela se deu conta de que era com isso que estava preocupada – que Jasper tivesse falecido –, mas seu alívio durou pouco. Nada daquilo parecia certo. Ela demorou alguns minutos examinando o lugar, espiando os dois quartos e o banheiro antes de ir para a cozinha. Na pia, viu alguns pratos sujos; parecia que ele os tinha colocado lá com a intenção de lavá-los depois que voltasse.

Estranho.

Ao deixar a cabana, ela foi surpreendida pelo barulho distante de tiros. Lembrou-se de que um de seus pacientes havia mencionado que iria caçar perus com os filhos naquele final de semana. Um momento depois, ela ouviu outro tiro, que parecia mais próximo que o anterior. Retornou apressada para o carro. Ao longo dos anos, ela tratara algumas pessoas que haviam se ferido em acidentes de caça, e nunca tinha sido fã de armas; elas a apavoravam. Só quando estava no Suburban foi que ela soltou a respiração, que nem sabia que estava prendendo.

Olhou para a porta da frente uma última vez. Uma coisa era Jasper não estar em casa naquela manhã – talvez ele estivesse tomando café da manhã em uma lanchonete, ou algo assim –, mas o fato de Arlo aparecer de novo em sua casa a fez questionar há exatamente quanto tempo ele estava fora.

Mais do que isso, ela começou a se perguntar o que deveria fazer.

XI

Jasper ouviu um estalo distante, mas, em seu delírio, foi só ao ouvir um segundo estalo que finalmente conseguiu ordenar os pensamentos. Sua mente estava lenta e confusa, e, quando ele abriu os olhos, o mundo ao seu redor estava embaçado.

Tiros, pensou.

Ele se perguntou a que distância os caçadores estavam; imaginou se alguém acabaria por avistar sua caminhonete. Se permaneceriam na área para investigar e, quem sabe, até encontrar seu corpo. A morte, ele sabia, estava chegando, pois, apesar do embaçamento, ele já conseguia distinguir um vulto sombrio no limite de sua visão.

Ele já tinha visto esse vulto sombrio antes, havia muito tempo. Mary tinha 5 anos quando acordou certa manhã com febre, dor de cabeça e dor de garganta. Estava havendo uma onda de gripe, e Audrey ficou com ela o dia inteiro. Colocou um pano frio na testa de Mary, medicou-a com paracetamol a cada poucas horas, mas a febre de Mary continuou a subir, e ela encharcou seus lençóis de suor. Na manhã seguinte, a menina começou a respirar com dificuldade e, preocupado, Jasper a pegou em seus braços e a carregou para sua caminhonete, enquanto Audrey corria para a casa dos vizinhos. Ela pediu que eles ficassem de olho nas outras crianças enquanto o casal ia com Mary para o pronto-socorro em Greensboro.

Como estava com dificuldades para respirar, Mary foi internada imediatamente. Demorou pouco tempo para o médico diagnosticar um caso grave de epiglotite. Seu semblante estava sombrio quando ele lhes disse que Mary estava sendo transferida para a unidade de terapia intensiva, tomando o cuidado de não fazer promessas.

Jasper abraçou uma Audrey chorosa antes de ela voltar para casa para cuidar das outras crianças. Ele ficou no hospital pelo resto do dia e à noite, alternando-se entre a UTI e a sala de espera dois andares abaixo da filha. Algum tempo depois da meia-noite, tomado por uma sensação de impotência, Jasper se ajoelhou e juntou as mãos em oração.

Estava rezando havia mais de uma hora quando sentiu como se seu espírito saísse subitamente do corpo. De repente, ele não estava mais separado da filha. Estava ao lado dela na UTI, ouvindo seus chiados excruciantes enquanto ela lutava para respirar. Ele notou a cor acinzentada e fantasmagórica de sua pele e ouviu o apito constante das máquinas. Viu uma enfermeira loura com uma fivela vermelha no cabelo, cuidando de um idoso no entorno, e foi então que ele percebeu outra presença no quarto.

Em um canto escuro, como se fosse visto através de uma vidraça suja, estava o tênue contorno de uma figura humana. Jasper estreitou os olhos, sentindo o vazio escuro dentro daquela silhueta, e, quando ela lentamente começou a se mover, esticando-se na direção de Mary, Jasper abriu os olhos na sala de espera e se levantou. Atravessou um conjunto de portas duplas e começou a correr pelo corredor do hospital, passando por enfermeiras assustadas. Ele as ouviu chamando, pedindo que parasse, mas as ignorou. Sabia, no fundo de sua alma, que a filha estava em perigo.

De alguma forma, como se o próprio Deus o estivesse guiando, ele encontrou as escadas e subiu, apoiando-se nos corrimãos para ser ainda mais rápido. Chegou ao andar da UTI pediátrica e correu pelo corredor. Instantes depois, invadiu a UTI. A enfermeira loura com a fivela vermelha, que ainda estava ao lado do idoso, virou-se com um grito assustado.

Jasper olhou para a sombra enegrecida que agora envolvia sua filha e percebeu que Mary não conseguia mais respirar. Seu corpo estava arqueando, e, um segundo depois, uma das máquinas começou a soar um apito estridente.

262

Àquela altura, um médico havia chegado ao quarto, no rastro de Jasper, e imediatamente correu até Mary. Outras enfermeiras o seguiram, e, quando Jasper se afastou, ouviu o barulho das ordens gritadas. Observou uma das enfermeiras iniciar a ressuscitação cardiopulmonar; outra enfermeira colocou uma máscara sobre o rosto de Mary e começou a bombear. Outra ainda tentou segurar Mary enquanto o médico preparava um tubo e, um momento depois, ele o viu sendo forçado pela garganta da menina.

A garganta estava tão fechada que demorou um tempo excruciante para o tubo atingir a posição pretendida. Mas, quando o médico se aprumou e respirou fundo com alívio, Jasper percebeu que a sombra sobre sua filha havia começado a desaparecer. A escuridão rapidamente se dissolveu em um tom cinzento antes de desaparecer por completo. Quando o médico se virou para olhar para ele, com uma expressão severa, Jasper abaixou a cabeça, recusando-se a encará-lo. Em vez disso, saiu da sala sem uma única palavra e acabou desabando novamente em uma cadeira na sala de espera.

Naquele momento, ele não sabia que a febre de Mary iria baixar pela manhã. Não sabia que o tubo de respiração seria removido logo em seguida, ou que, em apenas quatro dias, Mary estaria de volta à escola. Tudo o que sabia era que sua filha havia estado em perigo mortal e que, se o médico e as enfermeiras extras não tivessem chegado à UTI naquele exato instante, ela não teria sobrevivido. A morte, sob a forma de um vulto sombrio, havia chegado para buscá-la.

E, agora, enquanto estava deitado no chão da floresta de Uwharrie, Jasper fitava o já familiar vulto sombrio ao longe. Mas, dessa vez, quando ele começasse a se mover em sua direção, ele sabia que não haveria nada que pudesse fazer para impedi-lo.

XII

Ao voltar da cabana de Jasper, ainda preocupada e inquieta, Kaitlyn passou no supermercado e comprou os ingredientes para uma lasanha e alguns pãezinhos de canela recém-assados, além de algumas latas de ração para cães.

Em casa, ela e Mitch comeram os pãezinhos como café da manhã. Então, levaram Arlo para dentro, deram-lhe um banho e o secaram. Ela pôs a ração do cachorro em uma tigela e viu Arlo devorá-la. Ele estava andando melhor e, quando terminou, Mitch perguntou se poderia brincar com Arlo lá fora. Ela permitiu, mas só depois de lembrá-lo de vestir um casaco.

Refletiu mais um pouco sobre o que deveria fazer antes de enfim pegar o celular. Como não se tratava de uma emergência, ela ligou para a delegacia e descreveu brevemente o que estava acontecendo, antes de ser transferida para um investigador. Mais uma vez, contou tudo o que sabia, e, embora o investigador do outro lado da linha fosse atencioso, ele admitiu que, além de passar pela casa de Jasper, havia pouco mais que ele pudesse fazer.

Kaitlyn soltou um suspiro, sabendo que não era suficiente.

– Houve relatos de algum acidente?

Ela ouviu o homem remexer alguns papéis em sua mesa.

– Isso vai levar algum tempo para eu descobrir. Eu teria que entrar em contato com a Polícia Rodoviária e...

– Pode fazer isso, por favor? Eu sou a médica dele, e ele tem alguns problemas de saúde. Pode estar correndo perigo.

A essa altura, ela percebeu que o investigador estava ansioso para encerrar a ligação.

– Vou verificar e ligo de volta. Em qual número posso encontrá-la?

Ela lhe deu seu número. Quarenta minutos depois, ele retornou a ligação.

– Nada – relatou. – Nenhum acidente envolvendo a caminhonete dele.

Kaitlyn massageou a testa.

– Bem... e quanto a um Alerta de Idosos, ou sei lá o nome disso? – questionou ela, referindo-se a um sistema semelhante ao Alerta Amber para crianças sequestradas, que dissemina as informações necessárias para placas eletrônicas das rodovias e para celulares particulares.

– A menos que tenhamos certeza de que ele está desaparecido, ou que algum crime esteja envolvido – explicou o investigador –, ele não atende aos critérios. A senhora mesma disse que a caminhonete dele não está lá e as luzes da casa não estão acesas. Provavelmente foi visitar alguém.

– Jasper não deixaria o cachorro para trás – insistiu Kaitlyn. – Eles são inseparáveis.

– Talvez ele tenha deixado o cachorro com um vizinho e o cachorro resolveu fugir. Sei que não é o que quer ouvir, mas, objetivamente falando, nem está claro que ele está desaparecido. E, antes de se passarem 48 horas, não há muito que possamos fazer.

Kaitlyn soltou um gemido de frustração.

– Se vocês não podem fazer nada, o que eu devo fazer?

– Se eu fosse a senhora, começaria entrando em contato com vizinhos, amigos, familiares. Talvez alguém saiba para onde ele foi. E detesto sugerir que algo ruim aconteceu com ele, mas pode cogitar ligar para os hospitais também.

– E se eu entrar em contato com o xerife?

– Provavelmente vai receber a mesma resposta que acabei de lhe dar. Quarenta e oito horas. Mas, se amanhã ele não aparecer, venha aqui, e eu faço um boletim de ocorrência. No mínimo, consigo colocar um alerta sobre o veículo dele – prometeu.

Ainda não parecia o suficiente, e, depois de desligar, Kaitlyn tentou controlar sua irritação. Ao mesmo tempo, estava impressionada com quão pouco ela realmente sabia sobre Jasper. Embora pudesse recitar seu histórico médico – e soubesse que ele havia perdido a esposa e os filhos havia alguns anos –, ocorreu-lhe que não tinha ideia de como ele costumava passar seus dias. Tampouco, até onde ela se lembrava, ele havia contado a ela sobre vizinhos, amigos ou familiares.

No final, ela seguiu o conselho do detetive e ligou para todos os hospitais da região, até mesmo em Winston-Salem e Durham, mas, de novo, não descobriu nada. Depois disso, em um esforço para se distrair, ela passou as horas seguintes arrumando a casa e colocando a roupa para lavar antes de ir para a cozinha. Casey finalmente desceu as escadas, com os cabelos despenteados e os olhos inchados, e colocou um dos pãezinhos de canela no micro-ondas.

– Achei que você fosse passar a noite na Camille.

Casey apoiou-se ao balcão.

– Ela não estava se sentindo bem, então, depois da festa, pedi que ela me deixasse em casa.

– Ela está bem?

– Está, sim. Disse que estava com enxaqueca, mas acho que ela só queria sair cedo da festa. O Steven estava bancando o babaca.

Que surpresa, pensou Kaitlyn.

– Como foi a festa?

– Normal – disse Casey, dando de ombros. – Drogas, sexo, birita, striptease, jogatina.

– Casey...

– Estava muito frio – contou Casey. – Como eu te disse, os pais dele estavam lá, então basicamente ficamos no quintal de bobeira, imaginando se pingentes de gelo iriam se formar nos nossos narizes enquanto todos fingiam se divertir. – Ela tirou o pãozinho do micro-ondas e olhou pela janela. – Ué... é o Arlo de novo?

– Ele estava aqui quando acordamos.

– Isso é tão esquisito... Acha que aconteceu alguma coisa com o Sr. Jasper?

– Não sei, querida.

Kaitlyn relatou a conversa que teve com o investigador.

– E o que você vai fazer?

– O Mitch ficou de fazer esculturas com ele mais tarde, mas, se ele não aparecer até lá, acho que vou tentar de novo fazer com que a polícia tome alguma providência, mesmo que não tenham se passado 48 horas.

– Que tipo de providência?

Kaitlyn não disse nada, até porque não tinha certeza do que eles realmente poderiam fazer, além de emitir o alerta. Mesmo que resolvessem organizar voluntários e iniciar uma busca, ela duvidava que a polícia soubesse por onde começar.

XIII

Com as pernas ainda doloridas do dia anterior, Tanner correu sem pressa até o parque, antes de se alongar e fazer flexões, elevações e abdominais até seus músculos chegarem ao limite. Mais tarde, na lanchonete, ele comeu ovos e panquecas enquanto lia as notícias em seu iPad. Tomou seu café da manhã com toda a calma, mas, mesmo assim, acabou saindo da lanchonete antes das onze horas, sem saber o que fazer com o restante do dia.

Decidiu passear pelas ruas do centro da cidade. Quando se deparou com um banco, sentou-se e sacou o celular para ligar novamente para Glen.

Quando o amigo atendeu, ele disse:

– Tenho pensado muito na nossa conversa. Queria lhe fazer uma pergunta.

– Fala.

– Como você soube que Molly era a pessoa certa? Quer dizer, você a conhecia há pouco tempo quando se casaram, certo?

– Sete semanas – confirmou Glen. – Mas acho que no segundo encontro eu já sabia que ia me casar com ela.

– O que viu nela que fez você ter tanta certeza?

– Você a conhece. Ela é inteligente e me faz rir, e eu a achei linda, mas já tinha conhecido mulheres assim antes. Com Molly, porém, tinha alguma coisa diferente na maneira como eu me sentia quando estava com ela, e eu simplesmente *sabia*. Entendo que você esteja procurando uma explicação racional, mas, às vezes, simplesmente não há. Às vezes, é só uma intuição. Mas, quando sou sincero comigo mesmo, também acho que tive sorte.

– Por que diz isso?

– Porque o amor é mais que apenas uma emoção. É sobre compartilhar uma vida, e foi só depois que nos casamos que realmente percebi o quanto tínhamos em comum. Possuímos os mesmos valores, a mesma moral, somos ambos católicos. Temos a mesma opinião sobre a criação dos filhos, sobre gastar ou poupar, qual família visitar nos feriados, até mesmo o que gostamos de fazer nos finais de semana. Acredito que, quanto mais concordamos sobre essas coisas, mais nos tornamos uma equipe, pois estamos juntos nessa. E, tendo dito tudo isso, é claro, nunca é fácil. Relacionamentos dão trabalho.

– Não para você e Molly.

– Tá brincando? – disse Glen, com uma risada. – Exige muito trabalho, das duas partes. Nós discutimos. Gritamos um com o outro. Batemos portas, dormimos em quartos separados. Já chegamos perto de nos separarmos em alguns momentos.

– Sério?

Tanner balançou a cabeça, incrédulo.

– Claro. Nunca chegou ao ponto de um de nós sair de casa, mas isso não significa que eu não tenha pensado nisso. E sei que ela também pensou. Todos os relacionamentos têm altos e baixos, mas, no final, nós dois estávamos comprometidos em fazer as coisas darem certo, então foi o que fizemos.

Tanner desligou o telefone depois de mais alguns minutos, com a mente agitada. Na volta para o hotel, ele se pegou pensando nessas coisas em termos de Kaitlyn – pelo menos no que ele sabia dela no pouco tempo desde que se conheciam. Porém, mais do que isso, ele pensou em como se sentia sempre que estava com ela. Pensou no fato de que ela parecia... certa.

XIV

Quando chegou a hora de Mitch se encontrar com Jasper no gazebo,

Kaitlyn já sabia que ele não estaria lá. Ela passara os vinte minutos anteriores espiando pela janela de vez em quando, na esperança de vê-lo, mas não se surpreendeu por isso não ter acontecido. Quando Mitch perguntou se podiam dar uma olhada na cabana mesmo assim, ela assentiu. Arlo os seguiu.

Mesmo à distância, era óbvio que Jasper ainda não tinha voltado. Nada de caminhonete, nem de luzes, e, mais uma vez, a cabana parecia vazia. Mesmo assim, ela entrou para dar uma olhada rápida, notando que nada havia mudado desde sua visita anterior.

Do ponto de vista privilegiado da varanda, ela notou que Arlo havia se deslocado para o limite da propriedade e estava olhando para a Uwharrie.

– O que o Arlo está fazendo?

– Não sei – respondeu Mitch.

– Vá buscá-lo para que possamos levá-lo de volta para a nossa casa.

Ao ver Mitch correr em direção ao cachorro, ela decidiu que iria à delegacia e exigiria que um boletim de ocorrência de pessoa desaparecida fosse registrado imediatamente, mesmo que o detetive não concordasse. Quando Mitch se aproximou, no entanto, o cão começou a trotar em direção à Uwharrie. Quando Mitch tentou segui-lo, Kaitlyn, lembrando-se de repente dos tiros que ouvira antes, desceu correndo os degraus.

– Mitch! Pare! – gritou, ligeiramente em pânico.

Mitch parou e olhou para trás.

– Mas ele está fugindo!

Ela avançou depressa em direção ao filho.

– Não quero que você entre na floresta. É perigoso, querido! Tem caçadores por lá.

– E o Arlo? – gritou Mitch.

– Tenho certeza de que ele vai para a floresta o tempo todo – garantiu ela, perguntando-se se isso era verdade. – Ele vai ficar bem. E, quando ele quiser voltar, saberá onde nos encontrar.

Como Mitch não parecia convencido, eles chamaram o cachorro por alguns minutos, mas Arlo os ignorou. Depois, voltaram para casa, onde Kaitlyn pegou sua bolsa e as chaves. Acabou passando mais de uma hora na delegacia, registrando um boletim de ocorrência. Embora tenha precisado forçar a barra, ela também convenceu o detetive a emitir o alerta imediatamente.

Já em casa, ela estava preparando a lasanha quando Casey apareceu.

– O cheiro está ótimo – comentou ela. – Quando o jantar vai ficar pronto?

– Não vai demorar muito. Talvez uma hora. Vai sair de novo hoje à noite?

– É claro – respondeu Casey. – Mas só mais tarde. Posso ir de carro?

– Pode. Não vou precisar dele esta noite.

– Como foi com a polícia?

Kaitlyn colocou Casey a par de tudo.

– Mitch está muito preocupado com ele, mãe. E com o Arlo. Ele chorou quando a gente estava conversando.

– Também estou preocupada – admitiu Kaitlyn.

– Mitch também me disse que acha que o Sr. Jasper pode estar perdido na floresta. E que foi por isso que o Arlo entrou lá. E isso explica por que o cachorro estava tão sujo.

Kaitlyn parou de colocar o queijo em camadas na travessa.

– Por que Jasper estaria na floresta?

– O Mitch disse que ele ia catar cogumelos. Também disse que poderia estar tentando encontrar o cervo branco.

Kaitlyn lembrou que Jasper havia mencionado o cervo branco para ela também. Mas...

– Como isso explica o desaparecimento da caminhonete?

– Ele pode ter levado a caminhonete para a floresta, não pode? – especulou Casey.

– Talvez – respondeu Kaitlyn.

– A polícia vai procurar por ele lá? Ou os guardas-florestais, ou sei lá?

– A polícia não vai fazer nada até amanhã, no mínimo, e, no que diz respeito à Uwharrie, imagino que quem quer que seja o responsável vai dizer a mesma coisa. Até porque a gente não tem certeza se ele está na floresta.

– Então a gente devia procurar o Sr. Jasper – disse Casey com convicção, cruzando os braços.

– Estamos na temporada de caça – advertiu Kaitlyn. – Eu não quero nem você nem o Mitch na floresta.

Casey a estudou em silêncio, com um olhar enigmático.

XV

Jasper pensou ter sentido algo macio e úmido pressionando seu rosto. Ele abriu um olho, reconhecendo seu cachorro.

– Arlo – murmurou. – Onde você estava?

Em sua mente, as palavras eram claras, mas ele suspeitava que elas houvessem saído como uma onda confusa antes que perdesse de novo a consciência.

Quando acordou novamente, Arlo havia desaparecido.

XVI

Tanner foi jantar em uma churrascaria. Ao seu redor havia casais e amigos, risadas e o murmúrio baixo de conversas descontraídas. A cena evocou imagens de um jantar em família do outro lado da cidade para o qual ele não havia sido convidado.

Isso o incomodou mais do que imaginava, e ele se lembrou do dia em que saiu sorrateiramente da cama tarde da noite e viu sua avó e seu avô dançando na sala de estar. Ele era criança na época, mas conseguia se lembrar da maneira como os dois se olhavam. Havia amor ali, com certeza, mas também uma familiaridade, uma confiança inabalável que, de alguma forma, o confortou quando ele se esgueirou de volta para a cama.

Kaitlyn não havia olhado para ele da mesma forma que seus avós se olharam naquela noite. Embora ela se sentisse atraída por ele, ele sabia que ela não havia se entregado completamente. Vinha se contendo desde o momento em que se conheceram, como se soubesse de antemão que ele acabaria por magoá-la.

E, é claro, ele tinha feito exatamente isso, e a constatação o fez sentir-se vazio de uma forma que jamais havia experimentado.

XVII

Kaitlyn estava lavando os pratos do jantar quando ouviu Mitch chamá-la da sala de estar.

– O Arlo voltou!

– Não entendi. – Kaitlyn fechou a torneira. – O que foi?

– Ele disse que o Arlo voltou – repetiu Casey, indo em direção à porta.

Desde que terminaram o jantar, Casey havia trocado de roupa, se maquiado e arrumado o cabelo, parecendo mais uma jovem adulta que uma adolescente. Kaitlyn secou as mãos enquanto Casey abria a porta, com Mitch se apertando ao seu lado.

– Podemos deixar ele entrar? – implorou Mitch.

– Sim – disse Kaitlyn. – Vou pegar comida e água para ele.

Arlo seguiu as crianças para dentro da casa como se fosse o dono do pedaço; enquanto isso, Kaitlyn abriu uma lata de ração e a despejou em uma tigela. Arlo deve ter sentido o cheiro, porque entrou na cozinha com uma velocidade surpreendente. Casey o seguiu, com uma expressão que dizia *"O que vamos fazer agora, mãe? Sabemos que Jasper está em perigo"*.

Kaitlyn permaneceu em silêncio, procurando uma resposta adequada.

XVIII

Tanner tinha acabado de pagar a conta quando seu celular vibrou. Ele franziu a testa enquanto apertava os olhos para ler a mensagem de texto, hesitando antes de respondê-la. Um momento depois, uma segunda mensagem se seguiu. Tanner vestiu o casaco e foi até seu carro alugado.

Ao entrar no estacionamento do hotel, avistou imediatamente o Suburban estacionado perto da entrada e uma pessoa encostada nele, de braços cruzados. Reduziu a velocidade e estacionou na vaga adjacente antes de sair, curioso.

– Oi, Casey – cumprimentou ele com cautela. – Você está bem?

– Estou bem – disse ela, endireitando-se quando ele fechou a porta de seu carro. – Obrigada por concordar em me encontrar. A propósito, minha mãe não sabe que estou aqui, mas acho que precisamos da sua ajuda.

As sobrancelhas de Tanner se juntaram.

– O que está acontecendo?

– Nosso vizinho Jasper está desaparecido. Aquele senhor que faz esculturas com Mitch.

Ela continuou, explicando tudo. Quando terminou, Tanner olhou para o estacionamento, processando o que havia escutado. Depois de um instante, voltou-se para ela, com um olhar questionador.

– E você está pedindo que eu vá procurá-lo na Uwharrie?

– Sim – disse ela simplesmente. – Como eu te falei, minha mãe não deixa a gente ir procurar por causa dos caçadores.

Tanner lembrou-se de um detalhe de seus dias em Fort Bragg.

– Tenho certeza de que a caça é proibida nas manhãs de domingo, então, se não me engano, amanhã de manhã deve ser seguro – retrucou ele.

271

– Ah – disse Casey. – Eu não sabia disso. Acho que minha mãe também não. – Ela refletiu por um momento. – Você estaria disposto a procurar por ele assim mesmo? Minha mãe provavelmente não vai deixar a gente ir assim mesmo, e você seria melhor nisso por causa do treinamento no Exército e tal.

Ele considerou o assunto. Então:

– O Arlo ainda está na sua casa? – indagou.

– Até onde sei, sim. Por quê?

– Você pode acordar cedo amanhã? Por volta das seis e meia? Para que eu possa pegar o Arlo antes de ir?

– Sim, vou estar acordada nessa hora – respondeu Casey, parecendo aliviada. – E obrigada. Sei que isso vai fazer o Mitch se sentir muito melhor. – Ela hesitou. – Mais uma coisa, se você de fato o encontrar, o Sr. Jasper parece meio... assustador. Especialmente na primeira vez que você o vê. Ele esteve em um incêndio muito grave.

Quando Tanner assentiu, Casey voltou para a porta do lado do motorista do SUV e a abriu, antes de arquear uma sobrancelha para ele.

– Mas é realmente uma pena.

– O quê?

– Que você tenha pisado na bola com a minha mãe. Eu estava começando a gostar de você.

Sem conseguir dizer nada, ele deu um passo para trás e viu Casey dar marcha à ré antes de se afastar em direção à rua principal. Depois que ela se foi, ele voltou lentamente para seu carro. Como iria para a floresta – com ou sem caçadores –, havia algumas coisas de que iria precisar, e torceu para que o Walmart ainda estivesse aberto.

Onze

I

Quando Tanner estacionou na entrada da garagem na manhã seguinte, viu Casey de pé na varanda, usando pantufas e um casaco grosso por cima do pijama. Ela movimentava as pernas erguendo um joelho de cada vez, abraçando o próprio corpo, enquanto Arlo estava sentado pacientemente ao seu lado. Tanner já havia vestido o casaco laranja fluorescente e o boné igualmente laranja que havia comprado no Walmart. Ao lado de uma mochila abastecida no banco da frente, havia uma plaquinha eletrônica e um colete laranja, e ele os pegou antes de sair do carro. A luz estava apenas começando a se infiltrar no céu da manhã.

Casey riu pelo nariz.

– Você está parecendo um cone de trânsito.

– E Arlo será o meu irmão gêmeo – declarou ele. – Cautela nunca é demais.

Na varanda, ele se apresentou a Arlo antes de passar a alça do colete pela cabeça do cachorro e prendê-la. Em seguida, pegou a plaquinha eletrônica e a prendeu na coleira ao redor do pescoço de Arlo.

– O que é isso?

– GPS – respondeu Tanner. – Está vinculado a um aplicativo no meu celular.

– Muito esperto. – Ela esfregou os braços, tentando afastar o frio. – Acha que vai conseguir encontrar o Sr. Jasper? Quer dizer, se ele estiver por lá?

– Tem muito terreno para cobrir – disse ele. – Mas espero que Arlo me mostre o caminho. O que você pode me dizer sobre a caminhonete dele?

– É supervelha e surrada. Acho que é bege ou branca, mas não me lembro ao certo. Devo ter visto o carro só uma vez. Desculpa.

– Não pode haver muitas na floresta que batam com essa descrição.

Ela meneou a cabeça.

– Você provavelmente precisa saber onde ele mora para ter uma ideia do lugar onde Mitch viu Arlo entrar na floresta. Eu não sei o endereço do Sr. Jasper, mas posso lhe dizer como encontrar a casa dele. É perto daqui.

Enquanto ela dava as instruções, Tanner prendeu uma guia na coleira de Arlo, e Casey o seguiu enquanto ele levava o cachorro para o carro. Ele abriu a porta e ajudou Arlo a entrar no banco de trás.

– O que vai dizer à sua mãe? – ele quis saber. – Quer dizer, quando ela perceber que o Arlo sumiu.

– A verdade – respondeu Casey, dando de ombros. Ela deu uma espiada em Arlo antes de olhar novamente para Tanner. – Quanto tempo acha que vão ficar por lá?

– O tempo que for necessário, eu imagino.

Tanner abriu a porta do lado do motorista e se colocou ao volante. Acenou rapidamente para Casey pela janela e deu ré na entrada da garagem. Fez o caminho indicado por Casey, e, alguns minutos depois, parou diante de uma cabana caindo aos pedaços, no final de um pequeno acesso de cascalho.

Olhando pelo para-brisa, ele pensou, com uma pontada de surpresa, que conhecia aquele lugar antes de deixar o pensamento de lado, ciente de que não era relevante no momento. Saiu com uma sacola e retirou dela duas tiras de fita adesiva laranja fluorescente, colando-as nas laterais de sua calça de corrida. Conferiu o aplicativo para ter certeza de que o GPS estava funcionando e ligou e desligou a lanterna para testá-la. Em seguida, verificou novamente a mochila que havia abastecido mais cedo com um kit de primeiros socorros, um cantil cheio de água, géis energéticos e duas mantas isotérmicas, depois a ajeitou nos ombros. Finalmente, abrindo a porta do banco de trás, ele deixou Arlo sair e soltou a guia.

Era evidente que o cachorro sabia onde estava, mas ele não foi em direção à casa. Em vez disso, trotou até o limite da propriedade antes

274

de parar e se voltar para olhar para Tanner. Um momento depois, o cachorro desapareceu na Uwharrie. Embora o céu estivesse começando a clarear, Tanner ligou a lanterna e começou a seguir o cão, primeiro caminhando e, em seguida, numa corridinha leve.

II

Em seu delírio, Jasper experimentava o mundo sem pensamentos conscientes, apenas sensações físicas. Escuridão. Luz. Exaustão. Fome. Sede. Frio. Dor.

Ele não sabia mais que estava na Uwharrie, não sabia mais o que tinha acontecido. Continuava a tremer, e o que antes era agonia agora era registrado apenas vagamente. Ele sentiu alguém apertar sua mão e soube que Audrey finalmente tinha vindo buscá-lo.

– Audrey – sussurrou, e, por um instante fugaz, Jasper conseguiu vê-la através dos olhos da mente.

Entretanto, com a mesma rapidez, a imagem desapareceu.

Em seu lugar estava o contorno sombrio e indistinto de um vulto escuro, aproximando-se cada vez mais.

III

Kaitlyn estava sentada à mesa da cozinha, tomando sua primeira xícara de café, quando Casey desceu as escadas e se aproximou.

– Bom dia – respondeu Kaitlyn, olhando para o relógio. – Acordou incrivelmente cedo.

– Nem me fala – gemeu Casey.

– Se ainda estiver cansada, volte para a cama. O dia está frio e cinzento, perfeito para dormir.

– Tô de boa – respondeu Casey.

Ela se sentou ao lado da mãe e contou o que havia feito. Kaitlyn apenas a encarava por cima da xícara de café.

– Você foi ver o Tanner ontem à noite? – perguntou ela, atônita. – Sem me perguntar antes?

– Imaginei que você não fosse deixar – justificou-se Casey, dando de ombros.

– Imaginou certo – retrucou Kaitlyn, sentindo sua irritação aumentar.

– Alguém tinha que ir procurar o Sr. Jasper, mãe. – A expressão de Casey era séria. – Se a polícia não vai, e você não deixa a gente ir, por que não ele?

Isso poderia ser verdade, mas... Tanner?

IV

Tanner intercalava a caminhada com a corrida, tentando manter uma distância constante atrás do cão. Não queria ficar muito em cima de Arlo, esperando que o cachorro o conduzisse, mas não estava convencido de que Arlo soubesse aonde estava indo. O velho labrador mudava regularmente de direção, indo para a direita e depois para a esquerda. Por duas vezes, ele até começou a voltar pelo caminho que haviam feito antes de finalmente se corrigir.

Apesar de a manhã estar clareando lentamente, a neblina abraçava o chão da floresta, e Tanner ficou grato por ter tido a ideia de colocar um colete em Arlo. O cão se destacava na paisagem cinzenta como um letreiro neon. Embora a floresta parecesse estar vazia, os sentidos de Tanner se encontravam em alerta máximo, e ele examinava o chão o tempo todo em busca de rastros. Olhava em todas as direções, procurando uma caminhonete velha ou sinais de que alguém havia estado na área, e parava de vez em quando, ouvindo com atenção qualquer coisa fora do comum.

O terreno era ondulado, alternando-se entre a mata fechada e trechos rochosos. Mais à frente, Arlo desapareceu atrás de uma pequena elevação. Tanner conferiu o aplicativo em seu celular e ajustou a mochila antes de começar a correr. Ao chegar ao cume, avistou Arlo entre as árvores. O cão trotou para a frente antes de diminuir a velocidade e caminhar, com o focinho no chão.

Tanner o seguiu.

V

Jasper pairava entre a consciência e a inconsciência, e sua mente era um carrossel de memórias congeladas.

Seu pai sentado com uma Bíblia aberta sobre o colo.

Audrey pendurando lençóis para secar em um varal.

Seus filhos reunidos em torno da mesa de jantar.

Mas o vulto obscuro lançava uma sombra sobre todos eles.

VI

Da cozinha, Kaitlyn ouviu Mitch conversando com Casey na sala de estar.

– Acha que ele vai encontrar o Sr. Jasper? – perguntou Mitch.

Era o meio da manhã, e a ansiedade de Mitch vinha aumentando desde que ele acordara e descobrira que Arlo não estava lá.

– Acho que sim.

– Como você sabe?

Casey ficou em silêncio por um momento. Quando ela falou, sua voz soou convicta.

– Porque eu tenho certeza de que ele é o tipo de homem que não vai parar de procurar até encontrá-lo. E ele sabe como isso é importante para você.

Kaitlyn levou a mão à boca, agradecida pelo fato de as crianças não poderem ver as emoções conflituosas estampadas no seu rosto.

VII

Eles estavam na floresta havia mais de duas horas, e Arlo tinha desacelerado um pouco. Tanner o mantinha à vista, com seus sentidos ainda em alerta máximo. Felizmente, a névoa começava a se dissipar, mas, até aquele ponto, ele ainda não tinha visto nada que chamasse sua atenção.

Apesar dos trajetos tortuosos de Arlo, Tanner sabia exatamente onde estava. Seu treinamento era inestimável, mas Tanner também fora abençoado com uma bússola interna que quase nunca falhava. Ele calculou que a cabana estava a uns três quilômetros de distância, mesmo que ele e Arlo provavelmente tivessem percorrido o dobro disso.

Agora, porém, Tanner notou que Arlo parecia estar andando em uma linha reta. Tanner afastou um galho para o lado, se abaixou e saltou sobre uma árvore caída. Arlo, com o focinho no chão, movia-se como se tivesse captado um cheiro familiar. Mais uma vez, Arlo desapareceu atrás de uma elevação e Tanner acelerou.

Tanner estava ofegante quando chegou ao cume. Ele avistou Arlo imediatamente, mas seu olhar foi logo redirecionado quando ele notou algo que se destacava na paisagem.

Seus olhos focaram na caçamba enferrujada de uma picape de modelo mais antigo, de cor clara, com o resto dela parcialmente bloqueado por uma pequena colina ou berma na mata fechada.

Tanner correu até o veículo, diminuindo a distância com rapidez. Quando olhou para trás, Arlo havia desaparecido novamente.

VIII

A caminhonete parecia velha e surrada o suficiente para ter sido abandonada na floresta décadas atrás, mas, quando Tanner se aproximou, viu que ela não estava coberta de folhas em decomposição ou detritos caídos. Provavelmente estava lá havia apenas alguns dias.

De fato, Jasper tinha ido dirigindo para a floresta, mas por quê?

Ele olhou pelas janelas antes de examinar a floresta outra vez. Abriu a porta do lado do motorista.

No banco do passageiro havia um mapa desenhado à mão no verso de um recibo antigo; ele supôs que o mapa mostrasse as estradas da floresta, embora não tivesse certeza. Arrastando-se sobre o banco do motorista, ele abriu o porta-luvas. Estava cheio de papéis e recibos amarelados; por cima havia uma carteira, e Tanner a pegou. Ele a abriu e tirou de dentro uma carteira de motorista. Por um longo momento, estudou a foto de Jasper, seu nome e idade, impressionado com o possível poder da coincidência.

Ele duvidava que o velho tivesse ido muito longe. Então, onde poderia estar? Após sair do veículo, Tanner esquadrinhou a floresta, tentando avistar Arlo. Usando o aplicativo no celular, localizou o cachorro, perguntando-se se Arlo o havia levado até ali por causa da caminhonete ou porque Jasper estava por perto. Começou a correr na direção de Arlo, de olho no ponto brilhante no aplicativo. Pelo que podia ver, o cachorro não estava mais vagando e parecia ter parado.

Tanner acelerou a corrida, lembrando-se de como as últimas noites tinham sido frias. Comprimindo os lábios em uma linha apertada, ele se viu esperando pelo melhor e, ao mesmo tempo, se preparando para o pior.

IX

Jasper tentou e não conseguiu evocar a imagem de Audrey novamente. Para onde ela tinha ido?, perguntou-se. Não estava vindo para confortá-lo? Em vez disso, em seu delírio, ele viu o vulto sombrio de seus pesadelos. E, no entanto, quando estava quase perto o suficiente para tocá-la, a silhueta escura pareceu se assemelhar a Arlo.

X

De acordo com o aplicativo, Tanner estava se aproximando de Arlo, mas ainda não conseguia ver o cachorro. Ele diminuiu a velocidade para uma caminhada e, um momento depois, percebeu que havia chegado a um cume pequeno e íngreme, que havia sido camuflado pela topografia ondulada.

Avistou o cachorro no mesmo instante em que viu um corpo deitado no chão. Descendo o cume, ele se agarrou às alças da mochila, com seus instintos assumindo o controle. Ele havia passado por treinamento médico e de primeiros socorros várias vezes, e tratado colegas em campo com mais frequência do que gostaria de se lembrar. Em um piscar de olhos, Tanner estava de joelhos ao lado de Jasper. Gentilmente, ele empurrou Arlo para o lado, abrindo espaço.

– Olá – disse ele baixinho, enquanto examinava Jasper em busca de ferimentos. Ele analisou as evidências que tinha em mãos: o sangue na cabeça de Jasper significava possível lesão cerebral; lábios ressecados e língua inchada significavam provável desidratação. Sua pele estava sem cor. Um dos pés estava inclinado para o lado em um ângulo estranho, indicando uma fratura exposta na parte inferior da perna. O joelho também parecia bastante inchado. – Está me ouvindo, Jasper? – disse Tanner em seu ouvido. – Como você está, amigo? Estou aqui para te ajudar.

O velho parecia estar murmurando alguma coisa. Tanner inclinou a cabeça para mais perto, mas não conseguiu ouvir nenhuma palavra, apenas um chiado ofegante e rouco. Ele pegou o braço de Jasper para verificar a pulsação, mas a pele do velho estava assustadoramente fria e os dedos tinham uma tonalidade azulada. A pele do pulso era marcada por enxertos, e Tanner não sentiu nada, então tentou a carótida. Naquele local, a pele era rosada e escamosa; concentrando-se, Tanner detectou uma vibração fraca e irregular. Usando a lanterna do celular, ele verificou a dilatação das pupilas de Jasper; para seu alívio, as duas pupilas reagiram. Em seu telefone, o sinal mostrava apenas uma única barra, e ele torceu, desesperado, para que fosse suficiente para fazer uma ligação.

E foi. Ele falou de forma clara e pausada com a atendente do serviço de emergência, explicando a situação, a extensão e a gravidade dos ferimentos de Jasper. Encaminhou sua localização e avisou que a ambulância ou os paramédicos poderiam não conseguir transitar pelo terreno próximo, necessitando de uma maca portátil. Fez a atendente repetir tudo, certificando-se de que ela tinha entendido.

Quando desligou, ele voltou a atenção para Jasper.

Continuou a falar com o idoso com uma voz calma, assegurando-lhe que a ajuda estava a caminho e que ele ficaria bem. Enquanto falava, ele remexeu na mochila, retirando o que precisava. No kit de primeiros socorros, não havia nada que pudesse usar como tala no tornozelo, e ele só teria se arriscado a fazer isso em uma situação de vida ou morte. O tornozelo poderia esperar. Em vez disso, tentou avaliar a extensão do ferimento na cabeça de Jasper. Ele não queria girar a cabeça dele por medo de causar mais danos, mas, usando a lanterna, ficou aliviado ao ver que a ferida havia coagulado e havia menos sangue do que ele imaginava. Era possível que apenas o couro cabeludo estivesse ferido.

Tanner abriu as mantas e, com cuidado, envolveu o corpo de Jasper, na esperança de aumentar sua temperatura corporal. Parecia claro o que havia acontecido: Jasper tinha tropeçado e caído, fraturando o tornozelo e batendo a cabeça. A dor da fratura era provavelmente grande demais para ele ao menos tentar se mover, então o velho tinha simplesmente ficado deitado ali por sabe-se lá quantos dias e noites.

Abrindo o cantil, Tanner derramou um pouco de água na tampa e mergulhou o dedo. Ele umedeceu suavemente os lábios de Jasper e direcionou alguns pingos em sua boca aberta. O idoso provavelmente precisava de uma hidratação intravenosa imediata, mas, nesse meio-tempo, ele esperava que isso ajudasse. Repetiu o processo mais algumas vezes antes de fazer uma pausa. O excesso de água cedo demais poderia fazer com que Jasper tossisse ou se engasgasse. Depois de um minuto, Jasper uniu os lábios e sua língua emergiu devagar. Tanner continuou a umedecer os lábios dele enquanto esperava os socorristas.

280

Pegando de novo o celular, ele decidiu escrever para Casey. No final, incluiu Kaitlyn nos destinatários, então enviou uma mensagem simples contando que havia encontrado Jasper e que ele estava vivo, mas que se encontrava gravemente desidratado, com um ferimento na cabeça e um tornozelo quebrado. Encerrou o texto avisando que o socorro estava a caminho.

Ele ofereceu a Jasper mais algumas gotas de água, e, pela primeira vez, os olhos do velho se abriram brevemente antes de se fecharem outra vez.

– Audrey – sussurrou.

Ou pelo menos foi o que Tanner achou que ele tinha dito antes de Jasper sussurrar uma série de outros nomes. Eram quase inaudíveis, mas novamente Tanner se viu fazendo uma pausa, maravilhado outra vez com os mistérios que às vezes podem revelar planos ocultos.

XI

Tanner sentiu o coração disparar ao ver o nome de Kaitlyn na tela de seu celular alguns minutos depois.

– Tanner? – disse ela, assim que ele atendeu. – Você está no viva-voz com as crianças. Encontrou Jasper?

– Estou com ele agora, esperando os paramédicos e uma ambulância.

Ele resumiu outra vez a condição de Jasper antes de informá-la sobre o que estava fazendo por Jasper nesse meio-tempo.

– Não lhe dê muita água rápido demais – alertou Kaitlyn. – Mas ele vai precisar de hidratação intravenosa assim que for possível.

– Eu disse isso a eles, mas não tenho certeza de onde fica a estrada mais próxima e não faço ideia de quanto tempo levarão para chegar aqui.

– Ele está consciente?

– Está murmurando, mas eu não diria que está consciente. Ele abriu os olhos por um segundo, mas os fechou de novo.

– Talvez seja melhor eu ir aí com o meu equipamento. Onde você está?

– Vou enviar minha localização – disse Tanner, afastando o celular da orelha. – Espere...

– Recebi – disse Kaitlyn, antes de desligar.

XII

Tanner continuava tentando dar algum conforto a Jasper, e ofereceu mais gotas de água enquanto esperava. Ele também verificou os bolsos do idoso, colocando as chaves da caminhonete na mochila. Com o passar dos minutos, Tanner pegou as mãos de Jasper sob as mantas e tentou aquecê-las; por fim, ligou para a emergência uma segunda vez, pedindo uma atualização. Disseram-lhe que alguém estava a caminho.

Meia hora depois de sua vigília ao lado de Jasper, Tanner ouviu uma sirene ao longe. Ele prestou atenção enquanto o som foi aumentando lentamente, até parar. Calculou a distância em mil metros, talvez mais, porém, naquele terreno, era impossível dizer com certeza.

Mais quinze minutos se passaram, e Tanner subiu até o cume. Ele começou a gritar por socorro, esperando que os paramédicos pudessem ouvi-lo. Quando finalmente apareceram, ele acenou com os braços acima da cabeça e berrou, aliviado, quando os dois homens o avistaram e começaram a correr em sua direção. Notou que um deles carregava uma maca dobrável.

Infelizmente, eles não portavam muitos equipamentos médicos com eles, além de um colar cervical e a maca. De perto, ambos pareciam ter 20 e poucos anos, e, depois de posicionarem com cuidado o colar cervical, Tanner os ajudou a levantar Jasper e deitá-lo na maca. Embora Jasper não fosse um homem grande, seria difícil para duas pessoas o carregarem, considerando o terreno e a distância, então eles aceitaram de bom grado a oferta de ajuda de Tanner. A intenção deles, após colocá-lo na ambulância, era transportar Jasper para o hospital local em Asheboro, onde ele seria avaliado antes que os médicos decidissem se o enviariam para o hospital maior, em Greensboro.

Antes de partirem, Tanner pôs a mochila nas costas e enviou uma mensagem rápida para Kaitlyn e Casey, informando-as de que estavam a caminho com Jasper e que talvez fosse melhor encontrarem a ambulância no hospital. Então, quando todos estavam prontos, eles levantaram a maca. Tanner chamou Arlo e eles partiram, com Arlo caminhando ao lado dos homens.

Tanner percebeu que a distância era muito maior que um quilômetro, sobre um terreno difícil, e eles pararam para descansar duas vezes. Por fim, Tanner avistou a ambulância na beira de uma estrada de terra estreita, que ele reconheceu como uma via de acesso para bombeiros. Eles puseram Jasper na parte de trás; um dos paramédicos ficou com ele e o outro subiu no banco do motorista. Tanner ficou para trás, com Arlo.

Logo a ambulância se pôs a caminho, com a sirene ligada. Quando ela sumiu de vista, Tanner virou-se e foi andando na direção da caminhonete de Jasper.

Ele colocou Arlo na caçamba e tentou dar a partida, mas uma correia solta chiou e o motor não conseguiu pegar. Tanner tentou de novo, depois uma terceira vez, bombeando o acelerador com cuidado para não afogar o motor. Depois de mais algumas tentativas, o motor finalmente deu partida e ele o deixou esquentar por um minuto antes de engatar a marcha.

Tanner dirigiu lentamente em torno de árvores e galhos caídos, batendo em pedras e arbustos na direção geral da estrada que acabara de deixar. Quando a alcançou, seguiu na mesma direção que a ambulância. Parou a caminhonete por um momento para tentar entender o mapa que Jasper havia desenhado, mas não conseguiu. Ele não sabia nem dizer onde era o norte ou o sul, então, deixou o mapa de lado.

Felizmente, a estrada de terra acabou levando a uma outra pavimentada; sem saber para qual lado virar, ele apostou em um e acabou acertando. Após sair da floresta, tomou o rumo da cabana, onde deixou a caminhonete, guardando as chaves no porta-luvas ao lado da carteira de Jasper.

Depois de embarcar Arlo em seu próprio carro, ele passou por uma lanchonete e comprou alguns hambúrgueres, dando dois para Arlo antes de dirigir para a casa de Kaitlyn. O SUV não estava lá, e, quando ele bateu, ninguém atendeu. Sem dúvida, estavam no hospital, mas, como não queria deixar Arlo à própria sorte, Tanner o fez beber um pouco de água da mangueira antes de se sentar na varanda. Ele se inclinou para trás em uma das cadeiras de balanço, e Arlo se encolheu feitou uma bola aos seus pés e adormeceu.

Ele esperava desesperadamente que o velho se salvasse. O pobre homem estava mal, sem dúvida. Levando em conta as circunstâncias climáticas dos últimos dias, era surpreendente que Jasper tivesse sobrevivido por todo aquele tempo.

Tanner pegou o celular e começou a pesquisar na internet. No silêncio, pensou em Jasper; mas sua mente também se voltava o tempo todo para Kaitlyn, já sabendo que a sua vinda a Asheboro tinha mudado tudo.

Doze

I

Após o telefonema de Tanner, Kaitlyn compôs mentalmente uma lista de itens e medicamentos que achava que Jasper poderia precisar, então buscou sua maleta. As crianças insistiram em ir com ela e, assim que entraram no carro, Kaitlyn dirigiu até seu consultório, onde pegou tudo bem depressa. Já estavam nas profundezas da Uwharrie quando a mensagem seguinte de Tanner chegou, avisando que Jasper estava sendo transportado para fora da floresta.

Deu meia-volta e seguiu para o hospital, desejando ter pedido a Tanner mais detalhes sobre a condição de Jasper. Ela sempre considerou Jasper uma contradição ambulante: forte e frágil ao mesmo tempo. O fato de ele ainda estar vivo quando Tanner o encontrou era quase um milagre; enquanto dirigia, perguntou a si mesma se ele sobreviveria. Dois ou três dias na floresta, exposto à chuva e ao frio, era muito tempo para qualquer um, quanto mais para alguém de sua idade, com todas as suas enfermidades.

Ela não havia mencionado suas preocupações para as crianças, mas questionou sua decisão de permitir que a acompanhassem. Agora era tarde demais.

Casey e Mitch a seguiram até a emergência, onde ela soube que a ambulância ainda não havia chegado. Enquanto esperavam, Kaitlyn conversou com Michael Betters, o médico de plantão, um homem que ela conhecia havia anos.

Kaitlyn informou ao Dr. Betters tudo o que sabia sobre a condição de Jasper, bem como seu histórico médico, e eles compartilharam suas preocupações sobre o possível traumatismo craniano. A depender da gravidade de seu estado, concordaram em transferir Jasper para o hospital em Greensboro o mais rápido possível.

A ambulância chegou quase uma hora depois, e Kaitlyn caminhou ao lado da maca enquanto Jasper era levado para dentro. A equipe do pronto-socorro entrou em ação – os sinais vitais foram medidos e iniciaram um exame visual e um exame técnico, que mostraram uma temperatura corporal abaixo do normal e sinais de desidratação grave. Jasper recebeu imediatamente uma solução intravenosa de Ringer com lactato e, em poucos minutos, seus sinais vitais começaram a se estabilizar. Foi solicitada uma tomografia computadorizada, e os resultados mostraram um pequeno hematoma subdural. Foram realizadas radiografias das vértebras superiores e do crânio, que, para alívio de Kaitlyn, não mostraram sinais de fratura ou fissura. Radiografias adicionais foram feitas em suas pernas, que indicaram uma grave fratura do maléolo lateral, em que a base da fíbula havia se rompido e estava perfurando a pele, e o que parecia ser um entorse no joelho. Seria necessário fazer uma cirurgia no tornozelo, e Kaitlyn entrou em contato com um ortopedista de sua confiança. Jasper permaneceu inconsciente durante todo o tempo. Como seus sinais vitais continuavam a apresentar melhora, tanto ela quanto o Dr. Betters tomaram a decisão de mantê-lo no hospital local, pelo menos pelas horas seguintes.

Quando o turbilhão de atividades médicas finalmente se abrandou, Kaitlyn soltou o ar com força e segurou a mão de Jasper por um tempo, observando o gotejamento constante do soro. Ela sabia que, quando se tratava de desidratação, os fluidos muitas vezes provocavam o que de outra forma pareceria ser uma recuperação milagrosa, mas Jasper ainda não tinha aberto os olhos.

Quando ela foi dar as notícias para as crianças, elas ouviram em silêncio. Então vieram as perguntas, iguais às dela: *Ele vai se recuperar? Quando vai acordar? Quanto tempo vai ter que ficar no hospital?* Quando Mitch indagou se poderia vê-lo, ela fez que não com a cabeça.

Ainda estava sentada com os filhos quando o Dr. Betters a surpreendeu vindo ao encontro deles.

– Acredite ou não, ele acordou há alguns minutos e está conseguindo falar – relatou ele. – É um senhorzinho durão.

– A gente pode ver ele agora? – indagou Mitch novamente.

– Deixe eu dar uma olhada nele primeiro – disse Kaitlyn, tirando uma mecha de cabelo do rosto de Mitch antes de seguir o Dr. Betters até o leito de Jasper.

De fato, seus olhos estavam abertos, e ela sorriu.

– Oi... doutora – murmurou ele, com a voz rouca.

– Você nos deu um susto e tanto – disse ela, pegando sua mão e a apertando de leve. – Como está se sentindo?

Ele fechou os olhos.

– Está doendo – respondeu ele finalmente.

– O que está doendo?

Ele demorou muito para responder, e ela teve que se aproximar para ouvi-lo.

– Tudo – sussurrou.

II

Kaitlyn levou Mitch para ver Jasper, embora ela o tivesse avisado que o homem precisava descansar e que eles não poderiam permanecer muito tempo. Casey foi junto, e o garoto sentou-se ao lado de Jasper, enchendo-o de perguntas.

As respostas saíam a conta-gotas. Sim, ele tinha ido para a floresta por causa do cervo branco. Sim, ele escorregou e quebrou o tornozelo. Estava na floresta desde a manhã de quinta-feira. Kaitlyn achava que havia mais na história do que Jasper estava compartilhando, mas imaginou que os detalhes seriam revelados com o tempo.

Jasper perguntou quem o havia encontrado, e então Casey entrou na conversa e explicou quem era Tanner. Ao ouvir, Kaitlyn lutou contra o próprio desconforto. Então, vendo a exaustão de Jasper, pediu às crianças que saíssem. Betters prometeu mantê-la informada, embora ela já tivesse decidido ir ao hospital depois de terminar suas visitas domiciliares.

No caminho para casa, ela passou no restaurante Bojangles com as crianças para comprar o almoço.

Ao entrar na garagem de casa, viu Tanner e Arlo esperando por eles.

III

Casey e Mitch foram depressa até a varanda para falar com Tanner e, depois de atualizá-lo sobre o estado de Jasper, atormentaram-no com perguntas, querendo detalhes sobre como ele havia encontrado o idoso. Ele fez uma rápida recapitulação de sua busca com Arlo, explicando depois que estava ali porque não quis deixar o cachorro sozinho.

– Eu não sabia o que fazer – disse ele, encontrando os olhos de Kaitlyn pela primeira vez. – Espero que você não se importe.

– Está tudo bem. – Kaitlyn assentiu, antes de entregar a sacola de comida para Casey. – Pode levar isso lá para dentro para mim? Assim você e Mitch já vão comendo.

Casey passou o braço em volta do pescoço de Mitch.

– Venha, mané – disse ela. – Vamos deixar os adultos conversarem.

Arlo, com o focinho seguindo a sacola de comida, foi atrás das crianças para dentro da casa. Quando a porta se fechou, Kaitlyn cruzou os braços, lembrando a si mesma de manter suas emoções sob controle.

– Todos temos uma imensa dívida de gratidão com você – começou ela. – Não sei quanto tempo Jasper teria durado se não o tivesse encontrado.

– Fiquei feliz em ajudar. Ele vai ficar bem?

Ela lhe contou sobre o estado de Jasper, mantendo sua postura profissional, antes de acrescentar:

– E ele vai ficar com a perna engessada por um tempo. Se isso significa que vai precisar de muletas ou de uma cadeira de rodas, ainda não tenho certeza. Já providenciei um excelente ortopedista para examiná-lo.

Tanner ficou quieto por um momento.

– As mãos dele estavam muito frias – comentou.

Kaitlyn assentiu.

– Pode ter algo a ver com os efeitos do incêndio ao qual ele sobreviveu. Imagino que você tenha visto os enxertos de pele.

– Eu vi – confirmou Tanner. – Ele também tem psoríase.

Kaitlyn o encarou, espantada, então Tanner explicou:

– Enquanto eu estava esperando por você, passei algum tempo na internet para pesquisar por que a pele dele tem essa aparência. – Ele se balançou para a frente e para trás, como se estivesse deliberando sobre sua próxima pergunta. – O que você sabe sobre Jasper? – perguntou ele, enfim, lançando um olhar de soslaio para ela. – Digo, pessoalmente.

– Por que está perguntando isso?

Tanner juntou as mãos na frente do corpo.

– Eu vi a carteira de motorista dele e o documento da caminhonete – disse ele. – Seu sobrenome é Johnson.

Diante do olhar vazio dela, ele continuou:

– Acontece que eu visitei a cabana de Jasper no início desta semana, na esperança de conversar, mas ele não estava em casa. Ele foi um dos nomes que encontrei na lista telefônica antiga e na nova.

De repente, ela se lembrou de Tanner ter mencionado o nome do pai biológico, e seus olhos se arregalaram enquanto processava o que isso poderia implicar.

– Acha que ele pode ser o seu pai?

– Não – disse Tanner. – A idade dele não bate, e estou procurando alguém chamado Dave ou David.

– Mas...?

– Mas ele mora em Asheboro há muito tempo. E pode ter parentes.

Atordoada pelo rumo inesperado da conversa, ela se sentou em uma das cadeiras de balanço.

– Não sei por que não associei o sobrenome dele à sua busca. Acho que é porque eu só penso nele como Jasper. Me perdoe.

– Não se preocupe – respondeu ele. – Sabe se ele tem parentes? Ou se teve filhos homens?

– Tenho quase certeza de que ele era casado e tinha filhos, mas ele não fala sobre isso. Não sei se teve filhos homens nem se tem outros parentes.

– Conhece alguém que possa saber? Amigos ou vizinhos, por exemplo?

Kaitlyn balançou a cabeça.

– Tenho a sensação de que ele é muito reservado. – Ela o fitou com os olhos semicerrados. – Já procurou na internet?

Tanner fez que sim com a cabeça.

– Passei a última hora pesquisando, mas não consegui encontrar nada. O próximo passo seria consultar os registros públicos, mas as repartições só abrem amanhã. – Ele hesitou. – Acha que Mitch saberia de alguma coisa que possa ajudar?

– Não sei sobre o que eles conversam. Mas você pode perguntar a ele.

Ela se levantou da cadeira e entrou, saindo com Mitch um minuto depois. Quando Tanner perguntou se Jasper tinha parentes ou filhos, Mitch assentiu.

– Ele teve dois filhos homens, mas não sei o nome deles.

– Sabe se ele tem amigos na cidade?

Mitch franziu o nariz, pensando.

– Talvez o xerife. Acho que ele mencionou o xerife algumas vezes.

Como Mitch não conseguiu acrescentar nada de novo, Kaitlyn o mandou de volta para dentro. Ela observou Tanner, que parecia perdido em pensamentos antes de finalmente oferecer um sorriso rápido, que desencadeou uma série de lembranças que ela preferia não revisitar. Como se sentisse seu desconforto, Tanner deu um passo para fora da varanda.

– Como Jasper já está se recuperando, acha que seria possível eu visitá-lo no hospital? – indagou ele, virando-se para olhar para ela, com um pé no degrau.

– Tenho certeza de que ele quer conhecer o homem que o salvou, mas, por enquanto, ele precisa de descanso. Talvez daqui a dois ou três dias.

Ele assentiu.

– Obrigado pela ajuda.

– Obrigada a você. Por encontrá-lo.

Tanner deu alguns passos em direção ao seu carro, então se virou.

– Ei – disse ele. – Tem outra coisa que eu queria falar, se não se importar.

Kaitlyn ficou tensa.

– Sim?

– Eu quero me desculpar – declarou ele. – Por não ter sido claro com você desde o início. Sobre ir para Camarões. E você estava certa. Eu não tinha pensado direito nisso, então, além do pedido de desculpas, quero agradecer. Se você não tivesse dito o que disse... – Ele hesitou, como se estivesse procurando as palavras certas. – Tenho feito uma autorreflexão nos últimos dias, tentando descobrir quem eu sou e quem eu quero ser. Só queria que você soubesse que me ajudou a reconhecer a importância dessas perguntas.

Kaitlyn o encarou, sem saber o que dizer. Um segundo depois, viu ele dar as costas e ir embora, dirigindo para longe da casa.

IV

Não demorou muito para que Casey encurralasse a mãe na cozinha.

– O que ele disse? – insistiu ela, antes mesmo de Kaitlyn ter a chance de se recompor.

– Ele queria saber mais sobre o Jasper – respondeu, fingindo estar ocupada com a limpeza dos restos do almoço das crianças.

– Disso eu sei, mas por quê?

Sabendo que não cabia a ela explanar a história dele, Kaitlyn foi vaga.

– Ele acabou de salvar a vida do homem – observou ela, guardando os restos do frango em um pote de plástico. – Acho que qualquer um ficaria curioso.

Casey a olhou desconfiada.

– O que está havendo? Você está agindo de um jeito meio estranho.

– Estou bem. – Kaitlyn se esquivou. – Foi um dia insano.

– Vai sair com o Tanner de novo?

Kaitlyn hesitou.

– Sinceramente, não sei.

Treze

I

Tanner retornou ao hotel. Tomou banho e, apesar de não ter comido muito, percebeu que não estava com fome. Em vez disso, deitou-se na cama, com as mãos cruzadas atrás da cabeça, perguntando-se se haveria alguma chance de Jasper ser seu avô, ou um tio.

Não queria se precipitar, mas, se ele e Jasper fossem de fato parentes, as circunstâncias de seu encontro beiravam a intervenção divina.

Quanto a Kaitlyn...

Ela tinha sido mais cordial do que ele esperava. Isso lhe trouxe certo alívio, mas, enquanto olhava para o teto, se perguntou: será que ela se importava com o fato de ter inspirado nele uma autorreflexão? Será que acreditaria na sinceridade de sua reavaliação? E, o mais importante, será que ela estaria disposta a lhe dar uma segunda chance? Tudo o que ele sabia com certeza era que conhecê-la tinha virado o seu mundo de cabeça para baixo.

A incerteza o fazia se sentir quase sem rumo. Uma semana antes, ele sabia o que estava por vir em sua vida; uma semana antes, parecia que seu caminho dependia inteiramente dele. Mas algo havia mudado dentro de Tanner, isso era inegável. Ele pensou novamente no que Glen lhe dissera... "eu simplesmente *sabia*"... No entanto...

Ele se forçou a aceitar que o que aconteceria a seguir seria uma decisão dela, e não dele. Era uma situação com a qual ele estava dolorosamente desacostumado. Agitado, Tanner não pregou os olhos a noite toda.

II

Na noite de domingo, Jasper já dormia quando Kaitlyn passou no hospital após suas visitas domiciliares para ver como ele estava. Por isso, só puderam se falar na manhã de segunda. Embora ainda estivesse exausto, ele reuniu energia suficiente para contar mais sobre o que acontecera.

Confessando suas preocupações com o cervo branco, ele relatou seus encontros com os irmãos Littleton. Kaitlyn franziu a testa quando ele mencionou seus nomes, lembrando-se de sua antipatia instantânea por Josh. De alguma forma, ela não se surpreendeu com o fato de que eles não só caçassem ilegalmente, mas tivessem abandonado um idoso na floresta, talvez até para morrer.

Depois de garantir a Jasper que estava cuidando de Arlo, ela estava prestes a abordar o assunto de seus filhos quando o Dr. Betters entrou no quarto, junto com o cirurgião ortopédico. Sentindo que era melhor deixar a conversa sobre a família de Jasper para um momento mais privado, Kaitlyn prometeu visitá-lo novamente em breve.

III

Pouco depois de terminar o café da manhã, Tanner foi tentar falar com o xerife. Na recepção, foi informado de que ele estava em uma ligação e lhe perguntaram se preferia falar com outra pessoa. Tanner disse que esperaria pelo xerife.

Trinta minutos depois, foi finalmente conduzido ao gabinete e recebido com um aperto de mão por um homem que se vestia mais como um professor do ensino médio que como um oficial da lei. Depois de apresentações breves, Tanner contou um pouco de sua história e o motivo de sua vinda a Asheboro, incluindo o nome que sua avó lhe dera. Na hora, preferiu não mencionar Jasper.

Charlie Donley recostou-se em sua cadeira.

– É uma história e tanto. Por que você pediu para falar comigo?

Tanner se inclinou para a frente.

– Eu vim aqui porque me disseram que o senhor conhece um homem chamado Jasper Johnson – explicou. – Ele mora em uma cabana perto da floresta de Uwharrie e tem um cachorro chamado Arlo.

– Jasper? – Charlie pareceu surpreso. – Sim, eu o conheço. O que tem ele?

Tanner explicou o que havia acontecido com Jasper nos últimos dias. Quando terminou, o xerife suspirou.

– Ele veio aqui na semana passada falando sobre aquele cervo albino. Estava preocupado com a caça ilegal, e eu o avisei que tomasse cuidado. Parece que não me ouviu. – Ele balançou a cabeça em sinal de frustração. – Você disse que ele ainda está no hospital?

– Está, sim.

– Acho que devo fazer uma visita a ele.

– Então ele é seu amigo?

– Eu o conheço tão bem quanto qualquer outra pessoa daqui. Jasper morou nesta região a vida inteira, assim como eu, mas não é do tipo que gosta de socializar.

– O senhor sabe alguma coisa sobre a família dele? – perguntou Tanner. – Sabe se ele tinha um filho ou um irmão mais novo chamado Dave ou David?

Demorou alguns segundos até que o rosto do xerife registrasse o próprio choque, mas Tanner pôde vê-lo rapidamente juntando as peças.

– Meu Deus! – exclamou ele, antes de olhar pela janela.

Respirando fundo, o xerife voltou-se para Tanner.

– Espero que você esteja com tempo, porque a história de Jasper é simplesmente extraordinária.

IV

Após sair do gabinete de Charlie, Tanner foi até o cartório do condado, onde entrou com um pedido de cópia da certidão de nascimento de David Johnson. Disseram-lhe que levaria alguns dias para o documento ser enfim processado.

Embora o xerife não conseguisse lembrar a idade exata de David quando ele morreu – entre 20 e 30 anos –, a cronologia pareceu a Tanner próxima o suficiente para continuar sustentando a teoria de que Jasper poderia ser seu avô. Segundo sua estimativa, David teria aproximadamente a mesma idade de sua mãe.

Ele ainda estava na dúvida se deveria ou não falar com Jasper. O idoso estava se recuperando de uma experiência traumática, e Tanner não queria tornar as coisas mais difíceis para ele. Havia também a possibilidade de Jasper não querer conhecê-lo; seria correto Tanner forçar a barra? Ele não sabia...

Mas talvez Kaitlyn soubesse.

Sem saber o que fazer, Tanner mandou uma mensagem para ela.

> Estaria disposta a me encontrar para um café depois do trabalho, para falarmos sobre Jasper? Ele teve um filho chamado David, que eu acredito que possa ser meu pai biológico. Eu ficaria muito grato por seus conselhos.

V

Kaitlyn estava no consultório com um paciente quando sentiu seu celular vibrar no bolso. Querendo saber se seria a escola mandando mensagens sobre Casey ou Mitch, ela deu uma rápida olhada na tela e viu a prévia de uma mensagem de Tanner com o texto "Estaria disposta a me encontrar para um café...", sem conseguir ver o restante.

Ela guardou o celular no bolso sem abrir a mensagem e ler o texto inteiro. Era um daqueles dias em que todas as consultas estavam demorando mais que o previsto. Além disso, a situação de Jasper e a declaração confusa de Tanner, junto com as visitas domiciliares que fizera na noite anterior, a tinham deixado emocional e fisicamente esgotada. Ela não tinha tempo nem energia para lidar com Tanner agora nem sentia que algo pudesse ser resolvido tomando café com ele. De que adiantaria?

Recusando-se a pensar nisso, passou o resto da manhã atendendo pacientes, e só depois de ir para casa na hora do almoço para ver como estava Arlo é que ela se lembrou da mensagem.

Após ler o texto completo, ficou abalada. Por mais que apreciasse o que ele havia feito por Jasper, não queria mais se envolver emocionalmente com Tanner. Mas e se ele estivesse certo em relação a Jasper?

Ela refletiu sobre as opções. Jasper era seu paciente e Tanner era um caso interrompido. Sua lealdade primária era evidente: ela tinha que fazer o que era melhor para Jasper. Com a questão esclarecida, Kaitlyn enviou uma mensagem de texto para Casey e Mitch, avisando que chegaria em casa um pouco mais tarde. Em seguida, respondeu à mensagem de Tanner, informando-lhe que poderia encontrá-lo às cinco e meia, não para tomar café, mas em seu consultório.

VI

Na hora combinada, Kaitlyn saiu para a sala de espera. Tanner era o único sentado ali, e ela fez sinal para que entrasse. No consultório, ela se sentou atrás de sua mesa, e Tanner ocupou a cadeira em frente. Ele estava bonito como sempre, mas ela se forçou a ignorar esse detalhe.

– Me conte o que descobriu – disse ela, apoiando o queixo nas mãos cruzadas, com os cotovelos sobre a mesa.

Tanner expôs o que ficara sabendo por meio do xerife, bem como suas reservas quanto a falar com Jasper.

– Bem, parece que a probabilidade é bem alta, mas quem sabe? – comentou Kaitlyn. – Também acho que a decisão sobre um encontro deve caber a Jasper, ainda mais considerando o estado frágil dele. Fico feliz por concordarmos.

– O que você sugere?

– A melhor prova, é claro, seria um teste de DNA. Mas tenho certeza de que Jasper vai querer saber o motivo do teste antes de dar seu consentimento, e, para ser sincera, não tenho ideia de como ele reagiria ao ser informado.

Enquanto Tanner refletia, o silêncio ficou pesado. Finalmente, ele ergueu o olhar, suas íris brilhando com partículas castanho-douradas.

– E se houvesse outra maneira de provar que ele é meu avô? E ainda deixar totalmente com ele a escolha de me conhecer ou não? Sem alertá-lo quanto à minha existência, inclusive.

Kaitlyn o fitou com curiosidade.

– Não vejo como isso seja possível.

– Você teria que se dispor a fazer uma única pergunta a ele. E, depois disso, me dizer o que ele deseja fazer.

Ela o encarou.

– No que você está pensando?

VII

Tanner foi embora logo depois. Kaitlyn, por sua vez, permaneceu sentada no consultório, refletindo sobre a conversa. O plano de Tanner era consistente, e ela valorizava o fato de que ele não tinha a intenção de adicionar qualquer estresse à vida de Jasper. Só Deus sabia como aquele homem já havia sofrido. Ela ainda não conhecia as circunstâncias do incêndio no qual ele havia sido tão gravemente ferido, e, quando Tanner compartilhou o que o xerife havia lhe contado sobre o incidente – e o que Paul fizera depois –, ela achou que ia passar mal. Não conseguia imaginar como Jasper havia encontrado forças para seguir em frente.

Depois de alguns minutos, ela deixou o consultório e fez a curta viagem até o hospital. Tanner já estava lá, sentado no pequeno saguão. Ele ergueu o olhar quando ela passou, mas não disse nada. Depois de analisar o prontuário de Jasper no computador, ela respirou fundo e foi vê-lo.

VIII

Por mais que soubesse que precisava ficar, Jasper detestava estar no hospital. Ele já havia passado tempo demais da vida em hospitais. Tinha dito isso ao Dr. Betters quando ele viera examiná-lo mais cedo, e repetido para o cirurgião ortopédico, caso o outro médico não o estivesse ouvindo. Betters não fez nenhuma promessa. Em vez disso, por causa da melhora no estado geral de Jasper, o cirurgião tomou a decisão de operá-lo na manhã seguinte, logo provavelmente Jasper ficaria ali por mais tempo.

Os enfermeiros tentavam deixá-lo confortável, sem dúvida. Ajustaram a cama para que ele pudesse se sentar e ligar a televisão, mas o volume era muito baixo para que ele conseguisse entender o que estava sendo dito. Não que estivesse interessado; a televisão estava sintonizada no Discovery, e, pelo que conseguia deduzir, passava um programa sobre vulcões. Como não havia vulcões em um raio de mil quilômetros de Asheboro, ele não dava a mínima. O que realmente queria saber era se o cervo branco continuava vivo. Ficou imaginando se os irmãos Littleton haviam seguido com a caça depois de o abandonarem na floresta; se tinham voltado na sexta-feira para uma última tentativa antes que as hordas de caçadores de perus começassem a chegar. Ele havia perguntado aos enfermeiros sobre isso, mas ninguém parecia saber de nada. Nem Charlie – o xerife tinha passado por lá algumas horas antes para recriminar Jasper por agir como um tolo.

Ele ficou feliz, entretanto, ao saber que a Dra. Cooper estava cuidando de

Arlo, como ela havia contado em sua visita pela manhã. Era gentil da parte dela, mas ele deveria tê-la avisado para não cair em nenhum dos truques de Arlo. O cachorro nem sempre estava com fome, mesmo que agisse como se estivesse prestes a desmaiar de inanição. Não dava para confiar na honestidade de Arlo quando se tratava de comida.

Mas era um bom cachorro. Ele tinha ido atrás de ajuda, e a ajuda acabou chegando. Se houvessem lhe perguntado antes, Jasper teria dito que o cão não seria capaz de algo assim. Ah, ele sairia da floresta com facilidade. Era quase o seu quintal. Mas Jasper não esperava que ele fosse inteligente o suficiente para chegar até a casa da Dra. Cooper. Ele nunca havia passado muito tempo lá, e, uma vez que o menino lhe ofereceu salsichas, Jasper imaginou que Arlo saberia reconhecer uma coisa boa quando a visse e simplesmente ficasse por lá. *Por que procurar pelo velho quando estou comendo salsichas aqui?* Mas não, o cachorro havia cumprido o seu dever.

Os milagres nunca cessam, pensou Jasper, mas o pessoal do hospital não reconhecia Arlo pelo herói que ele era. Quando Jasper indagou se o cachorro poderia ficar com ele, foi informado de que animais de estimação não eram permitidos. Ele se perguntou se isso também se aplicava aos cães-guia. Perdido em pensamentos, demorou um tempo para perceber que a Dra. Cooper estava parada à porta.

– Oi, Jasper – disse ela. – Posso entrar?

Jasper mexeu no lençol, certificando-se de que suas partes íntimas estavam cobertas. Ela podia ser sua médica, mas isso não significava que precisasse ver algo que não estava com vontade de ver. Ele acenou para que entrasse. Ela se aproximou com um sorriso e puxou uma cadeira.

– Posso ver que você está muito melhor que hoje de manhã – observou ela –, e seus exames também parecem bons. Soube que a sua cirurgia está marcada para amanhã.

– O médico disse que eu vou precisar de parafusos para fixar meu tornozelo.

– Isso é comum em fraturas como essa. Como está se sentindo?

– Minha pele está coçando mais do que o normal, mas tento não prestar atenção nisso.

– E dá certo?

– Não.

– Está recebendo comida o suficiente?

– Eu disse aos enfermeiros que não como muito, mas eles parecem não se importar. Uma enfermeira ficou me olhando feio até eu terminar tudo que estava na bandeja.

Kaitlyn sorriu.

– Ela fez certo. Você precisa recuperar suas forças. Como está a cabeça?

– O Dr. Betters garante que está tudo bem. Não tenho mais dor de cabeça.

– Isso é ótimo. Ah, a propósito, Mitch me pediu para mandar um oi. Ele disse que está ansioso para voltarem a esculpir juntos, assim que você se sentir disposto.

Jasper assentiu.

– Estou pensando em esculpir um cervo para ele e pedir que ele pinte de branco. Você ouviu falar se aquele cervo foi visto de novo?

– Não ouvi nada, mas, se eu souber de alguma coisa, te aviso. Independentemente disso, não acho que deva se aventurar na floresta por enquanto.

– Charlie me disse a mesma coisa – revelou ele, fazendo uma carranca.

– Charlie?

– O xerife. Ele veio aqui mais cedo.

– Ele vai fazer alguma coisa a respeito dos Littletons?

– Não há muito que ele possa fazer. A floresta é de jurisdição federal. E os meninos não fizeram nada contra mim. Eu simplesmente caí.

Kaitlyn fechou a cara, furiosa.

– Eles poderiam ter ajudado você, ou chamado alguém para ajudar... – comentou ela, destilando ódio. – Sinceramente...

– Não é crime deixar de fazer essas coisas – explicou Jasper, dando de ombros. – Não acho que soubessem o quanto eu estava machucado.

– Você está sendo benevolente demais – protestou Kaitlyn.

– Estou neste mundo há muito mais tempo que você. Algumas batalhas simplesmente não podem ser vencidas.

– Bem, só para você saber, Casey me disse que confrontou Josh por tê-lo abandonado na floresta, e ele foi burro o suficiente para admitir. Digamos que a popularidade dele começou a diminuir, pelo menos na escola.

Jasper sorriu, pensando que não era muito, mas pelo menos era alguma coisa. Ele viu Kaitlyn aproximar sua cadeira da cama.

– Jasper... posso lhe fazer algumas perguntas?

– É isso que está fazendo desde que chegou aqui.

Ela sorriu.

– Eu sei, mas é sobre um assunto diferente. E eu não sei bem como começar. Até porque não é da minha conta. Mas pode ser da sua.

– Pergunte o que quiser.

– Certo, mas, antes disso, quero que saiba que estou do seu lado e farei o que você quiser que eu faça. – Após Jasper assentir, ela pareceu ganhar coragem. – Há pouco tempo, eu soube das circunstâncias do incêndio em que você foi ferido e do que aconteceu com sua família. Não consigo imaginar como deve ter sido terrível, mas entendo por que você nunca quis falar sobre isso. Eu também não ia querer. E sinto muito pelo que você passou.

Jasper não disse nada. Ele percebeu que ela estendeu a mão até a sua antes de prosseguir.

– Mas estou aqui porque queria lhe perguntar uma coisa sobre seu filho David. Se não quiser responder, tudo bem.

Jasper fez que sim com a cabeça, sentindo sua curiosidade aumentar.

– Você se lembra de alguma coisa sobre a adolescência de David?

Jasper fechou os olhos por um momento.

– Eu me lembro de tudo – sussurrou ele, com um nó na garganta. – É tudo o que me resta.

– Sabe se ele teve uma namorada ou uma jovem de quem gostava?

– Sim.

– O nome dela era Monica Hughes?

Ao ouvir o nome, Jasper sentiu um choque quase elétrico.

– Como sabe disso? – perguntou ele.

– Pode me dizer alguma coisa sobre ela?

– David a amava, mas ela se mudou – revelou ele, com a voz trêmula. – O pai dela era do Exército e foi enviado para algum lugar da Europa, eu acho. David nunca mais a viu nem ouviu falar dela. Ele ficou com o coração partido.

Kaitlyn parecia encará-lo com infinita ternura.

– Se David era parecido com você, sem dúvida Monica amava muito o seu filho. David nunca mais ouviu falar dela porque ela faleceu pouco depois de se mudar.

– Ela morreu?

– Você sabia que ela estava grávida quando se mudou? – A voz de Kaitlyn era hesitante mas gentil.

– Não – disse Jasper.

301

– Ela estava. Não sei os detalhes, mas houve algum problema no parto – contou Kaitlyn.

Jasper demorou um pouco para entender o que ela estava dizendo.

– Ela estava grávida e depois morreu?

– Isso. Ela deu à luz um menino.

– E David era o pai?

– Sim – respondeu Kaitlyn, assentindo.

– Tem certeza disso?

– Um teste de DNA pode confirmar, mas eu não estaria aqui lhe contando tudo isso se não tivesse certeza.

Os olhos de Jasper começaram a se encher de lágrimas conforme a compreensão foi surgindo lentamente.

– O menino sobreviveu? Eu tenho um neto?

– Você tem – disse ela, enxugando as próprias lágrimas, a respiração trêmula. – O nome dele é Tanner Hughes. Foi ele quem encontrou você na floresta.

Era coisa demais para Jasper processar, e ele agarrou a grade da cama, como se quisesse se estabilizar.

– Tanner Hughes – repetiu ele.

– Isso me leva a outra pergunta – continuou Kaitlyn, apertando a mão de Jasper. – Tanner deseja saber se você quer conhecê-lo. Se não quiser, ele me pediu que lhe dissesse que entende e que nunca mais tentará entrar em contato.

Jasper olhou para ela, as lágrimas começando a cair. Ficou em silêncio por pelo menos um minuto enquanto as lágrimas escorriam pelo seu rosto.

– Sim – disse ele, finalmente, tentando se acalmar, sentindo uma súbita sensação de deslumbramento. – Eu gostaria muito de conhecer minha família.

Epílogo

I

Na manhã de sexta-feira, Tanner parou em um drive-thru para comprar três sanduíches de presunto. Ele estava a caminho da cabana de Jasper e comprou um para ele, um para si mesmo e um para Arlo. De acordo com Jasper, o cachorro merecia uma recompensa pelo que fez, mas Tanner já havia percebido que os sanduíches eram um item básico na alimentação tanto do senhor quanto do animal.

Ao chegar à cabana, Tanner entrou sem bater, como tinha feito no dia anterior. Ele ajudou Jasper a se vestir e a se sentar na cadeira de rodas, então o levou para a cozinha e preparou um bule de café. Quando ficou pronto, Tanner serviu duas xícaras e as levou para a mesa, junto com os sanduíches de presunto. Arlo devorou o seu com duas mordidas rápidas antes de cutucar o bolso de Tanner com o focinho, procurando mais; Tanner comeu o seu em um ritmo mais razoável. Jasper, por sua vez, só comeu metade. Tanner embrulhou a outra metade e a guardou na geladeira, para o caso de o avô ficar com fome mais tarde – se bem que, caso os últimos dois dias servissem de indicação, ele não comeria novamente até Tanner esquentar uma lata de sopa ou chili com feijão para o jantar.

Após o café da manhã, ele levou Jasper para a varanda da frente, com Arlo logo atrás. Como a manhã ainda estava um pouco fria, convenceu o avô a usar um casaco e um gorro, e também fez questão de colocar um cobertor sobre suas pernas. Kaitlyn e o Dr. Betters lhe haviam alertado que a exposição prolongada de Jasper às intempéries e o choque que isso causou provavelmente desencadeariam uma resposta grave do sistema autoimune; ele teria que ser monitorado de perto. A psoríase no pescoço, no peito e nos braços continuava mais inflamada que o habitual, e os nós dos dedos de sua mão direita tinham inchado de repente até quase o dobro de seu tamanho normal. Nem Kaitlyn nem o Dr. Betters sabiam dizer quando, ou mesmo se, a inflamação e o inchaço iriam diminuir. Tanner achava difícil acreditar que Jasper nunca se queixava de nada disso.

Sentando-se em uma das cadeiras de balanço, Tanner olhou para o avô, maravilhando-se com o prazer que era passar um tempo com ele. Não sabia o que esperar – lembrou-se de ter feito uma pausa na porta do quarto de Jasper no hospital, preparando-se para a possibilidade de a conversa ser malsucedida. Mas o idoso o recebera com bondade no olhar, estendendo-lhe a mão em silêncio. Tanner a envolveu com a sua, e ficou claro que o homem não queria soltá-la.

– Você me encontrou – disse Jasper com a voz rouca, depois de alguns minutos.

– Sim – retrucou Tanner, um sorriso se espalhando pelo seu rosto. – Acho que sim. Em mais de um sentido.

Tanner passou três horas com Jasper naquela noite. Kaitlyn havia providenciado um teste rápido de DNA, apenas para ter certeza, mas os dois pareciam sentir que sabiam, de alguma forma, o que o exame revelaria, sem qualquer sombra de dúvida.

Como Jasper ainda estava se recuperando, Tanner falou a maior parte do tempo. Ele descreveu a cronologia de sua vida, desde a criação no exterior e o serviço militar, passando pelo trabalho de segurança em outros países e a longa viagem de carro que fez após a pandemia de covid. Contou a Jasper sobre os meses que passara cuidando da avó, incluindo sua revelação no leito de morte que acabou por levá-lo a Asheboro.

Inesperadamente, Tanner se viu até compartilhando sua crescente hesitação sobre o retorno a Camarões. Ele confessou que se sentia ligado a Casey e Mitch, apesar do pouco tempo de convivência. Quando falou sobre Kaitlyn, tentou contornar seus sentimentos por ela, mas Jasper o interrompeu:

– Você a ama. Posso ver isso nos seus olhos. Precisa dizer a ela como se sente.

Tanner ficou sem palavras e, naquela noite, praticamente não dormiu.

Na manhã seguinte, ele ficou sentado na sala de espera durante a cirurgia de Jasper e passou o restante da tarde no quarto do idoso, enquanto ele se recuperava. Nesse meio-tempo, providenciou o aluguel de uma cadeira de rodas. Ele também encomendou madeira, compensado e ferramentas para serem entregues na cabana no dia seguinte.

Na quarta-feira, quando Jasper recebeu alta do hospital, Tanner também havia trocado seu carro alugado por um SUV e pegou Jasper no colo para colocá-lo no banco do passageiro, guardando a cadeira de rodas no porta-malas. Eles buscaram Arlo na casa de Kaitlyn no caminho para a cabana. Quando pararam no acesso de cascalho, Tanner viu que os materiais de construção já haviam sido entregues.

Dedicou a maior parte do restante da tarde e da noite a construir uma rampa temporária da varanda até o cascalho. Enquanto ele martelava e serrava, Jasper lhe contou sua história.

Sentado em sua cadeira de rodas, ele falou sobre pêssegos, esculturas e versículos bíblicos, e um avô que uma vez testemunhou peixes caindo do céu. Ele descreveu a confiança bondosa do pai e a desolação que experimentou com sua morte repentina. Seu rosto brilhava de amor e admiração enquanto contava como Audrey havia subido em sua caminhonete. Falou sobre a caça aos morilles, o primeiro beijo e como tinha sido difícil se despedir quando ela foi para a faculdade. Tanner ouvia atentamente o avô explicar seu sucesso comercial inicial com as pereiras-de-bradford. Na maioria das vezes, porém, Jasper se concentrava na família que ele e Audrey criaram, compartilhando histórias sobre cada um dos quatro filhos. E, claro, ele falou especialmente sobre David – de forma vívida e detalhada. Isso fez Tanner ansiar por mais detalhes sobre a mãe.

Depois que Tanner terminou tudo, exceto o corrimão da rampa, Jasper o direcionou até o barracão dos fundos e pediu que ele pegasse a caixa contendo as fotos de família que estavam na cabana, não na casa, quando houve o incêndio. Tanner examinou com atenção as fotos de David, surpreso com a semelhança. Tinha o nariz e o queixo do pai e, ao perceber o olhar de Jasper enquanto se debruçavam sobre as fotos antigas, notou que o idoso também havia reconhecido a semelhança. Como é estranho, Tanner refletiu, encontrar conforto em uma parte de sua história que ele nunca soube como lhe fazia falta.

No entanto, somente no dia anterior Jasper revelaria o restante de sua história – o desfecho trágico de sua vida outrora abençoada, de que Tanner ficara sabendo parcialmente pelo xerife. *O tornado agindo como o dedo de Deus, destruindo seus negócios. O incêndio. O suicídio de Paul. Os meses de Jasper no centro de queimados e todas as cirurgias que se seguiram. A psoríase crônica, provando que Deus lhe dera as costas de uma vez por todas.*

No entanto, ele descobriu que havia vislumbres mais recentes de alegria. Esculpir com Mitch. O avistamento do cervo branco, que ele acreditava ser um sinal dos céus. E, é claro, a aparição repentina de Tanner em sua vida, algo que ele nunca havia imaginado, nem em seus sonhos mais loucos.

Quando Tanner retornou ao hotel à noite, deitou-se na cama pensando no amor do velho pela esposa e a família, que transcendeu até mesmo suas perdas incompreensíveis. Isso o fez pensar em Kaitlyn e seus filhos, e no lar que construíram juntos. Ele tinha uma memória visceral de fazer amor com ela, das sensações codificadas em um nível celular. Mas, acima de tudo, sentia falta da maneira como se sentia consigo mesmo sempre que eles estavam juntos – como se ele estivesse conectado a um sistema radicular mais profundo, uma fundação que ele nunca havia conhecido.

Você a ama. Precisa dizer a ela como se sente.

As palavras de Jasper ecoavam em sua mente sem parar. Ele já tivera a sua chance. Kaitlyn havia passado na cabana na noite anterior, para verificar os sinais vitais de Jasper e examinar seus dedos inchados e a psoríase. Ela foi cortês com Tanner, mas, além de informar-lhe que o teste de DNA havia confirmado o parentesco deles, não falou mais nada. Ao sair, simplesmente lembrou Tanner de ligar para ela se a condição de Jasper piorasse. Ele a viu ir embora, sentindo uma dor que não esperava, decepcionado consigo mesmo por tê-la decepcionado. E, é claro, não disse uma palavra.

Agora, sentado com Jasper na varanda, ele ouviu o velho pigarrear.

– Pode me levar para ver minha família? – perguntou Jasper.

Com cuidado, Tanner conduziu-o para fora da varanda, descendo a rampa. Empurrar a cadeira de rodas pela terra compactada e acidentada era uma tarefa um pouco difícil, mas eles não tinham pressa e, após um tempo, chegaram ao pequeno cemitério da família. De perto, Tanner viu os nomes gravados nas lápides e se pôs a olhar para a de David, com as mãos entrelaçadas à frente do corpo. *Eu gostaria de ter tido a chance de conhecê-lo.*

Contemplando as lápides de cabeça baixa, Jasper não disse nada por um momento. No silêncio, Tanner colocou a mão no ombro do avô, sentindo conforto. Ele ouviu o avô respirar fundo e observou enquanto ele lentamente ajeitava o cobertor sobre as pernas. Perto deles, Arlo estava farejando a base de uma árvore.

– Por muito tempo – confessou Jasper –, eu desejei ter morrido com eles.

Incapaz de responder, Tanner apertou suavemente o ombro dele. Um pouco depois, o homem mais velho continuou:

– Às vezes, eu ainda desejo. Venho aqui sabendo que tudo o que eu amava está morto e enterrado e, mesmo depois de tantos anos, meu coração continua partido em um milhão de pedaços. Mas...

Ele ergueu o olhar para Tanner, colocando sua própria mão enrugada e inchada sobre a do neto.

– Então, eu me lembro que ter um coração partido também quer dizer que houve um tempo em que ele não estava partido, quando meu coração era leve e completo. Amar Audrey e meus filhos trouxe alegria e significado à minha vida, e eu não teria trocado esse amor por nada no mundo.

II

Kaitlyn apareceu de novo no sábado para examinar Jasper na sala de estar de sua cabana. Ela sabia que não haveria grandes mudanças desde a noite de quinta-feira, mas esperava que o remédio mais forte que passara da última vez lhe trouxesse logo algum alívio. Embora o homem minimizasse seu desconforto, ela sabia que ele sentia dor.

Do lado de fora, Mitch a aguardava. O menino entendia que Jasper ainda não estava apto a esculpir com ele, mas tinha insistido em ir de qualquer maneira. Mais surpreendente fora o desejo de Casey de acompanhá-lo, porém o motivo logo ficou claro. Assim que ela entrou no carro, mencionou casualmente que a concessionária local da Ford tinha acabado de receber quatro Broncos zero quilômetro e perguntou a Kaitlyn se poderiam passar lá no caminho de volta para casa e dar uma conferida.

– Só para olhar – prometera Casey depressa e, quando Mitch concordou com entusiasmo, Kaitlyn se sentiu vencida.

Ela sabia que não havia nenhuma chance de comprarem um carro naquele dia, mas, com relutância, concordou em ir.

– As crianças parecem se dar muito bem com Tanner – observou Jasper.

Seguindo o olhar dele pela janela, ela viu Mitch e Casey ao redor de Tanner, que explicava a construção em andamento da rampa. Apesar da temperatura fria, ele usava uma camiseta de manga comprida que se ajustava ao formato triangular de seu tronco. Por uma fração de segundo, ela se lembrou da imagem de sua pele dourada e lisa enquanto desabotoava a camisa, mas, afastando essa visão, voltou sua atenção para Jasper.

– Sim, eles passaram algum tempo juntos.

– Ele fala bastante sobre os dois.

– Quem? Tanner?

– Ele acha que você fez um ótimo trabalho com seus filhos.

– Eu tento – observou ela, desejando que Jasper não tivesse trazido o assunto à tona.

Ver Tanner no hospital e na cabana de Jasper não estava sendo fácil. Depois de voltar para casa, ela muitas vezes teve que resistir à tentação de afogar seus arrependimentos em uma garrafa de vinho. Havia pensado que, quando terminasse com Tanner, conseguiria ficar sem vê-lo até que ele deixasse a cidade, mas estava óbvio que o universo tinha outros planos.

– Ele fala muito sobre você também – insistiu Jasper.

– Nós saímos algumas vezes. – Ela se ocupou em guardar seus suprimentos médicos na maleta. – Mas não deu certo.

– Ele mencionou isso também.

Embora parte dela quisesse saber o que mais Tanner tinha dito, ela voltou ao modo profissional.

– Acho que isso é tudo. Vou voltar amanhã à noite, antes de ver meus outros pacientes, está bem? Mas você sabe que pode me ligar se houver algum problema antes disso.

– Pode deixar. Você é boa demais comigo.

– Posso pegar alguma coisa para você enquanto estou aqui? Um copo de água, talvez?

– Não estou com sede. Mas, já que perguntou, se importaria de trazer minha Bíblia e meus óculos? Estão na mesinha.

Ela os pegou.

– Mais alguma coisa?

– Sim, só mais uma coisa – disse ele, com uma expressão séria.

– O que é?

– Ele te ama, mesmo que ainda não tenha tido coragem de dizer. Acho que tem medo de que você não sinta o mesmo. Mas não consigo parar de pensar que vocês seriam bons um para o outro.

Kaitlyn sentiu um calor repentino no rosto.

– Obrigada por me dizer isso. Mas de que adianta? Ele vai embora em breve.

Jasper assentiu, observando outra vez o trio do outro lado da janela. Quando ele se virou de novo para ela, seu olhar era penetrante porém gentil.

– Será que vai?

Com as palavras de Jasper, os olhos de Kaitlyn se voltaram para a janela pela segunda vez. Mitch estava concentrado segurando a furadeira enquanto Tanner prendia um dos suportes ao corrimão e lhe ensinava o que fazer. Ela ouviu o barulho repentino assim que a furadeira começou a funcionar; quando o som desapareceu, Mitch abriu um sorriso e tanto Casey quanto Tanner o cumprimentaram com um *high five*.

O comentário de Jasper ficou suspenso no ar, mas, quando ela se virou, ele já estava folheando a Bíblia. Colocando a maleta sobre o ombro, ela saiu para a varanda.

– Mamãe! – gritou Mitch. – Estou ajudando a construir o corrimão! O Sr. Tanner me ensinou a usar a furadeira.

– Eu vi – disse ela. – Se vocês dois quiserem falar com Jasper, podem entrar agora.

Com os olhos alternando entre Kaitlyn e Tanner, Casey pegou o irmão pelo braço.

– Vamos lá, pateta. Depois da visita, a gente vai conferir o meu carro novo.

– Oba! – exclamou Mitch, saltando os degraus.

Kaitlyn os observou desaparecerem lá dentro. Quando encarou Tanner, viu que a naturalidade que tinha testemunhado entre ele e as crianças sumira.

– Oi – disse ele depois de alguns segundos.

Tanner parecia não saber o que fazer com a furadeira, acabando por colocá-la no degrau e enfiar as mãos nos bolsos.

– Oi – respondeu ela.

– Como ele está?

– Está se recuperando, mas vai levar tempo.

– Tem algo em que eu precise prestar mais atenção?

– O mesmo que na outra noite. Febre, falta de ar, e me avise se a psoríase ou o inchaço nos dedos piorarem. E, claro, faça com que ele coma, beba e descanse bastante.

– Ele nunca come muito.

– Faça o melhor que puder – disse ela, começando a descer as escadas. – Ele gosta de você.

– Eu também gosto dele. – A expressão no rosto de Tanner era um misto de perplexidade e satisfação. – Ainda é difícil acreditar que ele é meu avô. Acho que a ficha ainda não caiu.

– Quanto tempo você acha que vai ficar por perto para cuidar dele? – perguntou ela, tentando dizer as palavras com o que esperava ser um ar indiferente.

– O tempo que for preciso, eu acho.

Ela podia sentir os olhos de Tanner e se virou para ele, séria.

– Ele vai ficar com o gesso por mais oito semanas. E, depois disso, vai precisar de fisioterapia.

– Eu sei.

– E quanto a Camarões?

Ela inclinou a cabeça, curiosa.

Um sorriso se espalhou demoradamente pelo rosto de Tanner.

– Ele te contou, né? Que eu mandei um e-mail para o Vince e avisei que não iria mais?

Ela conteve um sorriso. Uma pequena bolha de felicidade surgiu em algum lugar dentro dela, como o gás reprimido de uma garrafa de refrigerante.

Tanner continuou:

– Jasper tem me contado sobre o que a família significava para ele, e isso produziu um grande efeito em mim. Então, quando tomei a decisão de não ir, soube imediatamente que era a coisa certa a fazer.

– Isso significa que vai ficar em Asheboro por um tempo?

– Esse é o meu plano.

– Tem ideia de quanto tempo?

– É difícil dizer – respondeu ele. – Tem o Jasper, e ele é a única família que me resta. Eu odiaria deixá-lo, ainda mais porque só agora começamos a nos conhecer melhor. – Ele capturou e sustentou o olhar dela. – E, é claro, sempre existe a possibilidade de eu decidir ficar de vez.

Kaitlyn sentiu um rubor lento subir pelo pescoço.

– Você vai morar na cabana com Jasper?

– Não. Tenho a impressão de que ele se acostumou a ficar sozinho e prefere assim.

– Então onde vai morar?

– Ainda não sei. Eu estava pensando em ver o que tem disponível na cidade.

Ela arqueou uma sobrancelha.

– E o trabalho?

– Eu não contei? – Ele fingiu surpresa. – Tenho um dinheirinho guardado. Mas, se eu acabar precisando ou querendo um emprego, tenho um amigo por perto que está disposto a me deixar trabalhar com meus colegas da Delta novamente.

– Interessante – disse ela, deixando sua pesada maleta deslizar para o chão.

– Também acho.

Ele se aproximou em seguida, buscando a mão dela. Seus olhos, carregados de promessas, percorreram o rosto de Kaitlyn.

– Senti saudade – sussurrou ele.

– Eu também. – Ela respirou fundo. Pôs a outra mão no peito dele, estabelecendo um pequeno espaço entre os dois. – Mas vou precisar de um tempo para processar tudo isso. E não quero me precipitar. – Ela ergueu o olhar para ele, com uma expressão determinada. – Vamos ter que recomeçar.

– Eu entendo.

– Estou falando sério.

– Eu também estou. E ficaria muito feliz em recomeçar. Tem alguma coisa especial em mente? Conheço um ótimo pub na cidade.

Ela se esticou na ponta dos pés, tentando reprimir o súbito impulso de fazer uma pirueta.

– Você entende de carros?

– Um pouco – respondeu ele. – Por quê?

– Porque Casey quer ir ver uns Broncos novos hoje.

– Você vai comprar um para ela?

– Acho que está na hora. Quer vir junto?

– E o Jasper?

Ela olhou na direção da cabana, depois se aproximou, conspiratória.

– Acho que ele vai ficar bem por uma horinha, não acha?

Ele se inclinou para beijá-la, seus lábios prometendo muito mais.

– Você é a médica – sussurrou. – Confio no seu julgamento.

III

Jasper os viu ir embora de carro.

Tanner prometera voltar em cerca de uma hora, mas Jasper pediu que não tivessem pressa. Ele podia estar manco e um pouco machucado, mas já aprendera a cuidar de si mesmo havia muito tempo. E, sendo sincero, um pouco de privacidade seria bem-vindo depois dos últimos dias.

Tinha sido bom ver Mitch novamente. Casey também, embora ele tivesse a impressão de que ela podia ser uma pessoa difícil quando queria. Enquanto Mitch estava entusiasmado porque ia à festa de aniversário de um amigo mais tarde, Casey ficava espiando a mãe e Tanner pela janela, mas tentava fingir que não. Jasper agia como se não percebesse, sobretudo porque também dava suas espiadas de vez em quando. A maneira desajeitada como eles tinham interagido no hospital e na cabana na quinta-feira deixara dolorosamente óbvio que eram loucos um pelo outro. Só precisavam de um empurrãozinho para tomar uma atitude. Ele balançou a cabeça, pensando: *Os jovens complicam tanto as coisas...*

Finalmente sozinho na cabana, ele colocou seus óculos de leitura e abriu a velha Bíblia, como já havia feito mais cedo naquela manhã. Ele tinha pedido a Tanner que a pegasse na caixa que estava no barracão dos fundos. Folheou-a, lembrando que Jó era o primeiro dos Livros Poéticos, logo antes dos Salmos.

Quando era mais novo, essa história o tinha confundido; mais tarde, ela se tornou pessoal demais para Jasper querer revisitá-la. Afinal, na versão cristã da história, Deus elogia a fé de Jó para Satanás, que contrapõe que o homem só é piedoso porque Deus o abençoou com riqueza, saúde e uma família maravilhosa. Para provar a integridade da fé de Jó, Deus dá permissão a Satanás para lhe tirar tudo. Ele perde suas colheitas e rebanhos, sua família é morta, e então Jó é afligido com chagas por todo o corpo.

No entanto, enquanto Jasper relia a história, percebeu que havia se esquecido do final. Ele olhou pela janela para refletir, e então se assustou. Sentando-se mais ereto, tirou os óculos de leitura e tentou focar melhor.

– Não é possível – disse em voz alta.

Ali, na extremidade de sua propriedade que fazia fronteira com a Uwharrie, estava o cervo branco.

De longe, ele se assemelhava a uma criatura do mundo espiritual, tão branco que parecia brilhar. Jasper piscou uma vez, depois piscou de novo, certificando-se de que não estava imaginando a cena. *Ele veio a mim*, pensou. *Ele realmente está aqui.* Jasper observou, fascinado, quando o cervo virou a cabeça, primeiro em uma direção, depois na outra. Ele ficou maravilhado ao ver que o cervo era um espécime majestoso, um animal maduro, com ancas bem musculosas e chifres grandes e simétricos. Mesmo à distância, Jasper podia pressentir sua inteligência, que sem dúvida o mantinha vivo em um mundo cheio de pessoas que queriam matá-lo simplesmente por sua beleza.

Viu uma das orelhas do cervo se contrair; um momento depois, ele entrou na propriedade de Jasper. Seus movimentos eram graciosos e sem pressa, e ele finalmente parou quando chegou aos túmulos sob a árvore. O cervo branco então se virou para olhar na direção de Jasper.

Havia um nó na garganta do homem quando sentiu o peso da família que tinha perdido e a felicidade da família que encontrara recentemente. Se estivesse contando milagres, o aparecimento do animal era o segundo em uma semana, e ele foi tomado pela súbita certeza de que o cervo branco havia pressagiado a chegada de Tanner. E Deus, ele entendeu de repente, nunca o abandonara. Deus trouxera Tanner para a sua vida, abençoando-o, assim como Ele abençoara Jó com uma nova família, depois de tanta coisa ter sido perdida. Enquanto ele refletia sobre essa revelação, o cervo bufou antes de se virar e ir embora, desaparecendo aos poucos na floresta de Uwharrie como se nunca tivesse estado lá.

Os olhos de Jasper se encheram de lágrimas. Ele não as conteve, tomado por uma sensação de paz que não experimentava havia décadas. Quando as lágrimas pararam, ele baixou a cabeça para oferecer a oração mais poderosa que conhecia.

– Obrigado, Deus – sussurrou. – Obrigado.

Agradecimentos

Embora algumas pessoas possam achar chato ler, ano após ano, a mesma relação de nomes nos meus agradecimentos, escrever esta lista é um ritual que passei a ver como uma rara bênção. O fato de tantas pessoas importantes em minha vida profissional e pessoal terem permanecido inalteradas nesta lista por quase trinta anos é algo digno de nota em uma época de polarização cultural cada vez mais profunda e de relacionamentos frequentemente passageiros. Então, deixe-me iniciar por onde tudo começou, em 1995:

Minha agente literária, produtora e amiga de décadas, Theresa Park, esteve ao meu lado não apenas na criação de cada livro, mas também em quase todos os marcos da minha vida adulta. Acho que posso dizer o mesmo sobre a minha presença em sua vida. Theresa, obrigado por trilhar o caminho da vida comigo durante todos esses anos e por ser minha parceira nessa jornada incrível.

À equipe talentosa, experiente e consistentemente voltada para o futuro da Park & Fine: obrigado por manter seu compromisso com a excelência quando seria fácil se acomodar em suas conquistas. Celeste Fine, como a nova líder da Park & Fine, seus instintos brilhantes já estão transformando a agência em uma nova entidade ambiciosa, com horizontes ilimitados; Andrea Mai e Emily Sweet, eu não poderia desejar especialistas mais sofisticadas, criativas e capacitadas para ajudar a guiar meu trabalho para as mãos dos parceiros certos e me conectar com meus fãs; Abby Koons e Ben

315

Kaslow-Zieve, vocês continuam a tornar a publicação do meu trabalho em todo o mundo não apenas lucrativa, mas emocionante e fascinante – com a ajuda de meus dedicados editores internacionais e coagentes estrangeiros, que têm sido parceiros incansáveis e inspirados. Jen Mecum, você tem minha profunda gratidão e admiração por sua perspicácia jurídica (e suas habilidades de mentoria!). Charlotte Gillies, obrigado por atuar como o transmissor pelo qual a corrente do meu trabalho e da minha vida criativa flui, ligando todos os pontos na Park & Fine e além. A agência redefine a representação do autor, e eu tenho sido o afortunado beneficiário de seu estratégico trabalho em equipe por muitos anos.

Embora eu seja um autor relativamente novo na Random House, já sinto como se tivesse sido publicado na editora por décadas. Muito disso se deve à minha talentosa, sensível e incrivelmente diligente editora Jennifer Hershey; apesar de sua posição elevada na empresa, ela não tem medo de arregaçar as mangas e fazer o trabalho pesado de remodelar um romance complicado, e eu tenho uma enorme dívida com ela por seu trabalho em *Contando milagres*. É claro que Jennifer não poderia executar suas inúmeras funções como editora e gestora de forma tão eficaz sem a visão e o apoio da presidente Kara Welsh e da editora adjunta Kim Hovey; juntas, elas formam um triunvirato de liderança excepcional e cuidado com o autor.

Todas as equipes da Random House trazem um grau incomparável de comprometimento, experiência e qualidade a seus esforços em cada livro, incluindo: Jaci Updike e Cynthia Lasky em vendas; Quinne Rogers, Taylor Noel e Megan Whalen no marketing; Jennifer Garza, Karen Fink, Katie Horn e Chelsea Woodward na divulgação; Ellen Folan, Nicole McArdle, Karen Dziekonski, Dan Zitt e Donna Passannante nos audiolivros; e a equipe de Kelly Chian, Susan Brown, Maggie Hart, Caroline Cunningham, Kelly Daisley e David Hammond na produção. É claro que a primeira impressão do meu livro em qualquer livraria é sempre estabelecida pela capa, e nesse aspecto tenho a sorte de me encontrar nas mãos do lendário diretor de arte Paolo Pepe, que, com uma bela ajuda do meu velho amigo Flag, criou o visual inesquecível deste livro.

Tive a sorte extraordinária de muitos dos meus romances terem virado filmes – e agora até mesmo um musical da Broadway –, e isso tudo se deve aos magistrais instintos de Howie Sanders na Anonymous Content, que segue sendo um dos meus amigos e confidentes mais próximos. Meu advogado de longa data, Scott Schwimer, tem sido um anjo da guarda (embora com uma espada flamejante), sempre presente em meus momentos de necessidade. Também na Anonymous Content, os produtores David Levine e Garrett Kemble foram colaboradores visionários, e sou particularmente grato ao imensamente talentoso e motivado produtor Zack Hayden, que conduziu meus mais novos projetos cinematográficos com tanto cuidado e foco. Na Universal Pictures, Peter Cramer, Donna Langley, Lexi Barta e Jacqueline Garell continuam impressionando a todos com seu profissionalismo, sua orientação artística e seu conhecimento. Kevin McCollum e Kurt Deutsch, vocês transformaram um sonho fantasioso em uma realidade de tirar o fôlego – um grande musical na Broadway baseado em *Diário de uma paixão*! Obrigado por esse impressionante feito artístico e profissional; sinto-me honrado e encantado com o que vocês criaram.

Minha nova relações-públicas, Jill Fritzo, e seus colegas Michael Geiser e Stephen Fertelmes fazem a ponte entre os mundos da publicação e de Hollywood com notável facilidade e sofisticação, e tenho sorte de estar em mãos tão capazes. A essa altura, LaQuishe Wright ("Q") já se tornou um ícone entre os gestores de mídia social que trabalham no setor de entretenimento, mas o que a torna verdadeiramente incomparável é sua profunda integridade e bondade. Q, obrigado por estar comigo todos esses anos. Mollie Smith, você supervisionou cada interação da minha presença na internet e, portanto, a evolução do meu alcance de fãs por décadas, e continua sendo absolutamente essencial para mim e para o meu trabalho. E à equipe que traduz todo o fruto do meu trabalho em dólares e centavos, minhas contadoras Pam Pope e Oscara Stevick, obrigado por manter o meu sustento – e o de minha família – seguro e organizado ao longo das décadas.

Tia Scott-Shaver, Jeannie Armentrout, Jerrold, Linda e Angie merecem minha gratidão por manterem minha vida funcionando sem problemas. Andy Sommers e Hannah Mensch ficam de olho nos itens mais importantes da minha vida com habilidade e desenvoltura, e, por isso, sou muito grato. Todo o meu carinho para Victoria Vodar.

E, claro, eu seria negligente se não oferecesse uma nota de agradecimento a outras pessoas também. Muito obrigado aos meus filhos – Miles, Ryan, Landon, Lexie e Savannah –, bem como à minha netinha, Bristol Marie, por me proporcionarem tantas alegrias ao longo dos anos. Para Sarah, Meadowe e Brad: eu amo todos vocês.

Também sou abençoado por ter muitos amigos maravilhosos, incluindo Bill e Pat Mills; David e Morgan Shara; Mike Smith; Christie Bonacci; Jeff e Torrie Van Wie; Jim e Karen Tyler; Todd e Gretchen Lanman; Tony e Shellie Spaedy; Kim e Eric Belcher; Lee e Sandi Minshull; Jonathan e Stephanie Arnold; Austin e Holly Butler; Bill Silva; Jeff Brown; Gray Zuerbregg; James Hickman e Al Peterson, entre outros, que tanto acrescentaram alegria à minha vida. Não poderia deixar de mencionar Paul Du Vair; Chris Matteo, Rick Mench, Kirk Pierce, Pete DeCler, Bob Jacob, Jeannine Kaspar, Joe Westermeyer, Ron Markezich, Shane O'Flaherty, Darryl Gordon, David Wang, Sandy Haddock, Ryan Seeger, Missy Blackerby, Ken Gray, Heather Cope, Dave Simpson, Maureen McDonnell, Joy Lenz, David Geffen e Anja Schmeltzer. Minha vida é abençoada por causa de todos vocês.

E, finalmente, meu amor e gratidão a todos da minha família estendida. Rezo por vocês todos os dias.

CONHEÇA OUTRO LIVRO DO AUTOR

Primavera dos sonhos

Colby Mills sonhava com uma carreira musical, até que uma tragédia frustrou seus planos e ele acabou se tornando fazendeiro na Carolina do Norte. Tempos depois, ele resolve dar um intervalo nas tarefas cotidianas e vai fazer alguns shows em um bar de praia na Flórida. E lá Colby conhece uma mulher que vira seu mundo de cabeça para baixo.

Morgan Lee tem dedicado sua vida à música com a ambição de se mudar para Nashville e se tornar uma estrela. Unidos em torno da mesma paixão, ela e Colby se completam de uma forma que nenhum deles jamais experimentou.

Enquanto isso, Beverly está em outro tipo de jornada. Após fugir do marido abusivo com seu filho de 6 anos, ela tenta reconstruir a vida no interior. Mas, com o dinheiro acabando e o perigo se aproximando, ela toma uma decisão desesperada que irá redefinir tudo o que acreditava ser verdade.

Ao longo de uma única semana inesquecível, Colby e Morgan vivenciarão as delícias e desilusões do primeiro amor. A centenas de quilômetros, Beverly colocará à prova o amor pelo filho. O destino unirá essas três pessoas de uma maneira surpreendente, forçando cada uma a se perguntar se o sonho de uma vida melhor é o bastante para superar o passado.

CONHEÇA OS LIVROS DE NICHOLAS SPARKS

O melhor de mim
O casamento
À primeira vista
Uma curva na estrada
O guardião
Uma longa jornada
Uma carta de amor
O resgate
O milagre
Noites de tormenta
A escolha
No seu olhar
Um porto seguro
Diário de uma paixão
Dois a dois
Querido John
Um homem de sorte
Almas gêmeas
Um amor para recordar
A última música
O retorno
O desejo
Primavera dos sonhos
Contando milagres

Para saber mais sobre os títulos e autores da Editora Arqueiro,
visite o nosso site e siga as nossas redes sociais.
Além de informações sobre os próximos lançamentos,
você terá acesso a conteúdos exclusivos
e poderá participar de promoções e sorteios.

editoraarqueiro.com.br